XIBALBÁ

XIBALBÁ

STANLEY STRUBLE

nowtilus

Colección: Narrativa Nowtilus
www.nowtilus.com

Título: Xibalbá
Autor: © Stanley Struble
Traducción: De Mariana Costa, dirigida por Redactores en Red

Copyright de la presente edición © 2009 Ediciones Nowtilus S. L.
Doña Juana I de Castilla 44, 3º C, 28027 Madrid

Editor: Santos Rodríguez
Coordinador editorial: José Luis Torres Vitolas

Diseño y realización de cubiertas: Carlos Peydró
Diseño del interior de la colección: JLTV
Maquetación: Claudia Rueda Ceppi

ISBN-13: 978-84-9763-587-5

Printed in U.S.A.

ÍNDICE

PRÓLOGO

Gritos desgarradores y gemidos desolados de víctimas de la desesperación y el abandono llegaban a oídos endurecidos e indiferentes. Enmudecidas por la selva, las voces no podían competir con el piar de los pájaros, el parloteo de los loros y una horda de monos chillones e iracundos que sacudían las ramas de los árboles que cubren el cielo de la selva.

—No va a hablar —dijo el soldado español de casco y bigotes mientras permanecía de pie a la sombra de la selva imponente que se adueñaba de todo. Una fatiga intensa que le llegaba hasta los huesos le pesaba como ropas mojadas. La suciedad le marcaba las arrugas del rostro, y las gotas de transpiración dejaban un camino claro en las mejillas mugrientas.

—¿Probó con aceite hirviendo, Capitán? —preguntó el obispo Landa, de pie bajo la sombra que proyectaba el ya débil sol en la avanzada tarde de Yucatán.

—Sí, su eminencia. Se exasperó extraordinariamente. ¿No lo escuchó llamar a sus esposas?

— Querrá decir esposa.

—Esposas, su eminencia. El mugroso pagano tenía tres, pero una murió cuando regresaban de la ciudad de la selva muerta.

Ajeno a los gritos de los torturados, el obispo cogió el rosario de sándalo que le colgaba del cinturón. Un regalo del abad franciscano en Granada, hecho en Tierra Santa en el siglo XII y llevado a España por los cruzados que regresaron. El

9

obispo Landa sujetó la cruz y la acarició suavemente con el pulgar mientras cavilaba sobre el problema de Caracol Rojo.

El obispo recordaba a Caracol Rojo de hacía diez años. Habían discutido en varias oportunidades y Caracol Rojo era uno de los pocos que se había animado a hablar en contra de Landa que en ese momento era solo un joven cura franciscano. El viejo maya poseía los libros plegados en acordeón hechos con fibra del maguey. Landa los consideraba obra del diablo y el principal impedimento para convertir a los indígenas. Ya había destruido muchos de los libros diez años atrás, antes de que el viejo obispo lo castigara y lo enviara de regreso a España. Pero en ese país, las actividades que el padre Landa llevaba a cabo en el Nuevo Mundo habían encontrado aprobación. De hecho, ante la desaparición de la fuente de su desgracia, es decir, a la muerte del obispo que lo precedió , el padre Landa fue nombrado nuevo obispo de Yucatán. Reivindicado por sus superiores, había regresado triunfante, ansioso por retomar la búsqueda. Con un fervor inspirado en la Inquisición, creía que su trabajo era obra de Dios y que había que destruir todos los escritos inspirados por el Ángel Negro.

Cuando Caracol Rojo descubrió que Landa había desembarcado en Veracruz, el viejo sacerdote abandonó Chichén Itzá, en Yucatán, con los últimos libros que quedaban. Caracol Rojo se había llevado con él a su familia y a sus seguidores, muchos de ellos provenientes de la ciudad de Maní, hacia la inexplorada selva Lacandona. Pero Landa sabía que él mismo representaba las manos de Dios en la Tierra y que no lo derrotarían muy fácilmente; por este motivo reunió un pequeño ejército y lo envió tras los indios que estaban huyendo. No había mapas de las selvas ni de las montañas del sur que eran, además, casi impenetrables. Un ejército de cincuenta conquistadores había perseguido a Caracol Rojo y a su gente durante casi tres meses. En esa búsqueda, motivada por una venganza moralmente justificable, los soldados habían seguido el rastro de los fugitivos hacia el sur a través de la costa de Tabasco y luego hacia el sudoeste, internándose en las profundidades de la selva Lacandona, muy cerca de las ruinas de una antigua ciudad maya. Cuando los soldados llegaron, el sacerdote traidor ya se había deshecho de los libros. En dónde había escondido ese tesoro de la literatura es algo que el capitán no pudo descubrir. Los golpes y la tortura de nada sirvieron para que alguien hablara. Pero en lugar de aceptar un fracaso completo, el capitán llevó de regreso a los indígenas a Yucatán con su obispo extremista.

—Dígame, capitán… ¿Qué estaba haciendo Caracol Rojo cuando lo atrapó?

—Parecía una ceremonia, padre. —El conquistador frunció el ceño y suspiró, cansado del trabajo del día y ansioso por terminarlo. El obispo ignoró su indiscreción y escuchó nuevamente y con paciencia la explicación del soldado—. Alguien había esculpido una de esas espantosas piedras que nadie puede leer. Ya sabe, como esas que están cerca de la ciudad pirámide en la que vivía Caracol Rojo. La estaban erigiendo delante de una cueva.

—¿Qué hizo con ella?

—¿Con la piedra? La tuve que tirar, su eminencia. La cargamos durante dos días, pero era demasiado pesada y los hombres se quejaban sin cesar.

—¿La cargaron durante dos días?

—Sí, obispo Landa, para el disgusto de…

—¿Es linda la esposa joven? —interrumpió Landa.

—¿Linda? —El rostro del capitán palideció—. Es indígena, padre. Todas las indígenas son feas.

—Mate a la más vieja y envíe a la linda a la hoguera —ordenó el obispo—. Que se queme lentamente, si no le importa, y encárguese de que no muera demasiado rápido. Caracol Rojo tiene que verla y escuchar sus gritos.

—¿Qué sucederá si muere rápido, su eminencia? Algunos mueren sin razón. Tan solo… —El capitán vaciló frunciendo el ceño—. Tan solo mueren. Se dan por vencidos.

—Entonces mate a Caracol Rojo —replicó el obispo—. No nos dirá nada. Escondió los libros. Todo estaba registrado en la piedra de la que ustedes se deshicieron. De todos modos, los libros no sobrevivirán en el infierno húmedo del sur.

El Capitán se marchó, y el Obispo se dirigió al trío de frailes franciscanos, vestidos con hábitos gruesos, que habían escuchado la conversación.

—Bueno… —Landa encoge los hombros—. No hay nada más por hacer aquí. Hay pocas posibilidades de que el viejo pagano nos diga algo. Arderá en el infierno antes de hablar. Deberíamos regresar a Mérida.

—Sí —afirmó el fraile de ojos grises y cabello largo al levantarse de la silla. Se puso de pie y enfrentó al obispo. La amplia sonrisa del fraile reveló dientes amarillos, separados y torcidos—. Es una lástima que los métodos de Torquemada tengan mala fama ahora, su eminencia. Podríamos haber hecho un trabajo rápido. Pero el Santo Padre sabe más… No tenga dudas de eso —el fraile hizo una reverencia y se apartó para dar paso al obispo.

—Sí, por supuesto —sonrió el obispo Landa—. Terminemos nuestro trabajo aquí y regresemos rápido a Mérida. Se acerca la hora de la cena y el olor a carne quemada no es bueno para el apetito.

1

Karen Dumas, arqueóloga, arrojó una carpeta de papel manila sobre el escritorio antes de desplomarse sobre la silla de su oficina en el Smithsonian. Apoyó los codos en el escritorio, dejó descansar la cabeza sobre las manos y un suspiró escapó de sus labios. Realmente necesitaba un descanso. Dos semanas estarían bien, calculó. Este proyecto se había transformado rápidamente en una obsesión y ahora su cerebro agotado se estaba rebelando por completo. Si dejaba de moverse, aunque solo fuera durante unos minutos, un impulso irresistible por cerrar los ojos la asediaba. Todavía no. Aún tenía que reunirse con el doctor Depp, su supervisor, antes de tomarse un taxi hasta la Universidad Americana. Gracias a Dios existía el café.

Hojeó la carpeta. Toda su obra estaba adentro; tal vez ése era su futuro: una traducción de los escritos mayas que cubrían la estela de Gould. Las estelas eran piedras altas y chatas erigidas en las ciudades mesoamericanas hacía más de mil años en conmemoración de hechos históricos importantes: guerras, ceremonias, bodas, conquistas y alianzas. La estela de Gould, como muchas otras, había sido robada y extraída de su emplazamiento original. Cuál era ese lugar, ella no lo sabía. El objeto, otrora desconocido, había llegado al Smithsonian un año atrás como parte del patrimonio de Roy

13

Gould. Estaba astillado, roto y le faltaban piezas importantes. El doctor Depp (conocido como doctor Muerte entre los ayudantes de los conservadores del museo) creía que la colección no tenía valor y le encargó a Karen el trabajo de investigar y clasificar esos trastos viejos completamente inconexos.

Después de meses de estudio, que incluyeron fines de semana y varias noches en vela, Karen, una estudiosa de la escritura maya, había hecho un gran descubrimiento. El mensaje escrito en la estela, hasta ese momento indescifrable, se refería a unos libros mayas escondidos en algún lugar de la selva Lacandona en el estado de Chiapas, al sur de México. Si eso era verdad, y si podían encontrar esos libros, su descubrimiento cobraría una importancia incalculable. Solo un puñado de libros pictográficos había sobrevivido a la furia y a los fuegos ardientes de la Conquista. Los frailes españoles habían destruido despiadadamente todo tipo de objetos que hicieran referencia a las religiones nativas. Desafortunadamente para los indígenas, esto incluyó todas las escrituras que los frailes católicos, quienes no podían leer ninguno de los jeroglíficos, habían arrojado al fuego. Solo unos pocos libros plegados en acordeón hechos con fibra del maguey habían sobrevivido.

Su descubrimiento era tan importante que clasificaba para presentarse ese día en la Universidad Americana. Un logro trascendental para una joven que se desempeñaba como conservadora adjunta en un museo y carecía de trayectoria. Pero primero, antes de su momento de gloria, tenía que encontrarse con Depp. Su secretaria la había llamado con insistencia. ¿Qué querría ahora ese cretino presuntuoso? Suspiró, incapaz de juntar la energía necesaria para encontrarse con una de las personas menos agradables según su punto de vista. Relajó los hombros y cerró los ojos por un momento. Era mejor que se sacara ese compromiso de encima. Tomó la carpeta con la información sobre la estela, las fotografías y su traducción y dejó la oficina. Solo se detuvo a cerrar la puerta.

No había dejado sola a esa traducción en ningún momento desde el incidente de la semana anterior, cuando creyó que habían robado en su oficina. Bueno... tal vez robar no era la palabra adecuada. Según ella no faltaba nada, pero cuando regresó del almuerzo encontró la información acerca de la estela fuera de la carpeta y desparramada por todos lados. Sostenía cuidadosamente la carpeta contra el pecho e inconscientemente la acariciaba con los dedos mientras caminaba por el pasillo.

—¡Allí está! —dijo una voz desconocida.

Sorprendida, se dio vuelta para ver quién la llamaba.

—La estuve buscando. —Un hombre alto, de unos cincuenta años, muy bronceado y de cabello oscuro le sonreía—. Cuando me enteré de que la habían quitado del programa de hoy, pensé que podría encontrarla aquí. Soy David Wolf. —Le extendió la mano—. Soy arqueólogo de la Universidad Nacional de la Ciudad de México.

—¿Qué? ¿Quién? —Preguntó y quedó en silencio. Estaba cansada, su cerebro trabajaba de manera lenta y miraba la mano extendida del hombre que esperaba su saludo—. ¿De qué programa me quitaron? ¿De qué habla, señor Wolf?

—Por favor, llámeme David —le respondió—. Veo que cancelaron su charla sobre la estela de Gould. —Sostenía en las manos el folleto—. Me preguntaba por qué. Verá usted, conozco a Roy Gould de los viejos tiempos. Bueno, hicimos algunos negocios juntos hace veinte o treinta años y tengo curiosidad sobre algunas cosas. Me acuerdo de que vi algunos de sus...

—¿Qué quiere decir con que no estoy en el programa? —interrumpió—. ¡Déjeme ver!

—Sí, por supuesto —dijo mientras le alcanzaba el programa de la conferencia—. En realidad, uno de los motivos por los que vine hasta aquí es para hablarle de Roy.

—No puede ser. Tiene que haber un error —masculló ignorándolo mientras buscaba su nombre en la lista. Karen apretaba el folleto con fuerza, sus labios eran una delgada línea tensa.

—¿Un error?

Él parecía desconcertado con la respuesta.

—¿Está seguro de que es el de hoy?

—Me lo dieron esta mañana y decidí venir hasta aquí. Roy tenía algunos objetos que había tomado de otras personas profanadores de tumbas para ser preciso de los que no estaba dispuesto a desprenderse. Creo que uno de esos es su estela. Yo discutí con él… Quería hacer un trabajito con ella yo mismo, pero él la envió en barco a los Estados Unidos junto con otras cosas. Decían que estaba comprando objetos… Ya sabe… Pero supongo que después murió y ningún familiar quiso…

El arqueólogo se detuvo al darse cuenta de que ella no lo estaba escuchando.

Karen estaba muda, con los ojos bien abiertos, mirando fijo el papel. Otro nombre había tomado su lugar: Doctor Jonathan Depp, Conservador Principal, Instituto Smithsonian.

—¿Está todo bien, señorita… doctora Dumas? —David parecía darse cuenta de que se había metido en una situación incómoda—. Como le dije, primero intenté llamar, pero usted no estaba en…

—Sí, es decir, no —vaciló—. No sabía que me habían quitado de la lista. No puedo imaginarme por qué… Debe de ser un error. Tengo que llamar inmediatamente… y… tengo una reunión ahora.

Su rostro palideció y se desplomó contra la puerta.

—¡Señorita Dumas! —gritó el arqueólogo—. ¿Se siente bien?

Ella asintió.

—Es solo cansancio.

Miró el programa una vez más para corroborar que faltaba su nombre. No era un accidente y el nombre que estaba en el horario que le correspondía a ella en esa conferencia era la razón: el doctor Jonathan Depp. De esto quería hablarle el doctor Muerte. ¡Ese imbécil! Su conclusión fue que ese artero y calculador gilipollas había hecho esto para avergonzarla.

—Señorita Dumas —dijo el arqueólogo mexicano—, siento mucho haber venido en un mal momento. Le escribí hace dos meses. ¿Recuerda?

Karen lo miró confundida.

—Sí… sí. Creo que me acuerdo. Me había olvidado. Discúlpeme, por favor. No estaba esperando…

—Si es un mal momento, tal vez puedo regresar más tarde.

—Sí, por favor. Si no le molesta. —Miró el reloj—. Tengo una reunión. —Respiró hondo para recuperar la calma—. No creo que me lleve mucho tiempo. ¿Le parece en quince minutos?

—Por supuesto. ¿Hay algo que pueda hacer por usted? Parece afligida.

—No. —Se puso seria—. No, pero gracias de todos modos. Debería haber hecho esto hace mucho tiempo.

—¿Dónde puedo tomar un café?

—Abajo —le indicó con un gesto—, a la izquierda.

El arqueólogo se despidió y Karen se dio vuelta para dirigirse a la oficina de Depp. La decepción aumentaba su fatiga mientras pensaba en el dilema: ¿Por qué? ¿Por qué haría Depp algo así sin consultarle? ¿Sería solo un error? ¿Celos profesionales? ¿Rencor? ¿Un intento de ponerla en su lugar? ¿Quién podía entender que un hombre hiciera algo así? No tenía sentido. ¿Cómo pudo hacerlo? Iba a terminar con esto. Él no tenía excusas para hacer algo así, pero ella lo escucharía solo por un minuto para después decirle lo que pensaba.

2

La señora Dinty, secretaria del doctor Muerte, frunció el ceño al ver a Karen entrar en la oficina. Como antigua empleada del Smithsonian, la correctísima señora Dinty había presenciado el paso de muchos directores durante décadas. Cuando Karen se acercó al escritorio de la secretaria, la canosa anciana se sonrojó y bajó la cabeza por un instante como si estuviera avergonzada. ¡Seguro que ya sabía lo que había hecho Depp! Sin decir una palabra, Karen la ignoró y siguió su camino hasta la oficina de su supervisor.

—Por favor, señorita Dumas. —La secretaria se puso de pie y levantó un brazo—. Debo informarle al doctor Depp que usted está…

La falta de sueño y la furia se apoderaron del sentido común de Karen. Pasó por alto a la secretaria, que ya se había puesto nerviosa, y abrió la puerta de la oficina de su jefe sin golpear.

—Señorita Dumas, por favor… Señorita Dumas —repetía la señora Dinty.

Karen cerró la puerta en la cara de la anciana que se quejaba y enfrentó al enemigo. El doctor Jonathan Depp permanecía inmóvil sentado en una silla de piel demasiado mullida. La miraba impasible, su rostro enjuto no trasmitía nada. El hombre pequeño que estaba llegando a los sesenta años, casi calvo excepto por las grandes cejas oscuras y una franja de cabello que le rodeaba la cabeza, parecía estar tranquilo, pero atento. La estudió como si la viera por primera vez. De repente, ella dejó de sentirse tan segura de sí misma. Hasta ese momento, no se había dado cuenta de lo poco atractivo que era ese reptil que estaba frente a ella. Sus pequeñas manos escuálidas jugaban con una lapicera. ¿Por qué la miraba así? Ella miró hacia otro lado, incómoda, no podía mirarlo a los ojos.

—¿No le enseñaron buenos modales? —preguntó él.

El sarcasmo avivó las brasas de su ira. Con una mano sujetaba la carpeta de archivo, con la otra agitaba el programa de la conferencia delante de él.

—Doctor Depp, me acabo de enterar que me quitaron…

—Un momento —interrumpió y tomó el teléfono. Presionó cuatro números y esperó. La volvió a mirar fijo.

Nerviosa, se acomodó un mechón de cabello detrás de la oreja y comenzó de nuevo:

—Doctor Depp, ¿podría decirme por qué me quitaron del programa de la reunión de hoy?

Depp le hizo una seña con la mano y habló al teléfono:

—¿Bill? Sí, puedes proseguir. Mantenme informado, ¿de acuerdo?

—Señorita Dumas —dijo al tiempo que colgaba el teléfono y se acomodaba en la silla—. Tome asiento.

Señaló con la estilográfica.

—Prefiero quedarme de pie.

—Como guste. —Se encogió de hombros—. Quería hablar con usted. Le dejé notas en su buzón, mensajes en su contestador automático, y la señora Dinty dejó una nota en la puerta de su oficina el viernes.

—Estuve… Estuve ocupada. Estuve trabajando en casa últimamente.

—Ya veo. —Comenzó a golpear el escritorio con la estilográfica—. Dígame… ¿Le avisó a la señora Dinty o a alguien que estaba trabajando en su casa?

—Doctor Depp, trabajé día y noche en la estela de Gould —se quejó—. Tal como le dije el mes pasado, creo que descifré…

—Sí. Ése es el problema, ¿no? La estela de Gould. Hablemos de la estela, señorita Dumas. —El doctor Depp se inclinó hacia adelante—. ¿Por qué no compartió los resultados de la investigación conmigo? ¿Por qué me está evitando? ¿Por qué, señorita Dumas, se está comportando como una diva que no tiene supervisor, como alguien que no tiene que asistir a su trabajo como el resto de nosotros?

Con un nudo en la garganta le respondió:

—No sabía que estaba interesado.

El pequeño puño del hombre golpeó el escritorio.

—¡Soy su jefe! ¡Por supuesto que me interesa! Es mi responsabilidad supervisar su investigación y evaluar su progreso. Usted tiene que compartir los resultados conmigo. Usted es una empleada del Smithsonian, ¿recuerda?

—Sí, pero…

—Nada de peros. Deje de interrumpir.

—Pero creo que alguien entró a mi oficina y revisó mi información.

—¡Eso es absurdo! —Depp rechazó sus quejas con un gesto—. Mire, Karen, o comparte su información conmigo y con el resto de quienes trabajamos en este instituto o se va de aquí inmediatamente. ¿Me entendió?

—Sí, por supuesto… Voy a… Es decir… —Karen comenzó a disimular sus verdaderos sentimientos. Ya no estaba enojada y se ruborizó—. Pero, ¿por qué canceló mi presentación de hoy? Tengo información importante… Hice un descubrimiento sorprendente. Yo…

—No tiene nada, señorita Dumas; realmente no descubrió nada que valga la pena hacerle perder el tiempo a los investigadores más importantes del país. Leí sus anotaciones. Su trabajo no vale nada.

—¿Qué? ¿Cuándo leyó…?

—Tengo mis maneras de conseguir lo que quiero. Sé lo que está haciendo y estoy seguro de que no va a llegar a nada. Organice la información y sus anotaciones y envíelas a mi oficina inmediatamente. La voy a sacar de la investigación de la estela de Gould.

—No.

Se atragantó mientras seguía sujetando la carpeta. El programa le temblaba en las manos. «¡Dios mío!», pensó. La información que él trataba de robar estaba en la carpeta que tenía en las manos en ese momento.

—¿Qué quiere decir con «no», señorita Dumas? Usted es una mujer inteligente. ¿Tengo que recordarle que usted no puede decir nada al respecto? Tengo la libertad de asignarle la tarea que desee… ¡Y su trabajo en el proyecto Gould ya terminó!, dijo, al tiempo que sacudía la estilográfica en el aire para darle mayor énfasis a sus palabras.

Karen se quedó muda. Le ardían los ojos como si fuera a estallar en llanto por la frustración que la agobiaba. ¿Cómo había sucedido esto? ¿Por qué? ¿Qué había hecho ella para que la tratara así? Había puesto toda su energía, dedicado toda su vida al legado de Gould. Este proyecto podía dar forma a su carrera y este calvo asqueroso se lo estaba quitando. La ira aumentó, pero esta vez era fría y dura como el hielo. Quería arrancarle los ojos.

—No —repitió con mayor firmeza—. No puedo… No lo haré. Es decir… Yo…

—No tiene alternativa. Hágalo. Hoy —miró el reloj en su muñeca y sonrió—. Tengo que apresurarme para llegar a la Universidad Americana y limpiar la reputación del Smithsonian.

—No tenía derecho a cancelar la presentación sin mi consentimiento. No tiene ninguna razón fundada para sacarme del proyecto de la estela de Gould. Me encantaría mostrarle los resultados de mi investigación. Puedo…

—Demasiado tarde, señorita Dumas. Y la razón por la que la quité del programa es porque nadie —dijo señalándose a sí mismo con la estilográfica— pudo evaluar su trabajo. Toda conferencia que se presenta en nombre de este departamento tiene que atravesar un proceso de revisión de algún colega. Lo mismo sucede en cualquier universidad y en cualquier entorno académico, señorita Dumas. Usted lo sabe muy bien. —Miró nuevamente el reloj y frunció el ceño—. Tengo que irme. Asegúrese de que el material sobre el proyecto Gould esté en mi escritorio a última hora. Puede retirarse.

Señaló la puerta con la estilográfica.

—Por favor… Si tan solo pudiera darme otra oportunidad, doctor Depp. La estela de Gould significa mucho para mí. Creo que descubrí algo fantástico…

—Lo que usted hizo es un desastre, señorita Dumas. La respuesta es no y este es el final de nuestra conversación.

La ignoró y se inclinó para recoger el contenido de uno de los últimos cajones del escritorio.

Ella apenas podía moverse. Apretó fuerte la mandíbula. ¿Lo había echado todo a perder? ¿Tenía motivos para hacerle esto? No. Él lo había tramado todo. El rencor aumentaba y con él aumentaba su determinación. Tendría que hacer un esfuerzo para irse de la oficina de Depp. Finalmente, incapaz de controlarse, dijo:

—¿Doctor Depp?

—Sí, ¿qué sucede?

Levantó la mirada del cajón del escritorio y la miró impaciente, con el ceño fruncido.

—Esto es para usted, gilipollas.

Levantó la mano y le hizo un gesto con el dedo mayor. Se sintió bien y finalmente sonrió. No hay nada como tener la última palabra. Él abrió la boca con sorpresa; ella se dio vuelta y se marchó furiosa de la oficina, pasando por delante de la nerviosa señora Dinty que permanecía sentada apretando con fuerza un pañuelo. Karen hizo una pelota con el programa de la conferencia y lo arrojó sobre el escritorio de la secretaria.

—Señora Dinty —dijo Karen muy tranquila—, por favor entréguele mi copia del programa al doctor Muerte.

Karen atravesó los interminables pasillos blancos e insulsos del Smithsonian hasta su oficina. Las luces fluorescentes del corredor parecían misteriosas y surrealistas. Se sentía un poco mareada. Se dio cuenta de que se estaba hiperventilando y se esforzó para controlar la respiración. ¡Es un cretino! ¡Es un gilipollas! ¿Cómo se atrevía a hablarle así? ¿Sacarla del proyecto de la estela de Gould? De ninguna manera. No lo haría. No acataría sus instrucciones. No lo haría, no…

—Hola.

El profesor de México estaba en la puerta de su oficina. Ella lo miró. No era momento. Realmente no tenía tiempo para eso.

—¿Pudo solucionar todo?, —sonrió de manera agradable—. Me llevó un rato encontrar la cafetería. Es grande el Smithsonian.

—Señor…

—Wolf. David Wolf. Llámeme David, por favor.

—Señor Wolf… Realmente no puedo hablar ahora. Acabo de tener… Bueno, digamos que acabo de meterme en un problema. —Karen se vio a sí misma en la oficina de Depp haciendo ese gesto con el dedo. ¿Cómo pudo haber hecho algo tan estúpido? Probablemente la despedirían después de eso—. ¿Podemos hablar más tarde? Necesito tiempo para arreglar algunas cosas.

—Se ve un poco acalorada. ¿Se siente bien?

—Estoy bien… Supongo.

Volvió a acomodar los rebeldes mechones de cabello detrás de la oreja y esbozó una débil sonrisa.

—Vengo de lejos, señorita Dumas —le recordó—. Y tengo que regresar a la Universidad Americana antes del mediodía. Hay muchas presentaciones que quiero escuchar.

—Volvió a sonreír—. Me parece que a usted también le puede venir bien una taza de café. ¿Quiere acompañarme abajo para no molestar a su colega?

—¿Qué colega?

—Vi una sombra a través del vidrio de la puerta. Supuse que compartía la oficina con alguien.

Karen se dirigió a la puerta de la oficina. ¡La había cerrado con llave antes de ir a ver a Depp! ¿Quién más tenía una llave? Puso la mano sobre la manija y estaba abierta. Había una gran sombra adentro que desapareció cuando ella abrió la puerta.

—¿Quién está ahí? —gritó.

—¿Qué pasa, señorita Dumas? —preguntó el profesor.

Entró. La ventana estaba abierta, y el escritorio, revuelto. Faltaba el bosquejo de su presentación. Algunos de los papeles sobre la estela de Gould estaban desparramados sobre el escritorio, la silla y el suelo. ¡Le habían robado de nuevo! Estaba todo planeado. Lo sabía. ¿Pero quién? ¿Depp? Él dijo que su investigación no valía la pena. ¿Por qué entraría para robarle si creía que la información que ella había reunido no significaba nada? Además, lo acababa de dejar en su oficina. No podía haberle pedido a alguien que lo hiciera por él, ¿o sí?

—¡Mierda! ¡Mierda! ¡Mierda!

Daba patadas al suelo mientras analizaba los daños. David entró, y juntos se asomaron por la ventana, pero no vieron nada ni nadie sospechoso.

—¡Vaya! La arqueología no es tan emocionante en México —bromeó—. ¿No debería llamar a seguridad?

—Sí, claro… Supongo.

Miró el desparramo de papeles y puso la carpeta debajo del brazo para mantenerla a salvo mientras limpiaba el desastre. ¡Gracias a Dios se había llevado la traducción! Qué día tan perfectamente horrible. Ignoró al profesor mexicano y analizó su situación. ¿Qué opciones tenía? Acababa de perder el empleo en el Smithsonian al hacerle ese gesto insultante a

Depp. No podrían volver a trabajar juntos. Ahora que lo pensaba, ya no le interesaba quedarse en el museo. El problema era, sin embargo, que él podría impedir que obtuviera un empleo en otro lado. ¡Diablos! Suspiró decepcionada. ¿Qué pasaría después? ¿Qué pasaría ahora? Alguien le tocó el hombro y ella se dio vuelta para enfrentar al mexicano.

—¿Qué le parece si tomamos ese café, señorita Dumas? Me podrá contar todo.

Karen dudó, miró la ventana abierta y después al profesor. Recordó que le había dicho que conocía a Roy Gould y que ella había invitado a ese arqueólogo mexicano a conversar el día que asistiera a la conferencia, aunque lo había olvidado hasta ese momento.

—Sí, ¿por qué no? —respondió. Hizo una pausa y añadió—: seguramente a partir de hoy ya no seré empleada del Smithsonian. Yo… Tuve un altercado con mi jefe porque quiere sacarme del proyecto de la estela de Gould.

—¡No! ¿En serio?

—Sí, y aún si él no lo hace, probablemente renuncie yo misma.

El profesor dudó, como si estuviera midiendo sus propias palabras.

—Roy era un profanador de tumbas, ¿sabía? —le contó para llamar su atención.

—¿Sabe dónde encontró la estela?

El señuelo había reanimado su obsesión.

—Tal vez… En los viejos tiempos, antes de ganar algo de dinero de manera legítima y volverse respetable, Roy era solo un canalla.

—Lo veré abajo —dijo Karen señalando vagamente la puerta—. Yo invito. Nos vemos abajo no bien informe esto a seguridad. Quiero escucharlo todo sobre Roy Gould.

3

David Wolf estaba sentado solo en una mesa en el medio de la cafetería del Smithsonian. El lugar estaba atestado de turistas y de los empleados del instituto que tomaban su descanso matutino. Las paredes blancas y los tubos fluorescentes en el techo creaban una atmósfera familiar para cualquiera que hubiera pasado tiempo en un museo. Era fácil identificar a los turistas: eran las familias ruidosas o las personas solitarias que leían folletos del Smithsonian. Los empleados se sentaban en grupos pequeños, hablaban y hacían bromas. David revolvía el café inconscientemente y fingía ignorar el parloteo y las miradas penetrantes de un grupo de colegas y simpatizantes que habían rodeado a Karen . ¿Qué había dicho o hecho para recibir toda esa atención? La estudió desde lejos y notó que era una mujer encantadora; lo suficientemente alta, atlética y en forma como para que todo hombre la mirara con interés. Se quitó de la cara los largos mechones de cabello castaño que le llegaban hasta los hombros y esbozó una sonrisa para todos los que la acompañaban.

David miraba el café y fruncía el ceño, molesto porque Karen no se acordaba de la carta que le había enviado sobre Roy Gould. Muy poco profesional de su parte. Suspiró y cambió de lugar las piernas debajo de la mesa. Las pocas presentaciones a las que había asistido en la conferencia habían sido mediocres y poco atractivas y, hasta el momento, su encuentro con Karen estaba al límite de lo extravagante. Tomó un sorbo del café insípido de la cafetería y comenzó a fantasear: se imaginaba sentado a la sombra de una galería colonial en San Cristóbal de Las Casas, en Chiapas, México, hablando con su esposa e ignorando a su desagradable cuñado, a la espera de sus viejos amigos, Luis y Ángela Alvarado. El profesor no veía la hora de regresar a México y continuar con sus vacaciones.

Sus tres primeros días en Washington D.C. habían confirmado la razón por la cual había abandonado este país materialmente rico por la paz y la tranquilidad de México. En pocas palabras, el ajetreo, el bullicio y las luchas raciales lo volvían loco. Era un expatriado estadounidense de cincuenta y dos años que solo regresaba a los Estados Unidos por motivos profesionales. Tenía una cátedra en el Departamento de Antropología de la Universidad Nacional de la Ciudad de México y había pasado los últimos treinta años entre la investigación y la enseñanza. La arqueología era su pasión y su esposa de los últimos dos años, Alexandra, bromeaba que lo fosilizaría si moría antes que ella. Tenían un matrimonio mixto, por llamarlo de algún modo, entre una viuda de cinco años y un viudo de veinte. Su nueva compañera provenía de una familia selecta con buenos contactos en la política. Algunos lo veían como un modesto académico y un gringo, aunque hacía muchos años que vivía en México y se consideraba mexicano.

David volvió a mirar a Karen. Toda la situación le parecía inquietante. La mujer parecía malhumorada, distraída y posiblemente incompetente, aunque sin lugar a dudas era atractiva. ¿La habrían contratado solo porque era linda? La situación con su jefe y el robo en la oficina estaban fuera de contexto para un museo. Sintió la tentación de irse y de escuchar algunas de las presentaciones que quedaban en la conferencia antes de regresar a casa, pero el tema aún sin resolver sobre Roy Gould y los hechos peculiares de la última hora habían motivado su curiosidad. A esa altura, podía quedarse y escuchar la historia que ella tenía para contar. Miró el reloj y decidió que no tenía apuro.

Karen se apartó de la multitud y se sentó a la mesa, acomodando una carpeta de papel manila sobre la falda.

—Lo siento —expresó—. El bullicio en este lugar es increíble.

Nerviosa, se acomodó los mechones de cabello castaño detrás de la oreja, después cogió y abrió un sobrecito de sustituto de crema. La vertió en la taza con un pulso tembloroso. Revolvió el café y lo bebió a sorbos, sosteniendo la taza con ambas manos. Se fijó si alguien la estaba mirando, después sonrió y se inclinó hacia él como si estuvieran conspirando.

—Bueno… —comenzó—. Conoce a Roy de los viejos tiempos. Dígame, ¿en verdad era un profanador de tumbas?

—Tal vez. —David le devolvió la sonrisa—. Roy no tenía ninguna capacitación profesional y aparentemente nunca tuvo un trabajo serio. Hace treinta años estuvo merodeando por la península de Yucatán. Siempre hacía algo de dinero y se las arreglaba para conseguir y comercializar piezas poco comunes. Aunque no conozco ningún hecho específico en el que haya profanado alguna tumba, sus negocios siempre me parecieron oscuros. El arte precolombino es más valioso cuando se vende con documentación. Una pieza que viene con un papel en el que está escrita su historia vale diez veces más que si no lo tuviera, pero Roy nunca se preocupó por los papeles. Eso me hacía pensar que estaba involucrado en algo ilegal.

Ella se mordió el labio inferior y asintió:

—Sí, falta de documentación. Estoy casi segura de que la estela de Gould proviene del sur de México… de Chiapas o Tabasco, tal vez de Guatemala. —Apoyó la taza y se acomodó en la silla—. Parte de la inscripción de la estela menciona un viaje por Palenque.

—La última vez que vi a Roy, todavía tenía la estela.

—¿En serio? —Se inclinó hacia adelante con las manos sobre la mesa—. ¿Cuándo lo vio por última vez?

—Por el 65. Me lo crucé en el río Usumacinta cerca de las ruinas de Yaxchilán. Dijo que venía de recoger algunas cosas por el área de Palenque y que iba camino a Bonampak. —Notó los ojos perdidos de la joven que se sumergía en un pensamiento profundo—. La estela, señorita Dumas… ¿de qué periodo estamos hablando?, —la interrumpió.

—Siglo XVI —respondió, volviendo a la conversación—. Probablemente alrededor de 1570.

—¿Qué? —El profesor abrió los ojos con sorpresa y frunció el ceño, incrédulo—. No es una fecha compatible, señorita Dumas. Yo… Seguramente sabrá usted que la cultura maya desapareció antes de la Conquista. Con excepción de la península de Yucatán, todas las ciudades mayas del sur fueron abandonadas cuatrocientos años antes de la llegada de Colón. Hice un trabajo exhaustivo en Palenque y puedo decirle que fue abandonada aún antes de esa fecha. No…— David negó con la cabeza—. No puede ser. No tiene sentido.

—Tiene que creerlo —insistió mientras tomaba una servilleta de papel—. Aquí… mire. —Cogió un lápiz y dibujó dos jeroglíficos, después añadió una serie de barras y puntos—. No soy una gran artista, pero, ¿significa esto algo para usted?

—Veamos. —El profesor giró la servilleta y estudió los dibujos—. Es una fecha… No caben dudas. —Frunció el ceño en señal de concentración—. Probablemente es un mes y un día.

El año maya se calculaba con el calendario Tzolkin, el que incluía dieciocho veces el Haab formado durante veinte días, el equivalente maya a un mes. De este modo, se obtenía un ciclo de trescientos sesenta días al que se sumaban cinco días de mala suerte al final del año. Tenían veinte nombres para llamar a los días y trece números asociados con ellos. Cada día estaba relacionado con un número. Como había más días que números, el día número catorce tenía que repetir el número del primero. Por lo tanto, tenían que pasar doscientos sesenta días hasta que se repitiera el número primigenio. En algunos aspectos, el calendario maya se asemejaba más a la astrología que a la ciencia. Los mayas creían que había factores externos que influenciaban las características de cada día: el número del día, el carácter Haab y un signo de cuatro lados caracterizado por cuatro dioses llamados Kawils. Cada uno de esos dioses estaba asociado a un color y era responsable de un cuadrante de ochocientos diecinueve días. Los años se agrupaban en katunes, ciclos de veinte años, y los baktunes se agrupaban en ciclos de cuatrocientos años. También usaban unidades mucho más grandes, como el calabtun, un ciclo de ciento sesenta mil años.

—Parece que este puede ser un Yaxkin y este un Cib —dijo entre dientes, después comenzó a dibujar garabatos sobre la servilleta—. Esto significa Sol, Buitre... —Sonrió, orgulloso de sí mismo—. Entonces hay que pensar que cada Tun era un... Esto se traduce en... —Siguió haciendo garabatos, después se detuvo y frunció el ceño, observando atentamente las barras y los puntos—. ¿1573? Pero, ¿cómo puede ser? ¿Esto está escrito en la estela?

Ella asintió con la cabeza y sonrió.

—Así es... Y también dice que la estela fue erigida cerca de Palenque.

—Imposible... No puede ser. Palenque no estaba cubierta por la selva cuando la descubrieron.

—A menos que eso no fuera así.

—¿Qué quieres decir?

—A menos de que no estuviera enterrada en Palenque. Tal vez la estela fue erigida dentro del dominio Palenque, pero no asociada realmente con las dinastías Jaguar de Palenque. En otras palabras, fue erigida cuatrocientos años después.

El profesor sacudió la cabeza, estaba confundido.

—Señorita Dumas... Hay sitios mayas con inscripciones de fechas que preceden a la teoría del *Big Bang*.

Ella ignoró su escepticismo y le preguntó:

—¿Hay cuevas en esa zona?

—¿Cuevas? Sí, claro. Probablemente haya cientos de cuevas. También hay cenotes. Tiene que ver cuán grandes y profundos son algunos. También hay una inmensa selva tropical sobre las montañas. Muchos ríos y cascadas en la época de lluvias. No hay caminos. ¿Qué tiene que ver esto?

—¿Conoce los cuatro códices que quedan?

—Nunca los vi, pero los conozco. Es todo lo que queda de los libros mayas. Los españoles destruyeron el resto. Reciben el nombre de los lugares europeos en los que se los exhibe: Dresde, París y Madrid. El Códice de Grolier fue el último que se descubrió… En 1971, creo, aunque es el más antiguo. Lo escribieron en el siglo XII. Todos lo saben. ¿Qué pasa con eso?

—Hay más.

—¿Más libros mayas? —La miró dubitativo—. ¿Dónde?

—Creo que cerca de Palenque. Probablemente están escondidos en una cueva.

—¿Eso dice la estela?

—Creo que sí.

—¿Cree?

—Apuesto lo que sea a que es así.

El profesor se quedó inmóvil, pero boquiabierto. Los historiadores y los arqueólogos creían que los frailes españoles habían destruido todos los documentos escritos de los mayas, excepto por esos cuatro códices. El fraile Diego de Landa, un franciscano que más tarde se convirtió en obispo de Yucatán, había aterrorizado y torturado a los indígenas por su resistencia a convertirse al cristianismo. Miles murieron bajo la espada. En la década de 1560, llevó a cabo un auto de fe a toda vela y quemó todos los escritos mayas que encontró. Aunque a partir de ese momento muchos se dedicaron a buscar esos textos, no apareció ningún remanente de los libros hechos con fibra del maguey. O esta joven estaba sumergida en una gran fantasía o en el suceso arqueológico más importante de los últimos cien años. ¿Cuál era la verdad?

—¿La piedra…?

—Pusieron la estela cerca de Palenque en 1573 —interrumpió Karen—. La inscripción dice que fue erigida por Caracol Rojo, un sacerdote de Yucatán.

—¿Un sacerdote?

—Piénselo —le dijo mientras estiraba los brazos en un bostezo. Karen cruzó las piernas con nerviosismo y cogió la taza de café—. ¿Qué estaban haciendo los españoles en ese momento? ¿Se acuerda? —lo provocó.

Él se encogió de hombros.

—Pacificando y convirtiendo a los indígenas.

—Querrás decir destruyendo su religión y su cultura.

—Sí… Sí. —afirmó—. Hay documentos que lo prueban. Cometieron excesos difíciles de creer.

—¿Qué habría sucedido si un grupo de personas se hubiera resistido y hubiera huido hacia el sur, a la selva Lacandona?

—¿Con los libros?

—Exactamente.

El profesor extendió la mano para coger la taza de café. Estaba temblando.

—¿Cómo lo sabe? ¿Lo dice la estela? Es una historia fantástica.

Karen se inclinó hacia adelante, miró a su alrededor a ver si alguien los estaba escuchando, y dijo:

—Creo que la inscripción registra la huida de Caracol Rojo y de su clan desde Chichén Itzá; viaje en el que llevaron con ellos los últimos libros mayas. Si fuera un indígena maya al que atraparon cerca de Palenque, y si el lugar ya estuviera en ruinas, ¿dónde escondería algo tan preciado?

—En una cueva —respondió con una sonrisa forzada.

Era una suposición lógica. Las cuevas eran lugares sagrados para los mayas. Sus ancestros espirituales venían de Xibalbá, el inframundo. Aún hoy, en la tierra natal de los mayas, los indígenas siguen llevando a cabo rituales dentro de las cuevas. De todos modos, esta seguía siendo una historia increíble.

—¿Tiene pruebas?

—Tengo la traducción.

—¿Puedo ver la estela?

Karen se encogió de hombros.

—Probablemente, pero ahora no.

—¿Por qué no?

—Me sorprendería si todavía soy empleada de este lugar. Depp y yo acabamos de discutir. No va a permitir que me acerque a ella.

—¿Qué...? —El profesor comenzó a formular una pregunta, pero se calló. La observaba mirarse los pies.

—Tengo...Tengo fotografías... y dibujé los jeroglíficos con lápiz y papel.

Sacó el material de la carpeta.

David se secó en los pantalones las manos que repentinamente habían comenzado a sudar.

—¿Entonces... la estela no está intacta? —preguntó mientras levantaba la primera de las fotografías con cuidado.

Ella dudó y después dijo:

—No... Pero... observe estas.

Le entregó tres fotografías en blanco y negro impresas en papel brillante.

Las miró rápidamente, buscando algo que le resultara familiar.

—Es difícil leer... La luz...

—Lo sé, pero tengo los dibujos.

Se estiró y le sacó las fotografías de las manos.

—¡Oiga! —se quejó—. No las pude mirar bien.

—Ahora no. Tal vez en otro momento.

David la miró sorprendido. ¿Por qué había reaccionado de una manera casi grosera?, pensó. ¿Escondería algo? ¿Por qué no le dejaba analizar las fotografías?

—Señorita Dumas, ¿está completamente segura de lo que dice la estela? ¿Permitió que otros revisaran su trabajo...o que vean los jeroglíficos y hagan su propia traducción?

—No… No… No hubo tiempo. Acudí a Depp en varias oportunidades, pero no parecía interesado en mi trabajo. Por lo menos hasta hoy.

—¿Puedo ver lo que tiene? —intentó.

David dudaba de que esa fantástica historia tuviera algún fundamento, pero tenía que verlo por sí mismo. ¡Dios! Descubrir libros mayas sería un gran logro.

—No—le respondió repentinamente, cogió rápido la carpeta y se puso de pie para partir. Tenía los labios apretados—. Gracias, pero no. No necesito otro mentor que… que… —se quedó sin palabras y se dio vuelta para irse.

Que derrumbe sus fantasías, pensó él. Después, con gran perspicacia le dijo:

—Tiene miedo de que le robe el trabajo.

Se dio vuelta sorprendida, ruborizada.

—No quise decir eso… Lo que quise decir es que…

Él levantó la mano para callarla.

—Por favor. La comprendo. —Suspiró y le extendió la mano señalándole la silla—. Siéntese, señorita Dumas. ¿Siempre es tan impulsiva?

—¿Impulsiva? ¿Yo? —abrió la boca, pero no salieron más palabras.

—Señorita Dumas, no tengo intención alguna de robar el trabajo de otro. Ni siquiera sé si su investigación vale la pena. Aparentemente, nadie lo sabe. Y nadie le va a creer a menos que verifique la traducción. Además, va a necesitar ayuda. Supongo que planea viajar a México, ¿no?

Levantó las cejas con sorpresa.

—Sí —le respondió sin mirarlo a los ojos—. Muy pronto. Me iré de la oficina hoy —miró por encima del hombro—. Tengo que apresurarme, antes de que desaparezcan más partes de mi trabajo.

—Claro —dijo al recordar el incidente de la oficina—. ¿De verdad cree que alguien quiere robarle información?

—Así es. Usted no entiende… No estuvo aquí. No es la primera vez que sucede algo así. Si no ¿qué otra cosa puede ser?

Miró fijo su hermoso rostro, pero se contuvo y concentró la mirada en otro lado. ¿Era todo un error y una fantasía, o esta mujer realmente tenía algo? ¿Qué debía hacer? Todo este viaje para escuchar la loca historia de una arqueóloga desconocida de dudosa experiencia académica. Pero si estaba en lo cierto… ¿Por qué alguien entraría a su oficina? ¡Descubrir libros mayas sería el equivalente al hallazgo de la piedra de Rosetta! Ese bloque de piedra, descubierto en el desierto de Egipto con la misma inscripción en tres idiomas diferentes, fue la clave para traducir los jeroglíficos de los egipcios.

—Me voy mañana a San Cristóbal de Las Casas —dijo David.

—¿Chiapas? —preguntó esperanzada.

—Están en guerra, ¿sabe? —le advirtió.

—Sí, algo leí sobre el conflicto. La rebelión zapatista. —Dejó caer los hombros. Obviamente se había olvidado de ese dato tan importante.

—Es peligroso, señorita Dumas. Peligroso para cualquiera y especialmente para una mujer.

—Me puedo cuidar sola —replicó con la espalda bien erguida.

—No tengo dudas —respondió—. Pero de todos modos necesitará ayuda. De lo contrario, no encontrará nada.

Esto le llamó la atención y clavó los ojos en los suyos.

—¿Por qué debería confiar en usted?

—¿Por qué debería yo confiar en usted? —contraatacó.

Su boca luchó por esconder una sonrisa. Dudó un instante y después dijo:

—No me molestaría recibir un poco de ayuda —volvió a mirarse los pies—. Es muy importante para mí que yo…

—Señorita Dumas… —la interrumpió.

—Karen —corrigió.

—Karen, no tienes la más mínima posibilidad si no aceptas ayuda. Tengo contactos en Chiapas.

—¿Qué tipo de contactos?

—El hermano de mi esposa es el cónsul del estado de Chiapas.

Ella se rió.

—¿Es una broma?

Se rió entre dientes y le contestó:

—No, es verdad, y también conozco a otras personas. Si quieres hacerlo bien, Karen, puedo ayudarte. Estaré un mes en San Cristóbal. Si vas para allá, llámame. Esta es la dirección y el número de teléfono de donde estaré. —Escribió y le entregó el papel—. Karen —dudó, eligiendo las palabras cuidadosamente—, realmente tengo que revisar tu información… Y francamente, a menos que lo haga, es probable que no esté interesado en trabajar contigo. —Se encogió de hombros e insistió—: Es tu decisión. —Se puso de pie—. Trabajé en el área de Palenque y alrededores durante diez años. Si tu traducción es buena, seguro me daré cuenta. Piénsalo y después llámame. No creo que encuentres a nadie mejor que yo para trabajar en esto. —Sonrió—. Realmente me tengo que ir. Creo que todavía puedo llegar a alguna de las presentaciones de la tarde. Tal vez escuche a tu amigo, el doctor Depp.

—Sí. Es mejor que vayas. Y cuando llegues, ¿te fijarías si tiene el bosquejo de mi presentación, por favor?

—Me imagino que no piensas que…

Hizo un gesto para desestimar la pregunta.

—No… Sí… Quién sabe. Alguien se lo llevó. —Miró alrededor y después al profesor— Escucha, David, me iré de aquí en una semana. Iré a… a México. Tal vez te busque cuando llegue.

—Eso espero. Una cosa más: en tu lugar, no viajaría en un avión pequeño. Vuela a Acapulco o a algún lugar razonablemente cerca y después tómate un autobús.

—¿Por qué?

—Las guerrillas zapatistas, ¿recuerdas? Están en guerra.

—Cierto, ya me había olvidado.

—¿Karen?

—Dime.

—Puedo ir a buscarte al aeropuerto de Acapulco si quieres. Piénsalo, ¿de acuerdo?

David le extendió la mano y ella lo despidió. La dejó de pie, pensando intensamente y mordiéndose el labio. Al salir de la sala, recorrió varios pasillos y finalmente encontró la salida del edificio.

«Me pregunto si me llamará», pensó mientras bajaba las largas escaleras de granito del Museo Nacional de Historia Natural. Es una historia realmente descabellada. Libros mayas, estelas desconocidas, ladrones, una joven muy guapa y académicos celosos. ¿Qué está pasando aquí? Tal vez sea mejor que no me llame. A los cincuenta y dos años la vida ya era lo suficientemente interesante aún sin haber recorrido toda la selva Lacandona. Alexandra, su esposa, se enojaría si él decidía trabajar en vacaciones, especialmente con una joven hermosa. Y su amigo, Luis Alvarado, llegaría a San Cristóbal en una semana. David no tenía tiempo para esto. De todos modos parecía no tener sentido. Bueno... Puso las manos en los bolsillos y comenzó a caminar junto al mar. Pronto estaba silbando una canción de su juventud. Al diablo con la conferencia, decidió. Tal vez podía subirse al monumento a Washington por última vez, antes de ser demasiado viejo para hacerlo.

4

El regreso a casa en metro le permitió a Karen pensar y analizar su situación en perspectiva. Estaba haciendo malabares con muchas cuestiones a la vez y ya era hora de ponerlas en orden. Con una maleta que guardaba la información que había reunido sobre la estela, las fotografías, la traducción y algunos objetos personales de su oficina, finalmente subió el último escalón de la escalera del metro y emprendió la caminata de siete calles hasta su apartamento. Los sonidos y los olores familiares de Washington D.C. le dieron la bienvenida. Imponentes, los árboles frondosos formaban una línea a ambos lados de la calle. Entre los ocozoles y los arces que eran más nuevos y saludables, unos pocos sobrevivientes de la devastadora grafiosis del olmo de la década de los cincuenta dibujaban una sombra irregular sobre la calle y los jardines.

Aunque estaba muy cansada y ya no tenía dudas de que se había quedado sin empleo, Karen se sentía optimista como pocas veces, más positiva sobre el futuro que lo que había estado durante muchos años. De repente tenía opciones. ¡Era libre! Su carrera ya no estaba limitada por cretinos como Depp y, sin el trabajo en el Smithsonian, nada la retenía en Washington; era emocionante, pero al mismo tiempo la asustaba un poco. ¿Qué le depararía el futuro?

Karen sabía que su traducción era una pieza sólida de investigación. Sin embargo, se dio cuenta, no era nada comparado con la posibilidad de encontrar los libros mayas. ¡Esa sería una hazaña increíble! El profesor mexicano parecía un buen hombre y no lo culpaba por ser escéptico. Después de todo, ella no le había dejado ver su trabajo. También tenía razón en cuanto a que era peligroso viajar a México. Una excursión por la selva Lacandona requeriría tanta suerte como esfuerzo, o tal vez más. Chiapas era el estado que se encontraba más al sur de México y había funcionado como zona de transición entre Guatemala y su vecino mayor del norte. Había pocos caminos, casi no había hospitales y contaba con muchas regiones alejadas que se habían ganado merecidamente la reputación de enclaves anárquicos de sedición maya. Las montañas y la selva de vegetación intensa del estado intimidaban incluso a los exploradores más versados. Y tal como había señalado sucintamente David Wolf, ella no tenía ningún contacto político en México y en Chiapas había una guerra de guerrillas . No conocía absolutamente a nadie que la pudiera ayudar en ese país. Además, y la molestaba pensarlo, era una mujer y en México generalmente se trata a las mujeres como basura y no se las toma en serio. Sería una tarea casi imposible sin la ayuda del profesor. Tal como estaban las cosas, David Wolf era su único aliado posible. Afortunadamente, era probable que también fuera el mejor. No tenía muchas opciones más que aprovechar sus servicios. Su miedo de que le robara el trabajo era poco realista. No parecía ser ese tipo de hombre y por eso tenía que incluirlo en el proyecto u olvidarse de la estela.

Karen giró en la esquina y siguió caminando, sumergida en pensamientos profundos. Un hombre desconocido pasaba por la acera de la puerta de su casa. Del otro lado de la calle una ruidosa familia iraní salía de su casa y se apiñaba en una furgoneta Volvo color crema. La señora Slobodnik, la vecina canosa y enferma que vivía al este de su casa, tenía puestas unas pantuflas y una bata y estaba arrodillada en un jardín muy cuidado. Cuando el hombre de la acera estuvo más cerca, algo en él le llamó la atención. Alto y delgado, llevaba un sombrero de jipijapa y un traje color crema. Un cigarro muy mascado le llenaba un costado de la boca; la miró fijo mientras ella se acercaba, lo que la puso nerviosa e impidió que lo mirara a los ojos.

Tal vez la falta de sueño le hacía volar la imaginación, pero las mujeres tenían que tener cuidado en Washington. Algunas zonas de la ciudad capital de la nación bullían en malevolencia y además esta era una de las ciudades del país con mayor tasa de asesinatos y violaciones. Esa era una realidad que enfrentaban todas las mujeres jóvenes: fácilmente podían convertirse en víctimas y eso hacía que los pensamientos se volvieran más nefastos. Una mujer debía tomar sus precauciones.

Al acercarse, le vio la cara. ¡Dios! Una delgada cicatriz trazaba una línea desde la frente, atravesaba un pálido ojo sin vida y llegaba hasta la mejilla. El cuerpo de Karen avanzaba lentamente y casi se baja de la acera cuando él pasó a su lado. Pero en lugar de hacerlo siguió mirando hacia adelante y simuló indiferencia. ¡Contrólate!, se dijo a sí misma, dio otros treinta pasos hasta su apartamento y giró para enfrentar la puerta. Mirando de reojo hacia la calle, se dio cuenta de que él también se había detenido para observarla. Él le hizo una sonrisa ladeada y se tocó el sombrero antes de darse vuelta y marcharse dando grandes zancadas con determinación. Qué extraño. ¿Qué había sido todo eso? Tembló, deseando estar en la seguridad de su hogar. Abrió la puerta de entrada, subió las escaleras y cambió de llave para abrir su apartamento, pero la manija cedió sin necesidad de usar la llave. «No», pensó. ¡Otra vez no! Karen abrió la puerta y ¡Dios mío! Los muebles estaban dados vuelta, los libros desparramados por el piso, había papeles por todos lados. La habitación apestaba a cigarro. ¡Jesús! Tiene que haber sido el hombre de la acera.

—¡Mierda! ¡Mierda! ¡Mierda! —maldijo.

Esto era demasiado. Gritó enojada, cerró de un golpe la puerta detrás de ella y bajó corriendo las escaleras hacia la casa de la señora Slobodnik para llamar a la policía.

—Estás cometiendo un error, Karen. ¿Por qué no pediste ayuda?

La acusación y la desaprobación que expresaba la tía Rose le cayeron como un golpe que reprimía su entusiasmo. Podía ver a la anciana frunciendo el ceño al teléfono, con el cabello cada vez menos rojizo, el rostro arrugado y una mano en la cintura. Llamar a la policía no había servido para nada. El policía no le quitó los ojos de encima mientras escribía el informe. Nada iba a resultar de eso, estaba segura, por eso inventó excusas para deshacerse pronto de él.

—Este proyecto podría significar el comienzo de una gran carrera. Podría...

—Podría matarte, eso podría hacer, Stinky*. Una joven soltera no tiene nada que hacer...

—¡Deja de llamarme Stinky!

—...no tiene nada que hacer dando vueltas por la selva sola. Puede haber cazadores de cabezas o caníbales.

Karen refunfuñó. ¿Dónde había leído esas cosas? ¿En el periódico National Enquirer?

—No hay cazadores de cabezas ni caníbales en México, tía. Además no voy a estar sola. Voy a estar con el doctor Wolf... y... con otras personas.

—Peor aún, Stinky. Encontrarse con un desconocido en el extranjero. Dios... ¿Qué dirían tus padres?

—Están muertos, tía. Hace seis años que están muertos. Además...Ya nada me retiene aquí. La estela de Gould...

* N.T.: "Stinky" significa "apestoso".

—¿...y Lawrence?. —La anciana la ignoró—. ¿Qué pensaría Lawrence si supiera que te vas a México?

—¿Lawrence? Nos divorciamos hace dos años... ¿Recuerdas? —El rostro de Karen mostraba su enojo. Cogió con fuerza el teléfono—. ¡Es un cretino y un mentiroso y además me engañó! ¡A quién le importa lo que él piense!

—Cuida tus palabras, jovencita —la retó la anciana, si bien su voz no revelaba disgusto—. ¿Por qué no vienes a Omaha? Por favor, hablemos antes de que tomes una decisión.

—Ya está decidido, tía Rose. Ya subarrendé mi apartamento y todo, excepto los muebles, está en un depósito. Me encontraré con el doctor Wolf en Acapulco el próximo miércoles. Estoy decidida a ir. Por favor... Yo esperaba que... Bueno... Eres el único familiar que me queda y quería tu bendición.

Con el teléfono todavía en las manos, Karen se dejó caer en el sillón de la sala de estar. ¿Por qué Rose no le daba su aprobación, simplemente? ¡Ya sabía que Karen no cambiaría de parecer! Esta conversación era igual a las últimas diez que habían tenido: Karen planificaba y trabajaba con entusiasmo, la tía Rose actuaba extremadamente precavida y mostraba su desacuerdo. Pero la tía era todo lo que le quedaba de la familia después de la muerte de sus padres seis años atrás. La seria y formal Rose siempre había estado con ella; primero como tutora y albacea de la sucesión de los padres y después como la persona que siempre la apoyaba, además de ser el único pariente que quedaba con vida. Aunque la anciana no estaba de acuerdo con que Karen jugara al vóleibol o estudiara antropología en la universidad, la había ayudado durante sus estudios de posgrado y había sido una fuente de fortaleza durante su divorcio.

Siguió una batalla silenciosa de voluntades, interrumpida por los suspiros ocasionales de la tía. Finalmente, Rose se aclaró la garganta y dijo:

—¿Te alcanza el dinero, Stinky?

Karen sonrió.

—Sí, tía. El dinero no es un problema ahora, ya lo sabes. Pero no quiero que pienses mal de mí. Tengo que seguir con esto. Es importante para mi carrera.

Aún más silencio, seguido por los suspiros inevitables.

—Karen, realmente tendrías que obligarte a tener algo más... más... —la anciana dudó un instante, buscando el mejor modo de describirlo—. A tener un estilo de vida más natural para una joven o no encontrarás otro hombre que...

—¡Tía Rose!

—No quiero fastidiarte, pero...

—¡Por favor, tía Rose! —Karen frunció el ceño y cambió de oreja el teléfono, su paciencia se estaba agotando. Quería mucho a esa anciana entrometida, pero la conversación se estaba volviendo incómoda: recriminaciones y temas que era mejor no mencionar.

Mientras la tía permanecía en silencio, Karen prosiguió.

—Tía, me van a desconectar el teléfono mañana. Por eso te llamé. Tan solo deséame buena suerte. Te llamaré nuevamente cuando llegue a San Cristóbal. Todo va a estar bien. Confía en mí, por favor. Soy una mujer adulta. Esto será lo mejor que jamás haya hecho. Ya lo verás.

—Stinky... —Se le quebró la voz de la emoción.

—Tía Rose, odio que me llames así —dijo Karen con resignación—. Escucha, si todo va bien, tal vez podamos encontrarnos en Guadalajara... escuchar a los mariachis y hacer compras en Tlaquepaque. Te llamo cuando esté por terminar. Tendremos motivos para celebrar. Estarás orgullosa de mí, tía. Lo prometo.

—Supongo que tendré que volver a confiar en ti. —La voz de la anciana estaba teñida de tristeza y resignación—. ¿Por cuánto tiempo te irás?

—Un mes, más o menos. Me mantendré en contacto.

—¿Lo prometes?

—Lo prometo, tía Rose. Puedo hacerlo. Ya verás.

—Si tú lo dices. —La tía Rose parecía dudar—. Envíame una postal para mi colección. Ya sabes cuánto me gusta recibir postales.

—Te quiero tía. No te preocupes.

—Adiós, Stinky.

—Adiós, Rose... y no te acerques a las salas de bingo.

—Solo juego en San Francis Cabrini una vez por semana —le respondió la anciana a la defensiva.

La línea de Karen le indicó que tenía una llamada en espera.

—Me tengo que ir, Rose. Alguien me está llamando.

—Que Dios te bendiga, hija.

La tía Rose colgó y Karen contestó la nueva llamada.

—Así que... está en su casa. Estuve tratando de ubicarla —dijo la desagradable voz del doctor Depp—. Le ordené que dejara todas las notas y el material en el Smithsonian, señorita Dumas. Estoy seguro de que se está quedando con documentos importantes del museo y que deliberadamente...

—¿Y que deliberadamente estoy cuidando que no me roben el trabajo? —terminó la oración por él—. Lo que usted tiene es todo lo que hay, doctor Depp. Ahora trabaje usted para salir un poco de la rutina. Si es lo suficientemente inteligente se dará cuenta de que está todo allí.

—¿Cómo se atreve?

—¿Cómo se atreve USTED? —le gritó poniéndose de pie.

Depp hizo una pausa y después continuó con pensada tranquilidad:

—Haré todo lo que esté a mi alcance para proteger los intereses del museo. La llevaré a los tribunales si es necesario.

—Llame a alguien a quien le interese, doctor Depp. Cuando logre hacer algo, yo ya estaré en México. Esta vez usted perdió. Mejor que se vaya acostumbrando. Busque a otra mujer que se subordine a usted para acosar. Voy a colgar.

Karen sostenía el teléfono con una mano temblorosa y respiró profundamente. Ya está... Ya lo había hecho. Lo había

enviado a paseo. No había permitido que él la volviera a inti-
midar. Por supuesto que se había quedado con documentación. ¡De todos modos, él pensaba que su análisis no valía la
pena! ¿Pensaba que ella estaba senil? La estela de Gould era su
proyecto y lo seguiría hasta el final. Depp podía quejarse con
quien quisiera, podía flagelarse con un espino o ponerse un
cilicio. A ella no le importaba. Nada podría detenerla. Nada.

5

Incongruente, decidió Karen; esa era la palabra que mejor describía al apuesto, bajo y fornido hombre de cabello oscuro que estaba sentado al otro lado del pasillo del avión de Mexicana. Por el pantalón caqui y la camisa guayabera, daba la impresión de ser un empresario adinerado. Se había ajustado el cinturón, miró alrededor para orientarse y al ver que Karen lo estaba mirando le ofreció una sonrisa sutil pero desinteresada antes de abrir el pequeño libro que llevaba consigo. No pudo leer el nombre del libro en español, pero el autor le llamó la atención. ¿Sun Tzu? ¿Por qué le resultaba familiar? Entonces se acordó: El arte de la guerra de Sun Tzu. Le pareció peculiar, y hasta un poco tonto, que un clásico libro chino de estrategia estuviera traducido al español. Sonrió y giró la cabeza, no sin antes ver los zapatos del hombre. Deteriorados y sucios, con manchas de barro rojizo, no condecían con el resto de su apariencia. Tal vez no era un empresario. Si no fuera por los brazos fuertes y los hombros robustos, parecería un ratón de biblioteca. Tal vez era algún tipo de burócrata que levantaba pesas. Daba lo mismo. No importaba. Karen no sabía por qué se había fijado en él en primer lugar, aunque le parecía atractivo y, tal vez, un poco inquietante.

El avión carreteó hasta la pista que le habían designado. Después de un momento, el piloto encendió los motores. El ruido de las turbinas y la presión del despegue hicieron que sintiera malestar en el estómago mientras el avión se sacudía, dudaba por un momento y finalmente se elevaba hacia el cielo. El avión se inclinó hacia la izquierda, después se niveló y se dirigió hacia el sur para tomar la ruta que lo llevaría a Acapulco. Se apagó la señal de los cinturones de seguridad, y los auxiliares de vuelo comenzaron a ir y venir por el pasillo de la cabina, ofreciendo champaña gratis y llenando de abrazos y elogios a los pasajeros más pequeños. Le encantaba viajar por esa aerolínea. Era su tercer viaje y podía saborear la cultura mexicana incluso antes de aterrizar.

Karen había decidido no perder tiempo en Acapulco. El doctor Wolf había acordado encontrarla en el aeropuerto, aunque parecía sorprendido de que ella tuviera la intención de ignorar las playas de arenas blancas y los altos acantilados de la bahía de esa ciudad.

—¿Nada de esparcimiento? —la había reprendido—. ¿Ni siquiera un día?

Su tono algo desaprobador la había irritado, pero lo dejó pasar. Sabía que ya tendría tiempo para divertirse más adelante. Este era un viaje de trabajo.

Karen estaba inquieta y miraba para todos lados, ansiosa por llegar a destino. El joven sentado junto a ella, un adolescente flacucho que parecía aplicado, transportaba una gran estatua de plástico de la Virgen de Guadalupe. Esta medía casi un metro de alto y ocupaba demasiado espacio. La Virgen tendría suerte de llegar en una pieza, especialmente si seguía golpeando a Karen. Ella le hacía caras a la estatua. Solo en una aerolínea mexicana permitirían que un muchacho llevara una cosa semejante a bordo. Al ver su interés, el adolescente de piel color café con leche le sonrió, creyendo que ella estaba admirando a la Virgen. Intentó esbozar una sonrisa para parecer agradable , pero en cambio solo pudo hacer una mueca. Se acomodó los mechones de cabello a los costados del rostro, miró al otro lado del pasillo al hombre apuesto de los zapatos sucios y después se inclinó para coger el equipaje de mano. Quería revisar sus anotaciones antes de aterrizar. El doctor Wolf le había pedido nuevamente ver la información que tenía y, mejor descansada, había notado que era una petición totalmente razonable. Sacó una carpeta con un montón de hojas de papel sueltas y se dio cuenta de que tendría que haber organizado mejor el material antes de partir. La ajetreada preparación para el viaje le había dejado poco tiempo para acomodar coherentemente su trabajo de manera que fuera presentable. Iba a tener que esperar hasta que llegaran a San Cristóbal y ella pudiera acomodar todo en la habitación del hotel. Mientras tanto, respondería todas sus preguntas del mejor modo posible.

Se sumergió en la lectura y prácticamente enseguida el capitán anunció en español, y luego en inglés, que estaban por aterrizar en Acapulco. La Virgen la volvió a golpear y Karen se dio vuelta para mirar enojada al muchacho. Ante su disculpa, ella mintió que no había problema. Volvió a poner todos los papeles y la carpeta en la maleta y la acomodó en el suelo entre las piernas. Al recostarse en el asiento, se dio cuenta de que el lector de Sun Tzu había puesto el libro a un lado y la estaba mirando. Ella sonrió e intentó comenzar una conversación.

—¿Habla inglés?

Bajó la cabeza un momento, avergonzado porque lo había descubierto mirándola. Respondió lentamente, eligiendo las palabras:

—Sí, un poco. Yo... Yo estudié inglés en la escuela muchos años y viví seis meses en Inglaterra.

Le sonrió brevemente con vergüenza y dejó de mirarla.

—¿En serio? —dijo tratando de alentarlo—. Hablas muy bien. ¿En qué lugar de Inglaterra viviste?

—Londres... y después pasé un mes en Miami.

Pronunció Miami tal como se escribe y ella sonrió por su acento.

—¿Vas a la guerra?

—¿What? ¿Estoy yendo a la guerra? —Le respondió alternando el inglés y el español.

—No. —Karen rió por el lapsus—. Te vi leyendo *El arte de la guerra* de Sun Tzu. Mi ex novio tenía una copia y yo lo leí en el primer año de la universidad.

El joven se entusiasmó con la conversación y se inclinó hacia el pasillo con el libro en la mano para hacerle una pregunta, pero la auxiliar de vuelo se interpuso entre ellos para advertirle al muchacho que llevaba la Virgen de Guadalupe que sujetara fuerte a la Santa Patrona de las Américas y se preparara para aterrizar. Cuando la auxiliar de vuelo se apartó del pasillo, el apuesto hombre que Karen acababa de conocer se había acomodado en el asiento y miraba estoicamente hacia adelante. La miró por un instante, le sonrió, y rápidamente se dio vuelta para mirar por la ventana. La conversación había terminado.

Maldición. Hasta allí llegó el romance. ¿Qué había en ella que parecía espantar a los hombres? Le habían dicho en reiteradas oportunidades que era linda y, de acuerdo con los estándares que aparecen en las revistas de mujeres, ella sabía que era cierto. ¿Sería su forma de ser? La tía Rose, que no tenía problemas para decir las cosas, le había dicho que era demasiado intensa e intelectual. ¿Sería verdad? ¿Importaba esa característica? Karen intentó convencerse de que no era así. Después de todo, ella había viajado solo por trabajo.

Giró la cabeza y miró por encima de la Virgen de plástico para observar el hermoso espejo de agua del Océano Pacífico. Los mayas, recordó Karen, creían que la tierra era Imix, un monstruo nenúfar similar a un cocodrilo gigante o a una tortuga que yace en un gran cuerpo de agua soportando la tierra en las espaldas. Debajo de Imix se encuentra el Xibalbá, el inframundo maya, un lugar mítico de agua donde todas las noches el sol se convierte en el dios Jaguar para realizar un viaje nocturno por el infierno.

El avión se inclinó y comenzó a descender hacia la bahía de Acapulco. El viento del Pacífico sacudía la aeronave y cuando las alas se ladearon hacia el oeste alcanzó a ver los acantilados y los hoteles que rodeaban la bahía. De repente el sol brilló fuerte y brillante, cegándola y obligándola a apartar la vista de la ventana. El avión de Mexicana comenzó a descender nuevamente, se niveló y buscó la pista de aterrizaje. La aeronave se quejó, las ruedas derraparon, se elevaron y luego tocaron la pista. Los motores rugían con fuerza mientras el piloto activaba el inversor del empuje para disminuir la velocidad del avión. Karen soltó la respiración, no se había dado cuenta de que la estaba conteniendo, y miró por encima de la Santa Virgen a través de la ventana. Las palmeras altas permanecían inmóviles e indiferentes, listas para secarse bajo el sol de Acapulco. Las hojas de las palmeras eran de un horrible color amarillento. El calor emanaba de la pista de aterrizaje y distorsionaba los edificios que se veían a lo lejos, creando un espejismo sobre el asfalto. Su aventura en México había comenzado.

6

Karen cogió la tira de su bolso y la acomodó en el hombro mientras buscaba una vez más al profesor Wolf en el sector de arribos. Al no reconocer a nadie, se dirigió al área de reclamo de equipajes. Música alegre y tropical resonaba en el aeropuerto pequeño y se volvía más fuerte a medida que se acercaba a la banda de hombres morenos vestidos con camisas con flores y colores vivos que tocaban instrumentos de viento y percusión. En contraste con la música alegre, los músicos no sonreían y parecían aburridos, simplemente se movían lo necesario para poder tocar. Las paredes del aeropuerto estaban cubiertas de carteles coloridos de los hoteles y los restaurantes de la bahía de Acapulco. Ofrecían sexo, sol, playa y surf; todos prometían romances y vacaciones inimaginables. Se arrepintió por un momento. ¿Cuánto tiempo había pasado desde sus últimas verdaderas vacaciones en una playa? Frunció el ceño: se dio cuenta de que había sido cuatro años atrás, en la luna de miel con Lawrence. ¡Vaya!

El misterioso y apuesto lector de Sun Tzu apareció a su lado y se dispuso a acompañarla. Le sonrió con inseguridad y, después de un momento incómodo, le señaló los carteles y le dijo:

—Te gustará Acapulco. Es un lugar maravilloso para disfrutar en vacaciones... Vienen muchos estadounidenses.

—No estoy de vacaciones. Soy arqueóloga y... —Se detuvo para mirar hacia la explanada—. Supuestamente alguien vendría a buscarme. Nos vamos a San Cristóbal hoy.

—¿Vas a Chiapas? —preguntó sorprendido.

—Sí. Un colega, el doctor Wolf de Ciudad de México, me vendrá a buscar... o al menos eso dijo. Espero que no se haya olvidado. —Llegaron al lugar indicado para retirar el equipaje y vieron cómo empezaban a circular algunas maletas por la cinta. Buscó otra vez al doctor Wolf, después centró la atención en su acompañante—. Escuché que todo se atrasa aquí. ¿Es cierto? —Sonrió tratando de animarlo. Se dio cuenta de que todavía no sabía su nombre.

Él frunció el ceño y después murmuró:

—¿Doctor Wolf? —Curvó la boca y repitió el nombre—. ¡Claro! —dijo finalmente como si lo hubiera reconocido—. El profesor Lobo. Conocí a un profesor Lobo, pero no era mexicano. Era de Nuevo México, del otro lado, —dijo, señalando el norte.

—Tal vez sea la misma persona —sugirió—. Especialmente si fuiste a la universidad.

Él se quedó callado, analizando lo que había escuchado y se puso serio. Ella se dio cuenta de que la información lo había perturbado. ¿Conocía él a David Wolf?

—Así que... ¿A dónde vas? —intentó otra vez. Le molestaba su reticencia. Si tenía algún interés romántico en ella, era hora de demostrarlo. Tal vez solo era tímido—. ¿Vives en Acapulco con tu esposa y tus hijos? —Si él no tenía pensado darle esa información por voluntad propia, ella lo preguntaría, y si estaba casado, lo desecharía como si fuera un insecto asqueroso.

—No —respondió—, no estoy casado. —Se miró los pies, parecía avergonzado—. Vivo en... Vivo en el sur. No muy lejos de San Cristóbal.

—¿En serio? ¡Qué interesante! ¿Qué haces?

—¿Qué hago?

—¿En qué trabajas? ¿A qué te dedicas?

Volvió a dudar y seguía arrugando la frente. Abrió la boca para hablar cuando, inesperadamente, alguien la llamó desde la explanada.

—Karen... ¡Señorita Dumas! —El profesor le hacía señas a lo lejos.

El doctor Wolf empezó a caminar hacia donde estaba ella, su sonrisa amable dejaba ver una dentadura blanca y brillante. Se sintió aliviada. Bien. La habían ido a recoger. Odiaba esperar en los aeropuertos, especialmente en el extranjero. Le hizo señas con entusiasmo y caminó para encontrarse con él. A mitad de camino se acordó de su apuesto amigo y se dio vuelta para invitarlo a que se uniera a ellos, pero vio que ya había cogido la maleta y se alejaba rápidamente. ¿Qué importaba? Ya sabía que no era muy perseverante. ¡Un momento!, ella se había alejado primero. Tal vez ella no valía la pena el esfuerzo. Se detuvo con las manos en la cintura y lo observó desaparecer por las puertas de vidrio. Llamó un taxi desde el bordillo de la acera, se subió y se fue. ¡Y no le había dicho su nombre! Era extraño, pensó, pero no inusual. Sencillamente, parecía que a veces ella ahuyentaba a los hombres.

—¿Hiciste un amigo? —le preguntó David—. Espero no haberlo espantado.

Él cargaba las dos maletas, y ella caminaba a su lado. Los tubos de luz fluorescente se alineaban en el techo, y el aire fresco recorría la explanada. Una pared de vidrio los protegía del exterior. David trató de distinguir qué miraban los ojos de Karen, pero solo vio taxis y autobuses. El sol ardía en lo alto del cielo, un círculo amarillo y blanco que los abrasaba a todos.

—No lo sé —respondió quitándose un mechón de cabello que le tapaba el rostro—. Es un muchacho que conocí en el avión. Era un poco extraño en realidad. Actuaba como si quisiera hablar, pero de repente desapareció.

—Me parecía ligeramente familiar. Creo que lo conozco de algún lado. Tal vez conozca a algún pariente de él. Había algo en sus ojos.

—Sí. Dijo que conocía a un profesor Lobo.

David se detuvo y la enfrentó.

—¿Eso dijo? ¿Profesor Lobo?

—Sí. ¿Por qué? ¿Quién es? ¿Un antiguo alumno o algo así?

El profesor frunció el ceño, comenzó a hablar, después volvió a coger las maletas y caminó hacia las puertas.

—No lo sé. Probablemente no... O por lo menos no es el alumno que me viene a la mente. Lo mataron los militares hace seis o siete años en algún lugar aquí, en el estado de Guerrero.

—¿Lo mataron los militares?

David asintió.

—Un joven brillante. Provenía de una familia indígena de algún lugar del sur, pero en términos de política era radical y siempre tenía problemas con la policía. —Lucharon momentáneamente con las puertas y después lograron salir—. Siempre me simpatizó. Tenía razón en casi todo. Pero los cambios son muy lentos aquí.

—¿En qué tenía razón?

—Bueno, ya sabes... En que había un gobierno represivo, que controlaba a los indígenas, los asesinaba... Les robaba la selva Lacandona a los mayas. Todo eso de lo que nadie quiere hablar.

—Pero, él sí hablaba contigo...

—Hizo algo más que hablar... Murió por eso. —La miró de reojo para ver su reacción y vio esa expresión de sorpresa en el rostro—. Señorita Dumas, esto es México. Seguramente aquí hubo más revoluciones que las infracciones de tránsito que usted cometió. Es un muy buen lugar para venir de vacaciones, pero tienes que conocer bien el camino si te alejas del sendero marcado. Por eso estoy aquí... Para ayudarla a dar los primeros pasos. Cuando lleguemos a San Cristóbal ya será de noche y probablemente hayamos pasado cinco o seis controles militares y un par de puestos de control de la policía federal. Está comenzando una nueva revolución en el sur. Ahora que lo pienso, es una lástima que Marcos no haya sobrevivido para verlo.

—¿Marcos? —preguntó.

—Sí, así se llamaba. No puedo recordar el apellido. Pero no puede haber sido él. Está muerto, ¿recuerdas?

—¿Estás seguro?

Se rió entre dientes.

—El gobierno está seguro. Salió en todos los periódicos. Marcos siempre estaba dispuesto a llevar adelante acciones osadas, pero no era tonto. Era un hombre buscado antes de morir, y los hombres buscados son muy cuidadosos en México, a menos que estén listos para el pelotón del fusilamiento.

—¿Por qué lo buscaban?

—¿Por qué me haces tantas preguntas, Karen?

—Solo quiero saber. Despertaste mi curiosidad.

—Bueno —David dudó—, lo acusaron de masacrar a una familia en Cuernavaca y de robarle dinero para financiar su guerrilla.

Ella se detuvo un momento y preguntó:

—¿De verdad crees eso?

—¿La parte de la masacre? —David se frotó la barbilla y analizó la pregunta—. No. No lo creo. No de Marcos. Siempre sospeché del informe del gobierno, de todos los informes del gobierno para ser franco. Él era muchas cosas, pero no era un asesino.

Llegaron al coche, un Chrysler Lebaron color canela que se calcinaba bajo el sol. Karen se subió mientras él cargaba el equipaje en el maletero. Es extraño como un rostro puede traer a la memoria tantos recuerdos, reflexionó David. No había pensado en Marcos durante años. El profesor lo recordaba como un líder nato, inteligente, talentoso, educado y rápido para esbozar una sonrisa. Pero México parecía destinado a destruir a los mejores y a los más brillantes. ¿Quién sabe qué habría logrado ese joven si no se hubiera involucrado con ese grupo de indígenas radicales? Unirse a una guerrilla en México, sin importar la causa, siempre significaba ganarse un hogar permanente en un cajón de madera con una lápida sin nombre.

Cuando él se subió al coche, ella sonrió y le agradeció por ir a buscarla al aeropuerto. Él volvió a notar que era una mujer hermosa, y las personas los miraban mientras salían del estacionamiento del aeropuerto y conducían el coche por la ajetreada ciudad. El olor a marisma y comida entraba por las ventanillas mientras el sol sancochaba uno tras otro los bloques de cemento que cubrían la calle. Muchas paredes o cercas altas protegían a sus dueños de los excesos de un gobierno caprichoso y de los crímenes de las clases sociales más bajas. Se dirigieron al este de la bahía de Acapulco, en dirección opuesta al malecón y los lugares turísticos, y se adentraron en la parte antigua de la ciudad en la que vivía otro millón y medio de habitantes. De repente, el ruido y el tráfico se multiplicaron por diez. Los gases de combustión del diesel de los tubos de escape, el olor a carne podrida y el hedor de las aguas residuales estaban siempre presentes. Habían pasado cerca de un mercado a cielo abierto y los vendedores callejeros pululaban tratando de vender sus mercancías. El tráfico comenzó a avanzar muy lentamente, de modo que los vendedores de flores, títeres, quesadillas y mantas pudieron acercarse al coche. Un muchacho bajo y fornido que cargaba un gran bulto de sarapes y sandalias con suelas de caucho les impidió el paso por un momento, pero David le dijo pacientemente que no, después terminó de bordear el mercado y condujo hacia el este por una calle asfaltada hasta encontrar la carretera Panamericana. La hermosa bahía y los acantilados altos desaparecieron. Pronto el Chrysler estaba recorriendo una cadena de montañas altas casi sin vegetación en el estado de Guerrero mientras seguían su camino hacia el sur, al estado de Chiapas, la histórica frontera colonial de México y el hogar de los antiguos indígenas mayas.

Durante el trayecto, hablaron: el profesor señalaba los puntos de interés, y Karen lo acribillaba a preguntas. En apenas unos minutos comenzó a sentirse cómodo con ella. Pero después ella se calmó e hizo menos preguntas. Habían dejado Guerrero y ahora estaban en Oaxaca. La vegetación era menos densa y más escasa, y abundaban las plantas espinosas. Las montañas eran escarpadas y áridas, y las personas, morenas y delgadas. Karen comenzó a estudiar la actividad al costado del camino, observaba los movimientos del México rural, muy similares a los de los últimos cuatrocientos años.

Grupos de personas, en su mayoría indígenas, que llevaban canastas de productos o artículos que habían comprado en el mercado, esperaban los autobuses antiguos pintados de colores brillantes que los transportarían a su hogar, a esos pueblos anónimos al final de caminos sinuosos y llenos de piedras, en la profundidad de las montañas sombrías. El sol se escondió, bloqueado parcialmente por nubes delgadas de algodón, mientras hombres sin camisa que empuñaban machetes se secaban la frente y contemplaban su trabajo en las plantaciones de bananas.

—¿Cuánto falta para llegar a Chiapas?

—Nueve horas... Diez hasta San Cristóbal. ¿Alquilaste una habitación?

—No. Miré la guía de turismo y parecía haber muchos alojamientos. ¿Puedes recomendarme un hotel? Probablemente con dos o tres días me alcance.

—Conozco el lugar ideal: La Flor de Corso —se rió de manera burlona.

—¿Qué es tan gracioso?

—Es de la familia de mi esposa. Pero es un lindo lugar. —Le aseguró—. Muy lindo.

—Está bien. Puedo acomodar mis anotaciones esta noche. ¿Cuándo quieres ver lo que tengo?

David se rascó la barbilla y analizó las opciones.

—Tan pronto como sea posible. Pero llegaron unos amigos a la ciudad. Un viejo amigo, poli, y su esposa están de vacaciones con nosotros en la casa de mi cuñado.

—¿El cónsul?

—Sí. El señor Joaquín Antonio Salinas Moctezuma, cónsul honorario del estado de Chiapas.

—Suena bien.

—Es un tonto.

Lo miró con ojos brillantes. Una sonrisa se abría paso en sus labios.

—Lo siento. No debí decir eso. —Suspiró arrepentido, frunciendo el ceño por su error.

Después ella lo sorprendió, se había acordado del comentario que le había hecho en el Smithsonian.

—¿Siempre es tan impulsivo, profesor Wolf?

La irritación le transformó el rostro, pero se contuvo. Después de un momento, añadió:

—Supongo que me lo merecía.

—No es cierto. Fue una mala broma, pero no me pude resistir. Fue un impulso.

La miró a los ojos y se dio cuenta de que estaba bromeando. Ella se acomodó un mechón de cabello con una mirada pícara. Era una mujer ardiente. Llegó a la conclusión de que le gustaba.

—Creo que nos llevaremos bien, Karen.

—Yo también. ¿Cuándo nos reuniremos? ¿Mañana? No quiero invitarme, pero me gustaría conocer a tu esposa y a tus amigos.

—Y al tonto de mi cuñado, —sonrió.

—Por supuesto.

—Mañana por la mañana, a eso de las diez. ¿Te parece bien? Podemos desayunar en el hotel y ver tu material. Pensé mucho en la conversación que tuvimos en Washington y estoy ansioso por ver lo que tienes. Después, si lo deseas, podemos visitar algunos lugares de interés en San Cristóbal. Es un lugar de bastante renombre; ya sabes, tiene iglesias, museos, mercados al aire libre, etcétera. O podemos ir a la estancia del cónsul.

—Me parece genial, David, —contestó y dirigió la atención al paisaje. Después de horas de rocas intimidantes, las montañas se habían vuelto verdes y exuberantes, cubiertas con las mismas plantas que se vendían en las florerías del norte, muchas de las cuales crecían aquí de manera silvestre al costado de la carretera. El aire también había cambiado y ahora era espeso y húmedo y olía a lluvia. Después de un momento retomó la conversación:

Debe de haber muchos árboles y montañas en el sur de México. ¿Es fácil trasladarse? ¿Los caminos están en buen estado?

—Prácticamente no hay caminos. Los que existen son de tierra o de ripio. Algunos son apenas algo más que senderos. Donde tú piensas ir hay muy pocos o ninguno una vez que te alejas de las áreas turísticas. ¿Ves esas nubes? —Señaló las nubes negras de tormenta que cubrían los picos de las montañas del oeste—. Es época de monzones y a veces llueve tan fuerte que no se puede escuchar nada. Los pocos caminos que hay desaparecen y la selva se vuelve hermosa, pero mortal.

—¿Qué quieres decir?

—Como te dije, no hay caminos ni hospitales; no hay lugares para comprar mercadería ni existe la policía. Tienes que ir a un pueblo para buscar un teléfono, si es que en ese pueblo hay uno. La selva está llena de serpientes, insectos mordedores, plantas venenosas y jaguares.

—¿Jaguares?

—Sí, jaguares. Y también hay otros felinos, pero no tan peligrosos como los jaguares. Pero esa es solo la parte más sencilla. —Dudó, esperando que ella le preguntara; quería ver si le estaba prestando atención o si tenía la intención de hacerse la valiente y la tonta a la vez.

—Bien, mordí el anzuelo. ¿Cuál es la parte difícil?

—La guerra, ¿lo recuerdas?

—¿Los zapatistas?

—Rompieron la tregua hace dos días. Los ejércitos están en acción. Tal vez no te puedas acercar a Palenque, ni hablar de entrar en la selva. La selva es un refugio para los bandidos que se esconden de la ley. Todavía llegan refugiados de Guatemala debido a la guerra de veinte años entre el gobierno y las guerrillas indígenas. Francamente, no podías haber venido en un peor momento. Tal vez te nieguen el acceso a los lugares donde quieres investigar.

Cogió un mechón de cabello y jugueteó con él; lo enrollaba en el dedo índice. Él sabía que ella estaba analizando los desafíos que la esperaban al llegar. La selva Lacandona podía ser un adversario terrible. ¿Regresaría a casa después de su búsqueda y de pasar unos días en San Cristóbal? Él no la culparía si lo hacía. Entrar en la selva durante la época de lluvias era lo suficientemente desalentador, aún sin tener en cuenta los peligros adicionales de los ejércitos de la guerrilla, los ladrones y los refugiados.

—David, en Washington mencionaste que te podía interesar ayudarme en la investigación. ¿Qué tengo que hacer para convencerte?

La miró fijo a los ojos.

—Buena ciencia significa buena información. Prueba que utilizaste el método científico.

—¿Eso es todo?

—Eso es mucho. Si tu información es buena podrías estar tras la pista del descubrimiento arqueológico más importante de los últimos cien años. Sería una locura no querer formar parte de eso. —La miró y después volvió a fijar la vista en la carretera—. ¡Uh! —dijo, frenando de golpe—. No estaban aquí más temprano. Cambiaron la ubicación.

—¿Quiénes? ¿A qué te refieres?

Adelante, una sección de soldados en uniformes verdes detenía los coches y los registraba. Redujeron la velocidad y se detuvieron detrás de una corta fila de coches.

—¿Hablas español?

—Sí... No... Un poco. —Abrió los ojos con gran preocupación.

—Finge que no hablas nada de español. Deja que yo me ocupe de esto, ¿de acuerdo?

—¿Está todo en orden?

—Probablemente. Pero nunca se sabe. Quédate en el coche a menos que ellos te pidan que bajes.

—¡Por Dios! —dijo entre dientes, concentrándose en el coche que estaba inmediatamente delante de ellos. Tres soldados que habían registrado una camioneta Ford se estaban llevando a uno de los pasajeros al bosque donde habían organizado un pequeño campamento. Dos vehículos más adelante, tres hombres, uno de ellos agitando una botella de mezcal por la mitad, intentaban ofrecerle al adusto oficial un trago. Él lo rechazó, determinado a registrar el coche.

—Está bien —dijo David—. Asegúrate de hacerle una linda sonrisa al oficial a cargo.

—Estás bromeando.

—Hablo muy en serio.

—¿Qué te parece así? —Le ofreció una sonrisa amplia que dejaba ver una dentadura blanca y brillante.

—Perfecta —dijo—. Tu dentista estaría orgulloso.

David se bajó del Lebaron y tomó la billetera para sacar su identificación. México no tenía leyes sobre conducir en estado de ebriedad, por lo tanto los borrachos que estaban dos coches más adelante pudieron marcharse. Un oficial y dos soldados se acercaron al Lebaron marcando el camino con sus armas. Uno de los hombres le gritó una orden a Karen. El profesor levantó la mano y le dijo que se quedara quieta. Se dirigió al oficial y comenzó una rápida conversación en español, quejándose porque los habían detenido. El oficial del ejército frunció el ceño y les gritó a los soldados, quienes posteriormente bajaron los rifles y se dispusieron a examinar la identificación de David. El oficial le hizo algunas preguntas superficiales, le devolvió los papeles al profesor y se dirigió del lado del acompañante del coche.

David lo siguió y le indicó a Karen que bajara la ventanilla. Ella se mordió el labio, pero siguió sus instrucciones. Después, como si se le hubiera encendido la bombilla, le ofreció al oficial una sonrisa nerviosa, pero encantadora. David también sonrió. Era contagiosa. El oficial decidió practicar inglés con ella, y ella le respondió, felicitándolo por su uso del idioma. Esto lo alentó y comenzó a hacer preguntas que ella no pudo entender porque tartamudeaba y se equivocaba al hablar. Ella le respondió del mejor modo que pudo, intentando ser respetuosa y cortés con el bárbaro. Finalmente, asintió satisfecho y les indicó que podían retirarse.

—Buen trabajo —murmuró David, encendiendo el auto y sacándolo del puesto de control de la carretera—. Le gustaste.

—Me muero del susto.

—Está bien. En serio. Probablemente nos detengan un par de veces más.

—¿Qué le dijiste?

David se acomodó en el asiento, miró por el espejo retrovisor y le respondió:

—Le dije que mi cuñado era el cónsul de Chiapas y que tú eras una famosa arqueóloga de Estados Unidos que venía a visitarlo.

—Dijiste algo más. La conversación no fue tan corta.

—También le mencioné que sería verdaderamente una pena si tuviera que informarle al cónsul que nos habían amenazado unos idiotas que portaban rifles y que carecían totalmente de cortesía.

—¡Ah! Por eso no nos retuvo tanto tiempo como a los otros.

Continuaron sin hablar; David volvió a analizar el incidente en silencio. Pasaron las horas y el sol desapareció del cielo y se escondió detrás de las montañas. Largas sombras se proyectaban en el valle angosto, y la vegetación al costado del camino parecía más densa. El aire era espeso y olía fuertemente a abono.

Karen parecía cansada y renuente a hablar, por eso David no inició ninguna conversación y condujo el Lebaron hacia el sur sin detenerse. Estaba ansioso por regresar a San Cristóbal con su esposa y sus amigos. Primero dejaría a Karen en La Flor de Corso. Si todo iba bien en su encuentro del día siguiente, tal vez la invitaría a la hacienda.

Media hora más tarde sortearon con éxito un nuevo control de carreteras, esta vez a cargo de los arrogantes policías federales que portaban pistolas calibre .45. Pero este encuentro también había sido tranquilo. Los federales sabían lo que hacían y, después de mirar con curiosidad a Karen, les indicaron que podían seguir adelante. Tenían un pez más gordo que pescar.

—¿Siempre es así? —Karen se apoyó en el reposacabezas.

—En el sur, sí, y también en todo el recorrido de la carretera Panamericana. Hay una larga historia de rebeliones aquí. Los traficantes de armas y de drogas transportan sus productos por esta ruta. Lo mismo sucede en toda la frontera.

—¿Con Guatemala?

—Sí, y también en el norte... En el límite con los Estados Unidos.

—Es tan diferente de mi hogar. El ejército nunca...

—Karen, no conoces ni la mitad —la interrumpió.

Se sentó derecha en el asiento como si estuviera ofendida. Giró la cabeza para enfrentarlo.

—¿Qué quieres decir?

David le respondió:

—En Estados Unidos todos tienen que pasar exámenes para ingresar en el ejército. Si alguien no está psicológicamente apto o no alcanza los estándares mínimos de educación, lo rechazan. Aquí no pasa lo mismo. Cualquiera puede alistarse. Ni siquiera tienes que saber leer o escribir. Y, como te puedes imaginar, las consecuencias de tener un ejército de analfabetos, o algo aún peor, a veces nos lleva a tener que enfrentar desastres.

Karen no respondió, en cambio buscó un mechón de cabello. El atardecer iba y venía, y las luces delanteras se reflejaban con fuerza en el camino. El profesor bostezó, deseaba estar en casa, sentado con la copa de brandy de todas las noches en la galería rodeado de árboles de aguacate, charlando con Alexandra, Luis y Ángela. Inhaló por la nariz, recordando el aroma del perfume de su esposa. Volvió a mirar a Karen. Tal vez tendrían una buena reunión al día siguiente.

Se dirigió a ella.

—¿Estás muy segura de ti misma, no?

—¿Te refieres a mi investigación?

Él asintió.

—Sé que tengo razón. Sé que está ahí.

—Eso espero, jovencita. De verdad, eso espero —repitió. David giró en la siguiente curva y después sujetó el volante para mantener el coche entre las líneas. Miró a Karen—. Estoy contento de que estés aquí —le dijo con simpleza—. ¿Quién sabe? Tal vez este viaje se convierta en algo que jamás olvidaremos.

7

—Hace dos semanas era linda —lo retó su esposa, Alexandra—. Hoy es hermosa; eres un baboso. ¿Regresarás a casa esta noche o quieres que envíe a Luis para que te acompañe en la jarana?

—Ali, ya sabes que soy hombre de una sola mujer. Solo te estaba contando sobre esta interesante joven arqueóloga que...

—Que casualmente es hermosa —terminó la frase por él— Dime, ¿dónde estás?

—En La Flor De Corso. Se está registrando.

—Mantente lejos de su habitación. Conozco todo sobre las mujeres estadounidenses. Tienen una libido muy fuerte y se comportan como putas. Hoy le conectaron la antena parabólica a Joaquín y miramos MTV.

—¿Qué miraron?

—MTV. Es realmente interesante. Joaquín no pudo hacer funcionar el sonido, pero a Luis no le importó. Le gusta mirar a las estadounidenses tetonas.

—Escúchame, Ali... Voy de camino a casa. Dile a Luis que me espere así lo miramos juntos. —No tiene por qué divertirse solo.

—Ni se te ocurra, baboso. Tengo planes para ti. Además, dejó de funcionar cuando se fue Joaquín.

—¿Joaquín se fue? ¿A dónde?

—A su pista de aterrizaje. Lo llamó un viejo amigo de la embajada de Guadalajara y le pidió que recibiera un pequeño avión que trasladaba a personas muy importantes desde los Estados Unidos.

—¿Diplomáticos? —preguntó David—. ¿Dijo cómo se llamaban?

—No. Ahora que lo mencionas, murmuró algo de unos arqueólogos gringos y parecía un poco molesto. De todos modos, debe de estar por llegar en cualquier momento.

Esto aumentó la curiosidad del profesor. Los antropólogos iban y venían todo el tiempo de San Cristóbal. Era un lugar de paso y un abrevadero importante. De hecho, fue gracias a ellos que San Cristóbal incorporó personal diplomático. Y desde el levantamiento zapatista en 1994, la población de la ciudad se duplicó. Pero el cónsul generalmente solo recibe al descender del avión a personas importantes: diplomáticos y miembros del Partido Revolucionario Institucional de la Ciudad de México o a generales y sus séquitos. Pero no importaba ahora. No tenía nada que ver con él. Estaba cansado y listo para regresar a casa.

—Nos vemos en media hora.

Vio que Karen ya se había registrado. Bien. Finalmente había terminado su trabajo.

—¿Lo prometes?

—Lo prometo. Estoy cansado. Me vendrían bien unos masajes —insinuó.

—Vuelve a casa, David. Tan solo vuelve a casa.

—¿No me vas a masajear la espalda?

—Eso y algo más, señor.

Escuchó que le tiraba un beso al otro lado de la línea y le susurró algunas palabras cariñosas mientras miraba para todos lados para asegurarse de que nadie lo estaba escuchando. La vida después de los cincuenta puede ser muy buena si te tomas el tiempo para oler el aroma de las rosas.

Acompañó a Karen al segundo piso donde le habían dado una habitación ubicada encima del comedor del hotel. Repleto de plantas tropicales y tradicionales obras de arte indígena, el comedor tenía dos loros hostiles que acosaban a los clientes. Ella podía escuchar a los loros parlotear mientras veía ir y venir a los otros huéspedes. Aunque su habitación no tenía balcón, un gran ventanal dejaba ver el parque al otro lado de la calle.

Habían comenzado a caer unas gotas de lluvia, y las nubes negras que se iluminaban por la luz intermitente de los rayos se deslizaban sin detenerse hacia el este, en dirección a San Cristóbal. Se apuró para llegar al coche estacionado media calle hacia el sur, cerca del zócalo*. Al recordar que se había olvidado el paraguas en el auto, puso mala cara y refunfuñó. Las gotas y la amenaza de lluvia habían comenzado a ahuyentar a las personas de la plaza. Los vendedores de comida y los floristas estaban guardando las cosas, al igual que dos grupos de mariachis. Su sustento estaba en juego, por lo que se quedarían cerca, debajo de una glorieta, con la esperanza de que la lluvia siguiera de largo. Pero esta era la época de lluvias y nadie realmente esperaba que la tormenta tuviera clemencia con ellos.

Las gotas aisladas se convirtieron en una débil lluvia y David caminó aún más rápido, reprochándose su olvido. «Me estoy volviendo viejo e imprudente», pensó; después cedió un poco y encontró una excusa. Había estado realmente muy distraído. La joven arqueóloga había demostrado ser tan interesante como atractiva y parecía satisfecha de que él la estuviera tomando en serio. El profesor creía que podían tener una relación laboral, siempre y cuando ella siguiera sus indicaciones. Le preocupaba que ella estuviera demasiado confiada y engreída, una aflicción común en los jóvenes brillantes.

Se dio cuenta de que su escepticismo había comenzado a cambiar, aun cuando todavía no había visto su trabajo. Le gustaba esa arqueóloga: irradiaba confianza. Él tenía la esperanza de que ella realmente se hubiera tropezado con el rastro de un misterio prometedor. A la mañana siguiente revisarían la infor-

---

* N.T.: En México, el zócalo es la plaza principal de la ciudad.

mación que tenía: una impresión de la estela de Gould y su interpretación de los jeroglíficos. Su anécdota sobre Caracol Rojo, el maya sagrado, y su huída hacia el sur desde la península de Yucatán eran una buena historia. La fecha improbable que discutieron en el Smithsonian, 1573, y los hechos que había planteado como hipótesis los invitaban a hacer algunas conjeturas bastante interesantes. Él sabía que algunas eran compatibles con los registros de la época de la Conquista. Pero tenía que verlo por sí mismo. Interpretar los jeroglíficos era tanto un arte como una ciencia y los símbolos que representaban la sintaxis, las preposiciones y los verbos en muy pocos casos se comportaban del mismo modo que en el alfabeto romano.

Abrió el coche y lo puso en marcha. Manejó con cuidado por las viejas calles empedradas de San Cristóbal. Las personas corrían de aquí para allá, intentando vencer a la lluvia y llegar a sus casas de concreto. Cuando pasó por la última gasolinera Pemex en la periferia de la ciudad, vio a un hombre montado en un burro mientras su esposa caminaba diligentemente detrás, haciendo equilibrio con la gran canasta de raíces que llevaba sobre la cabeza; era una escena común en México.

Los relámpagos formaban arcos en el cielo y los truenos retumbaban y hacían eco. Grandes parches calamitosos de vegetación cubrían el camino en una noche sin luna. David encendió los limpiaparabrisas y se inclinó hacia adelante para concentrarse en el pavimento sinuoso y resbaladizo. Los caminos angostos asfaltados eran peligrosos en las noches de lluvia, y David miraba con cuidado para detectar la presencia de peatones rezagados que regresaban a casa. Disminuía la velocidad en cada curva por miedo a encontrarse con alguna persona que estuviera arriando ganado por la carretera, otro hecho común en México. Una ráfaga del perfume de su esposa le volvió a la memoria y recordó la conversación telefónica que habían tenido. Ella le había prometido un masaje en la espalda, él se acordaba bien. Dejó volar su imaginación mientras los limpiaparabrisas quitaban el agua. En diez minutos estaría en casa.

8

Karen dio vueltas en la cama durante toda la noche. La tormenta, la excitación del viaje a México y su conversación con el profesor la mantuvieron despierta hasta bien entrada la madrugada. Una y otra vez planeó el encuentro que tendría ese día con David Wolf. En estado de completa alerta, miraba cómo la oscuridad sucumbía al primer haz de luz de la mañana. Recostada en la cama con los ojos bien abiertos, escuchaba el ruido de los vendedores de comida, de los taxis y las conversaciones de las personas que iban a trabajar. Supo cuándo llegó el personal del restaurante porque descubrieron las jaulas de los loros, lo que alentó a los pájaros a chillar y graznar y parlotear ante todo el que caminara cerca de ellos.

A las cinco y media ya no pudo permanecer en la cama. Aunque no estaba muy tranquila con la idea de salir sola, las maravillas del México colonial estaban justo detrás de la puerta de esa habitación de hotel. Tomó una ducha y se vistió y miró la hora; se dio cuenta de que todavía faltaban cuatro horas para el encuentro con David. Tenía mucho tiempo para asistir a misa en alguna de las cuarenta iglesias hermosas sobre las que había leído. Después podría caminar por el mercado y ver las tiendas abiertas y a los indígenas llegar a vender sus artesanías desde los pueblos cercanos que quedaban en la montaña.

Con cuidado, Karen dobló dos hojas de papel en las que
estaba escrita una sinopsis de la metodología que había imple-
mentado y de sus conclusiones sobre la estela de Gould y las
puso en el bolso. Una era una foto de la estela con la traducción; la otra contenía los datos que había reunido durante la
investigación. Se colgó la tira en el hombro, dejó la habitación
y caminó hacia la barandilla desde donde se veían el hotel y el
restaurante. No había nadie comiendo. De hecho, ella no podía
asegurar que alguno de los huéspedes ya se hubiera despertado.
Un desayuno civilizado en México comenzaba a las diez.
Tomaban el almuerzo a las catorce y la cena entre las veinte y
las veintiuna. El aroma a tortillas, judías y chorizo asado subían
hasta donde ella estaba. El estómago le respondió con un
gruñido y ella inhaló profundamente, con apetito. Le había
prometido a David tomar con él el desayuno. Le llevaría tiempo
y esfuerzo adaptar su rutina diaria al ritmo de Latinoamérica.

Karen bajó las escaleras, atravesó el restaurante vacío y,
abrazando el bolso, salió para enfrentar la mañana de San
Cristóbal. El aire era fresco por la tormenta de la noche anterior y la evanescencia del sol que salía la hizo detenerse con
respeto. Todo era encantador. Respiró profundamente saboreando la magia, después buscó el campanario de alguna iglesia. Con tantas para elegir alrededor, no sería difícil encontrar
una sin caminar demasiado.

Se sintió atraída por el zócalo delante de ella. Diffenbachias de amplias hojas e hileras de crotones rojos y naranjas
rodeaban un tiovivo emplazado en el medio del parque. Cerca
de una fuente, una parra estallaba en un rojo violento mientras la buganvilla crecía sobre un enrejado y caía al otro lado.
Decidió acortar camino por la plaza hacia algún lugar que
hasta el momento desconocía. Las ganas de encontrar algo
inesperado la asediaron y se dejó llevar por ese capricho.
Dejaría que los pies caminaran a ver a dónde la llevaban. Con
determinación bajó el bordillo de la acera hacia la calle empedrada y siguió caminando hacia el parque. Sonriente y

confiada, se deslizaba de un lado al otro, iba adonde quería o adonde sus ojos se sentían atraídos.

Si hubiera volteado y mirado hacia atrás, se habría encontrado con un hombre de pie en la ventana de su habitación del hotel. Tenía un sombrero jipijapa y una cicatriz delgada que iba desde la nariz hasta la barbilla. El hombre sacó las cerillas de un bolsillo de la camisa y encendió un cigarro, le dio unas chupadas hasta que la punta estuvo roja, iluminando un par de ojos macabros y malévolos. Observó a Karen inclinarse para oler las flores y caminar alrededor del tiovivo. Ella se dirigió al sur y dejó el parque; él esperó a que estuviera fuera del alcance de su vista y despareció de la ventana.

David sostenía dos tazas de café negro caliente mientras salía por la puerta del patio a la galería de la casa de su cuñado. Un mundo de plantas florecientes de colores brillantes muy bien cuidadas los rodeaba desde macetas colocadas sobre el piso de ladrillo rojizo. Otras colgaban en canastas del enrejado que servía de techo. El sol se veía grande y aletargado en el horizonte al este; el dios Jaguar luchaba por resucitar de la batalla nocturna con la oscuridad.

Luis Alvarado, el amigo poli del profesor que venía a tomarse unas vacaciones desde el estado norteño de Chihuahua, estaba sentado en una silla a su lado, descansando los grandes pies en un tronco de caoba pulido. Luis, un hombre robusto con cejas tupidas y expresivas, esperaba impaciente a que David llegara con el café.

—No le agregaste leche, ¿no? —preguntó Luis al estirar la mano para coger una de las tazas.

—No, Luis, solo un par de cucharadas de azúcar.

—Dime que es una broma, profesor.

—Es una broma, Luis. —David se dejó caer sobre una silla al lado de su amigo. Tomó a sorbos el café y se relamía de placer—. Esto está muy bien. Nada mejor que una buena taza de café para comenzar la mañana.

—Yo recomendaría un güisqui de vez en cuando —sugirió Luis—. Pero sé que eres adicto a esas malditas uvas destiladas.

—El brandy es la bebida de los caballeros —replicó el profesor.

—Entonces, ¿por qué no me gusta? —preguntó Luis arqueando las cejas de manera socarrona.

—¿Realmente tengo que contestarte esa pregunta? —David sonrió. Luis había quedado vulnerable.

—Comienzas temprano hoy, ¿no? —Luis sonrió.

—Ya tendrás tu oportunidad, —dijo el profesor mientras se reclinaba en la silla—. Lindo amanecer, ¿no?

—Hermoso —recitó Luis—. Igualito al de Chihuahua, excepto que aquí hay árboles.

—¿Cómo está tu hombro? —preguntó David.

Luis acababa de reincorporarse al trabajo después de una larga recuperación. Un oso pardo lo había atacado un año atrás en las Barrancas del Cobre de Sierra Madre y casi le arranca el brazo, pero el poli sobrevivió y no perdió la extremidad, aún cuando tuvo que esperar casi dos días para recibir atención médica.

—Listo para la revancha —alardeó Luis. Flexionó un brazo fornido para alegría de David.

—Sí... Bueno... Mejor llevas una .30-06 la próxima vez que decidas luchar contra un oso.

La sirvienta de la casa, una maya anciana, apareció con platos de frutas y panes dulces. David cogió un panecillo y lo partió en pedazos para comerlo; de vez en cuando le tiraba migas a los pinzones pechijaspeados que se paseaban por el patio.

—¿Has notado la cantidad de aviones pequeños que van y vienen por la pista de aterrizaje de Joaquín? —preguntó Luis.

—Es una persona importante, Luis. —David se encogió de hombros—. Tienes que agradecer que no tengamos que reunirnos con ellos ni entretenerlos.

Luis frunció los labios para replicar, pero dudó y en cambio dijo:

—Entonces... ¿volverás a irte hoy?

—Probablemente esté de regreso al mediodía. Necesito reunirme con la señorita Dumas y revisar la información que preparó. Si nadie se opone, tal vez la traiga más tarde para que la conozcan todos. Es posible que trabajemos juntos en una investigación.

—¿De qué tipo? —Luis volvió a arquear las cejas.

—Libros mayas. Podría haber algunos en la selva Lacandona.

—Claro, no podía ser otra cosa.

—¿Cómo? —David se dio vuelta para ver qué estaba tramando Luis—. ¿Qué quieres decir?

—Los zapatistas controlan la selva, David, ya lo sabes. Esto parece otra de tus malas ideas que solo van a lograr matarte.

—No entiendes nada de esto, Luis. Estos libros podrían...

—No hablo de los libros, David. Si tú dices que los libros están allí, te creo. El problema es que tendrás que meterte a esa selva sin que nadie te vea.

—No voy a hacerlo hoy, Luis —David se burló de la preocupación del poli—. El ejército está ganando la guerra. No puede durar para siempre.

—Ya lleva casi dos años, mi amigo. No lo divulgaron mucho, pero el ejército, si todavía no te diste cuenta, no sacó a las guerrillas de la selva precisamente. Ni siquiera las puede encontrar. —Luis cogió una rodaja de mango del plato y se la comió. El jugo se le escurría por el bigote—. No te darán el permiso necesario para hacer ninguna investigación arqueológica en la zona. Se corren demasiados riesgos. No quieres que te tomen de rehén y menos con una estadounidense.

—Creo que Joaquín me podría ayudar si lo necesito.

—¿Joaquín? —Luis parecía dubitativo—. ¿Le dijiste algo a Ali sobre todo esto?

—Bueno... No tuve mucho tiempo para pensarlo bien. Ya sabes... Yo... No tuve la oportunidad.

—Sí... me lo imaginaba. —Luis se estiró para alcanzar una rodaja de aguacate—. Analicemos un poco tus planes, David.

Luis respiró profundamente y suspiró con placer, saboreando la oportunidad de devolverle a su amigo la observación sobre los «caballeros» que había hecho antes. Hizo una pausa para aumentar el efecto, luego dijo:

—Joaquín es el hermano de Ali, y obviamente ellos son muy unidos. ¿Qué sucedería si Alexandra no quisiera que te involucres en esta búsqueda del tesoro?

—Son libros, no se trata de un tesoro, Luis. —David sabía qué venía después. Lo peor de todo es que sospechaba que su amigo tenía razón.

—Acepto la corrección, pero si Ali no está de acuerdo con que te adentres en la selva con una arqueóloga hermosa —continuó Luis—, ¿cuántas probabilidades tienes de que Joaquín mueva algunos hilos por ti?

El profesor no respondió. La respuesta era obvia: cero, ninguna, esas eran las probabilidades. Frunció el ceño. ¿Por qué se estaba engañando? ¿Por qué no había pensado en este obstáculo tan obvio? Lo mismo le había dicho él a Karen. Podría llevar meses, hasta años llegar a un acuerdo con los zapatistas. Se dio vuelta y miró el rostro de Luis que mostraba una sonrisa maliciosa. El poli sabía que esta vez le había ganado.

—Eso fue duro, Luis.

—Gracias por notarlo, profesor. ¿Cuándo conoceremos a tu amiga estadounidense?

Hermoso... Hermoso —dijo Joaquín con voz resonante y los brazos bien abiertos para recibir al amanecer mientras entraba por la puerta hacia el final de la galería. Volteó y sonrió a sus invitados. Cada uno de sus cabellos estaba perfectamente peinado y, al igual que el bigote, estaban cortados con gran precisión. Llevaba un traje Armani, una corbata y un par de zapatos lustrados como un espejo. Su sonrisa mostraba dientes blancos y perlados.

«El anfitrión perfecto», pensó David. «Dios, lo desprecio tanto. Qué mala suerte que no se pueda elegir a la familia.»

—Espero que hayáis dormido bien, caballeros. Perdón que llegue tan tarde... Ya sabéis, tenía asuntos de los que ocuparme, —dijo y guiñó un ojo. Joaquín tomó un panecillo del plato y lo mordió de manera bien pausada para degustar su sabor—. Algunos colegas tuyos, David. —El cónsul hizo un gesto con el panecillo—. Un director de... de ese museo famoso de Washington... el... —Frunció el ceño, incapaz de recordar el nombre. Entonces se acordó y dijo, chasqueando los dedos—: El Smithson.

—El Smithsonian —corrigió David. ¿El Smithsonian? Qué extraño. Tal vez Karen los conocía. Le preguntaría cuando se encontraran más tarde. Si era cierto, entonces, qué coincidencia tan extraña. ¿Ella lo sabría y no le había dicho que venían?

—Sí, sí... el Smithsonian. Un cazador de rocas como tú, David —dijo el cónsul.

El profesor se enfureció. Qué gilipollas presuntuoso y egocéntrico. Joaquín despreciaba todas las profesiones que no estuvieran relacionadas con los negocios o el gobierno. Creía que su hermana, adinerada por méritos propios, se había casado con alguien de una clase inferior a la de ella. David consideraba que el acento afectado y las inflexiones de la voz de su cuñado eran exasperantes; siempre insinuante, nunca directo, se comportaba como el estirado ricachón patricio que era. En cuanto a carácter y capacidad, casi no tenía nada. Para David él solo era un traje vacío: un hombre que carecía totalmente de integridad personal. Pero el profesor se mordió la lengua y mantuvo la compostura.

—¿Por qué viajaron hasta aquí, Joaquín? ¿Son tus amigos?

—Por supuesto que no. —Joaquín hizo un gesto para quede claro que esa idea no tenía sentido—. El gobernador llamó desde Tuxtla Gutiérrez y me pidió que los recibiera —llenó el pecho de aire con presunción—. Él había recibido una llamada de Guadalajara. Alguien los había llamado desde Washington D.C. Ya sabes cómo funciona esto.

David sabía cómo funcionaba y no le gustaba. Todos miembros petulantes de un mismo entorno que se hacen favores especiales entre ellos con el dinero de los contribuyentes; otra razón por la que no le gustaba Joaquín ni sus hermanos interesados. Pero el diplomático era parte de la familia, y todos tenían que soportar los defectos del otro.

—¿Los llevaste a La Flor de Corso?

—Por supuesto —replicó Joaquín con una sonrisa amplia—. Bill y el doctor Depp estaban muy contentos. La Flor de Corso es un hotel de primera, ya lo sabes. El gobernador no esperaba otra cosa de mí más que les diera el mejor trato...

—¿Bill y quién más? —David se sobresaltó, tirándose café en el regazo.

Joaquín le hizo señas a la sirvienta para que trajera un paño para limpiar.

—Bill algo —dijo— no le entendí el apellido, y un tal doctor Depp. Ése es el del museo. ¿Los conoces?

David se secó el regazo.

—Bueno... Sí... A uno de ellos. Depp, tal vez... Si es el mismo. Nunca lo vi... en realidad solo escuché hablar de él.

David terminó de secarse y se excusó. Dependiendo de la situación, una coincidencia casual no era nada por lo que preocuparse. Esto, sin embargo, no podía ser una casualidad; no de acuerdo con lo que sabía sobre la partida de Karen del Smithsonian. ¿Había traído los problemas con ella en la forma de un jefe enojado con el respaldo del Instituto Smithsonian? ¿El gobierno de los Estados Unidos había enviado a alguien a buscarla? ¡Tal vez ella no tenía ningún derecho legal para seguir en esta investigación! ¿Estaría involucrada en algún ardid? Cualquiera fuera la situación, estaba decidido a descubrir qué sucedía inmediatamente o, por lo menos, después de cambiarse los pantalones.

9

Karen salió de la vieja iglesia franciscana de grandes puertas de roble adornadas con tallas de imágenes de la Biblia. Se detuvo un momento para admirar el trabajo artesanal, después bajó las amplias escaleras de piedra caliza desgastadas por la cantidad de peregrinos que la habían recorrido durante trescientos años. Su propio fervor religioso se había aplacado hacía años, después de la muerte de sus padres y también por los años que pasó haciendo estudios antropológicos. Le interesaba mucho la religión en sus millones de formas, si bien ahora solo desempeñaba el papel pasivo de etnógrafa y observadora. Pero esa antigua iglesia con su interior dorado, las velas encendidas y el incienso penetrante le trajeron a la memoria recuerdos agradables de la niñez, cuando asistía a la iglesia de St. Margaret Mary con sus padres en Omaha, Nebraska.

El aire olía a frito y el sol todavía se escondía detrás de las colinas repletas de pinos que rodeaban a la ciudad. Los rayos de sol se escurrían por las sombras que proyectaban los árboles imponentes y alentaban un letargo benigno. Una mirada rápida al reloj le reveló que ya era hora de regresar al hotel para encontrarse con el profesor Wolf. La ansiedad se apoderó de ella y apretó el bolso contra el cuerpo. Segura de que la información estaba a salvo, caminó hacia el mercado que la separaba de La Flor de Corso.

Los aromas y sonidos del mercado le sugirieron que estaba cerca. El aroma de la comida —chorizo, tortillas de maíz y alubias negras— viajaba en la brisa suave, con toques de olor a piel y a fruta podrida. Respiró hondo para absorber los olores del mercado. Charcos formados por el agua de lluvia reflejaban la luz de la calle y las aceras estaban atestadas de turistas y personas que se dirigían a sus lugares de trabajo. Alguna que otra preadolescente con trenzas y blusas bordadas con colores brillantes barría la acera frente a su casa. Al otro lado de la calle, un burro triste cargado con grandes latas de leche permanecía en la acera sobre una montaña de estiércol mientras el dueño hablaba con el propietario de una abacería pequeña situada en la esquina. La tienda sin ventanas no tenía letreros que publicitaran sus alimentos y mercaderías, pero los clientes la recorrían mientras el dueño hablaba afuera con el lechero. Dejó de caminar un momento en la periferia del mercado para buscar el camino por el que había cruzado antes y descubrió que ahora bullía de actividad.

Al dar vuelta en la esquina, se vio siguiendo a una familia de indígenas que acarreaba canastas tejidas llenas de artesanías tradicionales listas para que las acomodasen sobre una sábana y las vendieran en el mercado. La mayoría de los propietarios ya habían llegado y estaban ocupados preparando las tiendas. Karen emprendió su camino entre el laberinto de puestos y pasillos. Rodeada por todo tipo de empresas inimaginables, casi se tropieza con una cortina de pollos desplumados. Colgados de las garras a una correa amarilla de poliéster, la sangre formaba charcos en el suelo debajo de ellos. El carnicero hablaba mientras el cuchillo se movía rápidamente cortando a su paso la grasa y los cartílagos de un costillar. La cabeza de un novillo, cuyos ojos negros miraban siniestramente, estaba puesta en un pincho para que todos pudieran ver de dónde provenía la carne del día. Moscas grandes y negras chupaban la sangre del cuello cortado. Ella pudo imaginar fácilmente cómo ponían sus huevos en la carne en descomposición y volvió la cabeza en seguida. Un vendedor de zapatos y sandalias, que asentía mientras el carnicero hablaba al otro lado del pasillo, usaba ganchos de alambre hechos con perchas para ropa para colgar la mercadería de los postes horizontales que caían del techo.

Karen siguió su camino, alerta, abriéndose paso entre las mantas, los tableros de ajedrez hechos con ónice, las joyas, los juguetes, los títeres y algún que otro vendedor de alimentos. Finalmente volvió a ver la luz del día y una calle que parecía ser la que buscaba. Caminó entre el alboroto y la excitación del mercado y salió; solo se detuvo brevemente para mirar por encima del hombro. Sintió arrepentimiento. Un mercado del viejo mundo con los colores y los olores característicos la invitaba a quedarse. Quería pasar más tiempo mirando y comprando cosas, pero no podía. Volvió a tocar su bolso y recordó el objetivo por el que había ido a México: la estela de Gould. El turismo tendría que esperar.

Karen miró el reloj y vio que ya habían pasado las nueve y media de la mañana. Caminaba con brío y dos calles más adelante pudo ver el parque y La Flor de Corso. Sostenía con firmeza su bolso, miraba el suelo, solo pensaba en la estela de Gould, recordaba los jeroglíficos y el secreto que ellos encerraban. Se preguntaba cómo reaccionaría David. ¿La ayudaría o tendría que ir sola? Ahora que estaba en Chiapas, Karen se daba cuenta de que había emprendido una tarea desalentadora y, tal vez, inalcanzable. Esta investigación necesitaría de algo más que actitud positiva y determinación. Necesitaba ayuda; alguien que conociera a personas influyentes, una persona que pudiera arreglar todo con una llamada telefónica. Pero sobre todas las cosas necesitaba un arqueólogo sabio y con experiencia que conociera Chiapas y la selva Lacandona. Muchas cosas dependían de ese encuentro.

—¡Por Dios! —suspiró—. Espero que esté de acuerdo con mi traducción.

Se mordió el labio y apretó el bolso aún más fuerte. Vio La Flor de Corso, dejó el parque y cruzó la calle empedrada. No veía al profesor por ningún lado, razón por la cual se detuvo un momento en las puertas y miró a ambos lados. Después cruzó la entrada e ingresó al hotel. El recepcionista parecía asustado de verla y la siguió con la vista mientras ella pasaba delante de él. ¿De qué se trataba todo eso?, se preguntó. ¿Se sentiría atraído hacia ella, o habría recibido algún mensaje? Pensó en detenerse y averiguar, pero luego decidió no hacerlo. No era una acción exactamente distinguida empezar una conversación con un hombre que te está mirando fijo y además hacía tiempo que ella había aprendido a ignorar las miradas masculinas.

Karen entró al restaurante y buscó a David. Había muchas parejas, en su mayoría turistas, disfrutando del desayuno. Su estómago volvió a gruñir. Gracias a la caminata matutina ahora tenía más hambre. Miró hacia el balcón y el pasillo que conducían a las habitaciones del hotel. Seguía sin ver a David. Tal vez no había llegado. Cogió las llaves de la habitación del bolso y se dirigió a las escaleras para subir. Un movimiento arriba le llamó la atención. Se acababa de cerrar la puerta de una habitación. ¡Miró y descubrió que se trataba de su habitación! El número 21 se veía claramente. ¿Qué estaba sucediendo? Después se relajó y pensó que debía de ser la criada haciendo la limpieza. Subió otro escalón y escuchó una voz familiar. Pero no era la de David. Escuchó una vez más y abrió los ojos con preocupación. El miedo le recorrió el cuerpo y se sujetó fuerte del pasamanos para apoyarse. Intentó que el pánico no se apoderara de ella. El corazón le latía con fuerza mientras aguzaba el oído para escuchar. La voz que hablaba con el recepcionista parecía la del doctor Depp. Pero no era posible. «¡Por favor, Dios!», rezaba. «¡No puede ser él!»

Karen buscó un lugar donde esconderse; las preguntas le asediaban la mente. ¿Por qué la había seguido hasta México? ¡Solo podía ser por la estela de Gould! Ese gilipollas loco y autoritario la había perseguido. Debía estar desesperado para llegar a tanto. Pero, ¿por qué? ¿Qué pensaba hacer? ¿Su aparición en México le daba valor a la información que ella había reunido? Después de todo, ella nunca se había detenido a imaginar los hechos que habían llevado al robo en la oficina.

¡Tal vez Depp había sido el responsable de todo! Apretó con fuerza el bolso. ¿Qué debía hacer? ¡Si le había robado en los Estados Unidos, seguramente le robaría aquí! Esto era México, un país diferente y que carecía de leyes sobre algunos temas. Washington D.C., Omaha y la tía Rose parecían muy lejanos.

Se escondió detrás de una diffenbachia de hojas grandes cerca de la escalera para escuchar las respuestas del recepcionista al español chapurreado de Depp. Estaban discutiendo, y Depp levantó la voz. La trifulca molestó a los loros que comenzaron a parlotear y graznar a modo de protesta. La jaula, que estaba colgada de un trípode de bambú, comenzó a mecerse de un lado a otro por el aleteo de las aves. ¡Esos pájaros condenados! ¡Estaban llamando la atención de todos, y ella no podía pensar! Tenía que esconder la traducción en algún lado. Si Depp la abordaba o si traía a la policía con él, ella perdería; lo perdería todo. Los loros siguieron con el alboroto. Hizo una mueca, quería golpear la jaula y decirles que se callaran. Después lo vio. El escondite ideal hasta que pudiera analizar ese embrollo: ¡La jaula!

Salió de su escondite detrás de la planta y puso el bolso y las llaves sobre la mesa. Cogió los papeles que le interesaban. Una batea que servía para contener los excrementos de los loros se deslizaba hacia adentro y hacia afuera en el piso de la jaula. Cogió la manija de la bandeja, la quitó y la puso sobre la mesa. Los pájaros se volvieron locos. ¡Un extraño se estaba metiendo con su jaula! Comenzó a hacerlos callar, pero se dio cuenta de que todos en el restaurante la estaban mirando. Sonrió con dulzura y saludó con la cabeza, actuó como si hiciera eso a menudo y después continuó con su tarea.

No había tiempo para detalles. Puso las dos hojas escritas con prolijidad sobre los desperdicios de los loros e intentó volver a poner la bandeja en su lugar, pero se atascó. La tironeó y la manipuló; rechinaba los dientes y contenía la respiración, le temblaban las manos y las sentía pesadas. Para ese entonces todos ya habían dejado de comer para observarla. Les sonrió nerviosa, después movió la bandeja hacia arriba y hacia abajo en un intento por ponerla en su lugar. Finalmente logró destrabarla y la estaba empujando cuando se dio cuenta de que las voces de la entrada se habían callado. Miró hacia el vestíbulo que conducía a la recepción y vio que Depp le entregaba dinero al recepcionista después de echar un vistazo alrededor para ver si alguien lo estaba mirando. El comportamiento del recepcionista cambió y la acrimonia desapareció. Después de ponerse el dinero en el bolsillo, los dos comenzaron a comportarse como viejos amigos. El recepcionista se inclinó para hablar en voz baja como un conspirador. ¡Maldición!

Karen le dio el último empujón a la bandeja, cogió el bolso y se fue casi corriendo para subir las escaleras. Mientras todos los comensales la miraban, subió de a dos los escalones y se dirigió apurada a la habitación sin perder de vista el restaurante y el vestíbulo de abajo. Buscó en el bolso las llaves y solo en ese momento se acordó de que las había dejado abajo, sobre la mesa.

—¡Madre Santa! Estoy perdiendo los cabales. —susurró.

Enojada, cogió la manija de la puerta y la giró con fuerza, pero cedió fácilmente; estaba abierta. Se puso tensa, estaba sorprendida, pero después recordó que la criada estaba adentro limpiando. Karen empujó la puerta y entró de golpe. El corazón le latía muy rápido, y respiró hondo para recuperar el aire. Cerró la puerta y se apoyó en ella. Intentó calmarse y recuperar la compostura. ¿Debería llamar a David? No, él debía estar por llegar en cualquier momento. Se quedaría en la habitación hasta que él llamara. Si Depp golpeaba a la puerta, no le contestaría. Volteó para enfrentar la puerta y buscó el pasador con pulso torpe. En ese momento unas manos la cogieron por el cuello y apretaron con fuerza para que no pudiera gritar. Trató de arañar esas manos para lograr pedir ayuda, pero solo pudo emitir un sonido ahogado. La voltearon y se encontró con un cuchillo delante de los ojos.

—Si dices algo, estás muerta, puta.

Un hombre alto y delgado con un ojo lechoso y una gran cicatriz que le atravesaba el rostro sonreía forzadamente mientras la sujetaba por el cuello. Pasó el cuchillo cerca de su rostro, después le rozó la mejilla para que pudiera sentir el filo de la hoja.

Luchó, pero él la sostenía con firmeza, lo suficientemente firme para que ella no gritara. Movió rápidamente el cuchillo y el dolor le penetró la parte superior del brazo. Se puso tensa y gimió aterrada. El ojo sano le clavaba una mirada mortal, cruel e indiferente. Sintió que se desvanecía, se le aflojaron las rodillas y después todo se oscureció.

David estacionó el Lebaron en el bordillo de la acera cerca de La Flor de Corso y cruzó las puertas dobles de roble a paso vivo. Entró y miró alrededor. Al pasar por la recepción vio a un hombre que conocía; David sonrió para saludarlo. El recepcionista, sin embargo, se volvió y se fue hacia el otro lado. «¿De qué se trataba eso?», pensó. Al darse cuenta de que era tarde, David ignoró el desaire e ingresó al comedor dando grandes zancadas. A primera vista solo distinguió turistas en las mesas mirando los platos de aspecto sospechoso con alubias negras refritas y una salsa roja y naranja. No veía a Karen por ningún lado. Miró el reloj: diez y cuarto. La tardanza, por supuesto, no era ningún delito en México. Todos llegaban tarde: era un rasgo cultural. No obstante, Karen no era mexicana y era probable que fuera obsesiva con la puntualidad. Seguramente ya estaba allí, enojada porque había tenido que esperarlo. ¿Debía golpear a la puerta de su habitación o esperarla unos minutos más? Tal vez se estaba maquillando o haciendo lo que sea que hacen las mujeres antes de aparecer en público. Decidió darle unos minutos más y se sentó a una de las mesas. El café matutino en la hacienda de Joaquín se había visto interrumpido y ansiaba una taza de alguna variedad local. Llamó a un camarero y ordenó.

Llegó negro y caliente, tal como le gustaba. Lo bebió a sorbos con cuidado, después puso la taza en el centro del platillo y se volvió para mirar a los loros. Estaban particularmente ruidosos y activos ese día; saltaban en las jaulas y graznaban amenazas. Llegó a la conclusión de que algo los había perturbado. Estaba entretenido con las payasadas que hacían. Le gustaban los pájaros, pero nunca había tenido uno como mascota. Eran coloridos, pero demasiado tontos y sucios. Bebió otro sorbo, saboreando el rico brebaje negro, y se dio cuenta de que alguien que había estado sentado al lado de la jaula se había olvidado la llave de la habitación sobre la mesa; no era el olvido más brillante en México. Miró la llave, preguntándose a quién le pertenecería, pero después reconoció el número de la habitación: 21, la habitación de Karen. ¿Por qué dejaría la llave sobre la mesa? Bebía de la taza y observaba la llave, estaba tentado de recogerla. Miró el restaurante con mayor atención, pero seguía sin verla. Aparentemente ya había estado abajo y había regresado a la habitación al ver que él no aparecía. «Puntual como todo estadounidense», refunfuñó.

Cinco minutos más tarde, con la taza casi vacía, su paciencia se había agotado. La llave le rogaba que la cogiera. Alguien podría robarla fácilmente y entrar en su habitación. Nadie dejaba las llaves de la habitación del hotel tiradas de ese modo a menos que se las hubiera olvidado. Mejor aún, le preguntaría al recepcionista si no había visto a Karen y corroboraría que la habitación de Karen fuera la 21. ¿Habría tomado el desayuno sola? Cogió la llave y caminó hacia la recepción.

El recepcionista parecía nervioso y no miraba a David a los ojos. Se frotó las manos y dijo:

—Sí.

La había visto varias veces. Un momento antes se había ido con otros dos estadounidenses a hacer lo que sea que hacen los turistas.

—¿Se fue con otros estadounidenses? —repetía David, sin poder creerlo. Pero tenía una reunión con él a las diez de la mañana—. ¿Está seguro? —preguntó una vez más.

—Sí... Sí... Por supuesto —murmuró el recepcionista—. Se fueron hace media hora. Ella... parecía algo enferma.

David frunció el ceño y negó con la cabeza; estaba indignado, no sabía qué pensar. ¿Por qué el recepcionista se comportaba de una manera tan extraña? ¿Sabría algo más? Suficiente. Llamaría a la puerta. Se detuvo en la mesa para terminar el café, después subió las escaleras, caminó hacia la puerta y dio un golpe fuerte. Nadie respondió. Volvió a golpear, pero siguió sin recibir respuesta. Miró a la izquierda, después a la derecha e intentó la manija. Cedió fácilmente y empujó la puerta. Alguien había revuelto la habitación y todo era un caos. Sintió un vacío en el estómago y un latido fuerte en el corazón. La llamó, pero ya no esperaba respuesta y no la obtuvo. Caminaba con cautela por la habitación cuando pisó algo pegajoso. El profesor levantó el pie para ver qué había debajo y se incorporó sobresaltado. ¡Era sangre! ¿De quién? ¿De Karen? Un escalofrío involuntario lo sacudió. ¡Tenía que llamar a la policía inmediatamente! También llamaría a Joaquín. El cónsul era el dueño del hotel y tenía muchos contactos, incluso dentro de la policía. Esto era grave, tal vez hasta terrible. El recepcionista había dicho que la había visto salir por su propia voluntad junto a otros estadounidenses, pero que parecía enferma. ¿Qué había querido decir con enferma? ¿Qué demonios estaba sucediendo? ¿De quién era la sangre?

El bolso y todo lo que había en él estaban desparramados sobre la cama. Guardó la llave en su bolsillo, puso todo dentro del bolso y se lo llevó al retirarse de la habitación, para lo cual volvió cuidadosamente sobre sus pasos. Cerró la puerta y bajó las escaleras casi corriendo. Jadeando le pidió al recepcionista que llamara a la policía y al gerente del hotel. El recepcionista expresó con desdén su desaprobación y comenzó a discutir, pero David insistió, recordándole que Joaquín era su cuñado.

Enojado y con cierta aprensión, el recepcionista levantó el teléfono y cumplió con el pedido.

Una vez que terminó las llamadas, David miró a su alrededor, miró la hora y cambió el peso de una pierna a la otra. ¿Qué debía hacer? ¿Se habría lastimado accidentalmente y los amigos estadounidenses la llevaron al médico? Le preguntó al recepcionista, quien miró por la ventana y le respondió que no sabía, que no se había fijado realmente.

David regresó al comedor. Estaba cada vez más aterrorizado. Revisó el salón con la mirada y se encontró con la mesa en la que había quedado la llave. Probablemente esa había sido su última parada antes de subir las escaleras. ¿Habría pasado algo por alto? El mantel estaba limpio y no había nada debajo. ¿Qué era lo que estaba buscando? Escuchó una voz y se volvió para ver que el recepcionista estaba hablando muy de cerca con un hombre vestido de traje . David supuso que era el gerente. Se dio vuelta para unirse a ellos, pero se dio cuenta de que la jaula de los pájaros estaba un poco torcida. La bandeja de los desperdicios sobresalía de manera notoria. Casi la ignora, pero algo le llamó la atención. No solo la batea sobresalía, sino que el papel que estaba adentro era blanco. Todo el mundo usa papel de periódico para recoger los desperdicios de los pájaros. Tomó la bandeja y jaló de ella. Cedió al primer intento, y con cuidado cogió los papeles. El papel era una publicación en inglés. ¿En México? ¡Muy extraño! Al observarlo más de cerca, reconoció las palabras y vio que había jeroglíficos mayas en toda la página. Comenzó a temblarle la mano. ¡Karen los había colocado en esa jaula! Lo sabía. ¡Algo terrible debía de haber sucedido para que ella escondiera los papeles allí! El profesor cogió una servilleta y limpió los desperdicios de los loros de los papeles. Los dobló y los puso en el bolsillo trasero. Después se volteó para enfrentar al gerente y al recepcionista que se aproximaban.

Karen sentía un dolor punzante en el brazo que sostenía contra el pecho. Estaba encogida en el asiento trasero de un Ford Fairlane blanco que se dirigía a sacudones por un camino embarrado y lleno de pozos hacia un pequeño aeródromo en algún lugar cercano a la selva. Su instinto le decía que tenía que dar pelea o huir. Deseaba abrir la puerta del coche y saltar, pero sabía que era muy difícil escapar. ¿A dónde iría? Si todavía estuviera en la ciudad, podría servir de algo y seguramente llamaría la atención, pero Depp le había explicado que no era una buena idea escaparse. Bill sostenía un cuchillo sobre las costillas de Karen para asegurarse de que ella cooperaría y, si les daba lo que querían, no sería necesario que su tía conociera a Bill.

—Madre Santa —susurró Karen entre dientes.

¿Cómo podía estar sucediendo eso? ¿Cómo sabía Depp de la existencia de la tía Rose? ¿Por qué le hacía esto? ¿Quién hubiera sospechado que podía llegar a tanto? ¿Estaba desesperado o simplemente loco? Tal vez le tendría que haber prestado más atención a las historias y chismes sobre él mientras estaba en el Smithsonian. Ahora, la única alternativa que tenía era seguir adelante hasta que se le presentara la oportunidad de escapar.

Sintió la caricia amable de un dedo sobre el brazo. Bill le sonrió lascivamente, después sacó la lengua y se relamió. Ella alejó el brazo de un tirón y se acercó aún más a la puerta.

—Ahí está. —Depp señaló a lo lejos un avión monomotor que estaba detenido cerca de un cobertizo. El camino empeoró y el coche disminuyó la marcha para superar los surcos más profundos.

—Malditos mexicanos —se quejó Depp—. Construyen pirámides, pero nunca aprendieron a hacer caminos.

El coche se movía para ambos lados, bamboleándose en el barro, y después golpeó contra un gran bache. Todos saltaron y se dieron la cabeza contra el techo.

Bill se sonrió con suficiencia y miró a Karen.

—A los zarcos y los mujeres, hay que entrar in media —dijo en un español pobre.

—¿Qué dijo?

Ella vio por el espejo retrovisor que Depp se estaba riendo.

—Es un antiguo dicho mexicano. A las mujeres y a los baches hay que entrarles por el medio.

—Eres un gilipollas, y él es un pervertido —replicó Karen— ¿Dónde lo encontraste? ¿Debajo de una roca?

—Escúchame, perra estirada. Yo estoy a cargo. Cuando quiera algo de ti, te enterarás. Mantén la boca cerrada y haz lo que te digo o las entregaré a ti y a tu tía Rose a las manos de este hombre.

—No te saldrás con la tuya.

—Ya lo hice, idiota.

—¿Cómo me encontraste?

—Fue muy fácil. Todavía tengo contactos aquí, especialmente en Guatemala. Trabajo en D.C., ¿recuerdas? Pasé casi veinte años estudiando arqueología en Latinoamérica y solo tuve que llamar a algunos de mis viejos amigos. Sabía que tendría la oportunidad de volver a anotar.

—¿Volver a anotar? Suena a jerga de alguien que está relacionado con las drogas. ¿A qué tipo de arqueología te dedicaste?

—Nada que tú apreciarías, puta. —Le lanzó una mirada malévola por el espejo retrovisor. El coche volvió a tambalearse, aceleró y luego se detuvo—. Bueno, se acabó el tiempo. ¿A dónde vamos? —Depp se volvió para enfrentarla—. Basta de juegos, Karen. ¿A dónde estamos yendo? ¿A Veracruz? ¿A Tabasco? A Guatemala, espero —añadió.

Miró fugazmente el avión.

—Yo creo que vamos a Quintana Roo —mintió.

—¿A la península de Yucatán? —parecía perplejo—. ¿Limones?

Karen se encogió de hombros.

—Me gustaría estar segura. —Quitó los mechones de cabello que le cubrían el rostro y miró de reojo a Bill—. Nunca estuve ahí. También podría ser Belice. —Volvió a mentir—. Probablemente en algún lugar de la selva. Pero es solo una suposición, nada más.

—¿Entonces qué haces en San Cristóbal? Quintana Roo está a setecientos cuarenta kilómetros al este de aquí.

Depp le clavó una mirada fulminante como si la estuviera retando a un desafío.

—Tengo amigos aquí. Alguien me ayudaría...

—Claro... El doctor Wolf. Escuché que estuvo en Washington.

—Es un gran experto y un...

—Tú no serías capaz de diferenciar a un experto de un analfabeto. Tienes la mentalidad de una joven universitaria.

Karen le devolvió la mirada a Depp, pero después se fijó si Bill había mantenido la distancia. El cuchillo de la mano derecha estaba cerca, y su ojo sano no dejaba de mirarla. El ojo lechoso le causaba repulsión y no pudo seguir sosteniéndole la mirada.

—¿Dónde está la traducción? —le preguntó Depp, sosteniéndola de la mano.

—La dejé en el hotel.

—Mentira. Revisamos tu habitación.

Depp clavó la mirada en Bill, y el cuchillo se acercó a la cabeza de Karen. Ella se encogió contra la puerta, quería desaparecer.

—Es la verdad —gritó—. Estaba en mi bolso. La dejé en el bolsillo del costado.

—¿Tu bolso? —Depp miró a Bill que se encogía de hombros. Ninguno de ellos había visto un bolsillo al costado del bolso. No podían corroborar su historia sin regresar, y eso no iba a suceder.

—Está todo en mi memoria... Todo... Hasta los jeroglíficos.

Ella apostaba a que no la matarían si tenía la información en la cabeza. Karen observó el cuchillo de Bill, y un escalofrío le recorrió la espalda.

—Vamos —ordenó Depp—. Suban al avión. Tenemos que irnos antes de que alguien nos encuentre. —Depp salió del Ford viejo y cerró la puerta de un golpe—. ¡Mierda! —refunfuñó—. Vine hasta aquí y ahora tengo que volar por toda esa selva de mierda. ¡Qué chingada! —insultó en español, dándose vuelta para enfrentar a Karen. La señalaba con el dedo acusándola—. Esperé veinte años esta oportunidad... Arriesgué todo. Si estás mintiendo o si es solo un juego, no sobrevivirás, Karen. —Dejó caer la mano, pero tenía los labios apretados de la ira. Dio un paso hacia el avión, después se detuvo y volvió a girar—. Y tampoco sobrevivirá tu tía Rose. ¿Me entendiste?

Bill le tocó el trasero, y ella gritó en señal de protesta.

—Quita las manos, gilipollas, a menos que quieras perderlas —amenazó al adversario de la cicatriz en el rostro, pero a cambio él le lanzó una mirada lasciva y le tiró un beso. Volvió a levantar el cuchillo para que ella no lo olvidara.

—¿Dejarás que este asqueroso me siga manoseando? —le dijo a Depp.

—Entra, —ordenó Depp y señaló la puerta del avión—, y deja de quejarte a menos que quieras aprender a tirarte en caída libre sin paracaídas.

Karen miró por primera vez el avión de cerca y se le revolvió el estómago. La pintura ya había perdido el color. Era viejo y pequeño y estaba repleto de abolladuras. ¿Serían agujeros de bala? Las personas se estrellaban en estas cosas todo el tiempo, ¿verdad? De reojo vio cómo la mano libre de Bill se dirigía a su trasero y se alejó de un salto, refunfuñando al hacerlo. Esta vez él había apoyado el cuchillo en su cuerpo.

—Está bien... Está bien —dijo Karen y dio un paso hacia el avión.

Primero entró Depp y después Karen, quien esperaba que Bill le tocara el trasero en cualquier momento. Depp se sentó en el asiento del piloto y le ordenó a ella que se sentara detrás de él. Bill le indicó que se ajustara el cinturón de seguridad y después se ubicó en el asiento a su lado, siempre con esa mirada sádica en el rostro. Plegó el cuchillo y lo guardó en el bolsillo. Depp encendió los interruptores y preparó el avión para el despegue. Al terminar cogió un mapa de rutas aéreas que estaba debajo del asiento y lo estudió mientras se mordía el labio.

—¿Hacia el este? —le preguntó a Bill, pero no obtuvo respuesta.

Depp miró el cielo para orientarse, meditó sobre el mapa un momento, suspiró y cerró el libro.

Levantó el interruptor de encendido y los motores comenzaron a funcionar lentamente; demasiado lento para arrancar, deseó ella. Arrancó, hizo un par de explosiones y finalmente encendió, emanando humo negro. Un ruido y una vibración ensordecedores envolvieron la cabina. Pronto estaban rebotando y sacudiéndose sobre un aeródromo descuidado; el dolor del brazo lastimado de Karen aumentaba con cada golpe. Depp no dejó de hablar mientras se acercaban al final de la pista, pero Karen no pudo escuchar una sola palabra por el ruido de los motores. Bill no le prestaba atención, solo miraba los pechos de Karen mientras acariciaba el contorno del cuchillo que tenía guardado en el bolsillo del pantalón. Ella se estremeció y miró hacia otro lado. Un frío aterrador la envolvió y las náuseas le revolvieron el estómago.

El motor volvió a rugir, y el avión aceleró sobre la pista cubierta de pasto. En cuestión de segundos ya habían despegado. Depp giró a la derecha y ella miró por una ventana pequeña. San Cristóbal había quedado al oeste. Podía ver la gran cantidad de campanarios de las iglesias y las colinas rojizas. Las personas, que ya se veían del tamaño de una hormiga, iban y venían; ninguna conocía el drama personal que ella estaba viviendo. Ganaron altitud y se acercaron a la vegetación verde de la selva. Las grandes montañas protectoras envueltas en nubes negras yacían al sur y al oeste. Dos ríos angostos y serpentinos cargados de limo seguían su camino hacia el sureste hasta desembocar en el río Usumacinta, al extremo sur de México que limita con Guatemala. Cinco minutos después ya estaban sobrevolando la selva Lacandona; se dirigían al Este, a la península de Yucatán. Depp siguió hablando, pero nadie podía oírlo. Ella miró a Bill y notó que con el ojo sano le estaba mirando los pechos, pero ahora el cuchillo ya había vuelto a escena.

—¡Dios mío! —Movió los labios en silencio—. ¡Oh, Dios mío!

El profesor sostenía con fuerza el volante.

—¡Maldición! —explotó, golpeando el volante por la frustración.

¿Qué diablos sucedía? Karen se había ido con dos hombres, aparentemente por voluntad propia. A uno de ellos debía de conocerlo: John Depp, su antiguo supervisor del Smithsonian. Pero Karen y Depp estaban enfrentados. ¿Por qué se perdería el encuentro con David para irse con un hombre al que despreciaba? Ella le había dicho que Depp la había despedido y ahora el hombre aparecía en México. ¿Por qué la habría seguido? Esa era la pregunta. Aparentemente ella no se había ido en buenos términos con el empleo ni con Depp. Y eso le había traído problemas.

El profesor no estaba sorprendido. Aunque no conocía a Jonathan Depp personalmente, había escuchado historias, la mayoría de ellas de hacía más de veinte años; el tipo de conversaciones sin fundamentos que giraban alrededor de los golpes de estado y las revoluciones. El gobierno estadounidense había apoyado el golpe de estado guatemalteco en 1954, pero los indígenas que vivían en la zona montañosa de

la selva se habían resistido. Depp, entonces un joven antropólogo social, había estado estudiando las diversas tribus mayas
de Guatemala y de México a finales de la década de los
cincuenta y principios de la década de los sesenta. Se rumore-
aba que había estado involucrado con el gobierno. David no
sabía con quiénes exactamente, pero sospechaba que con la
CIA. Depp, quien conocía profundamente a los indígenas con
los que había trabajado, en definitiva había servido como
catalizador para destruir a los pueblos que había estudiado.
Depp, según rezaban los rumores, había entregado los
nombres de todos los que se oponían a la nueva junta militar.
En consecuencia, el ejército cazó y asesinó a esos individuos.
Pero tres décadas más tarde, de algún modo Depp se había
convertido en un respetable conservador de museo en una de
las instituciones más prestigiosas del mundo. Eso, en sí
mismo, era un misterio. Depp casi no tenía publicaciones ni
proyectos de investigación a su nombre. Esto, por supuesto,
implicaba que tenía buenos contactos en Washington D.C. Si
alguna vez tienes inconvenientes para encontrarle sentido a
algún hecho descabellado ocurrido en D.C., solo tienes que
agregar el factor político, entonces todo cobra sentido.

　¿Y qué había de Joaquín, el cuñado de David? El cónsul
había sido más un obstáculo que una ayuda. Por supuesto, no
quería tener problemas en su hotel, pero la vida de una mujer
podía estar en peligro. Joaquín le había quitado importancia
al incidente al relatarlo a la policía. Ellos habían escuchado su
análisis respetuosamente y habían mostrado su consentimiento en seguida. Después de todo, él era el Cónsul
Honorario del estado de Chiapas y un patricio adinerado muy
conocido que provenía de una antigua familia. Los oficiales
habían llegado a la conclusión de que probablemente no
había nada que investigar.

　La criada no había visto nada. Ella no tenía por qué contra-
decir a su jefe. Diez dólares a la semana no era mucho, pero
ayudaba a poner tortillas de maíz y judías sobre la mesa. Karen

se había ido con dos hombres, aparentemente bajo ninguna coacción, tal cual había dicho el recepcionista. Pero la habitación estaba revuelta y su bolso vacío, se quejó el profesor. Habían encontrado la llave de la habitación abajo, sobre una mesa del restaurante. Habían encontrado sangre en la alfombra. ¿Qué más necesitaban? Los policías se encogieron de hombros. Quién sabe, le respondieron, era una mujer. Tal vez le sangraba la nariz o se había cortado accidentalmente. Además, era una mujer sola que había viajado a México, se burlaban: no tenían dudas de que se trataba de un delito moral. A las mujeres como esta les sucedían cosas. Probablemente estaba involucrada sexualmente con los dos. La policía estuvo de acuerdo en que las explicaciones eran creíbles.

Joaquín había intentado tranquilizar a David y la policía había desestimado sus protestas como si fueran estiércol de burro. Decidieron que sin crimen, no había caso. Si aparecía alguna evidencia, entonces tendrían que llamarlos. Mientras tanto, era probable que la mujer apareciera a las pocas horas, predijeron. Era estadounidense. Los estadounidenses eran poco confiables y promiscuos. Aparentemente, todos lo sabían menos David. Joaquín les agradeció, estrechó la mano de cada uno y les hizo preguntas personales sobre sus familias mientras David permanecía a un lado hirviendo de resentimiento.

David creía que el recepcionista era un mentiroso, y el cónsul, una serpiente artera. Pero hacía muchos años que el profesor sabía esto. Así era la profesión que había elegido Joaquín.

—¡Maldición! —explotó David una vez más.

Ni siquiera él tenía las manos limpias en este asunto. No había mencionado el bolso ni los documentos que había descubierto en la jaula de los pájaros por miedo a que se los quitaran como evidencia.

—¡Maldición! ¡Maldición! ¡Maldición!

Se desplomó en el asiento del coche. ¿Qué haría? ¿Qué podía hacer? Después de cavilar sobre el dilema, David llegó a la conclusión de que la policía probablemente tenía razón en una cosa. Si Karen se encontraba bien, aparecería pronto y estaría bien a pesar de lo que sea que le hubiera sucedido si es que le había sucedido algo. El profesor regresaría a la hacienda para hablar con Luis. El poli, a pesar de ser machista y paleto, tenía una mente aguda que llegaba hasta lo más profundo y siempre sacaba a la luz la verdad. Los años que había pasado Luis como policía en las calles de Ciudad de México serían invaluables.

Ahora David tenía algo que parecía algún tipo de traducción, probablemente de la estela de Gould. Y si sus sospechas eran ciertas, la estela y la traducción de Karen eran el meollo del asunto. Lo que sea que dijera, ella debía de haber hecho un gran descubrimiento. Depp no la habría seguido hasta México ni arriesgado tanto a menos que creyera que esta era una gran oportunidad para obtener un logro personal. David puso en marcha el Lebaron, miró por el espejo retrovisor y se alejó del bordillo. Sumergido en sus pensamientos, condujo con facilidad por las calles empedradas que tanto conocía mientras analizaba los hechos de la mañana e intentaba encontrarle sentido a todo. Pronto estaba conduciendo por el asfalto que lo llevaría a la hacienda. Giró en una curva tras otra, estaba concentrado en el problema que acaecía. Vio un pequeño avión plateado, un mero reflejo en el cielo, que se deslizaba hacia el este, pero no le dio importancia. El avión ganó altitud y desapareció detrás de las montañas arboladas del sudeste.

Mientras el Lebaron se acercaba a la hacienda, la mente del profesor pasaba de un pensamiento a otro y comenzó a considerar los papeles doblados que tenía en el bolsillo, los que creía tenían la traducción y la ubicación de los libros mayas de Karen. Una creciente expectativa se apoderaba de él mientras manejaba con determinación hacia la hacienda. Gracias a Dios había traído sus libros de la Universidad Nacional de la Ciudad de México. Sin ellos, cualquier evaluación de la traducción sería solo una conjetura que se convertiría en una comedía de frustración y errores. Le faltaría el aporte de Karen, por supuesto, pero de alguna forma le encontraría sentido a todo. Aunque había trabajado en la arqueología por treinta años, la escritura maya recién se había descifrado en la última década. La habían tenido frente a los ojos todo el tiempo. El obispo Landa, el tristemente célebre sacerdote de la Conquista que quemó todos los libros, había dejado la traducción de los símbolos a sonidos que finalmente pudieron ser interpretados. Ahora, después de diez años de estudio, David se había convertido en una de las autoridades mundiales en este ámbito.

Su mente se sumergió en recuerdos académicos y condujo automáticamente mientras eliminaba toda distracción y comenzaba a especular sobre cuáles serían los jeroglíficos que encontraría al examinar el trabajo de Karen.

10

Los ojos de Karen estaban clavados en el cuchillo. Ese elemento se había convertido en el centro de su universo. Tenía el pecho oprimido y dificultades para respirar. El sudor de las axilas corría a los costados de su cuerpo. Al observarlo, el cretino del ojo lechoso la miraba fijo y pasaba el filo del cuchillo por su antebrazo peludo, dejando un camino bien afeitado por el lugar que había tocado el filo. Sintió ganas de gritar.

—¡Bill! —Depp se dio vuelta en el asiento y miró al bellaco de su asistente —. ¡Guarda eso y ven aquí! —Depp señaló el asiento a su lado—. Necesito que me ayudes con esto —agitó el mapa de rutas aéreas—. Vamos, muévete —miró rápidamente los indicadores y después volvió a mirar a Bill—. Vamos a girar al este, hacia Guatemala, antes de tomar la ruta hacia el norte. Quiero ver Yaxchilán y Tikal desde el aire.

El cuchillo desapareció, pero el ojo sano de Bill siguió mirándola fijo, imperturbable . No se movió. Embargada por la consternación y atrapada contra la pared del avión, Karen contuvo la respiración. ¿Por qué no seguía las órdenes? Bill miró a Depp y después volvió a mirar a Karen. Murmuró algo y esbozó una sonrisa débil. Volvió a relamerse y ella se dio la vuelta para mirar por la ventana; era demasiado repulsivo para mirarlo. Finalmente, Bill se puso en cuclillas y se pasó al asiento delantero. Depp arrojó el mapa sobre el regazo de Bill.

Karen exhaló y dejó caer los hombros. Miró la parte de atrás de la cabeza de Depp, su captor/salvador. La había secuestrado, pero ahora era la única persona que podía salvarla del pervertido, al menos por el momento.

—¿Asusta un poco, no? —Depp gritó sobre el ruido de los motores—. Lo tendrías que haber visto hace veinte años en El Encanto, Guatemala. No hiciste ningún amigo ahí, ¿verdad, Bill?

Depp le sonrió a su cómplice.

Bill ignoró el comentario y cogió el mapa. Lo miró, después lo giró rápidamente noventa grados para orientarse y se inclinó para estudiarlo.

—Descenderé un poco más para mirar. Hace tiempo que no sobrevolaba esta zona.

La parte delantera del avión se inclinó y cayeron precipitadamente hasta que estuvieron a unos cien metros del suelo y rozaron las copas de los árboles. Karen se secó la transpiración del labio superior e intentó recuperar la compostura. Mientras tanto, sus captores conversaban y señalaban lugares en el mapa; de vez en cuando indicaban alguna montaña o río por la ventana para corroborar la ubicación en la que estaban. Bill, sorprendentemente, parecía interesado en el mapa y comenzó a discutir de manera animada con Depp. El señor Pesadilla se había vuelto todoterreno. Ella se estremeció, se inclinó hacia adelante y se abrazó a las piernas.

¿Cómo se había metido en este lío? ¡Le tendría que haber dado a Depp la maldita traducción! Había sido estúpido quedársela. No tendría que haber sido tan testaruda. Este asqueroso de Bill iba en serio —igual que Depp— y ahora ella estaba en un vuelo mortal sobre la selva Lacandona y nadie sabía dónde estaba. Todas sus ilusiones habían desaparecido. Sería un milagro si sobrevivía. ¿Por qué la liberarían?, ¿para que le cuente al mundo lo que había sucedido? Tendrían que matarla. Pero por lo menos dejarían a la tía Rose en paz, en lugar de atraer más la atención a lo que estaban haciendo.

Espió por la ventana ovalada y estudió las montañas oscuras y las laderas escasamente arboladas. El terreno había cambiado. Añosos bosques verdes habían reemplazado a las colinas rojizas y rocosas. Estaban sobrevolando la selva Lacandona. Antiguos árboles se estiraban, altos, hacia el cielo, creando un techo que daba sombra sobre la selva. Una abundante vegetación tropical se extendía como una sensual cinta verde desde las estribaciones hasta lo alto de las montañas distantes.

—¡Mierda! —gritó Depp.

Karen levantó la cabeza.

—¡Por Dios! ¡Maldición!

Ella vio cómo las manos de Depp sostenían el volante, y él disminuía la velocidad. Los ruidos del motor decrecieron y el avión volaba más despacio. Podía escuchar mejor.

—¿Qué pasa, Hombre Muerte? —El cretino levantó la cabeza del mapa.

—¡No me llames así, Bill!

—¿Algún problema? —Bill miró los indicadores del avión—. Para mí todo luce bien. ¿Por qué...? —Se detuvo en la mitad de la oración—. ¿Eso es aceite? —Señaló el pequeño parabrisas del avión.

—Mierda de pájaro no es...

Bill se irguió. Miró la mancha de aceite en el parabrisas y después por la ventana para ver toda la selva montañosa.

¿Cuánto tiempo nos llevaría regresar? —preguntó, tragando saliva de manera evidente.

—Quién sabe... ¿quince o veinte minutos? —Las salpicaduras de aceite seguían manchando el vidrio, después la mancha se esparcía por la fuerza del viento. El doctor Muerte hizo sonar su cuello en un esfuerzo vano para encontrar la pérdida—. No puedo ver. Tengo que aterrizar antes de que se quemen los motores... ¡Maldición!

—¿Qué es eso? —preguntó Karen—. ¿Sucede algo?

—Cállate, puta —gruñó Bill y le lanzó una mirada malévola con el ojo sano.

Ella le hizo caras, pero después lo pensó mejor y miró hacia otro lado. No quería provocarlo. Deseaba que fuera Depp quien le respondiera.

—Regresemos —dijo Bill.

—No puedo. Alguien puede estar esperándonos. —Depp le hizo un gesto a Bill—. Encuentra un lugar en el mapa para que aterricemos.

—No funcionará. Ninguno de estos pueblos tiene pista de aterrizaje.

—Fíjate igual. Ya pasaron veinte años. Las cosas cambian. —La preocupación arrugaba la frente de Depp—. Miraré hacia abajo, tú fíjate en el mapa. Tenemos que encontrar algo.

—Dijiste que estos motores solo tenían cincuenta horas de uso —acusó Bill.

—¡Cállate y mira!

—¡Cállate, tú, gilipollas! Esta fue tu idea. —El ojo blanco de Bill le clavaba la mirada y su rostro hacía movimientos nerviosos—. Tú y tu maldito avión de porquería. Tus amigos de la CIA nunca hacen nada bien. —Bill se dio vuelta, miró a Karen y curvó los labios buscando una salida para su hostilidad—. Tendríamos que haber cortado a esa puta hasta que nos dijera algo. Te ablandaste. En los viejos tiempos...

—¡Cállate, maldición! —dijo Depp. Miró a Karen para ver si estaba siguiendo la conversación, después volvió a mirar a Bill—. Encuentra un lugar donde podamos aterrizar. —El aceite chorreaba por el parabrisas. Depp se estiró para intentar ver algo a través de esa sustancia oscura y pegajosa que se esparcía por el vidrio—. Subiré una vez más para intentar ver mejor. Tiene que haber algo por aquí. ¿Es que ya no queda selva? Por Dios, ya pasaron veinte años.

—Hay un pequeño pueblo por ahí —dijo Karen señalando por la ventana.

—Es una montaña, idiota. ¿Dónde aterrizaríamos, de todas formas, en el zócalo?

El avión se dirigía con dificultad hacia el sur, hacia Guatemala, adentrándose cada vez más en la selva. Sobrevolaron pequeños pueblos, todos conectados mediante senderos serpentinos y angostos. Las montañas se habían convertido en islas de esmeralda que flotaban en un mar de selva verde; la vegetación era tan densa que el suelo de la selva permanecía oculto y desconocido. Se reflejaba el brillo de algún que otro arroyo que se deslizaba por la maleza y corría hacia el río Usumacinta y Guatemala.

—Tal vez tendríamos que regresar, Hombre Muerte —repitió Bill—. Podemos lograrlo si damos la vuelta ahora.

—Dije que no. Allí solo encontraremos problemas.

—Mira... —dijo Bill—. Podemos aterrizar en otro lugar. Allí hay caminos.

—¿Vamos a estrellarnos? —interrumpió Karen, preocupada por la conversación. Intentó incorporarse y mirar por la ventana.

—¡Siéntate, coño! —Bill tenía el rostro crispado de la ira.

—Los federales van a estar esperándonos. Tenemos que seguir adelante —dijo Depp.

—Pensé que tenías contactos —dijo Bill furioso— ¿El jefe de la estación de Guadalajara no te debía un favor?

—Usaste bien el tiempo pasado —replicó Depp—. Ahora no tengo una mierda. Ya cobré todos los favores que me debían para llegar hasta aquí.

—¡El indicador de la temperatura está subiendo! —la voz de Bill sonó estridente, casi histérica—. Odio los malditos aviones.

—Tenemos tres minutos con mucha suerte si perdemos el aceite. —La voz de Depp sonó vacía, como si estuviera luchando por mantener el control. Apretó la mandíbula—. ¡Fíjate en el maldito mapa! —le ordenó, hablando entre dientes.

—Tal vez tendríamos que llamar a alguien por la radio —sugirió Karen levantándose para ponerse en cuclillas.

—¡Puta! —la ira de Depp explotó. Estiró el brazo hacia atrás con el puño cerrado y le pegó a Karen en el rostro.

Le golpeó la cabeza, y las fosas nasales desbordaban de dolor. Se le doblaron las rodillas y se derrumbó en la parte trasera del avión, golpeándose la espalda al caer en el piso.

—¡Ah! Imbécil —gritó—. Eres un mugriento...

Depp y Bill la ignoraron, tenían los ojos pegados en la mancha de aceite que se esparcía por la ventana. Karen se tocó la espalda, gruñó y lentamente se puso de rodillas. Con cuidado se tocó el rostro. Le salía sangre de la nariz y tenía el pómulo hinchado. Le dolía el hombro y el corte del brazo comenzó a sangrar.

Tres minutos había dicho Depp. Tres minutos antes de que se acabara el aceite y los motores se incendiaran. Le caían lágrimas de los ojos. Esto no podía estar sucediendo, se dijo. Es demasiado irreal. Le desbordaban los ojos y lloró en silencio; una tristeza amarga la abrumaba. Veintinueve años, divorciada, sin hijos, sin una trayectoria profesional de la que hablar; probablemente moriría en este avión. Se apoyó en el asiento y esperó lo inevitable. Su vida estaba en las manos de dos asesinos criminales que volaban un avión roto. Era demasiado para tener esperanzas.

El avión todavía volaba. Depp y Bill reñían y se insultaban. Depp farfullaba en voz baja, pero Bill estaba al borde de una crisis de nervios, no podía quedarse quieto, maldecía a todo y todos. Comenzó a lanzar miradas malévolas y llenas de odio a Karen.

—¡Por lo menos déjame encargarme de ella antes de estrellarnos!, —dijo con la mano derecha sobre el contorno del cuchillo que tenía en el bolsillo.

—¡Por Dios, no! ¡Aléjate! —Depp insultaba con vehemencia y comenzó a golpear los indicadores del avión con toda la frustración que tenía contenida.

¡Bum! Una explosión sacudió al avión y la trompa se inclinó lentamente hacia abajo. Salía humo del motor mientras Bill gritaba obscenidades. Los nudillos de Depp perdían el color mientras sostenían con fuerza el volante del avión. Tenía los ojos abiertos y el rostro pálido. Gotas de transpiración le cubrían el labio superior y la frente. Intentaba desesperadamente ver a través del humo y de la ventana cubierta de aceite qué había en la selva debajo de ellos. El avión se tambaleaba y se desviaba del camino mientras Depp luchaba por mantener la trompa elevada e impedir que se estrellara en la selva. Ahora Bill permanecía en silencio, mirando como un catatónico por la ventana lateral la selva letal que los esperaba abajo.

Karen presenciaba la tragedia como si estuviera mirando una obra de teatro. Después el avión se ahogó y la trompa se inclinó por última vez. De repente, las copas de los árboles estaban muy cerca y un calor helado le recorrió la espalda. Jaló del cinturón para ajustarlo, después se apoyó en el asiento y se sujetó fuerte de los apoyabrazos. El corazón le latía con fuerza y sentía un miedo punzante como un láser caliente que le perforaba el pecho. Comenzó a pronunciar en silencio la antigua plegaria que había escuchado en la mañana: «Padre Nuestro que estás en los cielos, santificado sea Tu nombre...»

11

David frunció el ceño y miró al este las estribaciones que se elevaban como escaleras para convertirse en montañas repletas de pinos. El sol de la tarde brillaba feliz y contento sobre la escena lánguida: senderos serpentinos y campos cubiertos de maíz perfectamente sembrado en hileras. Algún que otro conjunto de casas de ladrillo de barro con techo de paja aparecía en las laderas de las montañas. Detrás de él, una agrupación de nubes negras juntaba fuerzas en el horizonte occidental. Normalmente le encantaba el estilo bucólico de vida que eso representaba, pero ese día no lo disfrutaba. Acaba de discutir con su esposa sobre la indiferencia desmesurada de Joaquín ante lo que había sucedido en la habitación de Karen. Su cuñado egocéntrico seguía dando vueltas por su cabeza como si fuera una espina clavada. El profesor tampoco estaba muy contento con su esposa: ella se había puesto del lado de su hermano. David había traído a «esa mujer» a México. La hermosa extranjera no estaría en San Cristóbal si no fuera por él. Por lo tanto, no habría ningún problema si no fuera por David. ¡Por Dios!, pensó, impotente. ¿Qué le habría dicho Joaquín a Alexandra? Parecía que no le importaba lo sucedido, que estaba celosa; sus acusaciones estaban cargadas de indirectas.

David sabía que Joaquín no haría nada a menos que alguien lo obligara, lo que, por supuesto, era totalmente inaceptable. Después de preocuparse durante dos horas, el profesor había llamado al hotel para corroborar que Karen seguía ausente. Seguramente, en un esfuerzo por ocultar todo lo sucedido, Joaquín y la policía ya habían embalado todas las pertenencias de Karen y limpiado la habitación. Incluso era posible que la habitación ya albergara a un nuevo huésped. No perderían el tiempo. La corrupción era endémica y en México las apariencias ocultaban fácilmente la realidad. Una hora atrás, el capataz de la hacienda había aparecido para contarles que el «avión de los gringos» se había ido en algún momento de la mañana. El capataz desconocía cuándo o hacia dónde. Nadie lo había visto partir, y David pensaba que ese nefasto hecho no auguraba nada bueno. Temía que Karen estuviera a bordo; probablemente la habían obligado y sin lugar a dudas estaba en peligro. Se sentó, ahora las recriminaciones lo asediaban; el argumento de su esposa le resonaba en la cabeza. Aunque no había estado de acuerdo en su momento, algunas de sus palabras eran ciertas. Él había invitado a Karen; había desempeñado el papel de profesor omnisciente al atraer a alguien inferior a él a su guarida para que le llevara su botín. ¿Qué sucedería si ella ya estaba muerta?, se preocupó.

David escondió la cabeza detrás de las manos.

—¿Crees que todavía esté viva?

—Probablemente —respondió Luis; sus cejas tupidas se arquearon en señal de concentración mientras intentaba leer las anotaciones de Karen—. Tenemos la traducción; Depp solo tiene lo que está en su cabeza. Estará bien hasta que se dé por vencida.

David levantó la cabeza para mirar las estribaciones. Su humor era un perfecto reflejo de las nubes negras que se acumulaban en las Sierras Madres occidentales.

—Deje de culparse, profesor —lo consoló Luis. Caminó hasta la mesa del patio y arrojó la traducción de Karen a David—. El problema es que... no se hará nada al respecto a menos que alguien lo ordene desde Ciudad de México.

—Entonces no sucederá nada —dijo David cansinamente.

—Tenemos que descubrir qué sucedió, a dónde fueron. ¿Puedes leer esto?

—¿Lo que está escrito en inglés? —preguntó David.

—Todo. Los dibujos y todo lo demás.

—¿Los jeroglíficos?

—Sí, los jeroglíficos. ¿Tienen sentido?

David cogió los papeles y comenzó a examinarlos con paciencia. Una página parecía ser una fotocopia de la estela misma; la otra, su traducción. Mientras Luis caminaba hacia el final de la galería, David puso una página al lado de la otra, abrió dos libros y los acomodó sobre la mesa. Ignorando a Luis, analizó los papeles seriamente por primera vez; alternaba su concentración entre la fotocopia, los libros y la traducción. Arrugó la frente mientras trataba de recordar lo que sabía sobre jeroglíficos mayas. Se mordió el labio inferior y estudió las pictografías durante casi media hora, después se dio por vencido. Se recostó en la silla con las manos detrás de la cabeza. Un incipiente sentimiento de euforia creció en él. Nada era definitivo, pero su trabajo parecía bueno. Si la estela era genuina y podían encontrar los libros, el descubrimiento podía dar un vuelco a la arqueología latinoamericana.

—¿Y bien? —preguntó Luis.

David estiró las manos.

—Podría ser brillante... si es cierto. —Se inclinó hacia adelante—. Parece tener sentido. Por lo menos la mayor parte. Karen hizo bien la tarea. —Cogió la traducción y la sostuvo debajo de la luz para buscar los detalles más pequeños de las pictografías—. Ella identificó un lugar al sudoeste de Palenque, cerca de las montañas, como ubicación probable de la cueva. —Volvió a poner el papel sobre la mesa y suspiró—. Me gustaría poder ver la estela con mis propios ojos. Algunas de las sombras de esto... —Frunció el ceño, después juntó las dos páginas—. Podría ser el nombre de alguien, el nombre de la madre de alguien o alguien recreando el papel de un mito. Podría ser...

—Sí, sí… —interrumpió Luis que no estaba de humor para un discurso académico—. Pero, ¿podría tener razón?

El profesor se recostó en la silla y giró para enfrentar a Luis. Esbozó una sonrisa amplia.

—Sí… tranquilamente. Hasta podría ser probable.

—¿No dice cuál es la ubicación de la cueva?

—No. Ni siquiera menciona Palenque. Traducido superficialmente, identifica el área como la tierra de los Reyes Jaguares.

—¿Eso es Palenque?

—Eso es Palenque —afirmó el profesor— o la zona del sudoeste, la selva Lacandona.

El antiguo poli, alto y robusto, estiró los brazos en un bostezo. Se rascó la nariz y después frunció el ceño.

—Bueno… Parece que necesitamos un plan. —Luis regresó a la mesa del patio donde estaba David—. Mira… Ángela y yo probablemente tengamos que irnos… —David quiso protestar, pero Luis hizo un gesto con las manos para detenerlo y sonrió con benevolencia—. Está bien, gringo. Las cosas están un poco complicadas para ti por estos lugares. Ali y tú están molestos y no queremos estar cerca para ver cómo le das una paliza a Joaquín. De todos modos, Ángela y yo planeábamos irnos en un par de días. Así podré detenerme en Ciudad de México de camino a Chihuahua y hablar con algunos amigos sobre esto… Tal vez pueda mover algunos hilos por ti y conseguir que alguien se interese.

David vio una luz de esperanza.

—Eso ayudaría. De lo contrario tendré que llamar a algunas personas que conozco en Washington y contarles lo que sé.

—No ganarás más amigos si lo haces, David. De hecho, hasta podría traerte problemas… algunos de ellos personales.

—Sí, pero es lo que tengo que hacer. —El profesor se puso de pie para marcharse, pero se detuvo y enfrentó a Luis—. ¿Podrías hacer algo por mí en Ciudad de México?

—Lo que quieras menos matar a alguien, gringo.

David apretó los labios y dijo:

—¿Conoces a alguien en la Plaza de la Constitución?

—¿De la policía federal?

—No, alguien que haga algún trabajo de inteligencia.

Luis no lograba recordar, se rascó la cabeza y después preguntó:

—¿De INTERPOL?

—¡Exactamente! —David golpeó con fuerza la mesa—. ¿Puedes investigar algo sobre Jonathan Depp o sobre este Bill que vino con él? Creo que Depp tiene un pasado en común con nosotros.

—¿A quién te refieres con «nosotros»?

—México... Guatemala... y probablemente con los del otro lado.

David señaló el norte.

—¿Los Estados Unidos?

—Apuesto dinero a que sí.

Luis dudó.

—Bueno... Veamos... No sé a quién podría... —Sacudía la cabeza, incapaz de encontrar a la persona indicada para pedirle información.

—¿Qué te parece José, tu antiguo jefe? —sugirió David.

A Luis se le transformó el rostro como si acabara de oler carne podrida.

—José es un gilipollas artero, hermético, manipulador y capaz de apuñalarte por la espalda —masculló Luis al recordar su vieja comisaría de Policía en Ciudad de México—. No confío en él.

—Lo promovieron después de la investigación sobre el asesinato del vicario. Te debe un favor.

—Sí... Puede ser. —Luis sonaba reacio—. Hace años que no veo a ese imbécil. Escuché que ahora es un agente de la policía secreta. Sí... Tal vez pruebe con José. No puede causar ningún daño. —Luis miró las nubes oscuras que rondaban las montañas occidentales, después pateó un terrón imaginario en el borde de la galería. Se dio vuelta para enfrentar a

David—. ¿Qué harás? ¿Te quedarás aquí hasta que te llame? Sabré el resultado en un par de días.

—En realidad chequearé los despegues de todos los aviones pequeños, especialmente de todos los que trasladaban a tres gringos, dos hombres y una mujer —replicó David—. Después tal vez me tome un periodo sabático. —Le sonrió compungido a Luis—. Seguramente a Ali y a Joaquín les agradaría que yo me tome unas vacaciones. Estoy pensando en visitar a un viejo amigo cerca de las ruinas de Palenque... se llama Popo Reyes. Trabajó para mí en una excavación cerca de Socorro. Ahora se gana la vida como guía turístico en Palenque.

—¿Es indígena? —preguntó Luis.

—Quiché —confirmó David—, y un gran trabajador. También sabe un poco sobre arqueología.

—¿Vas a fijarte en eso de la cueva?

—Quién sabe. —David se encogió de hombros intentado esconder su entusiasmo. Por supuesto que tenía la intención de confirmar la traducción de Karen y de seguir el camino de la investigación de ella si podía—. Es un comienzo. Popo conoce cosas que yo solo podría adivinar. Vivió toda la vida en la selva.

Luis volvió a fruncir el ceño.

—¿En qué estás pensando, David? Puedo ver cómo trabaja tu cerebro.

Luis se sentó a la mesa y puso un pie calzado encima de ella.

—Ya te dije...

—Espera un momento... —Luis hizo un chasquido con los dedos—. ¿Te refieres al Hombre Hueso, no? Vas a ver al Hombre Hueso.

David se puso nervioso.

—Se llama Popo...

—Sí, te escuché. Es ese ebrio, chupa hongos, depravado, que nos dejó plantados en Agua Azul hace cinco años.

—Es un hombre sagrado, Luis, es un chamán.

El poli dijo con desdén:

—Nunca consideré al mezcal como agua bendita, David.

—Eres un cínico. —David hizo un gesto para desestimar las palabras de su amigo, pero no pudo mirarlo a los ojos. De hecho, el Hombre Hueso, quien casualmente vivía al borde de la selva Lacandona en una cabaña cuya estructura estaba hecha con huesos, era algo peculiar, tal vez hasta algo extraño de acuerdo con los parámetros de Luis. Pero al profesor le agradaba, aunque a veces la seriedad y la cordura del chamán eran cuestionables. Popo comía hongos de psilocibina y perseguía espíritus en el inframundo tan a menudo que tenías que pasar un tiempo considerable con él para llegar a conocerlo. El Hombre Hueso bebía solo cuando tenía dinero, lo que era inusual, y sobrevivía gracias a la caza de animales, los servicios que ofrecía como consejero espiritual y los rituales y curaciones que realizaba para los indígenas. Pero David había descubierto que, sin previo aviso, el Hombre Hueso a veces desaparecía en el campo para buscar hongos mágicos en los excrementos de las vacas y pasaba los días y las noches siguientes en cuevas o sus alrededores para estar en comunión con los espíritus.

—Robó el mezcal y la comida cuando fui de visita —recordó Luis—. También apestaba.

—Popo quería ofrecerle alimentos a los espíritus. Era un día sagrado de no sé qué cosa para los indígenas.

—Creí que eran católicos.

—Son católicos... o algo así. —David suspiró. Ya se estaba cansando de las críticas de Luis.

—¿Algo así? —se burló Luis con sarcasmo—. Mira esto... Es una gran imagen: un indígena sagrado que utiliza hongos secos y mezcal para la Sagrada Comunión. —Se rió de su propia broma—. ¿Qué podría saber él sobre este tema de los libros?

—Conoce la selva Lacandona como tú conoces tu propia ciudad.

—Probablemente ya esté muerto.

—¿Popo? ¿Muerto?

David analizó la idea, pero después negó con la cabeza. Era improbable. Cuando atravesaron las montañas arboladas de Agua Azul cinco años atrás, el indígena entrecano era pura vitalidad y agilidad. David apostaría dinero a que el Hombre Hueso estaba vivo. El problema sería encontrarlo. Se sabe que, de joven, el chamán desaparecía en la selva durante meses o hasta un año y vivía de las plantas y los animales como un aborigen libre. Era un riesgo que David tendría que enfrentar. La única manera de estar seguro era buscarlo.

—Va a llover, profesor.

—¿Qué dices? Es la época de lluvias, Luis. Llueve casi todos los días.

—Julio se está acercando.

David ladeó la cabeza hacia Luis y esperó el remate:

—¿Julio?

—El huracán Julio, gringo. Pronto caerá una lluvia atroz.

—¿Viene un huracán?

David miró hacia el oeste. Esa sí era una novedad. Había estado inmerso en la llegada de Karen a México, en la estela y en los problemas del día. San Cristóbal estaba a ciento cincuenta kilómetros y a una cadena montañosa de la costa del Pacífico. Como mínimo, la tormenta sería un problema. Una mirada fugaz le mostró las nubes grises y negras que se volvían cada vez más densas. Los huracanes generalmente estaban precedidos por una serie de tormentas eléctricas más suaves. Pronto comenzaría a caer la lluvia del día, tal como sucedía siempre en esa época del año.

—¿Dónde se supone que va azotar?

Luis se encogió de hombros.

—Tal vez en el norte, cerca de Acapulco, tal vez al sur de aquí. No importa. Vamos a tener lluvia, muchas lluvia, sin importar en dónde golpee. Mejor que no te encuentre paseando por la selva.

—¿Cuándo se sentirá?

—Mañana por la tarde, pasado mañana... ¿Quién sabe?

—Estamos tierra adentro.

—David, va a llover como nunca durante mucho tiempo, y tú lo sabes. Me preocupa que vuelvas a hacer algo estúpido.

—Tú me conoces bien. Además, debo quedarme aquí a esperar tu llamada. En dos días, ¿no?

Luis vaciló.

—No... Iré contigo. Son solo un par de días, las mujeres pueden quedarse aquí y acompañar a Joaquín en el sentimiento y ponerse de acuerdo en lo imbéciles que somos. Ángela y yo podemos detenernos en Ciudad de México camino a casa y llamarte.

—Puedo regresar mañana por la noche, Luis. En serio, lo haré. Confía en mí.

Luis tiró la silla para atrás hasta dejarla en pie sobre las dos patas traseras.

—Confío en ti, gringo. Es solo que estuvieron sucediendo algunas cosas descabelladas por aquí y me parece que no tienes idea de qué está pasando.

David enderezó la espalda.

—Bueno... No descubriré de qué se trata si me quedo sentado en este lugar, ¿no? Joaquín no me ayudará y Ali está... Bueno... ya lo superará.

—Tú tienes que superarlo, David. Somos amigos y te acompañaré. ¿Me entendiste?

El profesor quiso discutirlo, pensó en darle una patada a la silla de Luis desde abajo, pero se contuvo. Al carajo, pensó. Mejor tener de compañero a Luis que a Joaquín o incluso a Ali.

—Te vas a perder a las muchachas de MTV vía antena parabólica.

—Sí. —Sonrío Luis—. Pero yo también puedo superarlo.

12

Karen se despertó por el ruido de un trueno y un disparo. El olor agrio a cordita penetraba por su nariz y le daba ganas de estornudar. La cabeza le dolía y le latía, y una niebla viscosa de telarañas le enredaba el pensamiento. El suelo se estremeció, los morteros competían con la tormenta eléctrica mientras ella luchaba por recuperar el conocimiento. El viento fuerte del oeste hacía que la lluvia golpeara contra el fuselaje roto del avión y un relámpago cayó sobre la tierra cerca de ella, asustándola y causándole un dolor violento en la cabeza. Gritos de sorpresa venían de afuera. Pero, ¿de quiénes? Forzó la vista para enfocar el interior destrozado y confuso del avión. El pum-pum-pum de los disparos no se detenía y se mezclaba con los insultos y los gritos ininteligibles y frenéticos. ¿Se habían estrellado en una zona de guerra? ¿Dónde habían caído? ¿En Guatemala? ¿En México?

Ahora recordaba. Habían rozado la masa de vegetación verde oscuro que cubría la selva Lacandona, los motores desprendían humo, la trompa del avión se había metido de lleno en las ramas superiores de un árbol. Por la colisión se había golpeado el rostro contra el respaldo del asiento de Depp, pero el cinturón de seguridad la había sostenido; sin lugar a dudas le había salvado la vida. Las alas del avión se habían desprendido y el fuselaje se había dado vuelta para luego deslizarse y resbalarse hacia abajo por las ramas grandes hacia el suelo de la selva, donde estaba ahora, recostado sobre uno de los lados.

Milagrosamente estaba viva, atada al asiento dentro de los restos del avión. Una mirada por el vidrio quebrado de la ventana le mostró pedazos del avión: un ala rota y trozos de metal. Ráfagas de lluvia golpeaban constantemente contra el parabrisas, del que quedaba poco. El agua le salpicaba el rostro y caía en forma de llovizna desde arriba.

Gimió al hacer un esfuerzo para mover una mano para tocar la gran cantidad de cardenales que tenía en el rostro. ¿Qué no le dolía? Sentía el cuerpo como un tapiz formado por todo tipo de dolores; sentía un dolor punzante en cada una de las articulaciones y otro que le perforaba la frente. Le ardía el corte que le había hecho Bill en el hombro con el cuchillo. Le dolía al respirar y estaba mareada. Seguramente se había quebrado o al menos lastimado las costillas.

Pero junto con el dolor llegaba la conciencia. Los disparos y los gritos continuaban; le llamaba la atención el tiroteo que había afuera. ¿Qué estaba sucediendo? Con esfuerzo, se desabrochó el cinturón. Bill no estaba en su asiento, pero el cuerpo de Depp yacía sin vida, con la cabeza colgando en un ángulo inusual. La sangre corría desde lo que antes era su rostro hasta el hombro y el brazo y formaba un charco en el suelo. Estaba muerto, supuso, pero no sintió nada por él; ni un indicio de emoción, nada de compasión, solo sentía alivio. Su muerte tenía cierta simetría. Sin importar cuáles fueron sus aspiraciones de joven, había terminado su vida insignificante como apenas un poco más que un criminal y terrorista culto —y, de acuerdo con la conversación que había tenido con Bill, Depp había regresado a perder la vida en el lugar en el que había cometido la mayoría de sus crímenes.

¿Dónde estaba Bill? Su cuello se quejó cuando intentó darse vuelta para buscarlo. Definitivamente no estaba en el avión. ¿Habría salido despedido y sobrevivido al choque? En ese caso, ¿dónde estaba? Recordó su ojo lechoso y la cicatriz del rostro y se estremeció, pero reprimió las ganas de vomitar que la asediaban. Esperaba que estuviera muy lastimado, tal vez hasta paralítico, pero sabía que eso no era muy probable porque no estaba en el avión.

Aumentaron los gritos y los disparos disminuyeron. Alguien daba órdenes y ella escuchó que algunos hombres se acercaban al avión por entre los árboles. Un soldado de uniforme verde con un rifle en la mano apareció por la ventana rota de la cabina, se inclinó para mirar adentro y otros se sumaron a la tarea. Hablaban entre ellos y señalaban y después uno de ellos llamó a otro que todavía estaba en la selva. Ella podía entender muy poco de la conversación, pero una sensación de alivio la inundó. ¡Gracias a Dios! Ya había terminado. Ella no sabía, ni le importaba, cómo o por qué había aparecido el ejército tan rápido después del accidente. Estaba viva y, si bien estaba golpeada y dolorida, sabía que sus heridas no ponían en riesgo su vida. La habían salvado y, sin pensarlo, llamó a sus salvadores, asustando a uno de los soldados que disparó su rifle automático contra el fuselaje. Ella gritó. Y después alguien insultó y golpeó al soldado desde atrás.

—¡Cabrón! ¡Chingada!

Por el parabrisas vio a un oficial que agitaba una pistola automática que había visto al soldado que había cometido la ofensa; lo reprendió y después le dio un puntapié por las dudas. El oficial volvió a maldecir y gritó órdenes al círculo cada vez mayor de hombres. Los soldados desaparecieron en la selva; buscaban al enemigo. Karen pidió ayuda e intentó ponerse de pie, pero el fuselaje estaba inclinado y las afiladas láminas de metal le impedían moverse. El oficial del ejército pronunció otra orden y dos soldados quitaron a Depp del asiento bruscamente y lo arrojaron al suelo. El oficial se inclinó hacia el interior del avión, con una linterna en una mano y una pistola en la otra.

—Por favor... ayúdeme —suplicó Karen—. Gracias a Dios están aquí.

Extendió un brazo, pero él la ignoró, en cambio iluminaba el interior del avión con la linterna como si buscara algo y frunció el ceño.

—Parece que no hay contrabando —murmuró en español; parecía decepcionado. Después iluminó a Karen.

Vio como él abría los ojos con sorpresa. ¿Qué esperaba? ¿Contrabando? Después entendió. Drogas. Él debía haber pensado que el avión pequeño había sido derribado mientras transportaba drogas a los Estados Unidos. ¿Era ése el motivo de los disparos, una lucha por los restos del avión estrellado? ¡Eso no era lo que ella esperaba!

—Por favor —repitió estirándose hacia el oficial—, ayúdeme.

El capitán Chávez, mojado e iracundo, volvió a iluminar a la mujer. Era una gringa, una extranjer y lo que fuera que ella estuviera haciendo en la selva Lacandona daría lugar a una historia interesante. Vio que estaba herida; tenía el rostro hinchado y la sangre le había manchado la camisa desde el hombro izquierdo hasta el brazo.

«Chingada», maldijo en voz baja. Chávez no necesitaba a una mujer lastimada que le frustrara la operación. La movilidad era primordial. Ya era bastante difícil controlar los caminos. Las guerrillas se movían como querían por la selva, atacaban inesperadamente y desaparecían igual de rápido. Si no hubiera sido por la tentación de descubrir una gran cantidad de cocaína en el avión, no se habría aventurado desde el pueblo hasta la zona de la selva que se encontraba bajo el dominio zapatista.

La mujer le extendió la mano y habló en inglés. Él sabía algo de inglés, pero permaneció en silencio. Mejor hacerse el tonto y dejarla hablar. Tal vez ella hablaba español. Se apartó del avión y dio una orden. Dos soldados apoyaron los rifles contra el fuselaje y la ayudaron a salir de la aeronave.

La lluvia no cesaba y los truenos recorrían los cielos, dudaban y amagaban antes de terminar en un ruido violento. Dos soldados, Castro y Álvarez, se acercaron al capitán desde la selva para informarle que las guerrillas habían vuelto a escapar de la trampa y se habían escabullido en la selva. ¡Chingada! ¡Otra vez! No había cocaína, no había guerrillas, dos soldados muertos y todo para nada. Habría sido mejor que la mujer hubiera muerto en el accidente.

Una gringa complicaba las cosas. El capitán Chávez y sus hombres habían capturado a la pequeña comunidad de Piedra Blanca una semana atrás y habían llevado a sus habitantes a las selvas que la rodeaban. Los habitantes de Piedra Blanca eran zapatistas, o simpatizantes de esa guerrilla, y el capitán Chávez no había mostrado misericordia alguna. Ahora él gobernaba la zona. El ejército mexicano tomaría prestado a Piedra Blanca y a sus mujeres durante unos días hasta que terminara la misión: recibir un cargamento ilegal de drogas para su jefe, el coronel Herrera. Dos mulas debían cruzar el Usumacinta desde Guatemala en tres días con un cargamento de cocaína. El capitán Chávez después le llevaría la mercadería al coronel en Tenosique. Chávez no sabía, ni le importaba, a dónde irían las drogas después. Era una tontería saber demasiado si la paga no era buena. Las personas que transportaban cocaína eran nerviosas y propensas a reaccionar de manera exagerada cuando se trataba de entregar drogas y de dinero. Debía actuar rápidamente y con determinación. Escucharía la historia que tenía la mujer para contar antes de tomar una decisión. Si podía ayudarla sin poner en riesgo la misión, bien. De lo contrario, se desharía de ella de algún modo, sin importar lo que eso pudiera implicar.

Mientras analizaba esta y otras posibilidades, escuchaba los gemidos y las quejas de la mujer que luchaba por salir del fuselaje abollado. Fijó los ojos por un momento en el rostro sangriento del piloto. Otro extranjero. Probablemente un estadounidense como la gringa que también estaba en el avión. Chávez gruñó una orden a un soldado joven, bajo y fornido, y este se movió con prontitud y comenzó a vaciar los bolsillos del pantalón del gringo. El soldado le llevó a Chávez un pasaporte y una cartera, después regresó a quitarle la ropa al cadáver para revisar si tenía algún cinturón con dinero escondido u otros objetos de valor. El capitán Chávez le dio una mirada rápida al pasaporte y se lo guardó en el bolsillo del chaleco. El soldado le había bajado los pantalones y la ropa interior a Depp hasta la rodilla cuando el capitán dio una orden. El soldado se retiró y Chávez levantó la camisa ensangrentada. Un cinturón con dinero, tal como había sospechado. Rápidamente lo sacó de la cintura del gringo y lo enrolló en su propio puño. Mientras se lo ponía adentro del chaleco, se dio vuelta para ver cómo los soldados sacaban del avión a la gringa que protestaba.

Se retorcía por el dolor, lloriqueaba y, lentamente y con cuidado, se estiró hasta ponerse de pie, momento en el cual se dio cuenta de que lo pasaba por unos cuantos centímetros. Sorprendido, miró fijo a la curvilínea mujer, quien ahora tenía el rostro ensangrentado e hinchado. Aunque le dolía, permaneció de pie con orgullo y le devolvió la mirada con recelo. Tenía el cabello largo, piernas bien formadas y pechos firmes debajo de la blusa de algodón azul. Con los ojos cerrados tosió y al hacerlo se quejó por el dolor; contuvo las costillas y se le transformó el rostro por el sufrimiento. Se dio cuenta de que su compañero estaba desnudo, tenía los pantalones bajos. Se volvió hacia el capitán y le dijo algo que él no entendió. Los ojos de la mujer se tornaron vidriosos y se desvaneció en el suelo.

Era hora de partir, decidió el capitán. Deslizó el cinturón con el dinero adentro del chaleco. Siempre venía bien un poco de efectivo; era más fácil conseguir drogas. Esta aventura había valido la pena después de todo. Ordenó que pusieran a la mujer en una camilla y que la llevaran por la selva para cargarla en uno de los camiones.

Sus hombres se enojarían por los camaradas muertos, y algunos de ellos ya habían visto el cinturón con el dinero. Hablarían y rezongarían, razón por la cual Chávez les daría unos cuantos vasos de posh, una bebida hecha a base de caña de azúcar fermentada que había confiscado en el último pueblo que tomaron. Los hombres podrían beber el licor de caña y celebrar algo; aun si lo único que tenían para festejar era embriagarse. Los soldados no necesitaban una excusa para beber. Y tal vez, solo tal vez, les daría algunas de las mujeres que habían apresado en el pueblo. Ellas pertenecían todas a la escoria zapatista, de eso no tenía dudas, y no se merecían nada mejor. Después de que las mulas entregaran la cocaína, Chávez regresaría a los indígenas a su pueblo —algo usado, igual que las mujeres—, pero esa era la vida de aquellos que no tenían poder en México. Sería una forma de enviarle a los traidores hijos de puta un mensaje doble: los traidores serán castigados y no hay que meterse con el capitán Chávez.

13

—David, ese enano con cara de pasa nos está haciendo perder el tiempo —se quejó Luis. Seguía al profesor de mala gana por un sendero oscuro en la selva, detrás del Hombre Hueso—. Habla con él y salgamos de esta maldita selva. —Caminó resoplando unos metros más y luego añadió—: Hace mucho calor... y estos mosquitos de mierda... te hacen agujeros como un dentista ebrio. —Se quitó uno de la manga, después trató de matar otro con la palma de la mano sobre el cuello—. No puede ser... —Volvió a inquietarse.

—Deja de quejarte... Tú quisiste venir —replicó David entre jadeos. La humedad y las montañas lo estaban afectando.

—¡Maldición!... —continuó Luis—. Ni siquiera trajo agua... Indígena de mierda... Maldita selva.

—Cállate, Luis —dijo el profesor con benevolencia tratando de mantener la compostura. Pero él también estaba cansado de correr tras el Hombre Hueso. Después de dos días de búsqueda infructuosa por las ruinas de Palenque, David había recibido un dato de otros guías de las ruinas: le habían sugerido que hablara con el coronel Herrera, quien tenía una sección instalada justo en las afueras del pueblo de Palenque. El coronel sabía el lugar exacto donde podía encontrar a Popo Reyes y durante la discusión le había hecho saber que no estimaba demasiado al viejo indígena. De hecho, había hablado de manera despreciativa y con el ceño fruncido.

—¿Cuánto falta, Popo? —preguntó David.

No obtuvo respuesta. Al parecer indiferente a sus seguidores que jadeaban, el viejo chamán ignoraba su conversación y sus protestas mientras recorría el sendero de la selva en perfecto silencio. Siguieron el camino sinuoso y lucharon con las enredaderas y los pastos altos hasta llegar a un arroyo que había crecido por la lluvia del día anterior. El tronco de un árbol servía de puente sobre el curso del agua; conectaba sólidamente las dos orillas. El Hombre Hueso nunca aminoró la marcha. Arrojó una bolsa de tela por encima del arroyo; después, como si fuera un gato, se subió sobre el tronco y puso aún más distancia entre él y los dos ladinos que buscaban su compañía.

Luis fue el segundo en cruzar, mientras seguía espantando mosquitos y maldiciendo su suerte, y lo siguió un David preocupado. El profesor puso un pie después del otro con cuidado, tenía los brazos en cruz para mantener el equilibrio. Parecía que estaba caminando por la cuerda floja e intentó no mirar el agua espumosa que corría debajo mientras ponía un pie a la vez con cuidado y firmeza antes de seguir adelante. A mitad de camino se dio cuenta de que había estado conteniendo la respiración, por lo que se detuvo para calmarse.

Luis, molesto, esperó impacientemente en la orilla este del arroyo. Cuando David llegó, Luis le extendió la mano y ayudó a su amigo a descender del tronco.

No veían al Hombre Hueso por ningún lado, por lo que treparon a un terraplén cubierto de hierba que estaba a la sombra sobre una pendiente que descendía hacia un claro en la selva donde, para su sorpresa, encontraron una extensión cubierta por cabañas hechas con ladrillos de barro. El área sin árboles estaba expuesta al sol, excepto donde alguna que otra nube gris de la tormenta del día anterior flotaba suavemente en el cielo deslizándose por la fuerza de los vientos invisibles. Las cabañas tenían techos redondos construidos con hojas de palmera y eran de diversos tamaños. Los hogares más prósperos tenían cercas improvisadas hechas con ramas de árboles. Algunas tenían huertas. En el sur del pueblo, había hileras de tabaco debajo de las plantas de café.

Cinco hombres que vestían pantalones blancos en harapos y sucios, sandalias artesanales y jerséis grises mugrientos holgazaneaban y fumaban cigarros caseros a la sombra afuera de una de las casas. Cerca de allí, un grupo de mujeres vestidas con polleras negras tableadas y blusas de colores brillantes estaban reunidas en la puerta de otra cabaña. Una mujer estaba arrodillada sobre un metate, moliendo granos de maíz con una piedra mientras dos vecinos las miraban y chismorreaban.

Sin saber qué hacer a continuación, David y Luis se detuvieron a descansar y recuperaron el aliento. El olor a madera quemada y basura podrida se mezclaba con el hedor de las heces y la orina humanas. Luis se quejaba y maldecía entre dientes y ambos espantaban a los mosquitos. David vio a Popo, el curandero, hablando con las mujeres. Popo ofrecía una sonrisa amplia, saludaba a sus viejos amigos y aceptaba los agradecimientos por haber ido. Habló por un momento, pero después se apartó y entró en la casucha. Rápidamente volvió a aparecer y mantuvo la puerta bien abierta para que una madre pudiera sacar a un niño. Al escuchar que el Hombre Hueso había llegado, otros pobladores llegaron para saludarlo. Pronto un gran grupo se había congregado para ver cómo el chamán hacía su trabajo.

David se secó la frente con la manga y miró bien a San Ángelo de Montañez, un pueblo indígena de no más de diez o doce casas hechas con ladrillos de barro veinte kilómetros al sur de Palenque. No había caminos que llevaran a San Ángelo, solo senderos bien gastados marcados por los indígenas al viajar a los pueblos vecinos o a la ciudad de Palenque para vender sus artesanías. San Ángelo no aparecía en ningún mapa y estaba bien escondido en un bosque de caoba y de ceibas. Las ceibas, de más de sesenta metros de alto y troncos sólidos, eran árboles sagrados para los antiguos mayas y en algún momento habían cubierto cientos de kilómetros cuadrados de tierras en el sur de México y Guatemala. Desafortunadamente, habían talado la mayoría y solo quedaban algunos en pie en la selva Lacandona.

La cadencia estridente de los insectos de la selva alteraba un día que, de otra manera, habría sido tranquilo y volutas del humo del campamento ascendían sin obstáculos al cielo. Luis se quejó y cambió el peso de una pierna a la otra. La camisa de David, mojada por la transpiración y pegada a la espalda, le recordó que las tierras altas de San Cristóbal estaban muy lejos.

Todos los ojos estaban centrados en Popo Reyes, el Hombre Hueso, mientras se preparaba para tratar una niña con fiebre y mejillas rojas que estaba tendida boca abajo sobre una esterilla tejida con hojas de palmera. Al terminar de pronunciar la oración y de preparar las medicinas, el curandero tomó una pequeña hoja de papel e hizo un embudo con ella. Después lo insertó en el oído de la niña. La enferma de unos seis años llorisqueó con miedo. Le caían lágrimas sin cesar por la mejilla. La madre de la niña acomodó el grueso cabello negro de la niña para protegerlo de las llamas, después sostuvo con fuerza a su hija mientras Popo extraía un carbón ardiente del fuego y encendía el extremo del cono de papel.

Fascinados, David y Luis miraban cómo el humo entraba por el embudo y giraba hacia adentro como si el oído estuviera inhalándolo. La niña se retorcía, pero la madre la sostenía con fuerza y le hablaba con dulzura en una lengua que ni David ni Luis entendían.

En el borde del cono había fuego que convertía el papel en cenizas a medida que la llama se acercaba al oído de la niña. Con una mano experimentada, justo en el último momento, el Hombre Hueso quitó el papel y con ternura removió las cenizas del costado del rostro. Le indicó a la madre que girara a la niña hacia el otro lado, con el oído hacia abajo, y que esperara. Una vez terminado su trabajo, comenzó a salmodiar y a tirar hojas de tabaco al fuego. Segundos más tarde, la niña gritó y la madre se puso tensa, después le comenzó a salir pus con vetas de sangre del oído.

—¡Vaya! —farfulló Luis sacudiendo la cabeza—. Había escuchado sobre esto, pero nunca lo había visto. Hablaba a regañadientes, incapaz de expresar su aprobación al retorcido pero activo chamán—. Tiene suerte de no haberle quemado el cabello o el rostro —añadió.

—Hizo esto miles de veces, Luis. Popo conoce más técnicas curativas de las que te puedes imaginar.

Luis frunció el ceño y miró el reloj, impaciente por irse.

—¿David, cuándo vamos a...?

Pero el profesor hizo un gesto con la mano para callar a su amigo. El Hombre Hueso se había acercado a David y estaban hablando.

—El alma que la acompaña es de una comadreja —explicó Popo—. Esto es bueno porque las comadrejas son difíciles de matar. Probablemente el animal yace enfermo en algún lado. Tal vez un niño lo golpeó en la cabeza con un palo. Pero se recuperará. —El Hombre Hueso se volvió a la madre y le dio más instrucciones. Le dio palmaditas a la niña y la animó, después guardó las hierbas medicinales y los suministros en la bolsa.

Luis bufaba y tenía una sonrisa de oreja a oreja. Se sentía tentado a hacer un comentario sarcástico sobre el alma de la comadreja, pero David le echó una mirada de advertencia.

—Escucha... Popo... Ya sé que estás ocupado, pero necesito tu ayuda. Nos llevó mucho tiempo encontrarte y tengo que regresar a San Cristóbal en dos o tres días. ¿Podrías ayudarme... ya sabes... trabajar para mí un día o algo así? Te puedo pagar.

Tenía tez oscura y el rostro arrugado, el cabello lacio y moreno. El Hombre Hueso permanecía con el cuerpo de un metro cuarenta bien erguido. Tenía pantalones grises de tela rústica y un jersey blanco gastado. Usaba un par de sandalias con suela de caucho sobre los pies mugrientos y parecía que nunca se las había quitado. No se conocía su edad, pero David sospechaba que el Hombre Hueso tenía alrededor de setenta años. Popo Reyes gozaba de un buen pasar para los estándares indígenas, aunque en muy pocas ocasiones tenía dinero en efectivo en el bolsillo. David sabía que el viejo curandero tenía tres esposas y once niños, al menos la última vez que lo había visto. Las esposas vivían en pueblos diferentes y los hijos vivían en Chiapas y México; algunos de ellos trabajaban para hombres ladinos y ricos que cultivaban café y maíz.

Popo Reyes recorría las tierras bajas de la selva, iba adonde quería o adonde lo necesitaban guiado por las necesidades espirituales y familiares y por su propia brújula interior; realmente era un hombre de espíritu libre. Había vivido casi toda la vida como un hombre sagrado ambulante que recorría la selva Lacandona para realizar rituales religiosos y sanaciones. Era conocido en cientos de kilómetros a la redonda; era respetado como curandero por muchos y temido como brujo por otros. Para David, que lo conocía tanto como cualquier ladino, el Hombre Hueso era un enigma y un anacronismo: un hombre fascinante, pero misterioso que vivía en el siglo equivocado. La religión de Popo era una mezcla de catolicismo y antiguas creencias mayas milenarias. Había pocos de su clase dando vueltas por las selvas si es que había alguno más. Popo era el último de una generación de curanderos y chamanes previa a la revolución que todavía practicaba sus artes sanadoras a la antigua. Sus medicinas eran una combinación de la herbología y el conocimiento práctico que se desarrolló antes y después de la Conquista. Su espiritualidad abrazaba el concepto antiguo que postulaba que existían dos almas mayas: la interior y el alma de un animal que la acompañaba.

Aunque las tierras altas occidentales habían sucumbido rápidamente a los estragos del catolicismo, la selva Lacandona era casi impenetrable y los indígenas que la habitaban nunca se convirtieron totalmente al cristianismo. Las creencias religiosas de los habitantes de la selva Lacandona eran más parecidas a aquellas sostenidas por sus ancestros mil años atrás que a las que practicaban los vecinos mayas de las tierras altas. De hecho, en Guatemala y México, los habitantes de las tierras altas de la selva Lacandona se reían de los habitantes de las tierras bajas y los consideraban salvajes. Hasta ese día, los mayas de las etnias chamula y tzotzil amenazan con enviar a los niños que se portaban mal a vivir con los lacandones.

Pero la civilización, si se la puede llamar de ese modo, llegó a la selva en la década de los setenta en la forma de ladinos: indígenas y mestizos que habían adquirido el modo de vida de los mexicanos de la ciudad. Estos ladinos talaron los bosques de caoba y arrasaron con la vegetación de las tierras bajas para plantar maíz; así destruyeron el suelo frágil de la selva y obligaron a los indígenas lacandones, ya llenos de privaciones, a adentrarse aún más en lo que quedaba de la selva; ya no tenían tierras y estaban asolados por la pobreza.

—¿Qué quieres, ahua? —preguntó el Hombre Hueso utilizando la forma respetuosa de llamar a los líderes para dirigirse a David. Popo acomodó el cordón de la bolsa sobre su hombro; estaba listo para partir.

—Dos cosas —respondió David rápidamente—. En primer lugar... necesito información. ¿Escuchaste algo sobre un avión que aterrizó cerca de aquí hace dos días?

—¿En dónde? ¿Cerca de Palenque y de San Martín? —preguntó el Hombre Hueso.

—Sí. Transportaba a dos hombres y a una mujer alta. Creemos que secuestraron a la mujer y la obligaron a acompañarlos. Creo que ella buscaba un sitio arqueológico en algún lugar al sur de aquí.

—¿Eran gringos?

—Sí.

—No —respondió el chamán y se volvió para caminar hacia el bosque.

—Espera un minuto, tú... —se quejó Luis.

Pero David volvió a hacerle un gesto a Luis para que no se quejara. El profesor le indicó al antiguo poli que se quedara quieto y se apuró para alcanzar al Hombre Hueso.

—Escucha, Popo... Espera un momento. ¿Cuál es el apuro? Te ofrezco trabajo durante un par de días. ¿No te sirve el dinero? Estoy buscando unas cuevas que hay hacia el sur. Busco algo que te puede interesar: libros mayas. Tengo una pista que me dio la mujer que estaba en el...

—¿Libros? —El viejo chamán aminoró la marcha—. ¿Qué tipo de libros?

—De tus ancestros, Popo. Ya sabes, los libros plegados con escritura pictográfica.

—No existen —dijo el Hombre Hueso con determinación—. Tú mismo me dijiste que los curas los habían quemado todos.

—Tal vez no fue así —dijo David—. Solo necesito que alguien que conozca la selva me ayude a no perderme. ¿Conoces alguna cueva en el sur?

El Hombre Hueso se detuvo en el límite del bosque y espió hacia su interior sombrío y atractivo. Después se volvió para mirar el pueblo de casas de ladrillos de barro y a Luis que fruncía el ceño.

—No le simpatizo a tu amigo —dijo Popo.

—Popo... Nunca te importó si le agradabas a los ladinos o no. Vamos, ¿cuál es el trato?

—Ya tengo un empleo.

—¡Por Dios! —El rostro de David dejaba ver su decepción—. ¿Para quién trabajas? Tal vez te puedo pagar más —ofreció David.

—No me pagan, pero no puedo rehusarme.

—¿Por qué...? —David frunció el ceño confundido.

—El coronel... Ese cerdo de Herrera amenazó con quemar San Martín si no lo llevo por el sendero de ceibas hacia Tenosique. Tengo una hija en San Martín.

—¿Por qué no va por la carretera?

—Tomaremos la carretera los primeros veinte kilómetros, pero quiere ir por el sendero para poder atrapar a las guerrillas. El ejército trasladó muchas secciones a la selva Lacandona y tomó el poder en varios pueblos. Él cree que las guerrillas se moverán por el sendero de ceibas.

—Le sugeriría que no se haga ilusiones.

—Yo opino lo mismo —respondió el Hombre Hueso—. El Cerdo no puede encontrar ni una verruga en su propio pene, pero puede incendiar San Martín si me rehúso a ayudarlo. —Popo se encogió de hombros—. No importa. Igual voy en esa dirección. Mi hijo aceptó una carga, una obligación religiosa para el festival de San Francisco, y prometí que iría a ayudarlo. El festival es en dos semanas y él todavía tiene que juntar mucho dinero para pagar la carga. Será una gran vergüenza para él y la familia si la carga no tiene éxito.

—¿Puedo ir contigo por cincuenta dólares?

—Pero, ¿Por qué, ahua? ¿Por qué es tan importante?

—Las cuevas, ¿te acuerdas?

—Probablemente haya cientos de cuevas, ahua. Ya lo sabes. Sería como buscar una aguja en un pajar. Todas las cuevas se parecen. —El Hombre Hueso se encogió de hombros—. La selva Lacandona y la de Petén están llenas de cuevas. Además solo tienes dos días, ¿te acuerdas?

—¿Qué te parece si te acompaño con un mapa?... Ya sabes... Mientras recorremos el sendero puedes indicarme en líneas generales los lugares en los que sabes que hay cuevas y yo los marcaré en el mapa para más adelante.

—¿Y qué hacemos con Herrera?

—Mi amigo hablará con Herrera— dijo David—. A veces Luis puede ser muy persuasivo.

—Ahua... —El Hombre Hueso frunció el ceño, miró el suelo y después a David—. Con cincuenta dólares compraría un montón de posh para el festival... Pero los zapatistas se están movilizando. Tienen miedo de que el ejército incendie sus cultivos. Podría ser peligroso.

—Confío en ti, Popo. Solo dame dos o tres días y Luis y yo desapareceremos de tu vista.

—¿El alto? —El chamán se volvió para evaluar a Luis—. Ése morirá en la selva, ahua. Tiene las manos suaves y las uñas limpias.

David se rió.

—¡No te preocupes, Popo! Vamos... ¿Qué me dices?

El Hombre Hueso miró al sol entrecerrando los ojos, se volvió hacia el poli que estaba frunciendo el ceño y después miró a David.

—¿Es policía federal?

—Sí.

Popo asintió, comprendió cómo presionarían a Herrera para ir con ellos.

—Está bien, ahua. No me olvidé de que trajiste al médico ladino cuando mi esposa casi se muere por una mordida de serpiente. Te ayudaré. Pero tendrán que arreglar las cosas con el Cerdo primero. Yo no le hablo a menos que tenga que hacerlo.

—Gracias, Popo. —David sonrió—. Aquí... Aquí tienes el dinero.

David sacó varios billetes y se los dio al chamán.

—Es demasiado, ahua. No tengo cambio.

—Guárdalo, Popo. Dáselo a alguna de tus esposas o compra un poco más de posh para la carga de tu hijo.

El Hombre Hueso se quedó mirando el dinero como si tratara de recordar cuándo había tenido tanto en las manos. Lo guardó en el bolsillo del pantalón y se deslizó hacia el interior del bosque. David le hizo señas a Luis para que los siguiera, después se apuró para alcanzar al Hombre Hueso.

—Dime, Popo, ¿hay cuevas a lo largo del sendero de ceibas?

—Más de las que puedes imaginarte, ahua.

Popo caminaba con determinación por el camino sinuoso.

Sumergido en sus pensamientos, el profesor lo seguía diligentemente; por momentos lograba caminar a su lado cuando el camino se ensanchaba, pero volvía a ponerse detrás cuando el camino se volvía más angosto. Imaginaba cuevas inexploradas y descubrimientos asombrosos. Luis, descontento y quejoso, cerraba la marcha.

Popo se detuvo abruptamente y se volvió para enfrentar a David; lo miró fijo a los ojos.

—Dime, ahua, ¿alguna vez escuchaste hablar del Cabo de Vidrio?

David curvó los labios, frunció el ceño y negó con la cabeza.

—¿Dónde queda?

—Cincuenta kilómetros al sudeste. No muy lejos del sendero de ceibas, cerca del cañón de piedra caliza que los indígenas llaman el Valle del Concejo.

—¿Es especial?

—¡Por supuesto! —exclamó Popo—. Escuché a los dioses cantar allí una vez cuando era niño.

—¡Vaya! —exclamó el profesor—. ¿Qué tiene de especial?

—Hay un río de vidrio en las entrañas de la tierra sobre el que caminan los dioses.

—¿En serio? —preguntó David tratando de recordar si alguna vez había escuchado esa leyenda en particular—. No recuerdo haber escuchado eso antes.

—Ningún ladino escuchó cantar a los dioses, ahua... Vosotros sois todos sordos y estúpidos. Pero un día no muy lejano los leñadores penetrarán en lo que queda de la selva Lacandona y lo descubrirán. Tal vez sea mejor que te lo muestre a ti antes de que ellos lo encuentren.

Caminaron juntos otros treinta metros. David analizaba lo que el Hombre Hueso le había revelado. ¿Era verdad, pensó, o Popo solo le estaba diciendo lo que él quería escuchar? ¿Era solo una leyenda indígena más?

—Ahua... —dijo el Hombre Hueso—, no encontrarás ningún libro. Los antiguos curas se aseguraron de eso. Pero mi esposa está muy agradecida porque el alma de la serpiente no se apoderó de ella. Creo que te mostraré en el mapa dónde puedes encontrar el Cabo de Vidrio.

14

—¡Esto es genial! —Enojado, Luis arrojó el sombrero al piso—. Otra de esas tontas aventuras tuyas... correr tras un médico brujo para buscar agujeros en la tierra. ¿Por qué no eres un ornitólogo o algo así en lugar de un maldito cazador de rocas?, —dijo Luis mirando a su amigo.

—Ya te pareces a Joaquín. —El rostro de David se transformó, pero tuvo cuidado de no decir demasiado. Sabía que Luis se calmaba tan rápido como se enojaba. El poli era demasiado bueno para permanecer enojado mucho tiempo. David se inclinó para coger el sombrero de Luis y se lo entregó. Luis se lo quitó de la mano de un tirón.

—Ese indígena con cara de hurón no es de confiar, David. Además... ¿cómo se supone que regresaremos?

—Podemos tomar un autobús en el camino pavimentado hasta Tenosique y después regresar a Palenque. Contrataremos a alguien para que vigile el auto. Es una oportunidad demasiado buena para dejarla pasar. Popo sabe...

—Sabe como quitarte dinero y que te guste. ¿Cuándo aprenderás? ¿Qué dirá Alexandra de todo esto?

—No le diremos nada.

—¿Quiénes no le dirán nada? ¿Tienes a alguien escondido en el bolsillo? Tengo que llamar y decirles la verdad.

David, estamos en guerra... ¿o acaso no te diste cuenta? Pensé que estábamos aquí solo para averiguar algo sobre tu amiga arqueóloga, la que tuvo la suerte de subirse a un avión con unos tíos malos, ¿recuerdas?

—Popo dijo que no había escuchado nada.

—Por supuesto que no escuchó nada. No sabe nada. No es confiable y no sabe una mierda. —Luis sacudió la cabeza con tristeza; estaba seguro de que su amigo había perdido la cordura—. Y dime una cosa... ¿Qué haremos cuando los zapatistas nos ataquen en la selva? ¿Puede el Hombre Hueso sacarnos de esa?

—El ejército nos protegerá, Luis. Eso es lo maravilloso de la cuestión. Popo nos indicará la ubicación de las cuevas en el mapa mientras recorremos el sendero de ceibas. El ejército vendrá con nosotros para protegernos. Así de fácil.

Luis miró fijo y con desconfianza a su amigo.

—¿Así que es fácil, no? Y, ¿por qué nos protegerá el ejército mientras intentamos perdernos en la selva?

—Bueno... Estaba a punto de hablar contigo sobre eso antes de que comenzaras a comportarte de un modo tan irracional.

—Estás mirándote en el espejo, gringo. Tú eres irracional, no yo —Luis lo miró desafiante.

—Luis... le dije a Popo que tú podrías arreglar las cosas con el coronel Herrera. Por favor, escúchame antes de enojarte otra vez...

Luis arrojó nuevamente el sombrero al suelo y abrió grandes los ojos.

—No puede ser. Dime que no lo hiciste, David —suplicó.

—Conoces a su hermano, Raúl. Habla con él sobre alguno de tus casos en Ciudad de México. Si eso no funciona... ofrécele cien dólares. El soborno siempre funciona.

—¿Estás bromeando?

—Luis... esto es muy importante. Popo podría mostrarme dónde...

—Al diablo con Popo... y al diablo tú también, David —Luis tenía los puños cerrados y parecía listo para darle un golpe en cualquier momento. Pero dudó. Finalmente, sacudió la cabeza y añadió—: Por Dios, David. ¿Qué te sucedió? ¿Quieres caminar en medio de una guerra? ¿Estás demente o qué?

David suspiró.

—Escucha... ¿quieres que te suplique? Aquí lo tienes... me arrodillaré ante ti si...

—Deje eso, profesor. —Luis se volvió para que David no lo viera sonreír—. Está bien, loco. Hablaré con él. Matar a alguien a cambio de cien dólares probablemente fuese la mejor oferta que le hicieran en el día.

Anochecía en la ciudad colonial de Palenque. El empedrado emanaba calor y el aire húmedo agobiaba; se hacía difícil respirar. El pequeño zócalo de la ciudad estaba casi vacío. Hileras de ricinos rojos y amarillos se acomodaban sobre la acera y orejas de elefante y plátanos de hojas grandes rodeaban la glorieta. Los cocoteros que proyectaban sombras pequeñas permanecían erguidos, altos y serenos; sus ramas frondosas crujían con la brisa. Para David era un típico día del trópico.

El profesor había elegido un banco del parque a la sombra de una glorieta para sentarse y estudiar el mapa topográfico sobre su regazo. Popo les había mostrado la ubicación aproximada del Valle del Concejo, el supuesto lugar del Cabo de Vidrio. Luis no tenía paciencia para los mapas y se aburrió fácilmente. Después de mascullar una excusa, se dirigió a la comisaría de Policía. Cansado por la caminata en la selva, el profesor esperó que Luis regresara de cumplir con su misión. Una brisa suave comenzó a soplar y David miró hacia el oeste donde estaban las montañas arboladas. Las nubes de tormenta que rodeaban los picos de las montañas se movían por las ráfagas de viento. Negras y cargadas de agua, las nubes devoraban al sol; de repente el aire comenzó a oler a lluvia y a esparcir un fresco agradable. Rayos fluorescentes se escondían en la profundidad de las nubes y prometían un diluvio violento. Había mucho por hacer y no podía quedarse sentado mucho tiempo más. Miró la hora: cinco minutos pasadas las seis de la tarde. Luis se había ido una hora atrás. ¿Por qué tardaba tanto? ¿Habían demorado tanto las llamadas a Ciudad de México y San Cristóbal?

A pesar de que su cuñado lo había negado, David y Luis estaban seguros de que habían secuestrado a Karen. Y, aunque pareciera increíble, probablemente alguien que la conocía había sido el encargado de planear y ejecutar su rapto: Jonathan Depp. ¿Por qué él y su cómplice habían llevado a cabo el secuestro? Depp debía de estar seguro de que conseguir la estela de Gould prometía más de lo que jamás podría ganar si llevaba adelante una investigación honesta. Los rumores de su relación con la CIA en Guatemala y Chiapas veinte años atrás ahora parecían creíbles. Un hecho vale más que mil palabras. Depp había arriesgado todo: su trabajo, la poca reputación que le quedaba y quién sabe qué más. Se estaba comportando como un profanador de tumbas y un delincuente, no como un arqueólogo. La fama y la fortuna esperaban a la persona que encontrara los últimos libros mayas que quedaban. De hecho, esta era una motivación muy fuerte para quebrantar la ley. Pero, ¿valdría la pena el premio?

David y Luis se pusieron de acuerdo en que el poli debía llamar a sus superiores en Ciudad de México e insistir en que ellos informaran la desaparición de Karen a la embajada de los Estados Unidos. De lo contrario, como Joaquín estaba ocultando el incidente, en el consulado de Tuxtla Gutiérrez la capital de Chiapas nunca conocerían los hechos. Nadie realmente sabía si dirían algo a los estadounidenses —teniendo en cuenta cómo estaba la política por esos días—, pero era lo que había que hacer.

Luis también llamaría a Ángela a la hacienda en San Cristóbal para ver cómo andaban las cosas y averiguar si Ali y Joaquín todavía estaban enojados con David. Si las aguas estaban más calmas, planeaba telefonear más tarde ese mismo día, antes de irse a dormir. Aunque no quería discutir con su esposa y su cuñado, David seguía molesto por su reacción. A pesar de que el comportamiento de Joaquín era predecible, la falta de interés de Alexandra lo había sorprendido y confundido. Era un rasgo de su personalidad que no conocía y no sabía qué decirle cuando la llamara.

El coronel Herrera había accedido fácilmente a que ellos acompañaran a las tropas, especialmente después del *regalo* que le entregó al coronel por las *molestias* ocasionadas. Herrera les había asegurado que todo marcharía bien. Los zapatistas eran una chusma inexperta que no podía competir con las tropas sumamente entrenadas y armadas de los Estados Unidos de México. Su viaje por el sendero de ceibas no presentaría complicaciones. Le llamaría la atención si veían a alguna guerrilla. Los rebeldes actuaban como mujeres cobardes que se escondían en la selva.

Luis le había presentado al coronel Herrera a David y había mencionado al pasar que el cuñado de David era el Cónsul Honorario de Chiapas. Herrera, que estaba impresionado por sus conexiones, había encontrado rápidamente a alguien para que cuidara el coche de David. Luego el coronel consiguió una habitación para ellos en el Hotel Palenque, al otro lado de la plaza, e insistió en que cenaran con él. No había diversión en Palenque, explicó el coronel, ni siquiera una buena prostituta; por lo que una copa de brandy y algo de conversación entre hombres cultos era mejor que estar solos en una habitación de hotel, ¿no es cierto?

Pero ahora el profesor deseaba no haber aceptado la invitación. Una noche con un títere presumido y ebrio —que era lo que Herrera parecía ser— era una manera pobre de disfrutar de lo que de otro modo podría haber sido una noche agradable en una pequeña ciudad colonial. Si no llovía demasiado, probablemente un grupo de mariachis tocaría en el zócalo después del atardecer y los jóvenes se juntarían debajo de los atentos ojos de la ciudad. Además, realmente necesitaba analizar la información y la traducción de Karen una vez más.

David frunció el ceño y volvió a mirar el reloj, pero en ese momento Luis salió de la farmacia. Muy alto y robusto para ser mexicano, el tamaño de Luis imponía respeto en México. Le hizo señas y se acercó para unirse al profesor debajo de la glorieta. Luis caminaba muy tranquilo y tenía una mirada de resignación en el rostro; parecía casi enojado. «No», pensó David. «¿Malas noticias?» El profesor se movía en el asiento. Luis se preocupaba demasiado. Disfrutaría mucho más de esto si no fuera tan desconfiado... pero tal vez por eso era tan buen detective.

—¿Y? ¿Dormiré en la habitación de servicio cuando regrese a San Cristóbal? —preguntó David.

—Peor —respondió Luis—. Le regaló tu ropa a los pobres y tu martillo de geólogo a Sebastiano, el jardinero.

David se inclinó hacia adelante preocupado.

—¿En serio?

—No. No estaban en casa. Joaquín se llevó a las mujeres a Tuxtla Gutiérrez de compras mientras él asistía a algunas reuniones. Se supone que debemos llamar al consulado si queremos dejar un mensaje.

—¿Llamaste al consulado?

—No, ¿por qué?

—No sé... tal vez solo nos traiga más problemas, supongo. Dejemos que se calmen. —David hizo lugar para que Luis pudiera sentarse—. ¿Llamaste a la policía?

—Así es. Querían saber por qué yo les estaba informando el hecho en lugar de la policía de San Cristóbal. Le dije al sabelotodo que me atendió que estaban demasiado ocupados registrando a los turistas y robándose matrículas de los autos para presentar denuncias policiales.

—No caben dudas de que tienes una personalidad encantadora, Luis.

—Eso dice Ángela.

—Pensé que habías dicho que a ella le gustaban tus manos.

—Esa y otras partes de mi cuerpo —sonrió Luis con picardía.

David se puso de pie, se estiró y después señaló hacia el oeste.

—Lloverá, amigo. Tomemos una Tecate y resolvamos qué le diremos al Cerdo esta noche.

—Es lo que tú querías, David. Tienes que tener cuidado con lo que deseas.

—Sí... sí. Abreviemos. Tengo muchas cosas que hacer antes de que nos vayamos en la mañana... y parece que no puedo encontrar a Popo por ningún lado. ¿Lo viste?

—No me hagas hablar, gringo. Bien podría estarle contando a los rebeldes cuál es el plan de Herrera. No confío para nada en ese doctorcito mequetrefe.

15

La oscuridad no traía respiro y la necesidad de dormir asfixiaba a Marcos como una boa constrictora. Cansado por las casi 36 horas de viaje, intentó volver a centrar su atención en la historia de Rafael sobre el ataque del ejército federal al pueblo de Piedra Blanca. Pero los acontecimientos de la última semana y el largo viaje para recaudar fondos daban vueltas por su mente. La rebelión zapatista, aunque estaba bien organizada, siempre había operado con un presupuesto ajustado. Su ejército aún tenía pocas herramientas, algunos solo tenían rifles caseros calibre 22, y estaba formado por campesinos que repartían su atención entre la agricultura y la revolución y, en ocasiones, la subsistencia era más importante que las ideas. Marcos había viajado en avión y tren desde Chiapas, al sur de México, hasta Nueva York y Toronto y finalmente había llegado a Ámsterdam. Su pedido de dinero había llegado a oídos sordos. Todo había sido una pérdida de tiempo. Los zapatistas nunca habían sido ideológicamente rigurosos. Mientras que su plan realmente era redistribuir la tierra entre los indígenas e incorporar algún tipo de socialismo democrático benigno, esta era una situación que no le agradaba a nadie ni le auguraba a los políticos que dominaban el mundo un futuro prometedor en Chiapas.

En retrospectiva, él sabía que había sido demasiado inge-
nuo y que la humillación del fracaso había sido su inseparable
compañera en el viaje de regreso. Se sentía como un niño al
que habían castigado por su comportamiento. Los hombres
de Ámsterdam habían escuchado con paciencia su apasionado
pedido de ayuda y sonreído con benevolencia ante sus argu-
mentos inmaduros y novatos. Después le explicaron con
calma la triste realidad. A nadie le importaba una buena causa.
Preguntaron de dónde se sacaría el dinero. Querían saber qué
ganarían ellos con ese asunto. ¿A qué gobierno representaba?
¿Estaba él en condiciones de asumir compromisos con ellos
que les permitieran acceder a los recursos naturales de
Chiapas una vez que los zapatistas controlaran el estado y se
separara de México. Las promesas, dijeron, eran una garantía
pobre. Después de todo se trataba de una inversión, y ellos
eran empresarios. Si quería un préstamo que fuera fácil de
cancelar, tal vez debería acercarse al Banco Mundial o al
Fondo Monetario Internacional.

—Lo sentimos... pero no, gracias, señor Reyes. Pocas
veces la revolución es buena para los negocios.

Luego, todos abrieron las carteras y arrojaron varios miles
de dólares sobre la mesa para mitigar su falta de consciencia.
Era un recuerdo horrendo, y Marcos apretó la mandíbula con
resentimiento.

Rafael hacía señas con los brazos y llegaba al clímax de su
historia, y Marcos se volvió hacia su amigo y escuchó:

—Vinieron de noche, Marcos. No esperábamos que llegaran tan pronto. Tenían morteros y dispararon los rifles automáticos para sacar a todos del pueblo. Capturaron a muchas
mujeres y niñas adolescentes. —Rafael se quedó pensando un
momento—. Supongo que ya sabes qué les sucederá.

Marcos lo sabía muy bien. Probablemente estaban
sirviendo a sus captores en ese preciso momento. Pero la
mayoría de los hombres, todos simpatizantes zapatistas,
habían escapado al bosque. La preocupación más urgente era

que el ejército quemara el pueblo y las plantaciones de maíz. Aunque comparativamente eran pequeñas, las plantaciones eran el alma de los pobladores. Sin el maíz, morirían de hambre. Los campos ya estaban maduros cuando Marcos partió para Europa; viaje que obviamente había sido una mala decisión. Era tiempo de concentrarse y dejar Ámsterdam atrás. La embarazosa catástrofe ya estaba a un mundo de distancia. Aquí estaba la revolución y él tenía la responsabilidad de proteger a los pueblos y las plantaciones de la contrainsurgencia del ejército mexicano.

Marcos había previsto la llegada del ejército, pero no tan pronto. Ya habían pasado dos años desde los Acuerdos de San Andrés, pero desde ese momento el gobierno no había hecho nada más que actuar con evasivas y convertirse en un obstáculo. Ya habían vuelto a los viejos trucos: hostigamiento, intimidación y asesinatos. Los zapatistas se habían rehusado a llevar adelante más conversaciones hasta que el gobierno mexicano cumpliera con las condiciones dispuestas en el acuerdo que ya se había firmado.

La atención de Marcos volvió a su asistente.

—Decidimos cruzar el Usumacinta hasta Guatemala porque sabíamos que no nos seguirían. Excepto por un breve tiroteo a causa del avión, no hicimos más que esperarte. Pero debemos contraatacar pronto o seguramente quemarán el...

—¿Qué avión? —interrumpió Marcos—. ¿De qué hablas?

—El avión de las drogas, Marcos. Un viejo avión Cessna de monomotor que se estrelló en el bosque. Vimos el humo del motor y lo seguimos, pero el ejército llegó un momento después y nos ahuyentó. Tenían morteros, ¿sabes? —repitió. Su voz se iba apagando, como si estuviera excusándose.

—Entonces... ¿qué encontraron?

—¿Por qué crees que yo lo sé?

—Te conozco, amigo —sonrió Marcos—. Tú o algún otro observó lo que sucedía. Vamos... dímelo, Rafael... ¿Drogas, contrabando, políticos...? ¿Qué o quién, mi amigo?

—Una gringa —respondió nervioso—. Una mujer alta con pechos grandes. —Puso las manos delante de su propio pecho para mostrar el tamaño de los senos de la mujer.

—¿Una gringa?

—Sí, Marcos. Creo que era estadounidense.

—¿Sobrevivió al accidente? ¿Había alguien más? ¿No había drogas o contrabando?

—El piloto murió... era otro gringo. Tenía un cinturón con dinero. Julio vio desde lo alto de un árbol que Chávez se lo quitó. La gringa estaba herida, pero él pensó que estaría bien. Ella permaneció de pie un momento al lado del avión, pero después se desmayó. Chávez hizo que la llevaran en camilla a Piedra Blanca. Es posible que se la tire... Marcos, ¿alguna vez te tiraste a una gringa?

Marcos hizo un gesto para desestimar la pregunta y miró a su alrededor para analizar el campamento provisorio de los zapatistas que se extendía desordenadamente debajo de los árboles de ramas amplias que servían de refugio. Giró en la silla y observó el claro que había entre los árboles, un sendero que llevaba al turbio río Usumacinta; después, escrutó los fogones del ejército mexicano que se extendían en la orilla al otro lado del río. La luna se asomaba detrás de las nubes e iluminaba el río con rayos de luz iridiscente. El aire, pesado y húmedo, transportaba el olor a podrido del río y de la vegetación putrefacta de la selva. Cientos de luciérnagas titilaban y llamaban la atención.

—Marcos... tenemos que irnos antes de que incendien el pueblo y las plantaciones. Esperamos demasiado...

—Sí... sí, Rafael. Mañana, amigo. —Marcos sonrió con tristeza—. Los sorprenderemos mañana por la noche, a esta hora. ¿Llegaron los refuerzos desde Dolores y Agua Negra?

—Sí... y escucha esto... Nos tropezamos con una banda de veinte guerrillas. No tienen líderes, están hambrientos y no pueden regresar a sus pueblos.

—¿Son guatemaltecos?

—Sí, comandante... y aceptaron unirse a nosotros.

—Dales algo de comer. Dales de beber posh. Son bienvenidos. Nos guiarán hasta Piedra Blanca mañana en la noche.

Marcos se levantó de la silla, se estiró y comenzó a caminar hacia la orilla del ancho río oscuro. Rafael lo siguió diligentemente.

Marcos se volvió hacia el segundo a cargo y le dijo:

—Bien, amigo... ¿por qué no mencionaste a Consuelo? ¿Por qué no está aquí para recibirme? ¿Está enferma?

—Sí, Marcos. Está enferma o muerta. —Rafael también miró al otro lado del río— O desea estarlo. Tu hermana está al otro lado del río con el ejército mexicano.

16

El olor acre de los fogones, las alubias refritas y las tortillas que se estaban cocinando viajaba con la brisa matutina y hacía gruñir el estómago de Karen. Ella solo había tomado pozole, una sopa de maíz, y había comido algo parecido a unas tortillas el día anterior. Su apetito había regresado con venganza y el olor a comida era solo un motivo más para estar enojada.

Se tocó suavemente el rostro hinchado y lleno de rasguños, después estiró bien alto los brazos y se balanceó lentamente de un lado al otro. Pero era difícil hacerlo con las manos atadas. Se sentía más tiesa y dolorida que nunca, pero estaba entera. Le dolía y le latía el brazo por el corte que le había hecho Bill con el cuchillo, pero un médico del ejército le había pegado ambos extremos de la herida y le había dado una inyección de penicilina. El corte y una conmoción cerebral menor eran sus heridas más graves. Un chichón del tamaño de una pelota de golf se escondía debajo del cabello. Por milésima vez en el día, se lo tocó con cuidado y se estremeció de dolor. Por suerte no era una fractura, de lo contrario le quedaría poco tiempo de vida.

El día posterior al accidente había sido el peor. Cuando se levantaba demasiado rápido, los mareos y las náuseas la obligaban a arrodillarse. El día anterior se había sentido un poco mejor y ahora ya podía moverse con cuidado. Tenía muchas cosas dando vueltas en la cabeza y una energía impaciente estaba a punto de estallar en su interior, lo que la hacía cavilar sobre su situación y los hechos que la habían llevado hasta allí. Había sobrevivido a esa pesadilla en el avión y había caído en picada en la selva. Al recuperar el conocimiento, y en contra de todas las esperanzas, se había despertado casi ilesa; creía que había escapado del borde del infierno. El hecho de haber sobrevivido parecía un regalo de Dios, una revelación espiritual. Durante unos breves momentos hasta había creído que existían los milagros. Nada mejor que un roce con el ángel de la muerte para recuperar la espiritualidad. Pero ahora no era el momento. Después de tres días en esa pequeña aldea, sabía que esa no era la realidad. El infierno había comenzado y estaba dispuesto a quedarse, la inmundicia de la humanidad estaba con ella y las otras cuatro mujeres con las que compartía esa cabaña de adobe. Ahora ella estaba viviendo en carne propia lo que solo había leído en libros; el conocimiento adquirido a nivel visceral, mediante la dura realidad de estar allí.

¿Por qué el ejército mexicano la mantenía en cautiverio con las manos atadas, incomunicada en una casa con mujeres que estaban obligadas a satisfacer las necesidades sexuales de los soldados invasores? Era un misterio. ¿Por qué no le habían hecho preguntas sobre el avión y las circunstancias que rodeaban al accidente? ¿Por qué era una prisionera? Seguramente tenían la intención de trasladarla a la embajada más cercana. Pero, ¿por qué les estaba llevando tanto tiempo y qué había sucedido con ese oficial del ejército que recordaba haber visto después del accidente? Los recuerdos, en el mejor de los casos, eran un poco confusos. Disparos, lluvia, la ayuda de los soldados apestosos y mojados para salir del avión y el cuerpo de Depp tirado en el suelo desnudo; todos eran recuerdos vagos que no seguían un hilo.

Suspiró y recostó la cabeza sobre una mesa de ásperas tablas de pino. La paciencia nunca había sido una de sus virtudes y la falta de ella la había metido en problemas más de una vez. Sabía que de algún modo soportaría todo. Estaba decidida a sobrevivir a esa dura experiencia. Si tan solo el guardia que estaba del lado de afuera de la puerta le desatara las manos y le entregara un mensaje al oficial del ejército que recordaba haber visto...

Había recordado rápido lo que sabía de español y aprendía nuevas palabras todos los días. Después de la reticencia y la vergüenza inicial por hablar tan mal, había decidido dar batalla. No era el momento de preocuparse por las apariencias. Sus maestras, las mujeres cautivas a las que se utilizaban como esclavas sexuales, se habían llevado una gran sorpresa al ver que arrojaban junto con ellas a una gringa blanca y gigante. Aunque al principio actuaron con precaución, después recuperaron un trato amable hacia ella e intentaron comunicarle la desesperanzadora situación en la que estaban. Sorprendida y con repulsión por lo que se estaba llevando a cabo, Karen protestaba cada vez que los soldados entraban y salían. Consuelo, la indígena más osada de todas, también se quejaba ante ellos, pero siempre recibía una golpiza a cambio de sus esfuerzos. Cuando Karen volvió a objetar el trato esa misma mañana, un soldado la golpeó con una pistola en el estómago y después sacó a Consuelo de la cabaña a la rastra mientras ella gritaba y se quejaba. Hijos de puta. Desde la parte de atrás de la cabaña, detrás de la mesa, una pequeña sollozaba desamparada en la oscuridad. Dos mujeres de unos veinte años, también con las manos atadas, intentaban consolarla. Las mujeres estaban preocupadas pensando quién sería la próxima que se llevarían para servir a los soldados.

En los cuatro días que llevaba como prisionera hasta ese momento, habían violado a todas en reiteradas oportunidades, menos a Karen. Las mujeres habían sobrellevado la dura situación estoicamente, excepto por la pequeña de doce años que era virgen hasta ese momento. La bestialidad de los soldados y el horror incontrolable de sus acciones habían destrozado su frágil psiquis. Balbuceaba palabras incomprensibles, lloraba mucho y se aferraba a las mujeres que no podían consolarla.

Y ahora Karen podía escuchar cómo discutía Consuelo mientras los hombres se reían. Otros soldados le gritaron obscenidades y le silbaron lascivamente mientras ella se aproximaba a la cabaña. Seguramente ya habían terminado y la estaban devolviendo a la casa. Karen escuchó cómo ella maldecía a los soldados, pero solo logró que ellos se rieran más fuerte. Uno de ellos le dio una bofetada y ambos soldados se rieron a carcajadas. Enojada, Karen se puso de pie con dificultad y caminó entumecida hacia la puerta.

Había decidido que esta vez la escucharían. Tenían que hacerlo. Ella se lo exigiría. Había practicado una y otra vez en su cabeza lo que les quería decir. Tenían que llevarla a ver al oficial a cargo. Esta atrocidad tenía que terminar. Era una ciudadana estadounidense y tenía derechos, igual que las pobres almas que estaban en la cabaña con ella. Estaban en el siglo XX, por Dios. El barbarismo y los crímenes contra las mujeres habían sido prohibidos en numerosos tratados. Se juró que rodarían cabezas cuando la liberaran.

El soldado que estaba de guardia abrió la puerta y alguien empujó a Consuelo adentro, quien cayó en el suelo mugriento de la cabaña. Ella gimió, pero logró ponerse de rodillas, girar y escupir a los soldados con odio en los ojos. Ellos se burlaron de ella. Uno de los soldados se cogió la entrepierna y le dijo lo que le haría la próxima vez. Consuelo, aunque tenía las manos atadas, cogió tierra del suelo y se la arrojó a los bravucones. La tierra no lastimó a ninguno, pero el guardia dio dos pasos hacia adelante y puso su bota con firmeza sobre el estómago de Consuelo, quien quedó en posición fetal y sin aire.

Karen sufrió una crisis nerviosa, se olvidó del discurso que había ensayado y de los dolores que sentía en el cuerpo. La brutalidad sin sentido de los hombres encendió una llama en su alma. Se lanzó sobre la espalda del soldado y comenzó a pegarle con las manos atadas. Era casi treinta centímetros más alta y él cayó debajo de su peso. Ella siguió atacándolo, descargando toda su ira y frustración. Animada por su respuesta, Consuelo se puso de pie tambaleándose y las mujeres se apresuraron desde el fondo de la cabaña para ayudarlas, pero dos soldados ingresaron con los rifles en alto. Se escuchó un disparo y Consuelo cayó de rodillas, cubriéndose con las manos el estómago que sangraba. La culata del rifle golpeó en la cabeza a las otras dos mujeres y las dejó inconscientes, tiradas en el piso. La niña de doce años que estaba atrás gruñó y dejó de llorar. tenía los ojos abiertos de par en par por el horror.

Quitaron a Karen con fuerza de la espalda del soldado y la sacaron a la rastra de la cabaña de barro mientras ella pateaba y luchaba. Un hombre la sostenía por la espalda y otro la bofeteó dos veces, después cogió su camisa y la rasgó, dejando al descubierto el sostén que le cubría los pechos. El que la sujetaba de los brazos se rió y le pasó la lengua por el cuello. Ella seguía luchando, pero él la sostenía con firmeza. El que le había rasgado la camisa sacó un cuchillo y cortó cada uno de los tirantes del sostén y después lo abrió por el medio. Sus pechos quedaron al aire y los hombres se reunieron para aplaudir.

Enfurecida, puso una pierna con firmeza en el piso y dio una patada hacia arriba con la otra tan fuerte como pudo. Golpeó con solidez la entrepierna del soldado que blandía el cuchillo. La sorpresa se convirtió en agonía mientras el dolor lo envolvía hasta llegar a su rostro. Se quejó vigorosamente y cayó de rodillas. Karen le lanzó otra patada a la cabeza, pero no lo alcanzó porque su captor la tiró contra el suelo.

—¡Basta! —gritó el capitán Chávez en español mientras se acercaba al lugar de la riña—. ¿Qué pasó, Rangel? —preguntó mientras se rascaba la nariz.

Pero Rangel, que estaba arrodillado sobre el piso, tenía el rostro crispado por el dolor y con las manos se sostenía los genitales golpeados. El otro soldado señaló a Karen y rápidamente la acusó con ferocidad, después señaló la cabaña y explicó el tiroteo y la paliza de Karen.

El capitán frunció el ceño, hizo otra pregunta sobre el soldado, la que tuvo como respuesta un gesto con la cabeza y solo más negaciones. Chávez se frotó la nariz y miró con desdén cómo Rangel intentaba ponerse de pie. El capitán Chávez se volvió hacia Karen y sorbió por la nariz, parecía que sus ojos eran grandes, como placas de obsidiana. Tenía una mirada feroz y salvaje esta vez; muy diferente de la que recordaba de la selva después del accidente. Le miraba los pechos con lujuria.

—Tú... mujer estadounidense —la señaló—. No te metas con nosotros, ¿está claro? O las ayudarás —señaló a la cabaña donde estaban las otras mujeres—. Las ayudarás a tirarse a los hombres —la amenazó moviendo el brazo para señalar a los soldados. Observó la expresión de Karen—. Encontré un hombre hoy —continuó—, un hombre que la conoce, señora. Tiene una gran cicatriz en el rostro. Se llama Bill. Dice que eres una delincuente. Dice que te robaste tesoros indígenas de México y que tienes un mapa que vale mucho dinero.

El capitán se aproximó para coger la barbilla de Karen, pero ella apartó rápidamente la cabeza y lo miró enfadada. No tenía miedo.

—¡Ponte de pie, puta!

Ella se puso de pie de mala gana mientras intentaba cubrirse y enfrentó a su torturador.

—¿Qué me dice, señora? —insistió—. Este Bill... tiene un cuchillo grande y una historia extraña para un hombre que está solo en la selva. ¿Tengo que creerle, gringa? ¿Tienes el mapa de un tesoro? Yo... Yo no creo semejantes tonterías. Pero tal vez te lleve a verlo. Tal vez eso te haga hablar, ¿no te parece?

Aparentemente, él está muy seguro de lo que dice y está ansioso por volver a hablar contigo.

Karen, con toda la dignidad que pudo reunir y con los brazos cruzados sobre los pechos, le sostuvo la vista al capitán.

—Yo también tengo una buena historia que contar... una historia real. Bill es el criminal. Él y el piloto me secuestraron en San Cristóbal. Bill me hizo esto —señaló el corte en el brazo—. Desáteme y lléveme a la embajada más cercana. Me aseguraré de que le den una recompensa. No tiene derecho a tenerme a mí y a estas mujeres prisioneras. Por favor... ayúdeme... ayúdenos y haré... haré lo que esté a mi alcance para conseguir algo de dinero para usted.

—¿Dinero, señora? Es verdad... a todos les gusta el dinero. Pero, ¿qué hay de ese mapa, gringa? Este tal Bill no parece ser el tipo de hombre con el que saldría una dama. ¿Es usted una dama, señora, o es una puta que se va de viaje con hombres para darles placer? —Sus grandes ojos negros miraban descaradamente los pechos de Karen, después extendió una mano para tocarle el rostro. Una vez más, ella se apartó sobresaltada.

—¡Hijo de puta!

—No es hora de conversar, ¿sabes, gringa? Esta noche habrá fiesta. Los hombres... beberán posh y se tirarán a las mujeres. Pero yo soy un caballero. Después del anochecer, vendrás a mi cabaña y me entretendrás, ¿me entendiste? —La miró lascivamente para evaluar su cuerpo—. Nos divertiremos mucho, estoy seguro de eso. —Le guiñó un ojo—. Ninguna señora se quejó de mí, ¿sabes? —Se golpeó el pecho con los puños—. Soy muy fuerte. Ya lo verás. —Volvió a frotarse la nariz y a sorber—. Tengo algo especial para ti... algo mejor que el posh para ofrecerte, gringa.

—No me iría contigo aunque fueras el último hombre sobre la tierra. —Le escupió los pies—. Llévame a una embajada... ¡Lo exijo!

El capitán Chávez le lanzó una mirada maligna.

—Señora, esta noche usted me divertirá —con la mano se cogió los genitales. Después señaló a los soldados—. Tu interferencia les costó una buena puta. Por este motivo, enviaré a buscarte más tarde para mostrarte lo que es un hombre de verdad. Me complacerás o te entregaré a ellos o tal vez te entregue a ese tal Bill. Pero... —el capitán sonrió—, no creo que quiera tener sexo contigo—. Le tocó la mejilla con una mano y acercó su rostro hacia él—. Tienes un rostro tan bello, gringa. Pero con algunos cortes en él parecerás una puta más. No te olvides... estás en la selva... y estás sola.

17

La cabeza estaba a punto de estallarle por la ira y cargaba con la culpa por lo que no había hecho; Marcos pensaba en el pueblo al otro lado del amarillento y fangoso río Usumacinta. La duda lo atormentaba como un jaguar que roía un hueso. Durante su desafortunado viaje a Europa para recaudar fondos, el pueblo había caído en manos del enemigo, quien además capturó a algunas de las mujeres. Consuelo, su hermana menor, y otras mujeres habitantes del pueblo ahora estaban cautivas del ejército mexicano, pero nadie lo sabría nunca. Miró hacia el sur de Piedra Blanca y los campos cubiertos de maíz perfectamente sembrados en terrazas. Incendiarían las plantaciones junto con la ciudad si él no actuaba rápido.

Como no quería tentar al destino y presentarse como un objetivo para algún soldado federal ebrio, Marcos se arrodilló detrás de un pimentero de hojas grandes para observar el pueblo. Los árboles ralos, el pasto alto y las exuberantes plantas tropicales se alineaban a lo largo de la arenosa ribera del río. El líquido se movía como una poderosa boa constrictora, fluía con fuerza y de manera sinuosa; una arteria eterna que vibraba en el corazón de Mesoamérica: la antigua autopista de la civilización maya. Su agua clara se originaba en las tierras altas de Guatemala y transportaba el detrito del suelo abonado de la selva formando una serie de cataratas espectaculares hasta llegar a las tierras bajas, calurosas y exuberantes del estado de Tabasco, antes de desembocar en el Golfo de México. Las ciudades muertas de Bonampak y Yaxchilán, subsumidas a la selva, yacen cerca del margen del río. A solo sesenta y cuatro kilómetros al oeste se encuentra Palenque, hogar de los Reyes Jaguares, y al este, en Guatemala, se encuentra la ciudad de Tikal.

Marcos había bebido licor de caña y había conversado con los nuevos indígenas rebeldes hasta bien entrada la madrugada. Su mente, entorpecida por el alcohol, se sentía como el río: lenta y turbia. No había dormido en toda la noche y el fervor de la conversación nocturna lo había dejado perturbado. Los guatemaltecos eran buenos soldados ya que lo único que habían conocido desde pequeños era la guerra. Gracias a un golpe de estado patrocinado por la CIA, los indígenas guatemaltecos habían luchado contra el gobierno durante veinte años. Marcos conocía a muchos de los protagonistas de la guerra.

Ambas partes habían cometido innumerables atrocidades. Habían asesinado a familias —mujeres, niños y ancianos— y habían exterminado pueblos enteros. Pero estas guerrillas no tenían familias que las esperaran a su regreso, ni pueblos que les dieran la bienvenida a casa; tampoco tenían campos que pudieran llamar propios. Aunque la paz finalmente había llegado a Guatemala, los rebeldes solo conocían dos cosas: guerra y venganza. A pesar de los acuerdos de paz y una generosa oferta para otorgarles la amnistía, muchos habían elegido no entregar las armas y abstenerse de regresar a la sociedad guatemalteca normal. Querían vengarse del gobierno. Los niños que crecieron sin madres, que habían luchado en las guerras y aprendido a odiar desde pequeños tenían heridas profundas en el alma y carecían de los rasgos esenciales para tener un carácter íntegro.

Marcos recordó una conversación que había tenido dos años antes con la guatemalteca ganadora del premio Nobel de la paz Rigoberta Menchú. Toda su familia había muerto en la guerra sangrienta. Contra todas las expectativas, ella se había convertido en una ferviente defensora de la paz y en un modelo de esperanza para los ejércitos atormentados de Guatemala. Ella postulaba que la guerra se había prolongado durante tanto tiempo porque los rebeldes y los soldados del gobierno se habían atrincherado en un abismo cíclico de ira y venganza y que los asuntos más importantes se habían vuelto secundarios. Las represalias y la venganza se habían convertido en la causa principal y habían desplazado a los objetivos de justicia, reforma agraria y autodeterminación entre los mayas de Guatemala. Los descendientes de españoles que gobernaban Guatemala habían perdido contacto con el alma de su país y habían sucumbido al gobierno de un militar opresor que los Estados Unidos habían puesto en el poder con la ayuda de un golpe de estado respaldado por la CIA. El sentimiento y la pasión, y no la injusticia, habían alimentado la guerra.

Marcos había disentido vehementemente con ella, pero ahora la verdad de sus palabras se había aferrado a su corazón. La parte primitiva del cerebro humano inundaba la mente con hormonas que hacían que los hombres actuaran violentamente y sin compasión. Las presiones constantes de la guerra creaban una mentalidad que se sentía constantemente atacada. Todo estaba dominado por la urgencia por sobrevivir y el rencor y la obsesión ulteriores por saldar las cuentas pendientes. La racionalidad y la compasión sucumbían ante la emoción y el odio.

Su hermana estaba al otro lado del río; probablemente la estaban usando como una prostituta de la Zona Rosa o, peor aún, la estaban violando una y otra vez. ¿Qué tipo de vida le quedaba a una joven de la que habían abusado de un modo tan terrible? ¿Cómo podía alguien recuperarse de algo así? ¿Encontraría un buen marido que la ayudara? ¿Tendría hijos y una familia que la protegieran? Su pesado corazón latía con dificultad y se sentía sofocado. Tenía los puños crispados. Quería matar a esos hijos de puta, lentamente y causándoles mucho dolor.

Era tentador cruzar el río en ese preciso momento, a plena luz del día, pero sería una estupidez. La sorpresa y la velocidad eran la única esperanza contra el poder de artillería superior del enemigo. Mejor aún, sus espías habían informado que el ejército tenía varias damajuanas de posh y que los soldados habían comenzado a beber y a divertirse. Marcos creía que habían planeado una gran fiesta para esa noche. También sabía que una gringa estadounidense que hablaba algo de español estaba cautiva en la misma cabaña que su hermana. Sabía todo esto porque los zapatistas habían capturado a dos mulas que transportaban cocaína y las habían interrogado antes y después de su encuentro con el capitán Chávez. Las mulas, campesinos pobres, eran padre e hijo que solo querían dinero, no buscaban problemas. Habían cooperado de muy buena gana con los rebeldes. El padre se jactaba de haber luchado en muchas batallas contra los soldados guatemaltecos. Después de hablar con las guerrillas de Guatemala que se habían unido a su pelotón, Marcos había cedido y había llegado a un acuerdo con las mulas. Les había permitido realizar la entrega de la cocaína a cambio de sus vidas y de información. Los dos hombres ahora estaban camino a sus hogares en las tierras altas de Guatemala. Nadie se enteraría jamás del ardid.

Los zapatistas planeaban recuperar Piedra Blanca esa misma noche. Sacarían al ejército mexicano de allí, salvarían a las mujeres, recuperarían las plantaciones de maíz y se robarían la cocaína. Venderían las drogas para obtener dinero y comprar armas, que es lo que Marcos debía haber hecho en su viaje a Ámsterdam, en lugar de volverse solo con sus ideas y principios. A los traficantes de armas no les importan una mierda las causas ni las injusticias ni las personas indefensas, solo quieren dinero.

Escuchó que alguien caminaba a orillas del río y se volvió para ver que se trataba de Rafael, que lo estaba buscando. Rafael caminaba estevado, su amplio rostro expresaba preocupación y estaba sumergido en sus pensamientos. Marcos se puso de pie y le hizo un gesto a su ayudante para que se acercara.

—Comandante... —dijo Rafael—, un mensajero acaba de llegar de la compañía de Santiago. Nos suplica que regresemos a ayudarlo. El ejército federal está en la ciudad de Palenque y planea recorrer el sendero de ceibas. Cree que quemarán muchos pueblos y campos. ¿Qué debo decirle? Usted sabe que ya tenemos nuestros propios problemas.

Rafael señaló al otro lado del río y después extrajo un pañuelo de su bolsillo trasero para secarse la frente.

—¿Por el sendero de ceibas? —repitió Marcos.

—Sí... Dice que obligaron a Popo Reyes a ser su guía.

—¿A Popo? —Marcos analizó las nuevas. Era sorprendente, pero no improbable. Popo Reyes era su padre, y Marcos sabía que su padre nunca ayudaría al ejército federal voluntariamente. Lo debían de haber forzado. Pero Popo también debía de saber que los zapatistas tendrían conocimiento de que el ejército planeaba invadir la selva. Por lo tanto, probablemente buscaría un modo de sabotear los esfuerzos del ejército o de conducirlo a una trampa.

—Dile... —Marcos dudó—, dile a Santiago que estará solo durante tres o cuatro días. Dile que ataque a la tarde, cuando el ejército mexicano esté cansado. Sus soldados son débiles y no tienen carácter. Después de dos o tres días de calor y mosquitos, la selva los aplacará.

—Pero, ¿qué hay de Popo? —preguntó Rafael.

—No te preocupes por mi padre. Su medicina es demasiado fuerte como para salir lastimado. Si el ejército lo está obligando a cooperar, son más tontos de lo que pensaba. Él les dará el trato que se merecen.

Los dos miraban al otro lado del río, se imaginaban qué les depararía la noche, qué amigos o qué miembro de la familia no vería el siguiente amanecer. Se había vuelto una reflexión demasiado familiar: campesinos decididos y dedicados que habían aprendido al mismo tiempo de guerra y de religión al sucumbir a las realidades de un pequeño universo y adaptar sus creencias para soportar la urgencia de su miseria material.

—¿Rafael?

—Sí, comandante —respondió Rafael, sin mirarlo.

—Ejecutaremos a Chávez con un pelotón de fusilamiento.

—¿Qué haremos con Consuelo y las otras mujeres? ¿Qué haremos con la gringa? —preguntó Rafael.

Marcos se arrodilló a orillas del agua y arrancó una brizna de pasto. Lentamente la enredó en el dedo mientras analizaba su respuesta, después dejó que se desenredara y que cayera en el río.

—Entraré primero con los guatemaltecos. Las mujeres están en la casa de José Chiapa.

—No puedes arriesgarte, Marcos —objetó Rafael—. Tus planes parecen los de un impulsivo, no los de un general.

—Soy solo un hombre... nada más.

—Deja de comportarte como un estúpido. Tú eres El Comandante. Sin ti, solo somos campesinos indefensos.

—Prometí guiarlos.

—Un líder no puede guiar a nadie si lo matan. Tu mente está confundida por el posh y las ansias de venganza. Envía a los guatemaltecos a la cabaña de Chávez. Debemos ocuparnos de él primero, después tenemos que tomar sus armas.

Devino un largo silencio.

—Sí —dijo finalmente Marcos—. Supongo que tienes razón.

Por ese motivo confiaba en Rafael: el anciano le daba consejos sabios y nunca había dudado en contradecirlo —en privado, por supuesto, nunca delante de los hombres—. Popo Reyes había puesto a Rafael bajo las órdenes de Marcos. Esa disímil pareja había fortalecido rápidamente el vínculo; cada uno reconoció inmediatamente cualidades valiosas en el otro. El anciano tenía razón. Marcos debía dejar a un lado la ira que le brotaba por lo sucedido con su hermana. A pesar de lo que podía ocurrirle a ella, los zapatistas debían luchar una vez más y él debía estar ahí para guiarlos. De lo contrario, los indígenas nunca superarían la tiranía que México había impuesto sobre ellos.

Rafael, sin embargo, todavía planeaba el método para matar al capitán mexicano.

—Después podemos cortarle los cojones a Chávez y enviárselos a su esposa —añadió Rafael—. O tal vez le podemos cortar las manos y dispararle en las rótulas como hicieron con la esposa de Ortega en La Palma.

Marcos extrajo una pequeña bolsa de tabaco y papel de fumar. Como un experto, desplegó la lámina, después la enrolló, la lamió y selló el papel con los labios.

—Me temo que no, viejo amigo. Debemos ser cuidadosos para no convertirnos en ellos. Debemos luchar la guerra de los buenos.

Encendió el cigarrillo y arrojó la cerilla al río.

—Eh... Eso suena más como tu filosofía de mierda, Marcos.

—De cualquier manera es cierto, Rafael. Para mantener la opinión pública de nuestro lado, no podemos cometer atrocidades. Aún cuando perdamos en el campo de batalla, debemos ganar en los periódicos. La guerra de las palabras es tan importante como la de las balas.

Rafael suspiró.

—Eso dices tú... Pero dime que podemos dispararle, Marcos. Ese hombre no tiene corazón. Seguramente podremos llenarle el pecho con plomo zapatista.

—Le dispararemos hasta matarlo, amigo —Marcos hizo un esfuerzo por sonreir—. Pero le daremos la oportunidad de que él mismo dé la orden para demostrar que es un hombre y evitar que se enojen en Ciudad de México. Pero... ¿quién sabe? —Marcos encendió otro cigarrillo—. Tal vez ensucie su propio honor y la historia de sus pantalones cagados llegue hasta el ejército federal.

—¿Quieres decir que cuando tenga la oportunidad de demostrar que es un hombre, solo demostrará que es un cobarde? —preguntó Rafael.

—Así es, viejo amigo.

—Me gusta. Conozco un emético que puede beber para asegurarnos de que actúe así.

Al otro lado del río se escucharon ecos de disparos y carcajadas débiles.

—Comenzaron temprano, ¿verdad? —Rafael puso la mano sobre la frente a modo de visera y espió el otro lado.

—Sí... y nosotros también comenzaremos temprano —dijo Marcos—. Coloca guardias y dile a todos que duerman un poco si pueden. Basta de bebidas.

—¿Incluso a los guatemaltecos?

—Especialmente a esos locos. Esta noche debemos estar descansados y en nuestro mejor momento.

—¿Qué sucederá si comienzan hoy a incendiar los campos?

—No lo harán. Los españoles y los ladinos juegan antes de trabajar. Con el posh y la cocaína, la fiesta podría extenderse durante varios días.

Rafael sonrió forzadamente, asintió y se volvió para irse.

—¿Rafael?

—Sí, Marcos.

—Limpia tu rifle, viejo amigo.

—Lo mantengo limpio, Marcos. Pero usted, comandante... usted necesita dormir. Los hombres dependen de usted —lo reprendió Rafael.

—Iré en un minuto —dijo, Marcos—. Primero debo planear la ejecución de Chávez.

18

El calor y la sofocante humedad que se impregnaban en el cuerpo paralizaban la selva, desalentaban toda empresa y hacían que las cabezas de las personas colgaran como si fueran una pesada carga sobre los hombros. El capitán Chávez podía escuchar los gritos estridentes de los despreciables soldados que comenzaban a entonar sus canciones nocturnas de apareamiento, vigilando el territorio y dejándoles clara su ubicación a los demás. Chávez había establecido su cuartel en una pequeña construcción hecha con tablas de madera y barro en el sur del pueblo. La casa tenía piso de tierra igual que las otras, pero estaba más limpia y mejor amueblada y el retrete, que estaba afuera, tenía dos agujeros. Inclusive, sobre la mesa de la cabaña brillaba un farol a kerosén. Le gustaba quedarse en la periferia, alejado del resto de los hombres. Era una buena manera de distanciarse de las clases sociales más bajas y lo que él hacía no era de la incumbencia de nadie. Con todos los malos hábitos que había adquirido, sería una tontería hacer alarde de ellos delante de los otros. La envidia y el resentimiento eran sentimientos muy bien desarrollados en México y seguían siendo la respuesta privilegiada de los ignorantes a la afluencia de las clases más altas.

Un guardia permanecía de pie afuera de la cabaña. Chávez podía escuchar una tos de vez en cuando o el sonido de las botas que golpeaban la tierra con nerviosismo. El soldado estaba ansioso por participar del ponche y de las mujeres. El capitán había relevado de sus puestos a los sargentos Gómez y Cuero para que pudieran unirse a la fiesta y vigilar a los soldados. Excepto por unos pocos guardias designados, todos habían guardado las armas. Chávez quería que se divirtieran, pero que al mismo tiempo controlaran la situación. El licor de caña y los soldados jóvenes y analfabetos podían ser una combinación volátil. Esperaba que se divirtieran bebiendo, follándose a las mujeres y jactándose de eso. Hasta los soldados de menor rango podrían mojarse las vergas si querían probar a las prostitutas zapatistas.

Chávez sentía como si le hubieran lanzado la cabeza al espacio y la hubieran puesto en órbita; también tenía las rodillas demasiado débiles para permanecer de pie. El posh pegaba duro y perduraba durante demasiado tiempo. Era muy bueno, pero de vez en cuando. Mientras el capitán lo observaba, el gringo transformaba en polvo la piedra de cocaína y la dividía en líneas con su cuchillo afilado, sin dejar de hablar ni siquiera por un momento. ¿Quién hubiera pensado que un hombre podía hablar tanto? Guatemala, Honduras, El Salvador... ¿En qué lugar no había estado? ¡Por Dios!... por lo que sabía Chávez, el gringo bien podía ser un espía yanqui. Pero los espías estadounidenses no perseguían a mujeres hermosas que llevaran mapas de tesoros dentro de aviones viejos, ¿no es así? No sabía muy bien qué pensar de este Bill, pero se estaba cansando rápidamente de hablarle a la cicatriz del rostro. Chávez tenía el derecho de dispararle y acabar con la cuestión. Pero por alguna razón el capitán solo lo miraba y lo escuchaba. Realmente debía deshacerse de esa mole, pero las oportunidades como esa eran tan escasas... Era uno de los ventajas del oficio. Era el momento para beber, hablar y tener sexo. Al día siguiente seguirían su camino. Chávez tenía que encontrarse con el coronel en Tenosique, en Chiapas, cuatro días más tarde, para entregar la cocaína; pero primero debía quemar el maíz y el tabaco y tal vez el pueblo, si así lo decidía.

Bill estaba hablando sobre la gringa otra vez. Mapas, tesoros, libros mayas; ninguno de estos temas formaban parte del entrenamiento de los soldados profesionales. Además, sonaba como algo político. Todo lo que tenía que ver con la arqueología en esos días estaba relacionado con la política. Si alguien realmente quería meterse en problemas, tan solo tenía que involucrarse con uno de los estirados de Ciudad de México. Al Capitán Chávez le importaba un carajo la arqueología, solo le interesaba el dinero; y hablar de tesoros era la misma gilipollez. El único tesoro que había en Latinoamérica en esos días era la droga, especialmente la cocaína. El gringo era un idiota. Chávez tenía planes para la gringa que no incluían llevársela a Bill. Cualquiera que haya viajado y hecho lo mismo que el tuerto debería saberlo bien.

El capitán Chávez pisó fuerte con la bota para llamar la atención de Bill. Señaló que ya era suficiente. Bill dejó de picar con el cuchillo y levantó la cabeza con expectación.

—Escúcheme, señor... tengo planes para la gringa. —El capitán puso las manos sobre los genitales y sonrió a sabiendas—. Usted tiene que irse... rápidamente. Ya disfrutó lo suficiente de la amabilidad del ejército mexicano. Su historia es una tontería y no tiene por qué conspirar en zona de guerra. Debería dispararle por espía. Pero como me gustan los hombres como usted, enviaré a alguien para que lo acompañe hasta el camino en uno de los Humvee. Mi consejo es que se vaya de Chiapas... que salga de México si puede. Usted no parece una persona con muchos amigos.

Chávez sintió la necesidad de vaciar la vejiga, razón por la cuál le pidió al gringo que armara un par de líneas más. Con cuidado se puso de pie y salió, tambaleante, para descargarse. Le ordenó al guardia que recogiera las pertenencias de Bill y después caminó vacilante en la oscuridad. Una vez que llegara la gringa, el capitán pondría a Bill en un jeep junto con el guardia y le pediría que lo dejara en algún lugar apartado.

El bosque, hacia el oeste, se presentaba oscuro e impenetrable; era una pared siniestra e invasora. Sombras negruzcas y brumosas se extendían de manera estremecedora, mientras nubes de tormenta de violentos relámpagos se movían estoicamente sobre la selva y amenazaban con un diluvio de verano. El capitán podía ver el resplandor y las chispas de los fogones mientras sus hombres daban vueltas y alimentaban los fuegos hambrientos. Las risas, los gritos y el canto de los soldados ebrios resonaban en todo el pueblo. Escuchó los gritos y los insultos de una mujer y sonrió. El capitán bajó el cierre del pantalón y sacó su pene. Lo manoseó un par de veces y suspiró. No lo había usado mucho últimamente, excepto para orinar, y los gritos de las mujeres le recordaban a la gringa. Todavía podía ver cómo ella luchaba y forcejeaba afuera de la cabaña, cómo sus senos se movían con cada uno de sus esfuerzos. La patada que le dio a Rangel lo había hecho caer de rodillas; probablemente había destruido el único recurso que le quedaba. Chávez se rió entre dientes. «Jesús... ¡Qué mujer! ¡Qué tetas! ¡Y además era alta!» La gringa tenía largas piernas hasta el trasero. «¿Qué se sentirá tenerlas alrededor del cuerpo... eh?» Se estremeció. Era hora de deshacerse del hombre de la cicatriz en el rostro y pedir que traigan a la mujer. Pero primero bebería un trago y aspiraría unas líneas más de coca. Que la gringa se preocupara un rato más. Eso solo podía mejorar las cosas.

Tico Rodríguez —corto de estatura, pero muy caliente— era el soldado más joven de la compañía. Estaba sentado bebiendo lo último que le quedaba de posh; una tarea difícil para un bebedor novato. Sabía que estaba mejorando; sabía que ahora podía beber como un hombre porque ya no le producía náuseas. Dulce y espeso, el licor de caña quemaba como fuego y olía como a disolvente para pintura. Marcaba un camino ardiente hasta el estómago y hacía que le cayeran lágrimas de los ojos. Se las secó y buscó a Andre con la mirada. El compañero, que también estaba de guardia, una hora antes le había llevado a Tico una copa de licor; él la había cuidado, intentó que durara con la esperanza de que su compañero le trajera pronto más bebida, pero ése no había sido el caso. Con profunda gratitud, pero también con necesidad, respiró hondo, exhaló y miró con ansias la copa vacía.

Sudado, sucio, ebrio y enfadado porque lo habían dejado de guardia en la cabaña de la gringa, Tico aplastó un mosquito contra su frente. Odiaba los insectos, odiaba la selva, odiaba al capitán Chávez y ahora odiaba a Andre porque no le había llevado más posh. ¿A dónde había ido? Probablemente se estaba tirando a una de las mujeres en ese preciso instante mientras Tico montaba guardia para cubrirlo. Tico sabía que si él hubiera dejado su puesto para beber o tener sexo, probablemente le habrían disparado por deserción. No era justo. Desde el lugar en el que estaba, en el límite sur del pueblo, Tico podía ver los grupos de soldados alrededor de los fogones y sabía que el humo los protegería de los insectos. Veía cómo chocaban las copas para brindar por las mentiras y las historias de cada uno, al mismo tiempo que se jactaban de sus destrezas sexuales con las mujeres. «Chingada», pensó. Deseaba que el capitán mandara buscar a esa mujer; así podría unirse a los demás.

Tico miró hacia la puerta de hojas de palmera que lo separaba de su cautiva. Sabía que adentro estaba oscuro, pero la imaginación de Tico no se detenía. Todavía podía ver cómo se balanceaban los senos de la gringa cuando había forcejeado con los guardias. ¡Caramba! ¡Qué mujer! Había dejado al cabo Rangel de rodillas con esa patada. ¿Todas las estadounidenses eran tan grandes y sexis?. Se masajeaba la entrepierna, imaginándose cómo sería tirarse a una gringa. Andre le había dicho que a las estadounidenses les gustaba el sexo oral. Tico creía lo mismo. Tenía sentido. Había escuchado tantas historias sobre extranjeras promiscuas y una vez había podido corroborar la historia él mismo. Cuando Tico cumplió los trece años, su tío lo llevó a Acapulco para entregar una carga de mangos. Después de descargar el camión, su tío sonrió con picardía y le preguntó a Tico si quería ir a por unas putas. Con miedo, pero con curiosidad, aceptó la propuesta. Habían recorrido toda la bahía de Acapulco por la Costera. No habían recogido a ninguna prostituta, pero la experiencia había sido increíble e inolvidable; las mujeres, ligeras de ropa, con las nalgas y las tetas que sobresalían de cada pliegue que podía imaginarse, usaban trajes de baño que mostraban casi todo y dejaban poco lugar a la imaginación. ¡Era increíble! Las mujeres bien podrían haber venido de otro planeta. Te ignoraban como a un insecto o te miraban descaradamente a los ojos; hasta las gordas y las viejas arrugadas y secas por el sol lo hacían.

El pene de Tico se puso tieso mientras recordaba el paseo marítimo repleto de gringas casi desnudas. Después, sus pensamientos se concentraron en las otras mujeres que estaban esparcidas por el campamento. Se las estaba perdiendo. ¡Maldición! Volvió a frotarse y emitió apenas un gemido. Pensó otra vez en la gringa, la imaginó de espaldas con las piernas abiertas. Quería penetrarla... ahora... ¡con un empujón violento! Su imaginación perdió el control, permaneció de pie inmóvil y se acomodó la dolorosa erección. Si tan solo no tuviera que montar guardia. ¿Dónde estaba el desgraciado de Andre? Se dio vuelta y caminó hacia la cabaña. Se preguntaba si a las mujeres estadounidenses realmente les gustaba el sexo oral.

Karen estaba sentada, desconsolada, dentro de su prisión de ladrillos de barro. El calor era enervante; los mosquitos, voraces y la casa estaba casi completamente a oscuras. La poca luz que había entraba por los resquicios de las paredes de listones. Con las manos todavía atadas y casi entumecidas por la falta de circulación, se inclinó hacia adelante y descansó el cuerpo sobre la pesada tabla que servía de mesa. No había más agua en el jarro y ella ansiaba beber algo. La blusa, rasgada, le colgaba de los hombros como un harapo húmedo. Estaba sola. Las otras mujeres, incluida la niña de doce años, estaban siendo usadas como agujeros por los soldados.

Si hasta ese momento su situación no había quedado clara, ahora sí que ya no albergaba ninguna ilusión. La amenaza de Chávez de llevarla a encontrarse con el hombre de la cicatriz en el rostro y su propia insinuación, «Estás en la selva y estás sola» resonaban en su cabeza. La violarían como a las otras. Karen todavía podía visualizar sus ojos negros y sin vida que brillaban como placas de obsidiana y el rostro henchido de lujuria.

El avión se había estrellado en un abismo bacanal de violencia y hedonismo y había descubierto que, para las mujeres, la guerra era peor que el infierno. Los hombres eran unas bestias. Una muerte rápida ahora tenía un atractivo peculiar cuando analizaba lo que Chávez había planeado para ella. Era poco probable que la devolviera a la embajada de los Estados Unidos después de lo que ella había visto. Y aunque temblara con tan solo pensarlo, sabía que era probable que al acabar con ella Chávez la compartiera con los otros soldados. O, peor aún, tal vez se la entregaría a Bill.

El antiguo miembro de la CIA era un monstruo que de algún modo había resucitado para amenazarla nuevamente. Ella recordó su ausencia después del accidente. ¿Había salido ileso? Era increíble, pero ella también estaba viva. ¿Por qué Bill no habría de estarlo? No había que tomar a la ligera la amenaza de Chávez de llevarla con Bill. El pervertido parecía obsesionado con su descubrimiento y creía que ella tenía acceso al tesoro. ¡Por Dios! ¿Qué le había dicho Depp? Ella no encontraba ninguna opción aceptable. Era probable que Chávez la violara y la matara. Con Bill, sin embargo, podría vivir lo suficiente para convencerlo de que sabía dónde estaban escondidos los libros mayas. Pero, una vez que él descubriera el engaño, ella moriría lenta y terriblemente en sus manos. No había opciones, las dos eran sentencias de muerte.

Se estremeció. Su garganta se cerró y no podía tragar. El pánico y el miedo la estaban empujando al borde del colapso mental. Se sentía más viva de lo que podía recordar, conectada a 220 voltios, sus glándulas desprendían hormonas, insistían en que debía luchar o correr. Apenas podía quedarse quieta. Pero debía hacerlo. Tenía que pensar en algo rápido, pero, ¿qué? ¿Cómo podía escapar? ¿Qué hacían las mujeres cuando se enfrentaban a una situación así? ¿Luchaban o resistían? ¿Manipulaban? ¿Se suicidaban?

La oscuridad total amenazaba con hacer desaparecer lo que quedaba del atardecer y apenas podía vislumbrarse luz debajo de la puerta. Los sonidos apagados de las risas ebrias y algún coro que de vez en cuando entonaba una canción se filtraban en la oscuridad de la cabaña. La juerga estaba alcanzando su punto culminante. Se estremeció en el calor agobiante.

¿Por qué Chávez no había enviado a alguien a buscarla? ¿Había cambiado de parecer? ¿Dónde estaba el cretino de Bill? ¿Estaba sucediendo algo de lo que ella no estaba enterada?

—¡Maldición! —gritó entre dientes—. ¡Maldición! ¡Maldición! ¡Maldición!

Se puso de pie y pateó la silla en la que había estado sentada y, aunque tenía las manos atadas, crispó los puños y los golpeó contra la mesa, liberando su ira y su frustración.

—¿Qué pasó, señora? —gritó el guardia desde afuera hablando en español— ¿Está bien? —preguntó.

Karen no respondió. «¿Cuántos guardias había afuera ahora?», se preguntó. Más temprano eran dos.

—Oiga... señora... —repitió el soldado—. ¡Contésteme! —le ordenó.

¿Estaba solo? Si era así... entonces esta podía ser su oportunidad. Desesperadamente buscó un arma en la habitación, pero no vio nada. Solo le llamó la atención un pedazo de hilo sisal atado a una vara gruesa; probablemente era un juguete de niños. O tal vez podría golpearlo con el jarro vacío que estaba sobre la mesa. Volvió a mirar la vara, y una idea comenzó a materializarse.

La puerta, hecha con hojas de palmera entretejidas, crujió débilmente y el guardia espió por un costado. Al no recibir respuesta, la abrió.

—Hola, señora... ¿está bien?

Llegó a la conclusión de que esta podía ser su única oportunidad. O escapaba ahora o se quedaba y moría. Caminó lentamente hacia la puerta para no asustarlo.

—¿Qué quiere? —preguntó poniendo en práctica su español—. Váyase. —Una luz tenue entraba desde la puerta, y el guardia ingresó. Concluyó que estaba solo. Aunque la camisa estaba rasgada, no hizo ningún esfuerzo por cubrirse. Miró cómo los ojos del guardia se volvían hacia sus pechos y los miraba fijamente, después la miró a la cara y una vez más fijó la vista en sus pechos—. Tengo sed —dijo ella—. ¿Puede traerme agua? —le pidió en un español pobre.

El soldado, joven y pequeño, miró por encima del hombro para ver si alguien estaba mirando, después volvió a mirar a Karen y fijó los ojos en sus senos.

—Sí, señora —sonrió. Relajó los hombros de manera notoria y añadió—: estoy muy solo. Voy a buscar el agua, pero usted me deberá un favor. —Sonrió tímida, casi patéticamente, volvió a mirar sus pechos y añadió—: Quédese aquí. Regresaré pronto.

Cuando el guardia salió de la cabaña, Karen se apresuró para coger la vara y el hilo sisal. El corazón le latía débilmente, miró alrededor para buscar algo que pudiera usar como martillo, vio el jarro de cerámica sobre la mesa y lo cogió. Calculando que la distancia era la correcta, se sentó en el suelo y puso la vara en posición vertical entre los pies, después la clavó en la tierra como una estaca. Miró a su alrededor para buscar algo a lo que pudiera atar el otro extremo, pero no vio nada.

—¡Mierda! —insultó, arrojando la jarra sobre el suelo. Después la vio: la pata de la mesa. En la oscuridad se puso de pie y se dirigió a ella. Arrastró el hilo hacia la puerta, lo ató a la parte inferior de la pata y movió la mesa hasta que el hilo sisal quedó tirante, de este modo creó un obstáculo a pocos centímetros del suelo para que el soldado se tropezara.

Roja por el esfuerzo y con el corazón que le latía con fuerza, descorrió los restos de su blusa para que los senos quedaran completamente al descubierto. Cogió el jarro por el asa y esperó dos metros al otro lado de la cuerda. Miró a través de la puerta que se abría y vio, cerca del centro del pueblo, sombras titilantes y un resplandor rojo-anaranjado que bailaba sobre un fogón al que rodeaban unos ocho o diez hombres. Sus risas y sus ruidosas bravuconadas mancillaban su sensibilidad. ¡Hijos de puta! Todos. Deseaba verlos arder en el infierno.

Vio entonces regresar al guardia, quien seguía solo. El corazón le latía aún más fuerte y sentía como si estuviera sudando astillas de acero. Se sentía confundida, casi ingrávida, el dolor y la rigidez de sus heridas se disipaban en una euforia inducida por las hormonas.

El guardia tarareaba una canción a medida que se acercaba a la cabaña; se detuvo en la puerta y agachó la cabeza para espiar adentro.

—Señora —llamó, incapaz de ver con claridad—. Tengo su agua. —Le ofreció una taza.

—Gracias —respondió Karen, pero no hizo ningún esfuerzo para tomarla.

Él inclinó el rifle hacia la pared y volvió a ofrecerle el agua.

—No te olvides de mi favor —le recordó a la gringa.

Dio otro paso hacia adelante y después se quedó inmóvil. Abrió la boca con sorpresa al ver sus senos completamente expuestos. Los miraba fijo, estaba hipnotizado.

Karen creyó escuchar un gemido. Él la miró a la cara y ella le regaló su mejor «acércate y mira más de cerca».

Él le devolvió la sonrisa y dijo:

—Oh, gringa. Eres tan bella.

Ingresó rápidamente en la habitación oscura, ofreciéndole la taza. Se tropezó al dar el tercer paso y Karen pudo ver la mirada de desconcierto en el rostro del joven mientras este intentaba recuperar el equilibrio. Cayó hacia adelante y su cabeza golpeó contra el suelo; ella le pateó la mandíbula tan fuerte como pudo con sus pesadas botas, le pegó una y otra vez hasta que casi se cae ella misma. Karen logró subirse sobre la espalda del hombre y golpeó su cabeza con la taza. Esta se rompió en el tercer golpe, pero ella continuó pegándole con el asa, emitiendo un gruñido con cada golpe que le asestaba en la cabeza. Él no se defendió, se quejó solo una vez y quedó inmóvil. Ella continuó atacándolo hasta que sus manos quedaron llenas de cardenales y ensangrentadas. Agotadas todas sus energías, Karen rodó hacia un costado, jadeante. Rápidamente se sentó y le quitó al hombre el cuchillo que tenía en el cinturón. Aunque se sentía horrible, logró colocarlo entre sus manos para que el filo de la hoja pudiera cortar el hilo sisal. Ya estaba... ¡Lo había conseguido! Exaltada, corrió hacia la puerta y espió hacia el exterior. Nadie les había prestado atención. El rifle estaba cerca de la puerta, lo cogió. No disparaba un rifle desde sus clases de puntería para principiantes en el estado de Nuevo México. Lo sentía extraño y desconocido, razón por la cual lo examinó. Parecía ser un simple fusil de cerrojo con un cargador de cartuchos. Encontró el seguro y lo movió hacia adelante y hacia atrás varias veces hasta dejarlo destrabado. Levantó el fusil y lo cargó al hombro. Con eso sería suficiente.

El guardia se quejó y a ella se le paralizó el corazón. Él movió un brazo. Ella se apresuró para golpearle la cabeza con la culata del rifle: una vez, dos veces; después solo hubo silencio. El hombre no volvió a emitir otro sonido.

Jadeaba por el esfuerzo. «¿Y ahora qué tenía que hacer?», pensó. «¿Correr? ¿Salir disparada como una loca? ¿Tratar de escabullirse ahora que ya era de noche?» No tenía un plan; todo había sucedido casualmente; hasta ahora un golpe de suerte. Pero tenía que actuar rápidamente. Chávez podría enviar a por ella en cualquier momento.

Karen se detuvo para recuperar el aliento y la compostura. Ninguna de sus elecciones parecía correcta. No tenía ninguna pista para saber dónde se encontraba; solo sabía que estaba en la profundidad de la selva. ¿O acaso lo sabía? Ese río que estaba afuera, ¿era el Usumacinta? Apostaba a que sí. Habían volado lo suficiente para llegar casi hasta Guatemala antes de estrellarse, y ese río servía como límite entre los dos países. No estaba muy tranquila con las oportunidades que tenía de escapar de la selva. Era una mujer sola y David le había explicado claramente lo que la esperaba: víboras, jaguares, insectos, calor y guerrillas. El río, por otro lado, podía ser el mejor camino. A orillas de todos los ríos había pequeños pueblos. Y estos, a su vez, estaban al final de caminos. Los caminos conducían a otras ciudades. Ella recordó que había escuchado motores de propulsión en el río. Tal vez alguien la encontraría y la llevaría de regreso a la civilización. Sabía nadar, pero ¿había serpientes en el río? Necesitaría un bote o, al menos, algo similar a una balsa. Tal vez podía desaparecer en la selva y bordear el río hasta encontrar un bote o algo sobre lo que flotar. Pero, ¿cómo podía escaparse sin que la vieran?

Karen espió la oscuridad afuera de la cabaña. Los soldados aún estaban reunidos alrededor de los fogones en los que el humo los mantendría alejados de los mosquitos. Tenía que irse ahora antes de que fuera demasiado tarde. La duda solo conducía al fracaso. Estaba por abandonar la cabaña cuando sus ojos se fijaron en el soldado maltratado. Necesitaba camuflarse, sin importar cómo. La oscuridad sería su amiga. Rápidamente le quitó el uniforme militar y el cinturón con las municiones; en ese momento descubrió que los pantalones eran demasiado cortos. La camisa casi le quedaba bien, pero ¡por Dios, cómo apestaba! Se la colocó de todos modos, después le quitó el casco y escondió su cabello debajo de él.

Respiró hondo y salió. El río estaba a la derecha. Dos fogones ardían en la orilla y una fogata más grande resplandecía más adelante, en el centro del pueblo. Giró a la izquierda y se dirigió a la selva; intentó caminar naturalmente y no llamar la atención. Casi no podía respirar. Sus nervios estaban tensos y cortantes como las cuerdas de un piano. Tenía un nudo en el estómago y su boca parecía llena de trozos de algodón.

A veinte metros del límite del bosque comenzó a correr con el arma en la mano. De pronto se encontró en la selva, pero siguió corriendo, tropezando y resbalándose, sin poder ver con claridad. Las lianas y los arbustos parecían querer atraparla y los insectos le golpeaban el rostro. El corazón le latía como si fuera a estallar, por este motivo se detuvo y se volvió para ver si alguien la seguía. No escuchó nada más que el latido de su corazón y el zumbido de los insectos. Las sombras extrañas y oscuras formaban barreras tridimensionales intangibles a su alrededor. El pueblo se había desvanecido en la oscuridad excepto por los débiles fogones que aún podía ver. Más tranquila, se volvió y se adentró lentamente en la selva, caminando río abajo, alejándose del pueblo. «Podré hacerlo», se dijo a sí misma. Lo peor había quedado atrás.

Intentaba no hacer ruidos; llevaba el rifle en la cintura tal como lo había visto por televisión. Avanzó en forma constante hasta que se encontró en un camino y aceleró la marcha. Estaba ansiosa por poner la mayor distancia posible entre ella y el ejército. El sendero se dirigía hacia el este, hacia el río. Una débil señal de alarma, como pájaros sobresaltados en pleno vuelo, hizo que disminuyera la marcha. ¿Por qué ese sentimiento de que algo malo estaba por suceder? No lo sabía. Al pasar entre dos árboles, notó, demasiado tarde, un movimiento a su izquierda. En un instante le arrebataron el arma de la mano, la cogieron del cuello y la arrojaron al suelo, no podía respirar y su casco cayó. El aliento apestoso y agrio del hombre que la sostenía letalmente le penetraba por las fosas nasales y le causaba arcadas.

—Adiós, cabrón —gruñó el hombre, y sus manos se volvieron una pinza alrededor de su cuello.

El capitán Chávez terminó de orinar, volvió a guardar su pene y se volvió hacia la choza de barro. La luz del farol a kerosén asomaba por los resquicios de la pared. Podía escuchar los golpecitos que hacía Bill al picar la cocaína sobre un espejo pequeño. Chávez se frotó la nariz y sorbió. Un par de toques más y estaría listo para probar a la gringa. Caminó hacia la cabaña, visualizando los senos de la mujer y sus largas piernas. Esperaba que no se hiciera la difícil. Sería más divertido si ella aceptaba todo. Él se aseguraría de que ella también lo pasara bien. Pero, ¿después qué? ¿Debía entregársela a los demás hombres? ¿Debía esconderla un par de días más y después arrojarla a los cocodrilos? Tal vez debía venderla a un burdel en Guatemala.

Los golpecitos se habían detenido, razón por la cual Chávez abrió la puerta y, agachándose, ingresó. Cuando se irguió, sintió un golpe fuerte en la cabeza. Trastabilló, después otro golpe lo tiró al suelo. Intentó levantarse, pero colapsó sobre el piso de tierra.

Karen forcejeó con fuerza; golpeaba y arañaba, quería quitarse de encima a su atacante. La adrenalina aumentó y comenzó a sacudirse.

—¡Párate! —gritó el acompañante del estrangulador—. ¡Es una mujer! Mira su cabello.

Las manos, duras como una roca, se aflojaron, y el soldado tocó torpemente uno de los senos de Karen para confirmar esa afirmación ridícula. Ella se quejó.

—Caramba —murmuró el atacante, pero no hizo ningún movimiento que le permitiera a ella levantarse—. Trae a Rafael o a Marcos —susurró imperativamente—. Esta no es una de las mujeres de nuestro pueblo. Tal vez está con el ejército federal.

Karen intentó recuperar el aire y lentamente llenó sus pulmones. Volvió a quejarse y él le cubrió la boca con una mano para callarla. Luchó con poco entusiasmo, pero después se quedó quieta. El atacante no parecía un soldado mexicano. Un pañuelo le cubría el rostro y vestía como un campesino.

«¿Un ladrón?», pensó. Pero llegó a la conclusión de que no podía ser. Había más hombres. Este había mandado a llamar a alguien que estuviera a cargo. Después se dio cuenta: ¡Eran zapatistas! Los rebeldes estaban cerca del pueblo. Pero, ¿por qué? ¿Estaban por atacar? Increíble. Tenía que salir de ahí rápidamente. Cuando las balas comenzaran a volar, quería estar en su camino río abajo.

Un momento después aparecieron varios hombres sosteniendo rifles y machetes. Podía ver solo siluetas en la oscuridad. Escuchó que alguien gritó una orden; entonces la levantaron del suelo y la adentraron aún más en el bosque, a empujones y dando tumbos que le causaban dolor. ¿Cómo podían moverse tan rápido en la oscuridad sin chocarse con nada?

—Ten cuidado, maldición —se quejó, intentando acomodarse. La estaban sosteniendo con fuerza y le lastimaban el brazo cerca de la herida que le había hecho Bill con el cuchillo.

Minutos más tarde llegaron a un claro iluminado por la luz de la luna en el que cincuenta o sesenta hombres pululaban en silencio. Ahora podía ver mejor. Una sensación de ansiedad impregnaba el aire del lugar y Karen podía oler el hedor acre de los cuerpos masculinos. Sus captores le soltaron los brazos, pero se quedaron cerca de ella. Le dolía todo el cuerpo y sentía como si le hubieran saltado sobre la parte inferior de la espalda. Mientras ella recuperaba la compostura y comenzaba a evaluar su nueva situación, vio que grupos de cuatro hombres se escabullían silenciosamente en la selva, todos sostenían rifles y tenían puestos pañuelos. No cabían dudas de que eran zapatistas y de que actuaban en serio; nadie hablaba ni hacía bromas.

Los truenos no muy distantes resonaban en el cielo y ella miró hacia arriba justo a tiempo para ver cómo los rayos iluminaban las nubes de tormenta. Genial, estaba por llover. ¿Qué más podía salir mal? Poco después los mosquitos la descubrieron y ella maldijo y los trató de matar inútilmente con la mano.

Minutos más tarde solo quedaban unos pocos miembros de la guerrilla en el claro. Supuso que al resto los habían despachado a la espera de una señal. ¿Pero qué harían con ella? ¿Qué harían con ella cuando atacaran? Los soldados que la habían traído comenzaron a susurrar entre ellos y ella pudo comprender lo suficiente para confirmar que sus conjeturas eran ciertas. Los rebeldes, preocupados por sus cultivos, estaban contraatacando.

Karen vislumbró a un hombre que parecía estar a cargo. De estatura mediana, pero robusto, su forma de caminar y de moverse le parecía familiar. Lo observó detenidamente mientras iba de un grupo a otro; tranquilizador y dinámico, al hablar levantaba de vez en cuando el puño para dar mayor énfasis a sus palabras.

Una vez que hubo despachado a todos, el líder se acercó a su grupo y le dio órdenes. Los hombres que la custodiaban también desaparecieron en el bosque. A diferencia de los otros soldados, él líder usaba un pasamontañas.

—¿Hablas inglés? —le preguntó ella—. ¿Qué quieren de mí? Déjenme ir. Soy estadounidense.

Él le respondió con voz entrecortada y su voz le pareció ligeramente familiar.

—¿Tú eres la gringa que estaba en el pueblo con las otras mujeres?

—Sí —respondió sorprendida. ¿Qué más podía saber ese hombre?

—¿Viste a una mujer llamada Consuelo?

Aún bajo la débil luz ella pudo ver que sus ojos brillaban con ira. La pasión le brotaba de los poros y su presencia tenía un efecto desestabilizador en ella. Se sentía atraída y, al mismo tiempo, repelida y dejó de mirarlo. Bajó la cabeza. Estaba triste y avergonzada. Recordaba a la mujer en la cabaña con la que había creado una relación muy rápidamente.

—Está muerta —dijo finalmente. Volvió a mirarlo—. El ejército le disparó cuando intentábamos escapar.

Él parpadeó y cerró los ojos por un momento.

—Está muerta —repitió él—. ¿Estás segura?

Karen asintió.

—Fue muy valiente. Luchó cada vez que ellos... ellos... eh... se la llevaban para...

Él le hizo un gesto con la mano para callarla, indicándole que ya sabía lo que habían tenido que soportar.

—¿Y usted, señora?... ¿Cómo está? Parece que sobrevivió al accidente aéreo y ahora escapó del asesino de mujeres, Chávez. ¿Cómo pudo hacer todo esto? Dígame, ¿qué está sucediendo en el campamento?

Karen repitió todo lo que sabía, lo cual, se dio cuenta, era muy poco. Pero él la escuchó con mucha atención, le hizo preguntas y después se dio vuelta y le dio órdenes a un anciano llamado Rafael que estaba a su derecha.

—Sí, Marcos. —Rafael asintió y se apresuró para llegar al otro lado del claro donde había un hombre que llevaba una radio en la espalda. Quitaron la radiorreceptor inalámbrico y lo pusieron detrás de un árbol. Rafael comenzó a llamar a otros operadores de radio y habló imperativamente, transmitiéndoles las órdenes.

«¿Marcos?», pensó Karen. Se dio cuenta de que el nombre tenía algún significado para ella. Pero, ¿por qué? Lo miró detenidamente: era consciente de que estaba pasando por alto algo. ¿Por qué le resultaba familiar?

—Así que... ¿todavía no me reconociste? —le preguntó él.

—¿Debería reconocerte? ¿Por qué debería conocerte?

Se quitó el pasamontañas de la cabeza. Ella entrecerró los ojos para verlo. Sí, lo conocía. Era... Se esforzó para tratar de recordarlo, después se dio cuenta. ¡Era el lector de Sun Tzu! Habían conversado en el vuelo desde Dallas y en el aeropuerto de Acapulco. Después recordó la conversación que tuvo con el profesor Wolf.

—Pero... pero... tú estás muerto... Es decir... David dijo que te mataron en... eh...

—Guerrero... —él terminó la frase por ella—. Así es. Morí quemado, no pudieron reconocer el cuerpo, pero no era yo. Era un oficial federal que mató a dos niños en el pueblo de Tlecopliota. El hijo de puta se lo merecía.

—David dijo que...

—¿El profesor Lobo? —interrumpió.

—Eh... sí. David Wolf dijo que te acusaron de una masacre.

Marcos apretó los labios.

—¿Y él lo creyó?

—No —respondió ella—. Él dijo que tú eras un montón de cosas, menos un asesino.

—¿Y tú? ¿Tú qué crees? —la miró a los ojos y sostuvo su mirada.

—No sé qué pensar —respondió con sinceridad—. Pero confío en el doctor Wolf.

Él asintió.

—Sí, Lobo era un buen hombre, pero no tenía... —Marcos se esforzó para encontrar la palabra adecuada— compromiso —dijo finalmente—. Tenía muchas ideas buenas, pero le faltaba la voluntad para... para actuar.

El cielo sobre ellos relampagueó y una brisa cálida recorrió la selva. Los dos miraron hacia arriba al mismo tiempo.

—Marcos... es hora de irnos. Debemos comenzar antes de que se largue a llover —le advirtió Rafael. Tres soldados con los rifles en la mano estaban de pie detrás del anciano.

—¿Qué quieres hacer? —le preguntó a ella—. No te puedo dejar aquí. No es seguro.

—¿Qué opciones tengo?

—Puedo pedirle a uno de mis hombres que te muestre el sendero por el cual el ejército trajo sus Humvees o puedes tratar de seguir el cauce del río hasta que te mate un jaguar o un cocodrilo.

—¿Alguna otra opción?

—Puedes venir nosotros y visitar al Asesino de Mujeres.

—¿Al capitán Chávez?

—Sí.

—¿Y después qué?

—Arreglaré que te lleven de regreso a San Cristóbal o a cualquier lugar que desees.

Analizó las opciones, pero ninguna le parecía apetecible.

—Según Sun Tzu, ¿cuáles son las probabilidades que tienes de ganar esta noche?

—Excelentes. Decídete. Tengo que irme.

—¿Me devuelven mi arma?

Marcos dudó, pero luego dijo:

—Sí, ¿por qué no?

Le dio una orden a uno de los soldados que se acercó y le devolvió el rifle.

Ella lo levantó y chequeó el cerrojo.

—La tía Rose nunca creerá esto —dijo.

—¿Qué? ¿Qué dijiste?

—Dije, vamos. El capitán Chávez cree que tiene una cita conmigo esta noche y no quiero que piense que lo dejé plantado.

La sombra se movía hacia Chávez una vez más. Debía levantarse, debía escapar o volvería a herirlo. El dolor punzante que sentía en la cabeza aumentaba con cada latido de su corazón. Un dolor sordo y constante le oprimía el pecho al respirar. ¿Estaba por tener un infarto? Sus labios dejaron escapar un quejido.

—¡Levántate, gilipollas! —le ordenó Bill.

La bota volvió a golpearlo. Esta vez el dolor hizo que se retorciera en posición fetal.

—Arriba, dije. —La pierna de Bill estaba levantada, lista para volver a patearlo.

—¡Basta! —dijo el capitán con voz ronca. Hizo un gesto con el brazo para protegerse de otra patada. El gringo lo había dejado inconsciente con el golpe que le había dado con la culata del rifle y ahora le exigía que se levantara del suelo—. Basta —murmuró Chávez una vez más, le suplicaba, intentaba recuperar su poder, estaba seguro de que le habían clavado un hacha en el cráneo. La sangre que le chorreaba de una herida profunda que tenía en la nuca caía sobre el suelo de tierra.

Impaciente, Bill puso la punta del rifle en la nariz del capitán y lo levantó.

—¡Ahhh! —gritó Chávez esforzándose para ponerse de pie—. ¡Cabrón! —le suplicó en tanto el dolor subía por sus fosas nasales. Pero Bill aplicó una presión constante hasta que el capitán se puso de pie.

—No la toques —le advirtió Bill cuando Chávez intentó alcanzar el cañón del arma.

El capitán retiró la mano y gimió lastimosamente.

—¡Chingada! ¡Cabrón! —maldijo.

—Afuera. —Bill le indicó el camino con el arma—. Muévete, imbécil.

—¿A dónde? ¿Qué quieres? —Confundido, Chávez intentó detenerse. Tenía que llegar a un acuerdo. Tenía que encontrar un modo de escapar. ¿Adónde lo estaba llevando este loco estadounidense? ¿Tantos deseos tenía ded estar con la gringa? ¿O solo eran los efectos de la cocaína?

—Oye —dijo el capitán—. ¿Qué quieres? ¿Más cocaína? ¿A la gringa? Podemos llegar a un acuerdo. No tienes salida sin... ¡humph!. —El cañón del arma se clavó en su plexo solar.

—Muévete o te liquido aquí mismo —lo amenazó Bill—. Vamos... —volvió a indicarle el camino—. Atraviesa la puerta y gira a la izquierda, gilipollas.

—¿Adónde...?

—Al río, señor Gilipollas de Mierda... y no intentes escapar. —Bill agitó el cuchillo—. O te arranco los ojos... ¿me entiendes?

«¿El río?», pensó el capitán Chávez. «¡El cabrón me matará y arrojará mi cuerpo al río!» Astuvo a punto de atacar al gringo, pero contuvo el impulso. Si el rifle no lo alcanzaba, el cuchillo haría el trabajo. El gringo parecía muy hábil con una hoja filosa. Se preguntaba cuánto faltaría para llegar al río. ¿Treinta o cuarenta metros? Al norte había un campo de cañas, y un frondoso grupo de árboles, arbustos y zarzas se interponía entre el río y el pueblo. Decidió que haría su jugada en ese lugar. Se acercaba una tormenta y la luna desaparecería pronto. Además, tenía una sorpresa en la bota para el pinche gringo. El capitán Chávez le echó a Bill una mirada intrépida y llena de odio y comenzó a caminar hacia la puerta.

—Espera un momento —dijo Bill analizando al capitán.

—¿Qué? ¿Qué sucede? Primero me dices que salga, después que me detenga. Chinga tu madre, gringo.

—Quítatela —señaló Bill.

—¿Qué? ¿La ropa? Me imagino que no pensarás en...

—Quítatela... toda. Necesito el uniforme sin agujeros de bala.

—¡Cabrón!

—Te puedes dejar las botas, parecen demasiado grandes. —Bill sonrió maliciosamente—. Hazlo... ahora.

Aunque bufaba de cólera, el rostro del capitán no se inmutó. Pero, ¡le había permitido dejarse las botas! ¡Gracias a Dios! Chávez usaba botas altas con taco grueso en lugar de las botas comunes con cordones. Tímidamente se las quitó y las puso al lado de la silla para que Bill no pudiera verlas, después se desabrochó el pantalón de mala gana y se los quitó. Mataría a este gringo pervertido lentamente y causándole mucho dolor.

—También puedes quedarte con la ropa interior —sonrió Bill.

El capitán se puso las botas.

—No te saldrás con las tuyas de esta, cabrón.

—Ya lo hice. —Bill arrojó el pantalón y la camisa sobre su brazo, después se dirigió a la puerta—. Muévete... despacio y con tranquilidad.

Momentos después, casi desnudo y con un arma apuntándole en la espalda, el capitán se adentró cautelosamente en la maleza a orillas del río. Una llovizna comenzó a caer y una pálida luna ahora se escondía detrás de las nubes, dejando caer un manto de oscuridad sobre el bosque. Solo algún relámpago ocasional iluminaba la zona. El zumbido monótono y constante de los insectos acompañaba la soledad del bosque. Los mosquitos, atraídos por el hedor de los cuerpos sudorosos y casi desnudos, se unieron a la fiesta. Chávez mantuvo una conversación constante, maldecía e intentaba matar insectos sin cesar. Quería ganar tiempo. Esperaba su oportunidad. Estaba tentado de salir corriendo. Podía funcionar, razonó, pero debía hacerlo sorpresivamente y en la maleza tupida cerca del río, donde el gringo tuerto tuviera dificultades para verlo. No podía equivocarse, no se admitirían errores cuando sacara el revólver Derringer de la funda que tenía dentro de la bota.

—Camina más despacio —le ordenó Bill—. No puedo ver nada. Este no es un sendero. ¿A dónde diablos estás yendo?

El cañón de la pistola se le clavó en la espalda, y Chávez tropezó hacia adelante, después se detuvo.

—Son estos mosquitos condenados, cabrón. Están...

—Aquí... gira a la derecha —señaló Bill—. Este parece un sendero. ¿Puedes sentir esto?

Chávez se estremeció de dolor. La punta del cuchillo había derramado sangre. ¡Dios, quería asfixiar al hombre blanco tuerto! El odio le brotaba por los poros, razón por la cual pudo olvidarse de los insectos y concentrarse en la necesidad de escapar. Tenía que resistir, por eso siguió adelante con un paso lento y pesado; tenía que esperar el momento adecuado. Sabría que el Usumacinta estaba cerca cuando el sendero se hiciera más estrecho. ¿Cuánto faltaba? ¿Diez metros? ¿Cinco? Inesperadamente, obtuvo la respuesta: El sonido de las ranas toro que saltaban al río. Tomó una decisión. Chávez dobló una hoja de palmera, y la soltó para que golpeara a Bill en el rostro, después se corrió hacia el costado sobre una alocasia. Rodó hacia el río, se puso de pie, corrió agachándose lo más que pudo y se escondió detrás de un bosquecillo de palmeras frondosas.

—¡Vete a tomar por el culo! ¡Hispanoamericano! —gritó Bill, frotándose el ojo sano.

El capitán Chávez, que ya estaba herido, ahora sumaba más rasguños y cardenales. Aunque su corazón latía con dolor, intentó controlar la respiración y no hacer ruido. Cogió la Derringer .25 de dos tiros de la bota y esperó. Cuando volvió a mirar, el gringo había desaparecido. ¿A dónde había ido? Agudizó el oído para escuchar, pero solo pudo oír los gruñidos de los cocodrilos que golpeaban las colas en el agua mientras se revolcaban cerca de la orilla del río.

Los relámpagos persistían, más intensos y cercanos, acompañados por el distante fragor de los truenos. La llovizna amenazaba con convertirse en lluvia y el suelo de la selva se estaba transformando en un barro viscoso. El hedor empalagoso de la vegetación putrefacta y del pescado podrido le penetraban por la nariz.

¿Qué era eso? Giró, y las botas se enterraron en el fango. ¿Gritos? Escuchó con atención pudo escuchar el inconfundible sonido de un disparo que venía del pueblo. Una rama se partió y más ranas saltaron al río. Se dio vuelta y disparó. El gringo gimió, a solo tres metros, con el cuchillo en la mano y la boca abierta. Bill se tambaleó al borde del agua, se resbaló y cayó de espaldas en la correntada del Usumacinta.

«¡Lo mordió un cocodrilo!», pensó Chávez sonriendo jubilosamente. ¡Atacó al cabrón! Se agazapó y caminó hacia el lugar en el que la escoria estadounidense había caído. «¡Por fin!», pensó. Pero ahora se escuchaban disparos por doquier, y los gritos caóticos de hombres ebrios resonaban en la noche. «¡Dios! ¿Qué estaba sucediendo? No había ordenado que pusieran todas las armas en la glorieta antes de beber y... ¡Los zapatistas!», se le ocurrió de repente. «Estaban atacando a su ejército. Pero, ¿cómo? Su ejército los había hecho dispersar en la selva. Eran cobardes; eran mujeres que pretendían ser guerreros. Eran...» En ese momento se tropezó con su ropa y con el rifle donde los había dejado Bill. En la oscuridad, sin saber que el capitán tenía un arma, el gringo lo había rastreado con su arma preferida: el cuchillo.

«¡Gracias, Dios!», pensó Chávez. Se vistió rápidamente. Pero ahora un temor incipiente lo atormentaba. ¿Por qué Bill había hecho esto? ¿Por la gringa? ¿Por la cocaína?

—¡Chingada! —maldijo.

El capitán Chávez nunca lo sabría. La pérdida de su ejército sería una desgracia, pero la pérdida de la cocaína del coronel Herrera garantizaba que Chávez también se daría un baño indeseado con los cocodrilos. Cogió el rifle y corrió a gran velocidad por la maleza hacia el pueblo. «Dios... oh Dios», pensó.

19

Un residente de Piedra Blanca los había guiado bajo la lluvia por la densa vegetación tropical. Karen seguía a Rafael, a Marcos y a dos soldados más, uno de los cuales tenía la radio atada a la espalda. Se movían silenciosamente uno detrás del otro por un sendero fangoso que los guerrilleros ya conocían. Karen estaba ansiosa, se resbalaba de vez en cuando en el barro y sentía que el corazón le latía con fuerza mientras seguía al operador de la radio. Se detuvieron dos veces y se arrodillaron en la maleza mientras Marcos y Rafael hablaban en voz baja y hacían gestos con las manos: discutían sobre los «guatemaltecos». Marcos parecía disgustado, pero Rafael, sorprendentemente, se comportaba como un padre severo con un hijo testarudo. Llegó a la conclusión de que tenía mucho que aprender sobre esa relación.

Llegaron a la periferia de un denso campo de caña de azúcar; en algunos sectores las cañas alcanzaban los siete metros de altura. A ella nada le parecía familiar. Las cabañas estaban lejos de ese lugar y todas estaban a oscuras excepto una. La construcción iluminada estaba muy cerca de la plantación de cañas. La luz amarilla intermitente se escurría por las paredes hechas con tablas de madera y barro. Karen se adelantó y se arrodilló entre los hombres para poder ver el pueblo junto con ellos. Tres fogones, uno en el medio del pueblo y los otros dos cerca del margen del río, estaban rodeados de soldados. Los sonidos de una fiesta en su mejor momento —risas de ebrios y gritos— eran claramente perceptibles. Mientras Rafael hablaba imperativamente por la radio, el grito de una mujer rompió el silencio de la noche y lo siguieron los alaridos y las ovaciones de los soldados. Al lado de Karen, Marcos sostenía el rifle y maldecía. El drama había comenzado y su estómago rugía en señal de protesta.

Rafael regresó y Marcos lo acribilló a preguntas.

—¿Cuántos son?

—Treinta o cuarenta.

—¿Eso es todo? —Marcos parecía sorprendido.

—Es mucho.

—¿Armas?

—Mateo dice que las pusieron todas contra la barandilla de la galería.

—¿Y los morteros?

Rafael se encogió de hombros.

—¿Quién sabe? Podrían estar con los Humvees o ahí adentro —señaló la cabaña iluminada.

—No —Marcos frunció el ceño y negó con la cabeza—. Eso sería estúpido.

—Exactamente —expuso Rafael—, como todo lo que hicieron hasta ahora.

En lugar de discutir, Marcos preguntó:

—¿Saben que primero tienen que secuestrar las armas?

—Sí, Marcos. —Rafael parecía impaciente—. Ya es la hora, hombre. Están esperando.

—Bien —dijo Marcos—. Envía tres grupos a la galería mientras los guatemaltecos atacan la cabaña. Dile al grupo de Delpino que se esconda en las plantaciones de maíz y...

—¡Chitón! —urgió uno de los soldados—. Mira —señaló la cabaña.

Se agacharon y espiaron por entre los arbustos. Un hombre vestido solo con ropa interior y botas salió por la puerta, seguido por un hombre alto y delgado que sostenía un rifle cerca de la espalda desnuda del hombre. Se detuvieron y discutieron en el umbral; después, el hombre que sostenía el arma señaló con esta hacia el río. El prisionero, sin embargo, era reticente y miró hacia los árboles detrás de los cuales ellos estaban ocultos. Lo mismo hizo su captor, parecía como si estuvieran buscando su escondite. El que sostenía el rifle echó finalmente un vistazo alrededor para ver si había algún soldado y después, dando una última mirada al pueblo, cerró la puerta de la cabaña y le ordenó a su rehén que se adentrara en el bosque. Mientras Karen y el pequeño grupo de zapatistas miraban confundidos, los dos hombres desaparecieron en la oscuridad.

Karen exhaló ruidosamente. No se había percatado de que había estado conteniendo la respiración. ¿Ése era Bill? Comenzó a decir algo, pero Marcos le puso un dedo sobre la boca para callarla. Entonces se mordió el labio y cogió su pistola; recordó repentinamente el terror que había sentido en el vuelo sobre la selva. Se estremeció al recordar el cuchillo y el ojo lechoso del cretino. Se le secó la garganta y su estómago gruñó. Era él. Ese físico y los movimientos que hacía con el cuerpo habían quedado impresos en su mente para siempre. Respiró hondo para desvanecer un miedo estremecedor, pero todavía podía ver su imagen. Visualizó a su atormentador jugando con el cuchillo, una sonrisa maliciosa en el rostro, su ojo lechoso que la miraba fijo pero era incapaz de verla.

—¡Hijo de puta! —dijo entre dientes.

—¿Lo conoces? —le preguntó Marcos en voz baja.

—Sí. Demasiado bien... Es... es Bill. Es un...

—Marcos —interrumpió Rafael—. ¡Es la hora!

Marcos ignoró a su ayudante y le echó una mirada inquisitiva a ella, pero no obtuvo respuesta. Volvió a fijar la vista en la oscuridad sombría donde habían desaparecido las dos figuras, después volvió a mirar a Karen.

—Hablaremos más tarde —le prometió a la mujer, y luego le dijo a Rafael—: Hazlo... Pero envía a los guatemaltecos primero a la casa de Chávez. Lleva a los soldados hasta el río o hasta el sur del pueblo. Dile a Delpino...

—Sé qué decirle... —Rafael le hizo un gesto al operador de la radio quien se quitó la carga. Puso la radio en el suelo al lado de un árbol, mientras todos los demás revisaban sus armas. Marcos apartó a Karen y examinó su rifle para asegurarse de que estaba cargado. Le quitó el seguro y le dijo que se asegurara a qué le estaba disparando antes de hacerlo, después se arrodillaron juntos en el arbusto para observar. Rafael contó en voz baja, observando el reloj que tenía en la muñeca—. ¡Ahora! —murmuró ansioso, en español, mirando hacia el pueblo. En ese instante seis soldados portando fusiles AK-47 y bandoleras se precipitaron desde el límite del bosque hasta la cabaña.

Karen intentó respirar normalmente, pero estaba muy nerviosa y apenas podía quedarse quieta. A su lado, Marcos y Rafael hablaban imperativamente. En el momento en el que los guatemaltecos se acercaron a la puerta de Chávez, los gritos y los disparos brotaron desde el centro del pueblo, hacia donde los zapatistas se abalanzaron presurosos y desorganizados, orientándose hacia la galería para secuestrar el armamento del ejército. Justo adelante, un guatemalteco le dio una patada a la endeble puerta de la cabaña e ingresó rápidamente en ella disparando salvajemente; sus compañeros lo siguieron.

—Quédate aquí —le ordenó Marcos.

Agazapado y con el rifle en la mano se dirigió a la cabaña.

—¡Marcos! —bramó Rafael—. ¡Cuidado, hombre! —Pero el comandante ignoró sus protestas.

—¡Chingada! —murmuró el anciano, entre dientes. Él también se puso de pie y corrió tras su comandante.

—¡Por Dios! —murmuró Karen, incitada por el comienzo de la batalla. Si bien el pánico se había apoderado firmemente de ella, se quitó el cabello del rostro, hizo una pausa más larga, dejó la precaución a un lado y los siguió con el rifle en la mano.

Podía escuchar los ¡pum! ¡pum! de las detonaciones. Los disparos de los rifles le pasaron cerca cuando ingresó en el claro que había entre el bosque y las cabañas. Las sombras se movían. Los federales, ebrios y confundidos, rápidamente se desorganizaron. Los soldados en plena huída abandonaron los fogones y corrieron a buscar refugio. Muchos se dirigieron al sur, hacia la selva; otros se sumergieron en el río y otros se escondieron detrás de las cabañas donde finalmente fueron capturados. A mitad de camino hacia la casa, Karen se detuvo a observar a los hombres uniformados corriendo y tambaleándose en dirección al campo de cañas. Un zapatista se interpuso en su camino, pero lo golpearon y le robaron el rifle. Huían todos juntos hacia las plantaciones, pero para lograrlo debían pasar por donde estaban ella y la cabaña de Chávez.

—¡Marcos! —gritó Karen—. ¡Marcos!

Al escuchar su voz, los soldados se detuvieron abruptamente y uno de ellos la señaló. El otro apoyó el rifle sobre su hombro y disparó. Temblando, Karen se arrodilló sobre una pierna y levantó su propio rifle. Era pesado e incómodo, pero tomó aire y disparó. Escuchó otros disparos al mismo tiempo.

Al escuchar el pedido de ayuda de Karen, Marcos salió rápidamente de la cabaña de Chávez para dispararles a los soldados que se acercaban. Pero Karen ya le había atinado al soldado que tenía el arma. Marcos apuntó al segundo, pero Rafael disparó primero y lo mató. El tercer soldado se dio vuelta y se dirigió tambaleándose hacia la selva donde se encontró con el disparo del operador de la radio y dos zapatistas que esperaban.

—¡Qué buena mujer! —exclamó Rafael—. ¿Viste cómo disparó, hombre? ¡Tiene los cojones de un macho!

—Adentro... rápido. —Marcos le hizo señas a Karen para que se uniera a ellos dentro de la cabaña. Ella se levantó con dificultad y caminó, temerosa, hacia la casa. Los disparos resonaban en el pueblo y se sobresaltaba y miraba hacia atrás con cada descarga.

Llegó a la puerta.

—Mis piernas están por rendirse —dijo con voz ronca.

—Todos los buenos soldados tienen miedo... a menos que sean estúpidos —la tranquilizó Rafael.

—Bien hecho, Karen. —Marcos extendió un brazo y la acercó. Ella descansó la cabeza sobre su hombro. Él sintió cómo aflojaba la tensión y la escuchó exhalar. Matar a tu primer hombre era memorable; era un hecho que te cambiaba la vida. La muerte violenta, especialmente durante la guerra, causaba un daño permanente a la personalidad. Muchos soldados se acostumbraban y se endurecían ante el horror de la muerte, indiferentes a la carnicería y la matanza de la guerra. Otros sucumbían ante la culpa y el miedo y se obsesionaban con los más mínimos detalles, incapaces de reprimir las pesadillas que los despertaban y que acechaban sus recuerdos. La observaría durante los días siguientes para ver cómo la afectaba esa muerte. Pero, de acuerdo con lo que había visto hasta el momento, estaba seguro de que ella respondería bien. Esta mujer había probado ser una sobreviviente y, tal vez, una guerrera.

En ese momento, el operador de la radio y los zapatistas que estaban en los arbustos se acercaron a la cabaña. Rafael se unió a ellos y habló por la radio con sus hombres para ver cómo iban las cosas. Marcos guió a Karen al interior y la sentó a la mesa.

—¿Qué es esto? —preguntó confundida—. Parece droga o algo así. —Con el dedo tocó el polvo que había sobre el espejo—. ¿Es lo que yo creo que es?

—Eso, Karen, es la nueva moneda de México; es el activo más buscado y la peor enfermedad que afecta al país después de la gripe, la viruela o el sarampión. Es la última enfermedad que los hombres blancos contagiaron a los indígenas.

—¿Sabías que esto estaba aquí?

—Ayer capturamos a los hombres que la transportaban, cuando cruzaban el río. Nos contaron su historia y los dejamos ir.

—¿Por qué... por qué no... eh... porqué no hiciste otra cosa? O... supongo que quiero decir... —buscó inútilmente las palabras adecuadas—. Supongo que no tengo idea de qué está sucediendo.

—Es típico. Es parte de lo que esta guerra significa para el gobierno.

—¿Drogas?

—Drogas y tierra. Nos robaron las tierras hace cientos de años y todavía los políticos y los ladinos siguen apoderándose de ellas. Los indígenas de Chiapas son las personas más pobres de México. Queremos que nos devuelvan nuestras tierras. El Partido Revolucionario Institucional viene perdiendo las elecciones en todo el país y quiere proteger sus propios intereses, que son los terratenientes. Los militares quieren controlar el área para poder traficar drogas. Esta guerra se trata de dinero, Karen. —Frotó el pulgar contra los demás dedos—. Mucho dinero. Dinero fácil. El ejército, los burócratas del PRI, la mafia mexicana y los protestantes evangélicos; todos y cada uno de los tontos ambiciosos de México quieren participar. Solo la iglesia católica apoya nuestra causa.

—Es una locura.

—Es la verdad.

—Entonces, apoderarse de este pueblo... Toda esta guerra es...

—Solo una oportunidad más para hacer dinero —terminó la frase por ella—. Probablemente un oficial superior envió a Chávez a recoger esta cocaína y transportarla sana y salva. ¿Quién sería capaz de revisar al ejército o de detenerlos? Nadie. Culpan a los indígenas por la guerra y el gobierno responde incendiando los pueblos y los cultivos. Así es cómo el Partido Revolucionario Institucional desvía la atención del problema más importante de México: la corrupción del gobierno.

—¡Por Dios! Eso es perverso.

Karen se quitó el cabello de los ojos y se desplomó sobre la silla. El humo del querosén subía continuamente hacia el techo haciéndole fruncir la nariz con fastidio. Miró la débil llama del farol y suspiró. En ese momento se dio cuenta de lo cansada que estaba.

A Marcos le era difícil no mirarla fijamente. Tenía largas piernas, cabello castaño rojizo y pechos voluminosos debajo del uniforme del ejército federal que le había quitado a un soldado. Bajo la luz tenue del farol él podía ver que era hermosa, aún con la mitad del rostro hinchado y arañado. Debajo de cada ojo tenía bolsas oscuras e inflamadas que revelaban el temor y el horror de los últimos días. De todos modos él la encontraba seductora, exótica. La guerra y la violencia avivaban la libido. Sentía que le ardían las entrañas y se imaginaba sosteniéndola en los brazos. Quería tocar su rostro lastimado y darle confianza, acariciar sus senos generosos y sentir sus muslos. Quería hacerle el amor.

Karen debió de sentir que él la estaba mirando porque lo miró a los ojos; después se sonrojó y apartó la mirada. Se irguió en la silla y evitó sus ojos mirando hacia la puerta. El aire crepitó y estuvo a punto de explotar cuando las exclamaciones de sorpresa emergieron desde el exterior al ver que un relámpago caía sobre un árbol cercano. El cielo dejó caer una lluvia torrencial y el viento soplaba con fuerza y hacía que el agua entrara por las tablas de la cabaña que estaban pobremente selladas. El rugido y la furia del huracán finalmente habían llegado al centro de la selva Lacandona; purificó el aire y el bosque justo en el momento en el que los zapatistas estaban echando al ejército federal de su pueblo. Ahora los disparos eran esporádicos, pero los gritos y los alaridos de alegría de los pobladores después de recuperar su pueblo se escuchaban claramente a través de la tormenta.

—¿Y ahora qué? —preguntó Karen. Tenía la cabeza apoyada en la silla—. ¿A dónde vamos desde aquí?

—Nos aseguraremos de que la ciudad esté a salvo. Después tomaremos las armas y los suministros que quedan. Rafael les avisará a los que están al otro lado del río que vengan mañana. La mayoría de los pobladores están acampando a orillas del Usumacinta. Una vez que estén aquí, quemaremos todos los cuerpos y... —se le quebró la voz al recordar a su hermana, Consuelo— y tenemos que prepararnos en caso de que el ejército intente contraatacar.

—Creí que teníais todas sus armas.

—Así es... eso pensamos. Sin embargo, otros ejércitos merodean la zona y muchos de los soldados de Chávez se escabulleron entre los arbustos. Todavía están cerca y pueden causar problemas. Tendremos que tener cuidado. Enviaré un informe por radio esta noche para ver qué puedo averiguar. Mañana sabré un poco más.

—¿Dónde está Chávez? —Se quitó un mechón de cabello enmarañado del rostro.

«Esa era una buena pregunta, ¿no es cierto?», pensó él. ¿Dónde estaba el Asesino de Mujeres? ¿Por qué había cocaína sobre la mesa, a la vista de todos, y quiénes eran esos dos hombres, uno de los cuales parecía haber capturado al otro y lo había guiado casi desnudo hacia el río? ¿Uno de ellos era Chávez? Dudó. El capitán tendría a alguien más que hiciera el trabajo sucio por él. De todos modos, el incidente seguía siendo difuso; un preludio inquietante de su ataque y que, seguramente, se convertiría en una buena historia. Investigaría un poco más.

—Es una buena pregunta —respondió—. Espera aquí —caminó hacia la puerta y le silbó al operador de la radio y a los zapatistas que esperaban bajo la lluvia—. Trae a algunos guardias más hasta aquí —le ordenó al operador de la radio— y encuentra a Rafael. Dile que envíe a una patrulla de búsqueda a los arbustos que están cerca del río donde los dos hombres desaparecieron. Pregúntale si ya encontró a Chávez.

—Sí, comandante —respondió el operador de la radio, y rápidamente intentó ubicar a Rafael.

—Vosotros dos —señaló— debéis montar guardia uno a cada lado de la casa. Disparad a todo lo que se parezca a un federal, ¿me entendisteis?

—¡Sí, comandante!

Marcos regresó a la cabaña y se acercó a la mesa en donde estaba Karen.

—Tengo un millón de cosas que hacer. Quédate aquí adentro hasta la mañana. Intenta dormir un poco.

—¿Se quedarán afuera bajo la lluvia toda la noche? —Una fugaz mirada de temor le inundó el rostro.

—Si les pido que lo hagan, lo harán.

—¿Soy una prisionera?

—Puedes irte cuando quieras. Ellos están aquí para protegerte.

Ella se detuvo y se observó los pies, eligiendo las palabras con cuidado.

—¿Regresarás?

—Vendré a verte más tarde si lo deseas.

Ella asintió.

—Por favor... Yo... Yo temo que... No creo que pueda dormir.

—Te comprendo. —Le puso una mano sobre el hombro—. Eres una mujer muy valiente. No dejaré que nada ni nadie te lastime.

—¿Lo prometes?

—Lo prometo —le respondió y se inclinó para besarla en la cabeza. Se volvió para irse, pero ella le sujetó la mano. Él la miró a los ojos e imaginó que veía tristeza y, sí, también un poco de añoranza. «¿Qué añoraba?», se preguntó. Le ofreció una sonrisa tranquilizadora, después quitó con pesar la mano de Karen de la suya—. Adiós, gringa.

—Adiós, comandante. —Sonrió ella, tímidamente—. Me volveré loca si te matan esta noche.

—Sí —se rió entre dientes—. Yo también me volveré loco.

Él se volvió para irse, pero ella lo llamó una vez más.

—¿Marcos?

—Si, Karen.

—Oh... nada. Solo estaba pensando... ¿regresarás con más personas más tarde?

—Vengo solo cuando se trata de visitar a una mujer hermosa.

Ella se ruborizó y volvió la cabeza en un intento inútil por esconder una sonrisa.

—Bien —dijo ella finalmente, y se volvió para buscar sus ojos—. Luego podemos hablar más acerca de tu mujer hermosa.

Karen observó cómo su salvador se dirigía con gracia hacia la puerta. Atractivo, robusto y con brazos musculosos, se movía con confianza, seguro de su virilidad. Ella se sentía a salvo con él y lamentaba que se tuviera que ir. Habían sucedido tantas cosas y aún estaba intentando encontrarle el sentido a todo. ¿Realmente se encontraba bien en ese momento? Marcos se detuvo un instante en la puerta, le ofreció una sonrisa prometedora y después desapareció en la tormenta.

Un aguacero continuo acompañado por un viento fuerte y relámpagos azotaban a la selva. Aunque el techo de la cabaña estaba hecho con hojas de palmera, podía escuchar cómo las gotas de lluvia golpeaban las paredes de tablas y barro de la casa y sentir las ráfagas de viento que penetraban por las hendiduras. El farol titilaba y proyectaba sombras grotescas sobre las paredes y el techo. Miró a su alrededor, era una habitación desordenada. Una imagen de la Virgen de Guadalupe cubierta de polvo y manchada por el humo colgaba torcida de la pared. Un pequeño altar con una vela apagada y un recipiente lleno de comida estaban dispuestos sobre el suelo debajo de la imagen. Una mesa hecha con una tabla de cedro y dos sillas labradas toscamente eran los únicos muebles que había. Ladrillos de barro soportaban los estantes, la mayoría de ellos hechos con sobras de metal o de madera. Cacerolas, recipientes de plástico, canastas y utensilios no identificados estaban desparramados sobre ellos. Dos azadas y una pala permanecían apoyadas contra la pared, cerca de la puerta. Al otro lado de la habitación había mantas apiladas sobre un tocón de árbol. Dos hamacas colgaban de las paredes y en la esquina había un camastro relleno con hojas de maíz cubierto con mantas. Lo miraba con deseo, exhausta y con mucho sueño, pero los pensamientos asediaban su mente.

Por encima de la tormenta se escuchaban gritos y disparos esporádicos. ¿Era posible dormir con un tiroteo afuera? Miró la cama y las hamacas una vez más; después miró la puerta, se acordó de la sonrisa de Marcos y de sus manos cuando la tocaron para acercarla a él. ¿Regresaría más tarde? Si era así, ¿qué sucedería? Ella lo había invitado descaradamente, pero ahora se preguntaba qué la había llevado a hacerlo. ¿Estaba enamorada de él porque la había salvado y ahora lo veía como su defensor? Tal vez lo estaba avasallando. O, peor aún, ¿se estaba buscando más problemas?

Se quejó, se quitó un mechón de cabello de los ojos una vez más y miró fijamente el farol. Le dolía todo el cuerpo y no podía pensar con claridad. El uniforme que le había quitado al soldado apestaba. Frunció la nariz. Tenía que quitarse esa ropa y darse un baño pronto. Tal vez si se recostaba un momento podría esclarecer sus sentimientos y diseñar un plan para regresar a San Cristóbal de las Casas. Seguramente la tía Rose ya estaba muy preocupada. Karen miró el farol y decidió dejarlo encendido. Había pasado demasiado tiempo en una cabaña de suelo de tierra sin luz y no quería ser el alimento de los mosquitos una vez más. Se puso de pie con dificultad, se desabrochó la camisa apestosa del soldado y se la quitó. Su sostén estaba en algún lugar al otro lado del pueblo y se hizo una anotación mental para recordar ir a buscarlo al día siguiente. Tal vez lo podría arreglar. Se desató y se quitó las botas, después se bajó el pantalón vaquero. Nunca había dormido en una hamaca antes y la miró con recelo. Parecían cómodas, pero ¿cómo te dabas vuelta en una de esas? Tan solo tienes que hacerlo, se dijo, y eligió una de las mantas que estaban apiladas sobre el tocón de árbol. Puso la manta sobre la red y se echó encima. Era increíblemente cómoda y se relajó inmediatamente; sucumbió ante el suave balanceo de la hamaca. Miraba el techo y se imaginaba que veía formas conocidas en las sombras que proyectaba el farol. Un gemido de cansancio se abrió paso en sus labios y cerró los ojos. La imagen de Marcos en el claro, antes del ataque, le vino a la mente. Recordó el dolor que reflejaba su rostro cuando le contó sobre su hermana, Consuelo; después lo vio escabullirse entre los arbustos y encaminarse hacia la oscuridad con el rifle en alto. Recordó cómo sintió su pecho y el olor de su cabello cuando la abrazó. Después no recordó nada y la respiración se volvió lenta y regular. Comenzó a soñar.

Marcos miraba a la encantadora gringa y se embriagaba con su belleza. Esperaba que sus sueños no fueran tan malos. Parecía muerta al mundo, totalmente ajena al drama que estaba sucediendo afuera. Tenía gotas de sudor sobre la frente y el pecho, las cuales por momentos se deslizaban por el valle de su escote. Tenía los hombros desnudos y un pecho sustancioso se asomaba y quedaba al descubierto. Le hacía contener la respiración y un deseo sexual irresistible se había apoderado de él. Anhelaba acariciarlo, sumergir su rostro en él y ponérselo en la boca, pero sabía que si lo hacía la podía despertar.

Aunque lo ansiaba con desesperación, ése no era el momento indicado para un romance. Era responsable de demasiadas personas. Los guerrilleros, los pobladores, los indígenas de la selva Lacandona; todos dependían de él. Las expectativas de tantos hombres eran una carga muy pesada para llevarla en solitario y un resentimiento reprimido durante mucho tiempo ahora se apoderaba de él. Había aprendido muchos años atrás que ser comandante era una tarea solitaria; la mayoría de las noches solo se compartían con los miedos propios y las recriminaciones hacia uno mismo. Su mayor desafío seguía siendo ser el responsable de decisiones que terminaban en muertes o daños, en el triunfo o en el fracaso. La culpa, siempre inoportuna, era una compañera incondicional. Quitó los ojos de la fiesta que había sobre la hamaca y se sentó a la mesa.

Muchas cosas estaban sucediendo, aún bajo la tormenta. Estaban transportando las municiones y Humvees que habían capturado a lugares donde las necesidades eran mayores. Tenía la intención de liberar a los ocho soldados federales apresados a unos veinticinco kilómetros de Palenque para que pudieran llevar a sus hogares las noticias de la derrota. Los zapatistas, un ejército nómada, no tenían lugar dónde recluirlos y era importante que el PRI no tuviera motivos que lo ayudaran a recuperar el apoyo del país. Los prisioneros de guerra eran un mal negocio y, a diferencia del gobierno, los zapatistas no eran asesinos. Por lo menos, no todavía; no si él podía evitarlo.

Los pobladores al otro lado del río estaban preparando su regreso y al amanecer el afluente se cubriría de balsas hechas con troncos que navegarían por la corriente. Todos estaban ansiosos por recuperar sus casas e inspeccionar los cultivos. Estos últimos, al menos, parecían en su mayoría intactos. Habían prevenido un desastre del que los indígenas no podrían recuperarse. Por supuesto que algunos no lo harían. Había personas muertas y otras que deseaban haber muerto. Miró su reloj y vio que ya eran casi las cuatro de la madrugada. No celebrarían esta victoria. Sería un día de duelo. Dos de las cuatro mujeres capturadas, incluida su hermana, estaban muertas y sus cuerpos habían sido arrojados al río. Las otras probablemente nunca se recuperarían de la brutalidad que habían sufrido. Aquellos que igualaban la guerra a la conquista y la adquisición deberían experimentar el sufrimiento y la congoja de las personas inocentes victimizadas por la codicia y los apetitos voraces de los poderosos.

Un doloroso nudo crecía en su garganta y comenzaron a caerle lágrimas de los ojos. Su vista se nubló y finalmente dejó escapar un sollozo. Tumbó la cabeza sobre la mesa. Su padre quedaría desconsolado ante la pérdida de Consuelo. Popo le había permitido con pesar que se uniera a Marcos tres meses atrás, antes de que el ejército federal implementara la ofensiva que consistía en quemar campos y pueblos. A su esposo lo habían asesinado en una masacre mientras se ocupaba de la plantación de tabaco. Un conciliábulo de oficiales del PRI y de indígenas protestantes de un pueblo cercano había conspirado con el alcalde para asesinar a todo el pueblo de Acteal, un pequeño poblado en las tierras altas cerca de San Cristóbal. Cuarenta y cinco personas, en su mayoría mujeres y niños, recibieron disparos mortales con AK-47 mientras la Policía Federal se mantenía al margen, con pleno conocimiento de lo que estaba sucediendo.

Consuelo era la segunda de los hermanos de la familia en morir por esa causa. Quince años atrás, unos leñadores de caobas habían a asesinado a Antonio, el hermano mayor de Marcos, por intentar organizar una resistencia a su invasión. Recordaba a su hermano mayor como un orador carismático y hombre valiente. Antonio había muerto por esa causa; y otros, como Marcos, habían dado un paso adelante a pedido de su padre.

Marcos siempre había sido un buen alumno en la escuela misionera. Tres años antes de la muerte de Antonio, su padre, quien quería preparar a Marcos para un cargo en el movimiento, había insistido en que se inscribiera en la Universidad Nacional de la Ciudad de México. Marcos nunca había preguntado por qué. Era una oportunidad de recibir educación. El optimismo había sido la droga de aquellos días y él ya había visto el mundo color de rosa. Sabía que Popo tenía visión de futuro y que planeaba muchas cosas que sus hijos no comprendían. Pero al llegar a la gran ciudad —un niño de campo frente a una pesadilla metropolitana— su padre demostró que tenía expectativas en Marcos. Le habían exigido que estudiara ciencias políticas e idiomas para comprender las ideologías y las palabras de aquellos que estaban en el poder. Había viajado a Europa y a los Estados Unidos para estudiar. En retrospectiva, ahora era obvio que su padre lo había preparado. Como sus hermanos varones que lo habían precedido, se esperaba que estuviera al servicio de su padre: un trabajo que requería que él se convirtiera en un luchador y en un líder de la guerrilla.

El padre era viejo, pero ya nadie sabía su edad exacta. La madre de Marcos dijo que Popo Reyes había nacido en Guatemala y que había desempeñado un papel activo en la revolución antes de tener que abandonar el país e ir a México. También dijo que tenía muchas otras esposas, que las cuidaba a todas y que Marcos tenía muchos hermanos y hermanas a los que nunca había conocido. Ella había hablado con orgullo y con afecto genuino sobre su marido sin mostrar ningún indicio de celos cuando él partía a visitar a su familia y a tejer su red para atrapar a los colonizadores ladinos y a los dueños de las haciendas.

Mientras la tormenta bramaba, Marcos sollozaba y su voluntad desaparecía de a poco. Todo parecía tan trivial. Se había acercado mucho a su hermana, a la que apenas había conocido y la culpa que sentía por el sufrimiento que ella había tenido que padecer en las manos de las tropas federales amenazaba con paralizarlo. Como muchas mujeres indígenas que apoyaban la revolución, ella había tomado las armas como un hombre, había atravesado la selva y compartido las dificultades de un ejército escasamente equipado y con poco entrenamiento, pero entusiasta. Si tan solo Popo no lo hubiera enviado a Europa a pedir dinero. El patriarca no comprendía que el mundo había cambiado. La Guerra Fría ya había terminado y Occidente había ganado. La Unión Soviética ya no tenía dinero para financiar la revolución en el Tercer Mundo.

A los estadounidenses ya no les alcanzaba para comprar la influencia ahora que su competidor comunista estaba en bancarrota. Los industriales ricos con quienes se había reunido en Ámsterdam para pedirles dinero no era mejores aliados que los políticos corruptos de México. Pedir dinero prestado significaba quedar atado a algo. Los inversores querían algo a cambio: un botín con forma de comercio, tierra o recursos naturales; es decir, los mismos problemas que habían causado la rebelión zapatista. Hacer negocios con ellos solo significaría cambiar un grupo opresor por otro.

Días atrás, su conversación con Popo Reyes le había dejado un sabor amargo en la boca. Él conocía muy bien al viejo zorro como para sentir que estaban sucediendo demasiadas cosas, y que Marcos y sus hombres se verían aún más involucrados en el conflicto. Otros ejércitos estaban en movimiento, y Popo los estaba usando como piezas de ajedrez para capturar un premio desconocido. Marcos sentía como si hubiera dejado toda su vida en suspenso por la causa zapatista y ahora, aún con la victoria de esa noche, se encontraba en uno de los peores momentos de su vida. Había esperado un indulto y le gustaría acompañar a la gringa de regreso a San Cristóbal. Pediría permiso, pero estaba seguro de que su padre tenía otros planes. Después de todo, estaban en guerra, y las guerras necesitaban líderes.

Karen cambió de posición en la hamaca y él se volvió para ver si estaba despierta. Abrió y cerró los ojos recuperando la conciencia y cogió la manta para taparse.

—¿Qué hora es? —preguntó.

—Es temprano... apenas pasadas las cuatro de la madrugada.

Marcos se puso de pie y se secó los ojos, después le ofreció una lánguida sonrisa.

—¿Está todo bien? ¿Se fue el ejército?

Él se acercó y le dio a la hamaca un empujoncito para que se meciera hacia adelante y hacia atrás. Ella disfrutaba del movimiento y cerró los ojos.

—Todo está bien. Estás a salvo —le respondió.

Ella buscó sus ojos y lo miró fijo.

—¿Encontraste a tu hermana?

—No... La arrojaron al río, pero... eh... Yo... escuché a los demás hablar sobre ello.

—Fue muy valiente. Ella fue... como nuestra líder. Nos hablaba y consolaba a las otras mujeres después de que los soldados las violaban. Nunca se rindió y siempre nos dijo que nos rescatarían.

—Llegué demasiado tarde.

—¿Demasiado tarde? Te vi hace tan solo tres días en el avión. ¿Cómo llegaste tan rápido?

—En auto, a pie y en hidrodeslizador. Llegué hace un día y medio.

Ella asintió indicando que había comprendido; después, miró la cabaña. Jalaba nerviosamente de la manta.

—Bueno —dijo—, ¿me tengo que levantar? Todavía está oscuro afuera y me vendría bien dormir un poco más.

Al sentir que era el momento correcto, Marcos se inclinó para besarla. Ella no opuso resistencia, pero no dejó de sujetar con fuerza la manta. Él retrocedió para evaluar su respuesta. La luz titilante del farol se reflejaba en sus ojos. Ella le sostuvo la mirada con atrevimiento y él pensó que había visto un estremecimiento de ansias, una pizca de deseo. La volvió a besar, pero esta vez fue un beso más largo; esta vez la envolvió con los brazos y la sostuvo cerca de su cuerpo. Sintió cómo ella se relajaba y soltaba la manta para devolverle el abrazo.

Frotó su nariz con la de ella y volvió a probar el sabor de sus labios sentía cómo le ardían las entrañas. La manta se deslizó hacia abajo y él la sintió temblar.

—Me toma desprevenida, comandante —bromeó, después lo empujó ligeramente para apartarlo de ella y se movió con torpeza en la hamaca—. Estoy desvestida y... —intentó sentarse, lo que hizo que la manta se resbalara y dejara sus pechos al descubierto. Se estiró para taparse, pero él le sujetó la mano y la miró audazmente, primero le miró los pechos, después la miró a los ojos. Aun bajo la luz tenue de la habitación, él pudo ver que estaba ruborizada y que miraba hacia otro lado.

—Quiero hacer el amor contigo, Karen.

Ella no forcejeó, pero dijo:

—No lo sé... No veo cómo. No en esta cosa. Es decir... No... Me parece que no...

Él la calló y se inclinó para besarla. Sus labios volvieron a encontrarse y él sintió su pasión, sabía que ella también lo deseaba. Cuando él le acarició los senos, un gemido escapó de sus labios y ella lo acercó más a su cuerpo.

Repentinamente, ella forcejeó y rompió el abrazo, tenía el rostro sonrosado y sus ojos reflejaban la pasión de Marcos.

—¿Qué? ¿Qué sucede?

—Bueno... es solo que... —miró a su alrededor—. Este no es un buen lugar, ¿no es cierto? ¿Cómo podríamos hacerlo de todos modos?

—Hay una cama —señaló—. Aquí... Ven, te ayudaré.

—No —se quejó. Frunció la nariz con desagrado—. Podría haber bichos o... no sé. ¿No está sucia?

—No hay insectos, Karen. El perímetro de las casas está tratado con resinas para mantener alejados a los bichos que se arrastran por el suelo.

—¿En serio?

—Ven... Te mostraré —Dio una vuelta alrededor de la hamaca y caminó hacia el camastro. Retiró la manta que lo cubría para revelar una sábana multicolor con una imagen de un guerrero azteca en su atuendo festivo. Lo inspeccionó para ver si había insectos, después se volvió y cogió dos mantas de la pila que estaba en la esquina. Al extenderlas y estirar la cama, pensó que la escucharía bajarse de la hamaca—. Ahora sí —le dijo—. Eso tiene que ser suficiente.

Se volvió para ver que ella solo estaba usando bragas, tenía los brazos cruzados sobre el pecho, tratando de cubrir inútilmente los senos. El corazón le latía con fuerza y murmuró:

—Eres tan bella, Karen.

Después suspiró con la pasión que tenía reprimida. Se movió para abrazarla, pero ella rápidamente se inclinó sobre la mesa y apagó el farol. Se encontraron en la oscuridad y se dieron un largo beso, después otro, y después las manos de Marcos recorrieron y exploraron las curvas de su cuerpo. Era suave y firme y él sentía cómo le respondía su propio cuerpo. Ella se estiró para cogerlo, pero él todavía estaba vestido. Con su ayuda, pronto él también se había quitado toda la ropa. La guió hasta la cama y después se entrelazaron en un solo cuerpo. Se acariciaron y se tocaron y él le lamió los senos y acarició la aterciopelada hendidura de su entrepierna. Después se puso encima de ella, ella lo cogió con la mano y lo guió a casa. Un gemido casi imperceptible se escapó de sus labios cuando él la penetró y dio inicio al acto entre sus brazos. Marcos hizo una pausa para probar sus labios y después comenzó a moverse lentamente, logrando que el cuerpo de Karen se moviera junto con el suyo siguiendo el antiguo ritmo de los amantes.

Un trueno retumbó cerca justo antes de que un rayo cayera en el bosque aledaño; ella se sobresaltó. Después otra cortina de lluvia cubrió la selva. Las voces que estaban afuera desaparecieron y buscaron un lugar para refugiarse de la tormenta. El ruido del combate y de los disparos ya había cesado. Solo se escuchaba la tormenta; una lluvia torrencial acompañada por el ruido de los relámpagos. Brisas de aire cargado de ozono se escurría por las hendiduras hacia el interior de la cabaña, pero los amantes no se daban cuenta. La guerra y los terrores que ella acarreaba habían quedado momentáneamente a un lado. Esta noche, en medio del sufrimiento y el jolgorio, ellos se entregarían al placer, porque no sabían qué les depararía el siguiente día.

20

David bebió el último trago de su café negro, después movió la taza ruidosamente sobre el plato para intentar ponerla en el centro. El restaurante del hotel en el que estaba sentado era sencillo pero limpio y estaba decorado con muebles baratos de bambú. Ficus, diffenbachias y ricinos amarillos y anaranjados estaban dispuestos uniformemente en el comedor y en el vestíbulo. En las paredes había carteles y fotografías enmarcadas que mostraban las ruinas de Palenque. En las colinas verdes alrededor del campo de juego estaba el Observatorio, el Templo de Inscripciones y muchas otras pirámides. La imponente selva Lacandona se asomaba inmensa en el fondo y rodeaba con un aura mística y surrealista a la clásica ciudad maya. Eran las seis de la mañana y, una vez terminado el desayuno, se sentó solo cerca de las ventanas que miraban al oeste a disfrutar de la amplia vista del zócalo principal de la ciudad. Aunque en el hotel había aire acondicionado, la humedad ya había subido y prometía un día pesado. Tenía la camisa pegada a la espalda y el aire era muy denso para respirar con normalidad.

Una tormenta había azotado la zona casi toda la noche. Nubes negruzcas, lo que quedaba del huracán Julio, flotaban pesadas y densas en el cielo y se deslizaban lentamente hacia el este desde el lugar en el que este había golpeado, en el

Pacífico. Charcos de agua se escurrían entre los adoquines irregulares. Incluso las brillantes flores rojas que rodeaban la galería aparecían destrozadas por las ráfagas de viento y lluvia.

David no podía controlar los bostezos. Los truenos y los rayos repentinos habían hecho difícil el descanso. Las pocas horas de sueño habían sido fugaces y decepcionantes. Había permanecido en la cama cavilando sobre el viaje que tenía planeado para ese día hacia la selva Lacandona; y después había llegado Luis de su salida nocturna y le había agregado ronquidos a la lista de distracciones que lo mantenían despierto. Finalmente, David se había levantado alrededor de las cinco de la mañana y había esperado para recibir a los empleados del restaurante a medida que llegaban.

Luis, quien había decidido que no era diplomático rechazar la invitación del coronel, había bebido brandy hasta bien entrada la madrugada, hasta las primeras horas de la mañana, cuando la furia de la tormenta se había apaciguado lo suficiente como para permitirle regresar tambaleándose a casa. Antes de quedarse dormido, el poli le había dado un buen golpe al entusiasmo de David al informarle que el coronel no estaba seguro si partirían ese día. «¡Chingada!», maldijo David en silencio. Estaba molesto por la falta de profesionalismo de Herrera. Finalmente parecería que el Cerdo no estaba tan interesado en encontrar a los zapatistas como le había dicho. Esto, junto con la decepción de no poder ubicar a Popo Reyes y especialmente junto con la desaparición de Karen, estaba acabando con la paciencia del profesor. Estaba listo para entrar en acción, para hacer algo, lo que fuera. Cambió de posición en la silla; estaba a punto de ponerse de pie y caminar de un lado al otro pero, en cambio, volvió a bostezar.

Finalmente ordenó otro café y miró por la ventana en dirección al zócalo; su mirada después subió hasta la iglesia católica y sus amplias puertas de roble ornamentadas. Tenía casi trescientos años y la habían construido sobre una colina que era sagrada para los indígenas. Amplias escaleras de piedra caliza se elevaban desde la plaza hasta las puertas de la iglesia; mientras observaba, terminó la misa matutina y el portal se abrió, dejando el paso libre para que una gran masa de creyentes desembocara en el centro de la ciudad. Cogió la taza para beber, después se sobresaltó y casi derramó el café al ver al Hombre Hueso salir de la iglesia. El chamán estaba acompañado por seis hombres; todos ellos parecían estar alerta y tensos. De pie en lo alto de las escaleras, evaluaron lentamente la ciudad. Popo mismo parecía impaciente como si quisiera que sus compañeros se marcharan.

¿Quiénes eran? ¿Qué hacía Popo en la iglesia? David nunca había escuchado que este fuera especialmente devoto; más bien todo lo contrario.

El profesor se puso de pie para irse. Tenía la mente plagada de preguntas y tenía que hablar con el chamán antes de que volviera a desaparecer. ¿Popo sabía si partirían hoy? ¿Se podía tramar un plan alternativo? ¿Cuánto tiempo les llevaría llegar hasta las cuevas que había prometido mostrarle a David? En ese momento, tres Humvees llenos de soldados estacionaron el el zócalo. Casi inmediatamente el chamán y sus socios (¿cómplices?) se volvieron e ingresaron nuevamente a la iglesia. «¿De qué se trataba?», Pensó David. ¿Estaban evitando a los soldados?

Arrojó algo de dinero sobre la mesa y se dirigió al vestíbulo. Al salir del hotel vio que los soldados se habían ubicado a intervalos uniformes sobre el zócalo. Uno bostezó y todos parecían aburridos. Era un día más; no había nada extraño. David cruzó la calle; dio pasos largos hasta llegar al otro lado del parque y subió los veinte escalones de la iglesia. Alcanzó el picaporte de la puerta, pero se detuvo al escuchar voces, una de las cuales parecía la del Hombre Hueso. El profesor miró a su alrededor, estaba confundido. Entonces volvió a escucharlos hablar. Caminó hacia su derecha y espió por la esquina de la iglesia. Para sorpresa de David, un anciano sacerdote sostenía la puerta abierta y apuraba a Popo y a sus amigos para que salieran. Ansioso porque se fueran,

el sacerdote les hizo un gesto para saludarlos ante su agradeci-
miento y se apuró para regresar al interior de la iglesia. Mientras
David observaba, el Hombre Hueso abrazó a los dos hombres,
después se volvió para reprender a un indígena inmaduro de
unos dieciséis años que lloriqueaba. El chamán agitaba su dedo y
sermoneaba al niño; después se detuvo para observar el efecto
que había causado. El niño hizo una mueca y esbozó una débil
sonrisa. Popo lo abrazó a él también.

Con temor a que Popo desapareciera una vez más, David
se apuró para alcanzar al grupo. Le hizo un gesto y lo llamó:

—¡Oye, Popo! Lamento molestarte, pero quería echarle
un vistazo a este mapa contigo antes de emprender el viaje
esta mañana.

Los socios de Popo reaccionaron con sorpresa y se volvieron para irse; obviamente querían evitar al profesor. El
Hombre Hueso giró hacia David y frunció el ceño en señal de
desaprobación. Rápidamente dio algunas instrucciones a sus
compañeros en un dialecto desconocido para David.
Intercambiaron los saludos tradicionales y después se separa-
ron en dos grupos; unos desaparecieron por la esquina del
edificio y los otros se fueron arrastrando los pies colina abajo,
detrás de la iglesia.

¿Aún más misterio? David recordó el encuentro fugaz
que había tenido Popo el día anterior con un grupo similar
en San Ángel. Las circunstancias actuales eran similares y, por
lo tanto, sospechosas. ¿Por qué el chamán se estaba reuniendo
con hombres que querían pasar desapercibidos? El profesor
estuvo tentado de preguntarle, pero sabía que el chamán se
quejaría en lugar de darle una respuesta. Siempre lacónico y,
en ocasiones, hábil para mostrar su enojo con pocas palabras,
el Hombre Hueso revelaba poco de lo que pasaba por su
cabeza o de lo que sucedía en su vida. David esperaba que el
chamán no se distrajera al señalar las cuevas que estaban en el
camino a Tenosique.

Cuando Popo se volvió y caminó hacia él, David se detuvo, sonrió y buscó en el bolsillo del pantalón el mapa. El chamán, sin embargo, lo pasó de largo, ignorándolo como si fuera un insecto.

—¡Oye! ¡Oye, Popo! —Se apresuró para alcanzarlo, enfadado por el trato del chamán—. ¿Qué sucede? ¿Interrumpí algo?

—Estoy ocupado, ahua. Tengo que encontrarme con la señora Cardona después de la misa.

Aunque utilizó "ahua", la forma respetuosa de dirigirse a él, sus modales estaban al límite de la grosería. Popo desapareció al doblar la esquina de la iglesia y llamó a alguien.

Disgustado, pero decidido, David siguió al Hombre Hueso obstinadamente por la esquina, pero tuvo que detenerse a un costado al verlo sonreír y conversar con la señora. ¿Cómo podía cambiar de humor tan rápidamente? ¿El chamán era bipolar?

Ignoraron a David. La mujer, una matrona de mediana edad, tenía puesta una pollera negra y una blusa con bordados de colores y borlas que le colgaban de las mangas. Aunque la mañana era cálida, tenía un rebozo multicolor sobre los hombros. Un pollo se retorcía debajo de su brazo y con la otra mano sostenía un recipiente de plástico marrón. Hablaban en uno de los dialectos mayas y David, aunque no podía entender una palabra, creía que la mujer estaba describiendo una lista interminable de penas. El Hombre Hueso asentía sabiamente y mostraba compasión por la situación en la que se encontraba la mujer; después hizo un gesto indicando las puertas de la iglesia. Las mantuvo abiertas para que pasara la mujer y entró después de ella.

—¡David! ¡Espera! —le gritó una voz desde el zócalo.

El profesor se volvió para ver a Luis cruzar los adoquines y subir a paso vivo la escalera de la iglesia.

«Se mueve bastante bien para ser alguien que estuvo despierto toda la noche bebiendo», pensó David.

—¿Qué sucede, gringo? —El bigote y las cejas tupidas de Luis acentuaron una amplia sonrisa.

—Todo y nada —dijo David, molesto, mientras señalaba las puertas—. Popo está actuando de un modo poco razonable esta mañana.

—¡Poco razonable! —bufó Luis—. Es un gilipollas, David. Dejemos de lado este estúpido mapa de las cuevas y regresemos a casa. ¿No te parece? Dejemos que la policía se haga cargo de la situación.

—No regresaré ahora, Luis. Estoy muy cerca.

—¿Muy cerca de morir?

David ignoró el comentario. Estaba cansado del habitual pesimismo de Luis.

—Quédate aquí. Tengo que decirle algunas cosas a Popo, después podrás contarme sobre Herrera.

Abrió la puerta de la iglesia e ingresó, pero Luis lo siguió de todos modos. Se quedaron en el fondo del pasillo central y dejaron que sus ojos se acostumbraran a la oscuridad. Las velas proyectaban sombras inestables en las paredes y en el techo. El aroma dulce del incienso de copal se sentía en toda el recinto y un gran Jesús crucificado, con el rostro retorcido por la agonía, colgaba sobre el altar. Los santos, con inconfundibles rasgos mayas, estaban alineados en los pasillos laterales; cada uno tenía su pequeña hornacina. Debido a que afuera estaba nublado, los vitrales de colores parecían pálidos y deslucidos y daban una imagen casi triste.

—Ahí está el sinvergüenza —señaló Luis.

David siguió el dedo de Luis que indicaba el altar. Cerca, pero a un costado, Popo y la señora se habían ubicado entre los santos. Mientras la señora Cardona rezaba de rodillas ante la Virgen de Guadalupe, el Hombre Hueso encendió un incienso de copal.

El profesor le hizo un gesto a Luis para que lo siguiera y lo guió por el pasillo central. David ya se había sobrepuesto del grosero saludo del Chamán y le indicó a Luis que se sentara y observara hasta que Popo pareciera más accesible.

En estado de alerta y con curiosidad, el pollo que la señora sostenía debajo del brazo había permanecido sorprendentemente quieto, pero ahora comenzaba a forcejear y a cacarear con fuerza, sospechando que algo malo estaba por suceder. Ella apretó al pájaro con más fuerza con una mano y cogió un huevo de un bolsillo de la pretina con la otra.

—No... —gruñó Luis—. Otra vez, no.

—¡Chitón! —le llamó la atención el profesor mientras observaba con atención.

Mientras el pollo chillaba y se retorcía, el Hombre Hueso cantaba mientras sostenía el huevo entre el dedo pulgar y el índice y lo movía de arriba hacia abajo por todo el contorno del cuerpo de la mujer. Al terminar esta tarea, la mujer extendió un recipiente pequeño y el chamán quebró el huevo y depositó la yema en él. Ahora el pollo chillaba más fuerte y movía las patas como si estuviera corriendo en el lugar.

—¿Qué diablos está haciendo? —susurró Luis— ¿Este hombre es uno de los amigos del Ángel Negro?

David respondió dándole un codazo en las costillas y una mirada de advertencia.

La matrona y el Hombre Hueso discutían las características de la yema de huevo; Popo señalaba las que eran especialmente importantes. Sorprendida por su pronóstico, su mandíbula se abrió y curvó su boca en forma de «O». Suspiró y dejó caer los hombros. Que así sea. La adivinación había confirmado sus sospechas. La señora Cardona le entregó a Popo el pollo que se retorcía; él lo cogió rápidamente de la cabeza y le estrujó el cuello.

—¡Vaya! —dijo Luis sacudiéndose en el asiento. Miraba absorto al chamán—. ¿Puedes creer esta mierda?

El profesor no le respondió, pero estaba disfrutando enormemente con el espectáculo. Una vez había sido testigo de cómo el Hombre Hueso usaba el hígado de una cabra para curar una enfermedad espiritual y, en otra ocasión, había observado cómo arrojaba piedras en un círculo que había en la tierra. Cuando se le preguntaba, Popo daba una respuesta confusa y apenas comprensible sobre las relaciones: los puntos en las líneas, la forma, la textura, el color y la dirección. Si había un sistema, no era fácil de percibir.

El profesor miró a Luis, quien observaba a Popo con los ojos abiertos de par en par. Al seguir la vista de Luis, David percibió que el chamán había sacado un cuchillo y estaba cortándole la garganta al pollo. La sangre goteaba dentro del recipiente.

Los ojos de Luis buscaron los de David y el profesor cambió de posición con nerviosismo en el asiento. Miró hacia arriba, al crucifijo, extremadamente consciente de que estaba sentado en la iglesia; después echó una mirada casual a todo el recinto para ver si alguien estaba observándolos.

—¡Oh, oh! —dijo Luis.

Un sacerdote bajo y fornido con una nariz de características mayas y el rostro encendido por la indignación ingresó al vestíbulo y caminó a paso vivo hacia Popo y la señora.

—Me voy de aquí —dijo Luis, cogiendo su sombrero y dirigiéndose hacia el pasillo central.

El eco de las botas golpeando las baldosas del suelo resonaba en la inmensa iglesia, mientras se alejaba de la furia del sacerdote.

David dudó, intrigado por la adivinación y renuente a irse sin terminar la conversación con el chamán. El padre habló en el dialecto local y comenzó a arengar a los agraviadores. El sacerdote les señaló enérgicamente las puertas y le dijo a Popo y a la señora que siguieran afuera. La señora, indignada ante las palabras del sacerdote, le respondió del mismo modo. Tuvo lugar una pelea, furiosa, amenazante y a viva voz. Popo permanecía de pie, pasivo, parecía sorprendido ante el alboroto.

El momento de la vacilación ya había pasado. Irse era un hecho debatible. El profesor encontró la mirada de Popo y le hizo un gesto con la cabeza indicándole las puertas de la iglesia. El chamán asintió, después centró la atención en el altercado que él mismo había instigado. David salió y siguió los pasos de Luis hasta las puertas principales.

El profesor se encontró sentado en la escalera de la iglesia, observando cómo los soldados hacían un esfuerzo mínimo para controlar el área. No detenían a nadie, hablaban entre ellos y, en general, parecía que querían estar en otro lugar; tal vez en la cama.

El zócalo era lo que quedaba de la Conquista, un periodo en el que la cultura de la península ibérica fue introducida a la fuerza y asimilada por los indígenas del Nuevo Mundo. Cada ciudad de México tiene una plaza principal o zócalo, un parque central que sirve como punto de encuentro y concentración de las relaciones sociales. En esta plaza, pequeños grupos de ciudadanos conversaban y cotilleaban a la sombra, del mismo modo que se hace en casi todos los lugares de los trópicos. Mientras un vendedor de alimentos servía un desayuno de quesadillas y alubias refritas en un carro, tres hombres permanecían de pie y sostenían los platos en las manos mientras comían y hablaban sobre la tormenta de la noche anterior. Un joven en la preadolescencia calzado con sandalias y vestido con pantalones de algodón blanco y una camiseta empujaba el carro hacia la sombra que proyectaba la galería para poder hacer conos de granizado a partir de un bloque de hielo.

—Me voy, David —dijo Luis—. Herrera recibió malas noticias ayer por la noche y todo lo de hoy quedó suspendido.

—¿Qué? ¿Por qué? ¿Qué sucedió? Ese hombre es tan...

—Creo que les dieron una paliza.

—¿A quiénes?

—Al ejército... ¿A quién si no? Herrera se enfureció. Fue ayer alrededor de las dos de la madrugada. Alguien le entregó una nota y comenzó a gritar algo sobre un tal Chávez. Creo que los zapatistas asaltaron a sus hombres en algún lugar al sur de aquí... —David gruñó. Y, ¿ahora qué? Parecía como si todo estuviera en contra de su viaje a la selva con Popo—. Y me voy de aquí —repitió Luis—. Con o sin ti. Te diré una cosa más. Herrera tiene buenos motivos para no querer que ese satán amigo tuyo se quede aquí. —Luis señaló la iglesia con el pulgar para indicarle que se refería a Popo—. La razón por la cual lo quería como guía era porque pensaba que los zapatistas no lo atacarían si Popo estaba con él.

—Es una locura. —David frunció el ceño—. El hombre es inofensivo. Él anda de aquí para allá...

—Escúchame... ahorra las palabras para alguien a quien le importe. A mí no me gusta. A Herrera no le gusta. A sus esposas no les gusta o lo tendrían cerca de ellas más a menudo. No... No se queje, profesor —le advirtió Luis—. Si hay diez hombres en la habitación y todos dicen que alguien es un gilipollas, probablemente es un gilipollas.

—¡Claro! El método científico. Ha traído muchos éxitos consigo, ¿no es cierto?

—Funciona para mí. —Luis ignoró el sarcasmo. Suspiró y una mirada de resignación se le instaló en su rostro. El borde de sus ojos se arrugó y sus hombros robustos cayeron; los codos descansaban sobre las rodillas.

—Me iré de todos modos —David dijo rotundamente—. Con o sin ti.

—De algún modo no me sorprende. —Luis se puso de pie y acomodó el sombrero sobre la cabeza—. ¿Qué harás con Alexandra?

—Ali... está... eh... Dile que la llamaré. Necesito algo de tiempo para enderezar este asunto. Tal vez alguien escuchó algo sobre Karen o sobre el avión.

—Date por vencido, David. Deja que el trabajo lo hagan los que saben.

—Claro, Luis. ¿A quién te refieres? ¿A muchachos como Joaquín y Herrera? Gracias, pero no. Iré con Popo y con los indígenas.

—Esos criminales y traidores —afirmó Luis.

—No lo hagas, Luis. No comiences, ¿de acuerdo? —David apretó la mandíbula y su pulso se aceleró—. Mira... —Metió la mano en el bolsillo.

En ese momento, se abrieron de golpe las puertas de la iglesia y la diatriba del sacerdote irrumpió en la lánguida mañana silenciosa. La señora salió a paso vivo sin decir una palabra. Popo, que parecía divertido, ignoró la animosidad del sacerdote y analizó los tejados de Palenque desde donde estaba, en lo alto de la escalera. Mientras David y Luis observaban, el chamán curvó los labios y se acarició la barbilla, como si estuviera decidiendo qué hacer a continuación. La furia del sacerdote desapareció cuando se cerraron las puertas de la iglesia. La calma retornó, pero el momento tenso que David y Luis compartieron parecía más grave con el silencio; su acrimonia estaba al límite de la hostilidad.

—Popo —dijo David—, ¿a qué distancia están las cuevas?

—¿Para escuchar cantar a los dioses? Dos días... No más.

David extrajo las llaves del coche del bolsillo del pantalón y se las arrojó a Luis.

—Toma... Sin resentimientos. Estaré aquí en dos días.

—¿Qué sucederá si no vengo? —dijo Luis, levantando la apuesta inicial.

David se puso tenso.

—Entonces envía a Alexandra.

—¿Qué sucederá si ella no viene?

Miró a Luis a los ojos.

—Entonces me tomaré el autobús.

—Esto no está bien, profesor.

—Dile eso a Karen Dumas.

—No se trata de ella. Es acerca de esos libros... de esas cuevas. No lo admitirás, pero...

—Luis —interrumpió—, ¿seguimos siendo amigos?

—Oye, David. Ya lo sabes.

—Entonces compórtate como un buen amigo y vete. Dile a Ali que lo lamento.

—¿Qué es lo que lamentas?

Se encogió de hombros y le respondió:

—No lo sé. Tan solo díselo, ¿de acuerdo?

Frustrado, el poli dudó como si fuera a discutir. Pero después se dio cuenta de que el Hombre Hueso estaba observando y Luis transfirió su enojo a Popo. Pero el chamán tenía un don innato para evitar el mal humor y simplemente ignoró a Luis. Al ver que no podía provocar a ninguno de los dos, Luis cogió las llaves del coche y descendió las escaleras sin decir una palabra. Cruzó el zócalo e ingresó en el Hotel Palenque.

—Escuché que Herrera planea quedarse un rato —dijo Popo—. Creo que recibió una sorpresa anoche.

Una sonrisa se abría paso en sus labios.

—¿Cómo te enteraste? —preguntó David.

—No hay secretos en México, ahua... solo rumores.

David observó detenidamente el rostro del chamán, buscaba la verdad.

—Popo... ¿eres zapatista? —le preguntó sin rodeos.

—Todos los indígenas son zapatistas o simpatizantes, ahua; excepto por los condenados protestantes. La única diferencia es que algunos llevan armas y otros, no. —Popo se ajustó los pantalones anchos y acomodó su eterna bolsa sobre el hombro—. Me voy esta tarde. Podemos regresar de las cuevas en cuatro o cinco días si quieres volver.

—Pensé que habías dicho que era un viaje de dos días.

El Hombre Hueso lo miró disgustado.

—Así es, ahua. Dos de ida... y dos de regreso. Vamos al sudoeste hacia las montañas y después al sur por el sendero de ceibas antes de volver hacia el este hasta Tenosique. —Miró por encima de los tejados la selva que enmarcaba la vista—. Decídete, ahua. Tengo cosas que hacer antes de partir.

—Eso es casi en el límite con Guatemala. ¿Me guiarás de regreso?

—No... Yo voy a Tenosique a ayudar a mi hijo con la carga. El festival comienza en una semana.

David estaba a punto de estallar por la indecisión. Había que tomar una decisión. Cuatro días era el doble de tiempo, pero ¿qué demonios? Ya había arruinado todo con sus parientes políticos, con su esposa y sus amigos y esta oportunidad no volvería a repetirse. Popo se estaba volviendo viejo, igual que David, y el chamán podía evitarlo cuando le preguntara la próxima vez, si es que David podía encontrarlo nuevamente.

—A propósito, ahua. Escuché que un avión se estrelló en la selva Lacandona.

—¿Qué? —David se puso de pie, absorto—. ¿Qué quieres decir?

—El avión con la gringa sobre la que me preguntaste. Se estrelló en la selva hace cuatro días.

—¿Por qué no dijiste algo? Pudiste haberme dicho...

—No, ahua. —El Hombre Hueso frunció el ceño—. No podíamos decirle a tu amigo policía. Él le contaría a Herrera. Y después quién sabe qué podría suceder.

—¿A qué te refieres, Popo? ¿Por qué si Herrera se entera podría arruinarlo todo?

—Herrera es un narcotraficante, ahua. Le robaron la cocaína que él estaba esperando.

Estas sí eran noticias, pero en lugar de mostrar su ignorancia, David dijo:

—Y...

El profesor se encogió de hombros. Hacía ya mucho tiempo que se acusaba al ejército mexicano de traficar drogas. La corrupción en el ejército y en el PRI se había convertido en el pilar de una carrera exitosa en México durante las décadas del ochenta y del noventa.

—La mujer sobrevivió, pero la capturaron los soldados de Herrera. Anoche vencieron a su ejército en el pueblo de Piedra Blanca.

—Basta de rodeos, Popo. ¿Qué tiene esto que ver con Karen?

—El hombre del coronel, el capitán Chávez, está perdido... junto con cuarenta kilos de cocaína.

—¡Por Dios! —David se golpeó la frente con la mano.

—Es mujer muerta si el Cerdo la encuentra. Ella vio cómo vencían a su ejército y probablemente sabe sobre la cocaína... tal vez también sabe algo acerca de él. No puede ser tan cuidadoso ahora. Depende del que adelantó el dinero para las drogas.

David entrecerró los ojos y miró fijo al Hombre Hueso. El maya entrecano no le estaba diciendo todo. ¿De todos modos, cómo sabía tanto? ¿Cuáles eran sus fuentes? El profesor miró a Popo con un nuevo respeto.

—Realmente eres zapatista, ¿no es así, Popo?

—Tal vez tú también lo eres, ahua... o por lo menos eres un simpatizante. Te escuché hablar. Ya sabes... sobre los indígenas y yo. Pero no te preocupes. Si vienes conmigo, no tendrás que llevar un arma.

Popo Reyes le sonrió por primera vez al profesor, después se volvió y descendió las escaleras, dejando a David demasiado perturbado por la conversación. El chamán giró por última vez.

—¿Conoces el sendero de la selva que está entre el Templo del Jaguar y el Templo de las inscripciones?

—Por supuesto.

—Camina dos kilómetros hasta que te encuentres con las pasturas de los toros del señor Medina. Necesito detenerme ahí a recoger algunas medicinas. Te veré esta tarde cuando el sol esté sobre la gran pirámide. —El chamán dudó y después añadió—: Ahua… creo que deberías saber que le envié un mensaje a alguien para que cuidara a tu gringa. ¿Quién sabe? Tal vez ella nos encuentre en las cuevas. —El Hombre Hueso dio dos pasos más y agregó—: No te despidas del Cerdo, ahua. Él ya sospecha que nos estamos por ir.

David se sentó en la única silla que había en la habitación. Era incómoda e inestable y sentía como si el pegamento de las junturas fuera a ceder en cualquier momento. Paredes de masilla de colores apagados y una bombilla de pocos vatios que colgaba del techo le daban un toque de melancolía al recinto. Los mapas topográficos estaban desplegados en la habitación: uno sobre la cama deshecha, el otro sobre una pequeña mesa circular. El profesor conocía la importancia de orientarse antes de emprender un viaje por la selva. La vida depende de eso. Había estudiado los mapas una docena de veces en los últimos días, pero le estaba costando mantener la concentración. Su mente rehusaba centrarse en la tarea que debía llevar adelante; en cambio se distraía con las cuestiones no resueltas de la última semana: Karen, la estela de Gould, su altercado con Joaquín y, especialmente, Alexandra. Ahora Luis se había ido. Todo dentro del contexto de la rebelión zapatista lo distraía; la preocupación y la culpa se apoderaban de él como una rata que roía un zócalo. Sabía que no podía justificar irse solo con Popo sin tener objetivos claramente definidos.

Recordó una vez más que todo esto se relacionaba con Karen. La acusación de Luis era persistente y seguía dando vueltas en la cabeza de David. Al margen de sus propias aspiraciones profesionales, no podía perder de vista el dilema de Karen. Por lo que Luis había averiguado con el coronel Herrera y lo que Popo había compartido con David, una excursión por la selva con el Hombre Hueso era una decisión desacertada, por no decir algo peor. Karen estaba viajando con los zapatistas que habían derrotado a las tropas de Herrera y le habían robado la cocaína. Las drogas eran un peligro terrible y un negocio arriesgado, especialmente cuando involucraba a personas con poder. Obligarían a Herrera a actuar con rapidez, pero el profesor no tenía idea de cómo. ¿Conocía el coronel la ubicación de las guerrillas y de su cocaína?

Para complicar aún más la cuestión, el chamán había dado a entender que el coronel tenía espías que estaban vigilando a David y a Popo; este pensamiento era aterrador si se tenían en cuenta las condiciones: la guerra, los zapatistas, la cocaína y Karen. ¿Cómo podía dedicarse a sus propios asuntos y permanecer alejado del camino del peligro? Sospechaba que la oferta del Hombre Hueso de mostrarle La Cueva en la que los Dioses Cantan no era un gesto de buena voluntad. Era posible que se hubiera convertido en la carnada o, al menos, en un títere en un juego; ya fuera de Herrera o de Popo.

Los últimos días con el Hombre Hueso le habían abierto los ojos. El chamán estaba involucrado en un gran ardid; un ardid zapatista. Hecho que David jamás se hubiera imaginado a juzgar por los tratos que había hecho con él anteriormente. ¿Acompañar a Popo sería visto por Herrera como una colusión o conspiración? El chamán le había advertido a David que no revelara sus planes porque el coronel ya los sospechaba. ¿Qué sospechaba? Aunque David estaba desesperado por encontrar a Karen y las cuevas, no quería convertirse en un enemigo de Herrera, ya que parecía inevitable que sus caminos se volverían a cruzar en el futuro.

Una mirada rápida a su reloj le indicó que tenía que decidirse: acompañaba a Popo o regresaba a casa. Tenía que encontrarse con el chamán a las dos en punto al sur de las ruinas de Palenque en un sendero cercano al rancho de Medina. Suspiró, volvió a mirar los mapas, después miró la plaza por la ventana. La elección racional y segura era soportar las dificultades y seguir a Luis a San Cristóbal, pero David pensó que no podría vivir con esa decisión. Joaquín, Alexandra y Luis lo estarían esperando; todos mostrando con aire de suficiencia que tenían razón; todos insistiendo en que él tenía que reconocer su error. Esta era una perspectiva desagradable. Y, ¿en qué se había equivocado? ¿En ofrecer ayuda a una mujer a la que habían secuestrado y a quién él había atraído a México para que compartieran su trabajo? Tenía la obligación moral de hacerlo. ¿Cómo podía fingir, como todos los demás, que nada había sucedido? Era probable que la llamada de Luis a la Policía Federal no terminara en ninguna investigación y, en caso afirmativo, seguramente esta llegaría demasiado tarde. Joaquín o Herrera acabarían con cualquier averiguación antes de que empezara. Además, Popo había dicho que Karen había sobrevivido al accidente y que estaría viajando con las guerrillas. Todos podrían reunirse cerca de La Cueva en la que los Dioses Cantan. ¿Problema resuelto? Una duda molesta le decía que era demasiado fácil, demasiado bueno para ser cierto, pero el pensamiento de regresar a San Cristóbal a cavilar sobre las heridas y el sufrimiento y a mostrarse arrepentido delante del regocijo de su cuñado era aún más desagradable.

«Iré», decidió. Popo había dejado muy claro que estaba viajando a Tenosique para ayudar a su hijo en la obligación religiosa. No guiaría a David de regreso a Palenque. Karen estaría sola, varada en la selva bajo quién sabe qué circunstancias. Era responsabilidad de David que ella regresara sana y salva. Volvió a enrollar los mapas y los puso en su bolsa y en ese momento se dio cuenta de que no estaba preparado para un viaje a la selva Lacandona; solo tenía lo suficiente para pasar una noche. No tenía lo esencial —herramientas, ropa o equipamiento— para sobrevivir por su propia cuenta. Dependería totalmente de Popo Reyes. El chamán era un maestro en la supervivencia en la selva, pero el profesor tenía miedo de que la capacidad del Hombre Hueso para preservar su propia vida estuviera fuera de su alcance. Su nivel de compromiso con esta empresa requeriría un esfuerzo mucho mayor. «Pero ¡al diablo!», pensó. Prefería comer raíces y

frutos en el campamento con Popo que cenar en el restaurante más lujoso con Joaquín. Ese pensamiento le aclaró definitivamente el asunto. Llamó a un taxi y acordó que lo
recogieran en la parte trasera del hotel quince minutos más
tarde.

21

Dos hombres conversaban afuera de la cabaña. Karen abrió los ojos, pero se quedó quieta y escuchó. Aunque las voces se filtraban claramente a través de las paredes, no comprendía su significado. Se concentró en un intento por escuchar en secreto y conocer las noticias de la batalla de la noche anterior, pero después se dio cuenta de que estaban hablando en uno de los dialectos indígenas.

Bostezó y se estiró como un gato. Era hora de levantarse y vestirse. Ése sería un día agitado y estaba ansiosa por partir a San Cristóbal. Marcos le había prometido que emprenderían el viaje tan pronto como fuera posible; tal vez ese mismo día después del entierro de los muertos, del traslado a Tenosique de los soldados federales que quedaban y de que los pobladores hubieran vuelto a cruzar el Usumacinta para recuperar sus hogares. Todo esto, además de supervisar a un ejército pequeño, parecían tareas que requerirían mucho tiempo y Karen esperaba que no se atrasaran demasiado.

La marca sobre el colchón en el que Marcos había estado recostado la noche anterior tenía rastros de su olor varonil y le recordaba la sensación de tener su cuerpo contra el de él cuando hicieron el amor. Ya había pasado casi un año desde la última vez en la que había estado con un hombre; demasiado tiempo, se dio cuenta, pero hasta ese momento no había encontrado a nadie que realmente la atrajera. Después de su ruptura con Lawrence, se había sumergido en el trabajo para aliviar el dolor del divorcio y la soledad de regresar a un hogar vacío cada noche. Frunció el ceño ante el recuerdo de su antigua pareja: un gilipollas promiscuo y mentiroso. No, un gilipollas promiscuo, mentiroso y rico. Un reptil debajo de la piel de un patricio encantador y amable. Enhorabuena, se había liberado de él, se dijo a ella misma después se inclinó y respiró hondo sobre la impronta que había quedado a su lado.

La cabaña no tenía ventanas, pero claramente afuera era de día. En la penumbra podía ver el contorno de la mesa, de la hamaca y de otros menajes. El rifle que Marcos le había dado aún estaba apoyado contra la pared cerca de la puerta. Tenía que llevárselo cuando partiera para San Cristóbal. Esperaba no tener que usarlo, pero no tenía la intención de perder el control de su vida una vez más.

Karen se sentó para analizar su próximo movimiento y el olor acre de su propio cuerpo la sobresaltó. Hubiera dado cualquier cosa por una ducha de agua caliente, pero se encontraba en una cabaña en el medio de la selva, no en una habitación de hotel. Ya podía sentir cómo aumentaba la humedad. La tormenta de la noche anterior solo empeoraría las cosas. Las sábanas y toda la casa olían a tierra con moho y a humo y a querosén. Con consternación recordó que su única ropa era el uniforme apestoso que le había quitado al soldado. Hizo una mueca. Seguro podría encontrar algo más limpio y que le quedara mejor, tal vez hasta podría bañarse en el río. Dejó que se cayeran las mantas y se puso de pie. Al hacerlo sintió cada uno de los dolores de su cuerpo. Levantó ligeramente las manos para tocarse el rostro, hinchado y lleno de costras. Por primera vez estaba contenta de no tener un espejo a mano. Era una desgracia que no pudiera acceder a antibióticos para asegurarse de que los rasguños no se infectaran. Era muy probable que le quedaran cicatrices. Mejor dejar que la hinchazón bajara y que los rasguños se curaran antes de evaluar el daño. Volvió a estirarse; esta vez se tocó la punta de los dedos del pie, después balanceó el torso hacia la derecha y hacia la izquierda para obligar a los músculos y a las articulaciones a cooperar. Aunque estaba entumecida, gran parte del dolor había cesado. Se sentía mejor que el día anterior y cien veces mejor que cuatro días atrás. Muy pocas personas sobreviven a los accidentes aéreos. Tenía suerte de estar viva, con o sin rasguños en el rostro.

La tierra del suelo se sentía extraña debajo de sus pies descalzos. Dio con cuidado cada uno de los pasos; todavía temía toparse con escorpiones e insectos, si es que había alguno. Incapaz de poder ver claramente, decidió aumentar la luz del farol. La claridad llenó la habitación y expuso los pobres contenidos del lugar. Las dos mochilas con drogas habían desaparecido, al igual que las líneas de cocaína y el espejo que estaban sobre la mesa. Ella supuso que Marcos se lo había llevado todo. Una hilera de estantes cubría la pared norte. Dos bultos sugerían ser pilas de telas o prendas de vestir. Con la esperanza de que su problema de la ropa estuviera resuelto, caminó hacia ellos para inspeccionarlos. En ese lugar, dobladas prolijamente y al costado de un par de sandalias, había prendas de vestir. Las levantó y las analizó más de cerca. Una pila parecía ser de pantalones de algodón para hombre; el tipo de pantalones que había visto en los indígenas de San Cristóbal. En la otra había una falda negra y dos blusas bellamente adornadas y bordadas con motivos indígenas coloridos. Normalmente habría pedido permiso o habría ofrecido comprarlas, pero las circunstancias no eran para nada normales. Necesitaba algo para ponerse que no fuera un uniforme militar roñoso.

Ambas blusas eran ajustadas en el pecho y le llegaban justo por encima del obligo, pero la falda negra de algodón le quedaba bien, o por lo menos le calzaba en la cintura. El dobladillo apenas pasaba las rodillas en lugar de llegar hasta los tobillos como en el resto de las mujeres locales. Definitivamente no era una prenda de la prestigiosa tienda Saks Fifth Avenue, ni siquiera de Wal Mart, pero era mejor que la basura apestosa y sucia que había usado hasta la noche anterior. Karen rescató sus calcetines y sus botas, se las calzó y las ajustó fuerte. Le habían servido y no quería dejarlas a la vista de ojos hambrientos que las pudieran querer. Se puso de pie y se observó: una vez más estaba contenta por no tener un espejo cerca. Sospechaba que para los indígenas ella era como una caricatura gigante. La incongruencia de sus botas y de su altura solo era un detalle más para que se sintiera ridícula. «¿Y qué?», se encogió de hombros; «tendrán que servir». Encontraría a Marcos para preguntarle la hora de la partida. Tal vez no había tiempo para tomar un baño. Volvió a estirarse la blusa, respiró hondo, abrió la puerta de la cabaña y salió.

El césped alto, doblado por la lluvia y por el viento, se extendía hasta el límite del pueblo. El aire estaba denso y húmedo y nubes grisáceas flotaban en lo alto; eran los vestigios de la tormenta de la noche anterior. El sol todavía no había llegado a elevarse por encima de la selva. Dos indígenas con pañuelos negros, la marca que identificaba a los zapatistas, se pusieron de pie y la miraron fijo mientras salía de la casa.

—Buenos días —los saludó en español—. ¿Está Marcos?

La miraron con la boca abierta y después se miraron entre ellos, nerviosos. Uno de ellos dijo algo e hizo un gesto con la cabeza. El otro salió corriendo hacia el pueblo; ella esperaba que fuera a buscar a Marcos. El soldado que quedaba sonrió a modo de saludo, pero no habló. Ella volvió a intentarlo, pero no obtuvo respuesta. Avergonzada por su atuendo y sintiéndose incómoda ante el silencio del soldado, se volvió y caminó hacia el pueblo. Si nada la interrumpía, estaba decidida a encontrar la casa en la que había estado cautiva y a recuperar ese maldito sostén para ver si lo podía reparar. El soldado se acomodó detrás de ella y la siguió. Cuando se detuvo y giró, él también se detuvo; él aún seguía sonriendo. Llegó a la conclusión de que Marcos le había asignado una escolta y que eso estaba bien. Ya había tenido demasiados problemas la última semana que le alcanzarían para toda la eternidad. Tener una escolta con un arma la ponía en una situación más favorable.

Muchos de los residentes de Piedra Blanca ya habían cruzado el río desde Guatemala y estaban ocupados limpiando y haciendo un inventario de lo que estaba roto o faltaba. Zapatistas con rifles en las manos caminaban tranquilos cerca de la galería. También la miraron fijo. Observó a dos de ellos frotarse los ojos al no poder creer lo que veían. Para ellos, ella debía ser como un extraterrestre que había caído del cielo o una diosa que caminaba dando grandes zancadas por su pueblo. «Por Dios», pensó, «solo mido un metro ochenta y uno». Pero ellos se quedaron con la boca abierta como si fuera la primera vez que veían algo así en sus vidas. Ella sabía que algunos nunca habían dejado la selva ni habían visto a una mujer blanca en persona. Este era un pueblo indígena remoto, y muchos de sus habitantes nunca habían viajado a Palenque, ni hablar a una gran ciudad colonial como San Cristóbal o Tenosique. Muchos de ellos ni siquiera debían de hablar español; solo se comunicaban en su dialecto maya nativo. Ahora se daba cuenta de que probablemente era ése el motivo por el cual su escolta solo sonreía cuando ella le hablaba.

Pasó cerca de un hoyo de carbón donde los soldados federales habían disfrutado del fogón la noche anterior. Esto servía como punto de referencia y miró hacia el límite sur del pueblo y del río donde creía que las habían tomado prisioneras a ella y a otras mujeres. «Ahí está», pensó. Debe de ser la cabaña alrededor de la cual pululaban los soldados y los indígenas. Esto le había despertado curiosidad y se volvió y caminó hacia el lugar. Pero un sentimiento frío y profundo la hacía dudar. Tenía las palmas de las manos húmedas y el latido del corazón se le aceleró. Era el lugar en donde la habían tenido cautiva y donde había matado a un hombre; algo en lo que no había pensado desde la noche anterior. La rapidez y la intensidad de los eventos le habían permitido mantener el hecho aislado, pero ahora tenía que pagar las consecuencias de la atrocidad del hecho. No era que estuviese arrepentida. Estaba viva e intacta y no la habían violado ni golpeado como a las otras. Una pizca de remordimiento acompañaba un sentimiento de culpa y ahora se preocupó. ¿Estaba en problemas? ¿Que pasaría si las autoridades descubrían el asesinato antes de que dejara el país? Y la noche anterior le había disparado a un hombre durante la batalla por el pueblo. ¿Estaba vivo o muerto? «Tienes que mantener el control», se dijo. Respiró hondo y exhaló. Tenía las palmas transpiradas y se las secó en la falda. Tal vez debía regresar a la cabaña y esperar a Marcos como él le había indicado. Cuando volvió a mirar a la cabaña, vio que todo el grupo se había vuelto para mirarla. Observó su falda y sus botas y se sintió poco elegante y torpe. Consideró la idea de darse vuelta y salir corriendo, pero sería fatuo de su parte; por ese motivo juntó fuerzas, se estiró la blusa desde abajo y caminó hacia ellos.

¿Qué les diría? No podía comenzar con un: «¿Habéis visto mi sostén?». Tampoco podía decirles: «¡Hola! Estuve los últimos cuatro días en esta cabaña con otras mujeres a las que vosotros conocen y que fueron violadas por los soldados». Finalmente decidió comenzar con un simple «hola», pero en ese momento Marcos y Rafael salieron de la cabaña.

—¡Señora!

A Marcos se le dibujó una sonrisa en el rostro, pero pronto desapareció y se convirtió en alguien sobrio y formal. Se paró bien erguido y oficioso y se volvió para presentarla a los demás. Su amante había sido reemplazado por el comandante y el momento se volvió burdo. Saludó a todos: un grupo de soldados, dos niños descalzos y una pareja que supuso eran los padres. Los niños la miraban boquiabiertos y los otros farfullaron bienvenidas; todos excepto los soldados que la miraban descaradamente. Ella descubrió que la pareja había vivido en esa cabaña, por lo que comenzaron a acribillarla a preguntas. No entendía mucho de lo que decían y notó que estaba perdiendo el control. Le lanzó a Marcos una mirada suplicante. No quería recordar los últimos cuatro días y no tenía idea de dónde estaban las pertenencias de la pareja. Solo quería su sostén y algo de información del comandante. Le hizo a Marcos un gesto con los labios indicándole que no quería hablar; con los ojos bien abiertos le rogó que interviniera. Él finalmente creó una distracción y envió a Rafael y a los soldados a buscar balsas al otro lado del río. Le dijo a la pareja que volverían a hablar más tarde, después la cogió del brazo y la guió a la galería.

Karen quería hablar, pero se sintió cohibida. Al final dijo en forma abrupta:

—Estaba buscando mi sostén. —Solo en ese momento se dio cuenta de lo estúpido que sonaba. ¡Qué sinsentido había dicho! Ahora se sentía una tonta y además había hecho el amor con él tan solo unas horas atrás. Se ruborizó—. Eh... Es decir... Creo que intentaba encontrar algo de ropa que perdí... y... tal vez recoger algo de agua del río para lavar...

—Sí... sí... por supuesto. —Miró a sus hombres que estaban cerca de la galería y con la cabeza les indicó que se fueran—. Ven aquí... hablemos. Planeaba visitarte más tarde, pero podemos hablar ahora.

Parecía nervioso y Karen pensó que eso era extraño. ¿Era a causa de lo que había sucedido la noche anterior? ¿Era por el soldado que ella había matado?

—Escúchame... —Ella evitó sus ojos y miró hacia el fangoso río Usumacinta—. ¿Cuándo podemos irnos? Estoy ansiosa por emprender el viaje.

Al ver que é no le respondía, se dio vuelta y lo vio con las manos en los bolsillos y el ceño fruncido. Él apartó la mirada como si estuviera avergonzado.

«¡Oh, Madre de Dios!», pensó.

—Sucede algo malo, ¿no es cierto? ¿De qué se trata, Marcos? ¿Por qué estás actuando así?

—Karen... yo... primero tengo que ir a otro lugar. Verás...

—Entonces pídele a otro que me lleve —interrumpió. Puso las manos en la cintura y lo desafió—. Me lo prometiste, Marcos.

—Mira... Recibí una llamada y nos ordenaron que fuéramos a otro lugar en forma temporal.

—¿Una llamada? —repitió, incrédula—. No hay teléfonos en este lugar.

Estaba sucediendo una vez más. Un desgraciado se estaba aprovechando de ella. La estaba engañando. ¡La había usado!

—No, Karen... por la radio...

La bofetada de Karen sonó como un disparo.

—¡Hijo de puta!

La expresión de sorpresa de todos fue seguida de risas y carcajadas que eran claramente audibles.

Estaba atónito. Sus ojos vieron la incredulidad de Karen y crispó los puños. Su rostro se volvió oscuro y hosco y el hielo cubrió su voz.

—Señora —comenzó, pronunciando claramente cada una de las palabras—, nos ordenaron que hagamos un reconocimiento cerca de unas ruinas a unos cuarenta kilómetros al noroeste de aquí para unirnos a otras tropas. Usted nos acompañará por su propia seguridad. El ejército federal la está buscando.

—Sí, claro. —Crispó los puños—. Me voy. —Lo miró desafiante—. ¡Intente detenerme!

—El profesor Lobo estará ahí —agregó mientras ella se iba bufando.

Ya había bajado las escaleras, pero se detuvo y giró violentamente.

—¿El profesor Wolf? ¿Por qué? ¿De qué ruinas estás hablando? ¿Por qué estará allí?

—¿No te preocupa el ejército?

—¡Marcos! —resopló—. Deja de jugar conmigo.

Él levantó las manos para defenderse.

—Unas cuevas... algo sobre unas cuevas, señora. Nos encontraremos en dos o tres días, después tú y Lobo podrán hacer lo que quieran. Tengo una guerra que luchar. —Se fue , ignorándola al pasar a su lado. Después de unos pasos se detuvo, se volvió y refunfuñó—: Nos iremos esta tarde después de... de un breve funeral. Prepárese y no se interponga en el camino, señora. Le pediré a uno de mis hombres que le alcance un recipiente con agua del río.

Su ira desapareció tan rápido como había brotado y ella observó la espalda robusta del comandante mientras se alejaba. «¡Ah! ¡Madre!» , pensó. Lo había hecho otra vez. Pero, ¿el profesor Lobo? ¿Las cuevas? ¿Podía ser la cueva que ella había buscado? ¿La que mencionaba la estela de Gould? ¿Cómo? ¿Por qué? ¿Dónde? Tenía millones de preguntas, pero había hecho enojar a la única persona que podía responderlas. Le había dado una bofetada al comandante en frente de sus tropas. «¡Jesús!»... «¡Maldición! ¡Maldición! ¡Maldición!», insultó en silencio. Buscó un lugar donde esconderse, pero no encontró ningún agujero disponible en el que pudiera ocultarse. Tal vez debía arrojarse al río. Sentía que todos la estaban mirando, que todos la estudiaban como a un insecto. Finalmente rodeó la galería y volvió a encaminarse hacia la cabaña que había compartido con Marcos la noche anterior. Tenía la mente asediada con preguntas y le dolía el estómago por el hambre. Daría cualquier cosa por estar jugando al bingo en Omaha con la tía Rose.

David observó cómo el Buick oxidado modelo 62 color crema que lo había dejado en la entrada de las ruinas avanzaba con dificultad y resbalaba en el lodo en su regreso al camino asfaltado. Tomarse un taxi mexicano se convertía demasiado seguido en una aventura y esta vez no había sido la excepción. Había tenido que poner los pies sobre la parte más elevaba del suelo del asiento trasero para asegurarse de que sus piernas no cayeran por los agujeros oxidados. Los asientos del coche se movían y olían a perro y el conductor era sociable al punto de la distracción. Los gases de la combustión habían ingresado al vehículo, obligando a David a sacar la cabeza por la ventanilla, una tarea difícil al tener ambos pies sobre la parte elevada del piso, en el centro del coche. Mientras el automóvil se alejaba lentamente, notó que había un chihuahua de cerámica en el parabrisas trasero. Su cabeza se balanceaba continuamente y sus pequeños ojos rojos y brillantes miraban hacia arriba cada vez que el conductor frenaba. Pero el profesor había llegado intacto, como nuevo, y ahora el calor le daba un respiro ya que una acolchada capa de nubes flotaba en el cielo y proyectaba sombra sobre las ruinas de Palenque. Tenía la camisa pegada a la espalda y le chorreaba la transpiración por la frente. Aunque pronto estaría en la selva oscura, no podría escapar de la humedad ni de los mosquitos.

Permaneció de pie en la entrada de Palenque, una ciudad construida y habitada durante el periodo clásico de la civilización maya que fue abandonada quinientos años antes de la Conquista. David conocía muy bien la zona porque había realizado excavaciones en las ruinas y a su alrededor en reiteradas oportunidades. Rápidamente volteó y contó por lo menos ocho soldados portando carabinas que patrullaban las ruinas. Muchos guías deambulaban, esperando pacientemente que les dieran un empleo. Se sentaban a la sombra, bebían Coca-Cola caliente, parecían relajados. Los turistas eran sorprendentemente pocos; sin lugar a dudas eso era consecuencia del conflicto con las guerrillas. Tendría que intentar ser lo más discreto posible para escabullirse y llegar al sendero que estaba detrás del Templo del Jaguar donde se encontraría con Popo.

Caminó despacio hacia la antigua ciudad, después se detuvo y se emocionó al observar el gran Templo de las

Inscripciones que todavía se mantenía en buen estado. Pascal, uno de los grandes Reyes Jaguares, estaba enterrado debajo de la pirámide en un sarcófago subterráneo. Después de juzgar que ya se había demorado lo suficiente, giró a la izquierda y se perdió en las ruinas del suntuoso Observatorio que estaban frente al límite sur del campo de juego. Eran unas ruinas inmensas, aunque en muy mal estado de conservación, en donde se habían llevado a cabo estudios astronómicos y religiosos durante mil quinientos años. En algunos frisos todavía quedaban manchas de pintura roja y azul desteñida. En el suelo había restos de piedra caliza. Movió el pórtico de la entrada del Observatorio y pudo observar un famoso friso al que un autor estadounidense había presentado en un libro como prueba de la visita de extraterrestres en la tierra. «Deben de ser los sombreros», pensó David, sonriendo. Los mayas tenían los sombreros más grandes, más complejos y más extraños de todas las civilizaciones precolombinas. De hecho, uno de los alumnos de David llamaba en broma a los mayas «las personas de los sombreros».

El profesor no creía estar llamando la atención y, cuando considerara que era la hora indicada, caminaría hacia el sur, detrás del Templo del Jaguar, y se adentraría en la selva para tomar el sendero oeste hacia la pastura de los toros del señor Medina. Si tenía suerte, nadie, especialmente ningún soldado, notaría su partida.

Con la esperanza de parecer tan solo un turista curioso, inspeccionó casualmente las ruinas del observatorio. Momentos más tarde, se ubicó en un lugar apartado para descansar a la sombra. Después, al considerar que nadie lo estaba mirando, cogió su bolsa, se escabulló en la selva detrás del templo y comenzó a caminar a paso vivo los dos kilómetros que lo separaban de la pastura de los toros.

Altos y antiguos árboles de ceibas y caobas se elevaban hacia el cielo. El sol asomaba solo de vez en cuando. Los árboles y las abundantes plantas tropicales competían por ocupar cada lugar. Una vez más se maravilló ante el milagro de tantos matices de verde y de tanta variedad de formas de las hojas. Escuchó más que vio cómo los animales se escabullían rápidamente entre los arbustos. Los mosquitos incansables también estaban ahí. El sendero, que al principio era amplio y bien demarcado, ahora se estrechaba rápidamente y el sol desaparecía. La vegetación se había vuelto densa y abundante durante la estación de lluvias y, en algunos lugares, invadía el sendero y casi obstruía el paso. Un hormigueo de temor se apoderó de él. Aunque las ruinas estaban cerca, estaba alejado de la civilización. Estaba solo en la periferia de la selva, persiguiendo lo que él esperaba fuera una misión clandestina de misericordia. Si quería regresar, ése era el momento.

El sendero comenzó a volverse más ancho y la vegetación más escasa a medida que el camino doblaba hacia el norte. Los hacendados habían limpiado esa zona de la selva casi cien años atrás y, mientras se dirigía hacia la pastura, la luz del sol comenzaba a escurrirse por la gran masa verde que cubría la selva. El sendero se abría paso hasta el paisaje bucólico de la espaciosa hacienda de Medina. Famoso por sus excelentes machos y la cría de ganado, era conocido en todo México y en América del Sur por la producción de toros para El Corredor. Los animales de Medina estaban en las corridas de toros de la Ciudad de México, Monterrey, Veracruz o en cualquier lugar en el que pudieran pagar su alto precio.

David esperaba que no fuera necesario buscar a Popo en la pastura, pero aún no podía verlo. Los toros que participaban de las corridas se ponían muy nerviosos y eran peligrosos. Ya había visto demasiadas corridas de toros como para tenerles un inmenso respeto a las habilidades de esos animales. Los toros era increíblemente fuertes, rápidos y audaces y él no tenía el más mínimo deseo de que lo encontraran en una pastura alejado de la seguridad de un cerco.

Desafortunadamente, no veía a Popo por ningún lado. La pastura era extensa, abarcaba colinas ondulantes y un arroyo erosionado que atravesaba el lugar desde la esquina noroeste. Una capa espesa de pasto se extendía en todas las direcciones y dejaba poco lugar para las plantas y las hierbas de la selva. ¿Qué tipo de medicina encontraría aquí el Hombre Hueso? Irritado, el profesor decidió caminar hasta el cerco con la esperanza de encontrar al diminuto guía indígena, tal vez bajo la sombra de ese bosquecillo que se veía en el centro de la pastura, a unos cien metros. No quería traspasar el cerco, no era que a Medina le importara, dado que hacía veinte años que David conocía a Eduardo Medina; era a los toros a los que no quería provocar. Habían pasado muchos años desde la última vez en la que había intentado correr a toda velocidad, y escapar de un toro definitivamente requeriría de un gran esfuerzo.

Caminar a un lado del sendero solo revelaba la presencia de ganado, algún que otro roedor o algún pájaro volando de un árbol a otro. Algunos perros ladraban escondidos en la distancia. Llegó a la esquina sudoeste y giró hacia el norte; en ese momento alguien lo llamó desde atrás.

—Ahua... qué bueno que viniste.

El profesor se volvió rápidamente para ver al Hombre Hueso siguiendo su rastro a lo largo del cerco. ¿Desde dónde había venido?

—Popo, ¿dónde estabas escondido? No sabía que estabas detrás de mí.

—Te estuve siguiendo desde que dejaste Palenque. El indígena pequeño y arrugado arrojó su bolsa a los pies de David; después se detuvo para aflojar las correas.

—¿Cómo? ¿Estuviste siguiéndome? ¿Por qué?

—Queríamos asegurarnos de que los soldados no te detuvieran.

—¿A quién te refieres con *queríamos*, Popo? ¿Por qué el plural? Y, ¿por qué me detendrían?

—¿No los viste, ahua? Había por lo menos cinco vigilando el sendero.

David abrió la boca, pero no dijo nada. No sabía si sentirse avergonzado o enojado. Después de todo lo habían estado observando. ¿Por qué Popo le había dado instrucciones de venir por este camino en lugar de advertirle que el lugar era peligroso?

—Y supongo que tú también me vigilaste —dijo David—. ¿Te vieron seguirme? ¿Qué es esto? ¿Es un juego?

El Hombre Hueso ignoró la réplica y extrajo un pequeño saco de lienzo de su bolsa. Era similar al que él usaba para guardar canicas cuando era niño.

—Solo me demoraré unos minutos. —El chamán miró primero el cielo y después la pastura—. Salió el sol y ayer llovió. Eso es bueno. Los toros son fuertes y nos habrán dejado su medicina.

Popo puso la mano sobre el poste y saltó fácilmente el cerco.

«¿De qué demonios estaba hablando?», pensó el profesor.

—Popo... no sé si esta es una buena idea. —David vio que dos toros se habían alejado de los árboles y se habían detenido para estudiarlos—. Estás un poco viejo para escaparte corriendo de los toros, ¿no te parece? ¿Por qué no me dices qué quieres y yo lo busco para ti?

—No, ahua. Quédate aquí. Estás preocupado por los toros y ellos lo notarán. Cuando tú te preocupas, ellos también lo hacen... pero solo por un momento. Después enloquecen. Espérame aquí —repitió, y se alejó tranquilo mirando el suelo sin prestarles atención a los toros.

Como no quería que Popo pensara que era un cobarde, David también saltó el cerco; o al menos lo intentó. El taco de su bota derecha se atascó y tropezó y cayó de espaldas con una mano todavía sosteniendo el alambre de púas.

—¡Maldición! —se quejó, avergonzado. Se puso lentamente de pie y se quitó la tierra de los pantalones. Le dolía la espalda y por eso verificó si tenía algún daño, se estiró un poco y se volvió para ubicar a Popo. Su guía, que había avanzado unos treinta metros se detuvo y después se inclinó para recoger algo. La curiosidad superaba su orgullo herido y, con un ojo puesto en los toros, se dispuso a alcanzar al Hombre Hueso—. ¿Qué buscas, Popo?

—No hables o los toros te escucharán.

Por supuesto, para David esas palabras eran lo mismo que lo que el Hombre Hueso se había detenido a analizar: una montaña de mierda de toro.

—Sí... claro... me quedaré callado —prometió—. ¿Qué hay en la bosta de vaca? ¿Qué estás buscando?

—Medicinas fuertes —respondió el chamán.

¿Estiércol de vaca? ¿Medicina fuerte? Como antropólogo había escuchado muchas historias extrañas, algunas de las cuales después había descubierto que eran acertadas. Pero esta era acerca de los excrementos de toro. Gimió hacia adentro. El comportamiento excéntrico de Popo y sus creencias poco ortodoxas hacían difícil diferenciar la realidad de la ficción.

El anciano siguió buscando montañas de excremento fresco y después David lo escuchó gruñir con aprobación y lo vio estirarse para coger algo.

—¿Qué es eso? —Preguntó David mirando por encima del hombro del chamán.

—Medicina para liberar al alma en el mundo espiritual.

Vio que Popo había cogido un hongo de una montaña de estiércol.

—Aquí... sostén esto mientras busco más. —Popo le entregó el hongo y el saco—. Cuando el tallo del hongo se torne morado, guárdalo en el saco.

El profesor estaba demasiado sorprendido como para quejarse. Se percató de que el Hombre Hueso estaba recogiendo los hongos que contenían psilocibina, una droga alucinógena usada durante mucho tiempo por curanderos y chamanes en los ritos religiosos y en las curaciones. Aunque sabía que había muchos hongos de psilocibina en el sur de México, realmente nunca había aprendido exactamente cuáles eran los *hongos mágicos*. En tanto Popo buscaba más, David inspeccionó atentamente al hongo. Parecía muy común. De hecho, había visto muchos parecidos al que tenía en la mano en ese momento. También sabía que había algunos muy similares que eran venenosos. ¿Cómo diferenciaba Popo unos de los otros?

Acababa de preguntárselo cuando su ojo encontró un hongo. «¡Ajá!», pensó.

—Aquí hay uno, Popo —le gritó y se estiró para cogerlo de la tierra.

El chamán regresó con tres más y se los entregó a David quien le dio al chamán el que él había encontrado.

—No, no... ahua. —El Hombre Hueso negó con la cabeza—. Este te enferma el espíritu. Te retorcerás y arrojarás fuego por el culo.

—Es igual al tuyo —protestó David—. ¡Míralo!

Popo lo arrojó a un costado y caminó al este hacia una montaña de excrementos frescos.

David cogió el hongo y lo comparó con los que le había dado el chamán. Eran idénticos. No tenía dudas sobre eso. ¿Por qué Popo no podía admitir que David también había encontrado un buen ejemplar? Decidió insistir en el asunto.

—Aquí, Popo... Este es igual al tuyo. ¿Cuál es la diferencia? —Lo desafió.

El Hombre Hueso, con un hongo en la mano, se estiraba para coger otro de una montaña de excremento. Los examinó de cerca. Satisfecho, se los entregó a David.

—Vamos, Reyes —le exigió el profesor—. ¿Por qué este hongo no es bueno?

—Porque no tiene alas para volar al mundo espiritual, ahua.

—¿Cómo?

—No tiene alas —repitió el chamán, y aleteó con los brazos—. El tallo de los hongos debe tener alas. Ven... te mostraré.

Le hizo un gesto a David para que lo siguiera.

«¿Alas?», pensó el profesor. «¿En el tallo?» Miró el que tenía en la mano, después miró los que había recogido Popo. Los tallos se habían vuelto de un color morado oscuro, casi negro, pero además de ese detalle no tenían diferencia alguna.

—¡Ah! ¡Aquí... perfecto! —Le hizo un gesto a David para que se acercara—. Mira, aquí hay dos, uno al lado del otro; uno creció de la esencia del toro y el otro de la tierra.

Uno al lado del otro; uno era más alto que el otro. No veía... ¿o sí las veía? ¿Qué era esa cosa que salía del tallo? El profesor se inclinó para observar más de cerca. Ahí... justo debajo de la parte superior, un aro negro muy delgado, frágil a la vista y casi invisible, rodeaba el tallo, aunque parecía que no lo tocaba en ningún lado. «¡Increíble!», pensó, «igual que los anillos de Saturno». Se estiró, lo arrancó del excremento y se acercó más para inspeccionarlo. Todavía no podía distinguir cómo estaba unido al hongo; era un círculo perfecto muy delgado. Supuso que el aro estaba conectado por zarcillos o fibras. Se lo entregó al chamán y arrancó el otro del suelo. Estaba seguro de que le faltaba el círculo diminuto similar al de Saturno.

—Sí —asintió al Hombre Hueso—. Veo la diferencia.

—Estos son medicinas fuertes. —Popo le mostró la pequeña cosecha que tenía en la palma de la mano—. Los otros enferman el alma.

«Y esos son excrementos malditos», pensó el profesor. No, no lo dudaba, tampoco quería poner a prueba las afirmaciones del chamán. Él sabía que el Hombre Hueso ingería alucinógenos a menudo cuando descubría las enfermedades del espíritu y realizaba las curaciones. De hecho, David recordaba por lo menos dos ocasiones en las que el chamán había conmocionado e hipnotizado a los peones de campo con sus habilidades de adivinación.

Popo colocó sus hongos en la bolsa y comenzó a caminar hacia el cerco. Miró por encima del hombro y después dijo:

—Mejor nos apuramos, ahua. Aquí vienen los toros.

Comenzó a trotar rápidamente para encontrar un lugar seguro.

El profesor levantó la cabeza.

—¿Cómo? ¿Qué dijiste, Popo? —Vio que el anciano corría hacia el cerco—. ¡Maldición! —gritó David.

El profesor también saltó, corrió hacia la alambrada y en ningún momento se molestó por mirar hacia atrás. Un escalofrío le recorrió la espalda. El miedo impulsaba sus piernas de cincuenta y dos años a correr tan rápido como pudieran, pero las sentía pesadas e inestables. Aunque tenía la mente acelerada, sus músculos respondían precariamente. Se imaginaba que los dos toros se acercaban a cada paso y que podía escuchar el golpe de las pezuñas mientras las cornudas bestias de novecientos kilos lo perseguían. A solo veinte metros del destino sobrepasó a su guía, pero sintió que el corazón le estaba por estallar. Finalmente llegó y con las últimas fuerzas que le quedaban saltó la alambrada y desplomó.

En tanto, al ver que los toros habían perdido el interés y se habían detenido, el Hombre Hueso se dirigió tranquilo e indiferente hacia la alambrada, recuperando su propio aliento.

—¿Te encuentras bien, ahua? Cuando puedas volver a respirar, necesitamos irnos. Hay que asistir a las aves. No debemos llegar tarde.

El profesor yacía en el piso, jadeante. En cualquier momento podía tener un paro cardiaco. ¿Qué aves? ¿De qué demonios estaba hablando Popo? Observó, incrédulo cómo se acercaba el chamán. ¡Los toros no los habían atrapado! ¿Era todo una broma de Popo? Si era así, David juró que mataría a su guía. Lo colgaría del alambre de púas para que los buitres le picoteen los ojos. Lo empujaría por las escaleras del Templo de las Inscripciones. Lo... Lo... si tan solo pudiera respirar.

22

Para coronar un día que ya era miserable, llovió durante el funeral. El diluvio ya había cesado y las nubes negras que cubrían el cielo eran un reflejo del humor de Karen. Guiadas por una brisa húmeda, navegaban sin detenerse, hacia el este, a Guatemala y la península de Yucatán. Cuando finalmente el sol comenzó a aparecer a ratos, la humedad se volvió pesada y agobiante.

La ceremonia le había generado curiosidad; después de todo, ella era una antropóloga. Pero era una lástima que no hubiera podido entender mucho de lo que sucedía en ella. Los pobladores hablaban en un dialecto maya. Habían quemado incienso y habían presentado alimento y alcohol como ofrendas en un altar cercano al límite de la ciudad. El altar parecía antiguo. Hecho con piedra caliza, de cerca de un metro de altura y un pie de grueso, estaba quebrado y le faltaban pedazos grandes. En el frente todavía se distinguían jeroglíficos ya desgastados. Claramente tenían un diseño maya y calculó que databa de mil años o más. Su presencia la intrigaba enormemente y le sugería que se podrían encontrar más ruinas en la zona. Sería maravilloso explorar la selva, pero la falta de tiempo y la guerra imposibilitaban la exploración.

Marcos no se había acercado a saludar; la había dejado en la cabaña para que meditara acerca de su situación. Después de la llegada de un cubo con agua del río que le permitió quitarse la mugre, no había tenido nada que hacer más que estudiar a los dos guardias que estaban afuera. Había dejado la puerta de la cabaña abierta con la esperanza de que entrara una brisa fresca, pero obtuvo muy pocos resultados. Cuando la madre naturaleza llamó, buscó los arbustos cercanos al río para descargarse y los guardias la siguieron. No mostraron interés alguno en su movimiento intestinal; solo les preocupaba su seguridad, pero ella se sintió mortificada y no podía esperar para pedirle a Marcos que los relevara de su obligación.

Karen había escuchado muchas conversaciones mientras esperaba el inicio del funeral. Se suponía que los que faltaban estaban muertos y que los soldados federales habían arrojado sus cuerpos al río. Solo pudieron recuperar un cuerpo cerca del cauce. Había aparecido un zapatista muerto con un corte de oreja a oreja en la garganta. Se especulaba que un soldado federal lo había matado para robarle el rifle. Aunque el ejército se había escabullido en la selva sin armas, los pobladores desarmados tenían miedo de que los soldados federales estuvieran acechando la zona y los atacaran cuando los zapatistas se fueran.

Finalmente, el servicio finalizó y las risas se mezclaron con el llanto. Los vecinos se abrazaron y se dieron confianza los unos a los otros. Karen observaba cómo los indígenas diminutos se volvían para recuperar sus vidas habituales. Los cultivos y el pueblo estaban intactos por el momento, pero les esperaba un trabajo arduo. La vida en la selva Lacandona siempre era difícil y a veces corta, pero estas personas fuertes y duras habían sobrevivido a lo que otras no habían podido superar. En el poco tiempo que los conocía, su respeto por ellos había crecido exponencialmente.

«Ahh... bueno», pensó y miró el cielo. Calculó que eran cerca de las tres de la tarde; probablemente ya era muy tarde para partir, pero abandonar este infierno tropical seguía siendo su prioridad número uno.

Marcos se apartó de un grupo de guerrilleros y se acercó. Las entrañas de Karen crujieron por el miedo al recordar el enojo del zapatista. ¿Venía a decirle cuándo partirían? Su rostro no reflejaba nada en particular, tal vez solo algo de tristeza. Ella sabía que Marcos había estado pensando en su hermana durante la ceremonia y deseaba poder decirle algo que aliviara su dolor. Desafortunadamente, su único intento de comunicarse con él esa mañana se había visto frustrado por su ataque de rabia. Esta vez dejaría que él tome las riendas de la conversación.

—Señora... —comenzó.

—Por favor, llámame por mi nombre —interrumpió Karen, que olvidó callar en el momento justo—. Dormiste conmigo anoche... ¿o ya lo olvidaste?

Los ojos de Marcos se enfocaron en algo detrás de ella y después regresaron para encontrar los suyos.

—No. No me olvidé... Yo...

—Escucha... eh... Me comporté muy mal esta mañana. Ha sido difícil, ¿sabes? No debería haberte golpeado. Yo... Yo solo...

—Karen, ¿siempre interrumpes?

Ella levantó los hombros.

—Bueno... a veces... supongo que... casi siempre cuando estoy nerviosa.

Encontró una piedra en el suelo para desviar su atención.

—¿Te pongo nerviosa? —su voz parecía divertida.

—Sí —respondió— Eres tan... tan... —no podía encontrar las palabras adecuadas. Finalmente, barbulló—: Masculino, supongo.

—¿Masculino?

Marcos abrió bien los ojos y una sonrisa se abrió paso en sus labios.

—No —se corrigió—. Quiero decir... bueno, eres algo intimidante.

—¿Te intimidé anoche?

Un calor repentino se apoderó de su rostro y volvió a buscar la piedra en el suelo.

—No... En realidad, yo... eh... lo pasé muy bien anoche. Pensé que nos habíamos dado... eh... bastante bien.

Él parecía confundido.

—¿Darnos? —Preguntó y cerró los puños.

Esta vez, ella fue la que sonrió.

—Así es —respondió—. Eso es lo que hace una pareja cuando... eh... cuando hacen el amor: se dan al otro, se entregan al acto.

—¡Ah! —El entendimiento iluminó el rostro de Marcos. Extendió su mano para tomarla del brazo y la guió hacia la parte posterior de la cabaña, cerca del campo de caña de azúcar. Caminaron lentamente, soportando un silencio incómodo. Ninguno de los dos quería romper la paz. Finalmente, él preguntó:

—¿Estás lista para partir?

—¡Oh, sí! —exclamó. Después se detuvo y se mordió los labios—. ¿Para ir adónde, Marcos? ¿Qué está sucediendo con el profesor Wolf y con estas cuevas a las que me estás llevando? ¿Cómo supiste de la cueva?

Él se encogió de hombros.

—No sé nada sobre una cueva, solo lo que mi padre me dijo. Él insistió en que vinieras conmigo y te encontraras con él y con Lobo al oeste de aquí, cerca de las tierras altas. Se supone que a partir de ese momento Lobo se hará cargo —Una pregunta se abrió paso en sus labios—. Tal vez, Karen... es hora de que me cuentes algo sobre esta cueva. ¿Por qué es tan importante? ¿Por qué tenemos que encontrar a Lobo en el medio de una guerra?

¿Por dónde debía comenzar? ¿Cuánto le debía contar? La estela de Gould había desaparecido de su mente durante los últimos cuatro días. Sobrevivir y escapar se habían convertido en su único objetivo, hasta el punto de que la cueva y los libros ya no parecían importantes. Pero eso había sido antes.

Ahora el asunto estaba una vez más en su cabeza. «¿Era el destino?», se preguntó, «o la decisión de alguien más»?

—¿Qué estás haciendo en Chiapas, Karen?

Marcos se detuvo con las manos en la cintura como si la estuviera desafiando. Su cabeza se ladeó en muestra de interés y sus ojos se clavaron en los de ella.

Ella apartó la mirada.

—¿Tienes un par de días?

—Solo si se trata de algo importante.

Ella dudó y le dijo:

—Trabajaba en un museo y descubrí esta estela que...

—¿Estela?

—Una roca chata y grande con inscripciones en ella —le explicó.

—¡Ah! —murmuró cuando comprendió de qué se trataba—. Y, ¿qué te dijo la roca?

¿Qué significaba ese tono de voz? ¿Se estaba burlando de ella? Ella frunció el ceño, pero continuó:

—La roca me dijo que podía descubrir algo importante en una cueva al sudoeste de Palenque. El profesor Wolf dijo que me ayudaría.

—¿El profesor Lobo vio esa roca?

—Eh... en realidad... no la vio. Verás... mi jefe y ese asqueroso me secuestraron y...

—¿Tu jefe? ¿El del museo? —Una mirada incrédula le inundó el rostro.

—¡Sí! —gritó con indignación—. Y me obligó a subirme a un avión que se estrelló aquí.

—Increíble —le dijo—. Y, ¿ahora Lobo encontró esta cueva en tu lugar?

—No... es decir... no veo cómo. Nunca le mostré la información que tenía. —Entonces consideró que sería poco probable, después preguntó—: ¿Estás seguro de que no es un engaño?

—¿Un engaño?

—Una trampa. No nos estás llevando a una trampa, ¿verdad?

Él curvó los labios y analizó la pregunta.

—Karen... si mi padre dice que hay una cueva y que Lobo estará allí, entonces es verdad. Cómo o por qué, yo no lo sé. —Se mordió una de las mejillas—. ¿Me preguntas si es una trampa? Tal vez —añadió—. Pero no para nosotros.

—Me pareció que dijiste «mi padre».

—Sí. Popo Reyes es mi padre.

—¿Qué tiene que ver él con todo esto?

Marcos parecía sorprendido.

—¿Qué tiene que ver? Todo. Mi padre está a cargo.

—¿A cargo? ¿Qué quieres decir?

Apartó la mirada un momento como si no quisiera hablar.

—¿Puedo confiar en ti?

—Mejor me disparas ahora si crees que no puedes confiar en mí.

Marcos le clavó una mirada agria, después hizo un gesto amplio con el brazo como si quisiera explicar algo.

—Popo Reyes organizó todo esto. Es el eslabón principal de la rebelión.

—El eslabón principal.

—El jefe, el general.

—¿Él te ordenó que nos encontráramos con él? ¿Por qué? ¿Por qué no me deja encontrarla sola?

Marcos se encogió de hombros, después suspiró.

—Eso seguirá siendo un misterio por unos días más. A veces no me dice por qué.

Parecía sincero, hasta un poco molesto.

—¿Qué sucedería si yo me niego?

Llegaron a la cabaña, y él señaló la puerta.

—Después de ti —le dijo.

Ella se detuvo, lo miró seriamente y después se agachó para entrar. Una vez adentro, sintió que él le tocaba el brazo.

Cuando volteó, el rostro de Marcos estaba muy cerca y ella se encontró cara a cara con él.

Karen no hizo ningún esfuerzo para resistirse y ante esta reacción él la besó. El primer beso fue breve, un preludio que prometía más. Después él la mantuvo cerca y la besó con pasión. Ella accedió y le devolvió el abrazo.

Después él se apartó, retrocedió y la miró con deseo.

—Nos vamos en media hora, querida. Prepárate para partir.

Después desapareció.

«Un buen soldado», pensó Marcos, mientras veía a Rafael caminar con determinación a través del barro, los perros, los pollos y las cabañas de tierra hacia el río para encontrar al cacique del pueblo, el jefe del pueblo. El viejo indígena había visto y hecho mucho en su vida y ahora se había convertido en el eje de este pequeño ejército. Era respetado por los soldados jóvenes y, al igual que ellos, Rafael era un indígena tzotzil de las tierras altas. Había experimentado la misma degradación, casi la esclavitud y la pobreza de los indígenas que trabajaban para los hacendados ricos. No tenía tierras y no podía encontrar ningún trabajo por el que se pagara un salario mínimo. Igual que los demás, se había unido a la rebelión zapatista porque el futuro no le prometía nada diferente de lo que le había ofrecido el pasado. Los dos se habían unido rápidamente. Marcos, el líder culto y carismático; Rafael, el sabio conocedor de la selva, un compañero visionario que tenía buenos instintos de supervivencia.

Los guerrilleros habían reunido todos los suministros y se estaban agrupando debajo de la galería. Los Humvees seguían escondidos en la selva para ser utilizados más tarde, cuando fueran necesarios. Habían cargado la mayoría de las armas y de los equipos, incluidos los morteros, sobre sus espaldas. Los zapatistas habían cambiado sus propias pistolas lastimosas por las armas de fuego más nuevas y más poderosas del ejército federal. Hablaban y comparaban las armas, se paseaban ufanos como gallos, fanfarroneaban y se comportaban como machos. Pusieron los rifles sobre los hombros y ajustaron las miras: estaban ansiosos por tener la oportunidad de dispararle a un militar de uniforme verde.

Marcos sabía que a donde iban no existían caminos. Atravesarían las colinas orientales antes de descender hacia la selva baja donde cruzarían varios ríos en el medio de la selva Lacandona. Desde allí, recorrerían senderos tortuosos hasta las estribaciones de las tierras altas para encontrarse con Popo Reyes y el profesor Lobo. «Y, ¿para qué?», se preguntaba Marcos. ¿Cuál era el plan del viejo zorro? Estaba seguro de que no se trataba de una alegre reunión entre viejos amigos y colegas. Aunque su padre no le había dado motivos, le había indicado a Marcos que trajera la cocaína consigo en lugar de destruirla. Esto era especialmente curioso porque Popo odiaba a los narcotraficantes. ¿Era un anzuelo? En ese caso, ¿para engañar a quién? ¿O tenía la intención de venderla y recaudar dinero para comprar armas? ¿Qué papel desempeñaban Lobo y Karen en este plan? ¿Cuándo le revelaría el plan a Marcos? Negó con la cabeza. No tenía sentido. Deseaba que el padre confiara más en él. Marcos creía que le había probado que era un líder y que pertenecía a su círculo íntimo. Quería tener voz en el planeamiento de la guerra. El padre y su clan secreto de consejeros necesitaban incluir a los jóvenes guerreros. Estaba perdiendo la paciencia.

Levantó el rifle y caminó hacia la galería, ahuyentando a una jauría de perros que se disputaban los restos de un pañal de niño. A mitad de camino, vio que Karen se acercaba desde el sur; el rifle que él le había entregado le colgaba del hombro. Alta y de piernas largas, el cabello greñudo y la blusa tirante mostrando el contorno de sus senos, parecía un personaje de dibujos animados. La pollera le quedaba bien, a lo sumo demasiado corta, pero las botas parecían incongruentes con el lugar del cuerpo en el que la mayoría de las mujeres usaban sandalias. Tal vez encontraría algo más apropiado para ponerse en el camino, pero él no sabía dónde. Ella le hizo un gesto y él se detuvo para esperarla. Mientras ella se acercaba, los ojos de Marcos buscaron sus curvas y recordó el aroma y la sensación de su cuerpo la noche anterior. Comenzó a arder de deseo. ¿Tal vez podrían regalarse algún momento a la noche? ¿O tal vez al día siguiente, en el Valle de los Ríos? En dos, tal vez tres días se encontrarían con su padre. Marcos estaba decidido a disfrutar de las gentilezas de esta mujer admirable por última vez.

—Estoy lista —le dijo—. No tengo nada más que esto. —Le dio un golpecito al arma—. ¿Qué comeremos en este viaje?

—¿Tienes hambre?

—Últimamente siempre tengo hambre, pero puedo esperar. Estoy ansiosa por partir.

—No será fácil, Karen. No puedes quedarte atrás —le advirtió.

—Sé defenderme sola... ya lo verás —le respondió con seguridad.

—Recorreremos unos veinte kilómetros antes de acampar, tal vez mañana sean cuarenta.

—Parece mucho —dijo Karen, mientras miraba la selva.

—Así es... y es peligroso.

Marcos sabía que ella no tenía idea de lo que le esperaba. La selva era el depredador perfecto; una tumba en la que los restos son reciclados por los carroñeros, los insectos y los microbios. Ya sería suficientemente difícil trasladar a su ejército por allí, ni que hablar de una mujer que además era gringa.

—Entonces —insistió Karen—, ¿cuándo nos vamos?

—Ahora —respondió Marcos, al ver que Rafael se acercaba a la ribera del río. El viejo guerrillero se había colocado una gorra de béisbol sucia y tenía un pañuelo negro alrededor del brazo; ése era el símbolo de los zapatistas. Se acercó refunfuñado en voz baja. Al igual que los otros guerrilleros, además del rifle cargaba un machete.

—¿Qué sucede, viejo amigo?

—Ensuciarán sus pantalones después de que nos vayamos —refunfuñó, disgustado—. Tienen miedo de que el ejército federal regrese si nos vamos.

—No creo que lo hagan.

—Es lo que yo les dije. Tenemos sus armas. De todos modos, no nos podemos quedar para siempre. Les dije que este pueblo es solo uno de cientos. Ellos ya recuperaron el suyo. El maíz y el azúcar están bien. —Estiró los brazos para señalar los campos—. Les dije que fueran a trabajar. —Negó con la cabeza—. Son solo un grupo de ancianas —se quejó; después pasó para unirse a la docena de tropas que quedaban.

Quince minutos más tarde estaban siguiendo un sendero bien demarcado hacia el oeste, adentrándose en la selva. Dos soldados con machetes habían sido enviados al frente para explorar y limpiar el camino de lianas y cañas. Rafael, Marcos, Karen y el resto de los soldados caminaban uno detrás del otro. Dos de ellos cargaban la cocaína que habían robado. La selva era sombría y caminaban a paso vivo, pero la humedad agobiante les quitaba las fuerzas. Marchaban hacia el oeste desde el río e ingresaron en el territorio montañoso. Allí el sendero se volvía más difícil; cada terraplén y cada depresión estaban cubiertos por malezas. Por momentos la visibilidad se reducía a menos de diez o veinte metros. Las lianas, algunas más gruesas que sogas, se enlazaban entre las ramas de los árboles. Las plantas de hojas amplias, los helechos y las palmeras estaban adheridos al suelo rocoso. El sol brillaba de manera intermitente al escurrirse por la masa verde que cubría la selva y los golpes y zumbidos que hacían los machetes al talar las plantas acompañaban los gruñidos de los hombres que luchaban para abrir el paso. Casi todos tenían rifles de más y paquetes con suministros que le habían robado al ejército federal. La caminata tranquila había terminado. El resto del día sería una prueba de resistencia para todos, especialmente para Karen. Sin embargo, los zapatistas habían ingresado en su propio dominio y se movían con seguridad y precisión. Media hora más tarde, Marcos miró por encima del hombro para ver cómo viajaba Karen. Estaba respirando hondo, pero todavía no jadeaba; de vez en cuando se quitaba el cabello del rostro y se concentraba en el camino. «Bien», pensó; estaba orgulloso de ella. Tal vez no sería una carga después de todo. Se volvió y recuperó el ritmo para ponerse al lado de Rafael. Estaban avanzando a buen ritmo y Marcos quería hablar sobre su padre y escuchar la opinión de Rafael sobre esta extraña misión.

El capitán Chávez se rascaba las picaduras de mosquitos y refunfuñaba. «Cabrones», pensó. Ruines traidores. Los mataría a todos. No, primero los torturaría, después los mataría; especialmente a la gringa. La rebanaría de los pies a la cabeza. Gracias a ella, Bill se había subido a ese avión. Y gracias a la gringa, Chávez había bebido demasiado y había aspirado cocaína mientras escuchaba al pervertido tuerto contarle sobre su antigua vida en los trópicos. Chávez se había escondido en el campo de caña de azúcar y había observado la partida de los rebeldes desde el pueblo con sus nuevas armas y la cocaína; ambos de su propiedad. Ya hubiera sido difícil recuperar las bolsas con drogas, pero ahora los guerrilleros estaban equipados con nuevas AK-47, granadas de mano y morteros. «¡Chingada!», había pensado mientras los observaba marcharse en fila y desaparecer de su vista por el sendero. Hasta se habían llevado la soga, los faroles y las raciones de combate. Había contribuido más a armar a los rebeldes que todos los cochinos liberales de Norteamérica. ¡Qué mala suerte!

No sabía de dónde habían venido los zapatistas. Tampoco era importante —ahora solo le importaba la cocaína— y había observado con entusiasmo a los dos soldados en sandalias cargando esas bolsas que le resultaban familiares. Juró que volverían a ser suyas. De lo contrario, moriría en el intento. Era posible que el coronel Herrera dejara pasar la pérdida de su ejército y del equipamiento, pero jamás la pérdida de la cocaína. El gobierno tenía suficiente dinero, pero ése no era el caso del coronel. Era de esperar que tomara el fracaso de Chávez como un asunto personal. Nadie le creería la historia de Bill, y el capitán no podía regresar con las manos vacías. No sabía si tenía que intentarlo y capturar a la gringa para culparla de alguna manera por su debacle o intentar recuperar la cocaína; las dos opciones eran desalentadoras. Por ahora pensaría y analizaría la situación. Tenía la barriga llena de tortillas de maíz y había encontrado una botella de licor de caña casi llena que alguien había arrojado la noche anterior. No tenía su revólver Derringer porque lo había arrojado al río después de disparar las dos únicas balas. Tenía el rifle y cerca del agua había recuperado una pistola automática calibre 45 del cuerpo de un zapatista al que le habían cortado la garganta.

Después de diez años en el ejército mexicano, la crueldad, la indiferencia y la dureza que mostraba Chávez frente a la muerte cuando cumplía órdenes eran los motivos por los cuales lo habían elegido para asistir a la mejor escuela de guerra de los Estados Unidos, como cortesía del gobierno estadounidense. Allí había aprendido mucho sobre las guerrillas y la supervivencia. Ahora pondría en práctica todo su entrenamiento y acecharía a las sabandijas indígenas a la vez. Seguiría el camino que habían trazado desde la selva y les haría probar sus propias tácticas cobardes. Tendría paciencia, planearía todo con cuidado y después los ejecutaría sin piedad. Daría el golpe y huiría corriendo. Nunca debía pelear una batalla que podía perder y tampoco debía enfrentarse a ellos en forma directa. Utilizaría la sorpresa y el miedo. Ahora él estaba liviano, y ellos eran los que cargaban con los equipos pesados.

—Todo vuelve, cabrones —susurró. Cuando el último soldado de la fila desapareció de su vista, le hizo un gesto con el dedo del medio—. ¡Ve a tirarte a tu madre!

23

El Hombre Hueso caminaba a un ritmo vertiginoso. Parecía incansable aunque el calor era agobiante; avanzaba sin cesar, su machete estaba en permanente movimiento, cortaba y quitaba toda la vegetación que les obstaculizaba el camino. David, sin embargo, no viajaba tan bien. Le temblaban las piernas al caminar y le ardían los músculos de los muslos. Sus reclamos por aminorar la marcha habían llegado a oídos sordos y ya hacía un rato que había dejado de preguntar. El indígena ni siquiera le respondería. En cambio, el anciano caminaba enérgicamente a través de los helechos y las abundantes zarzas, colina arriba y colina abajo, adentrándose cada vez más en la selva; la hoja del machete se movía velozmente en el aire con experta facilidad. El aire estaba cargado de humedad y el olor desagradable de la vegetación putrefacta emergía del suelo. La antigua masa que cubría la selva se extendía casi doscientos metros hacia el cielo. El camino serpenteaba a través de densos grupos de alocasias, ayutías y mimusops, de los que se extraía un látex de aspecto lechoso. Plantas epifitas rojas con las raíces esponjosas a la vista una adaptación para recolectar la humedad y los nutrientes del aire, encontraban albergue en las ramas de los árboles. Lianas gruesas se entrelazaban entre las ramas de los árboles y colgaban impidiendo el avance casi a cada paso. Capullos florecientes de todos los colores se esparcían por doquier, en especial las orquídeas, pero después de dos horas de colinas, humedad y mosquitos David comenzó a jugar con la idea de regresar. Solo habían recorrido quince o veinte kilómetros y para llegar a destino les faltaban por lo menos cincuenta kilómetros más. ¿Cuándo y dónde se detendrían a pasar la noche? ¿Cuándo se tomaría un descanso el Hombre Hueso?

David se recriminaba no estar mejor preparado, se regañaba por lo que ahora, en retrospectiva, parecía una sucesión de malas decisiones. Mientras marchaba estoicamente detrás de su guía, recordó una vez más la disputa con su esposa y con su cuñado, sus peleas con Luis y el desastre que había sobrevenido a Karen. Con Popo ignorándolo, la culpa y la recriminación se habían convertido en sus únicas compañeras. Mientras se esforzaba por mantener el ritmo, David se mantuvo ocupado en un silencioso, pero acertado, argumento. Este viaje, racionalizó, era su única oportunidad de hacer bien las cosas. Les demostraría a todos —a los incrédulos y a los detractores— que había hecho lo correcto y encontraría a Karen y la llevaría de regreso. Además de un buen augurio, era un milagro que hubiera sobrevivido al accidente aéreo. No estaba seguro de cómo iba a lograrlo, pero junto con la fatiga y el enfado con la selva había crecido su determinación.

Un grupo de monos aulladores, unos ocho o diez, los había estado siguiendo, pero permanecía fuera de la vista. El profesor había detectado con miradas fugaces cómo se balanceaban las ramas de los árboles y había escuchado cómo crujían las hojas. Los monos gritaban iracundos y arrojaban hojas y ramas a los intrusos. El ruido que hacían lo había distraído; pensó en arrojarles algo cuando, de pronto, creyó escuchar voces. Se detuvo abruptamente y miró a su alrededor. Finalmente encontró al Hombre Hueso adelante, en la cima de una colina. Apenas lo podía ver entre la maleza. El chamán tenía la mano en forma de visera sobre los ojos y miraba hacia el este, observaba la selva en la dirección de la que habían venido. Se volvió y habló con alguien quien, aparentemente, había emergido de la nada. Popo miró al profesor una vez más, después se volvió y desapareció por el otro lado de la colina. ¿Con quién estaba hablando? ¿Ya habían llegado? Popo no había mencionado que se encontrarían con alguien más. David se esforzó para subir, abriéndose paso entre la hierba y la maleza que le llegaba hasta las rodillas hasta llegar al mismo lugar en la colina. Al mirar hacia abajo, vio a Popo sentado solo sobre una roca que se extendía hasta un arroyo. La leñosa pasionaria con flores de violentos tonos rojo-anaranjado daba sombra sobre la ribera y el agua cristalina golpeaba contra las rocas y se deslizaba corriente abajo. Se veía positivamente refrescante. El profesor se deslizó y arrastró los pies hasta llegar a la ribera barrosa, después se arrodilló y bebió agua con las manos. El líquido claro transportaba sedimentos y humus a causa de la lluvia, pero era revitalizante. Respiró hondo y volvió a beber.

—Lo hiciste bastante bien para ser ladino, ahua —lo alabó Popo—. Creí que no podrías mantener el ritmo.

—¿Qué es esto? ¿Una carrera? —gruñó David. Se recostó sobre los hombros—. ¿Cuál es el apuro?

—Hay que preparar a las aves. Hay que alimentarlas y asearlas. Hay que...

—¿Quién era él, Popo? ¿Quién era el hombre con el que estabas hablando? —Le exigió David, resentido porque no le había consultado. Le clavó al chamán su mejor mirada de «estoy hablando en serio»—. No mencionaste que nos encontraríamos con alguien. ¿Esto también tiene que ver con tu mentira zapatista? —Aplastó un mosquito que se estaba haciendo una fiesta en su oreja.

—Descansaremos unos minutos más, ahua. No queremos adelantarnos demasiado.

—¿Cómo? ¿Adelantarnos a quién? ¿Qué está sucediendo, Popo? —David se sentó, preocupado.

—Deberías ver a mi gallo negro, ahua. —El Hombre Hueso retomó su conversación anterior—. Es un ave hermosa... y es muy fuerte. Es un verdadero luchador.

El profesor aplastó un mosquito que se estaba haciendo una fiesta en su mano.

—¿Tu qué? ¿Tu gallo? ¿Qué me...? —David se limpió el sudor y la mugre de la frente. ¿Había escuchado bien? Tal vez era el calor. ¿Por qué Popo estaba preocupado por adelantarse demasiado a un gallo?

El chamán levantó su bolsa y extrajo dos piezas brillantes de metal.

—Tengo un nuevo par de espuelas. Estas cuchillas te cortarían hasta el hueso. —Las exhibió orgulloso.

¿Un gallo? ¿Espuelas? ¿De qué demonios estaba hablando?

—Popo... ¿quién era la persona que...? —En ese momento el profesor entendió. ¡El chamán estaba hablando de su gallo de riña!— Popo... no estamos dirigiéndonos a una pelea de gallos, ¿no es cierto? —David miró a su guía con el ceño fruncido.

—Llegaremos en dos horas, ahua. —El anciano se puso de pie y señaló—. Seguiremos este arroyo hacia el oeste hasta llegar a la catarata, después iremos dos kilómetros al sur, hasta Dolores. Tengo una esposa ahí. Es una buena cocinera. ¿Tienes hambre?

—¿Popo, por qué respondes a mis preguntas con otra pregunta? ¿Qué estás ocultando? ¿Qué está sucediendo? ¿Qué es esta tontería sobre tu gallo?

—Oh... estamos yendo al Valle del Concejo, ahua. No te preocupes, podrás ver La Cueva en la que los Dioses Cantan, pero esta noche debemos quedarnos en Dolores. Tengo que reunirme con algunas personas... negocios, tú sabes. —Le guiñó el ojo—. Además, los soldados se acercan y no querremos estar solos en la selva cuando lleguen.

El chamán se puso de pie, se sacudió los pantalones y le hizo un gesto al profesor para que lo siguiera.

—¡Popo! —David lo llamó—. ¿Qué soldados? ¿Por qué vendrían detrás de nosotros? ¡Popo!

Pero el Hombre Hueso dio un golpe poderoso y rebanó una liana de cuatro centímetros que bloqueaba su camino. Después se fue caminando entre las hierbas que le llegaban hasta las rodillas al costado del arroyo, antes de desaparecer de su vista.

—¡Maldición! —insultó David—. ¡Maldición, maldición, maldición! —Arrancó un puñado de césped y lo arrojó al agua—. ¡Espérame, Popo! —gritó.

David se puso de pie, gruñó obstinado y caminó dolorido detrás de su guía. Se patinó cerca de la ribera, pero logró enderezarse y eludió las ramas para poder ir tras el chamán una vez más. Flexionó las manos y las cerró al frente como si estuviera visualizando el cuello del anciano entre ellas. David lo cogería fuerte del cuello hasta que le diera una respuesta directa. Ahogaría al pequeño cabrón en el arroyo. Lo... Lo... Lo haría si tan solo pudiera encontrarlo.

El guardaespaldas personal de Karen, Chonala, un indígena tzotzil joven, pero cauteloso, de los Altos de Chiapas, se arrodilló a su lado y bebió de su botella. Llevaba pantalones de algodón sucios, sandalias, una camiseta y un rifle que era casi tan alto como él. Cuando le ofreció un trago, ella lo rechazó. Después de haberse acabado su bebida en el último descanso, estaba considerando la posibilidad de hacer una parada rápida entre los arbustos para descargarse. Desafortunadamente, no cabían dudas de que él la seguiría y no tenía ganas de jugar charadas para que le entendiera. Quería estar al frente con Marcos en lugar de quedarse rezagada al final con este joven zapatista que no hablaba español. De vez en cuando él le decía algo, pero después se daba cuenta de que ella no podía comprenderlo. Tras intercambiar algunas sonrisas tímidas, ella se dio cuenta de que él tampoco estaba cómodo con el arreglo. Por el momento, las sonrisas forzadas tendrían que alcanzar como único medio de comunicación.

Durante las primeras dos horas, habían andado por un camino muy transitado. Karen todavía podía ver los restos de los senderos trazados por las ruedas de los Humvees y del vehículo transportador de tropas que habían llegado cuatro días atrás para tomar el control del pueblo. Había descubierto que la espesura del follaje y las colinas y las rocas de la selva eran increíbles. Era cada vez más habitual ver barrancos de piedra caliza erosionada con fragmentos de pizarra. Aunque la vegetación era abundante, el suelo de la selva era delgado y no parecía adecuado para la agricultura. Por alguna razón, se había imaginado que la selva Lacandona era llana, pero nada podía estar más alejado de la realidad.

El sol brillaba por momentos a través de las nubes de tormenta que se deslizaban hacia el este en dirección al Golfo de Campeche y la península de Yucatán. Después de una hora se tropezaron con un camino precario de grava que cruzaba perpendicularmente el sendero de la selva. Se acomodaron a la sombra y descansaron unos veinte minutos mientras los guerrilleros exploraban la zona para ver si alguien había observado su avance. Creyendo estar a salvo, habían cruzado y caminado largamente adentrándose en el laberinto de árboles y zarzas más denso que ella jamás hubiera visto. Grandes telarañas que aparecían como mosaicos de seda sobre un fondo jade bloqueaban el sendero; algunas tenían arañas lanudas que esperaban poder cazar su alimento. Las lianas, algunas tan gruesas como su pierna, colgaban de grandes ramas de los árboles de troncos de gran diámetro y los monos aulladores se balanceaban de rama en rama, amenazando a los intrusos que invadían su dominio con sus alaridos. Chillidos agudos de los loros resonaban desde el cielo a través del sombrajo. Su imaginación avanzaba a un ritmo frenético y creía que podía escuchar el ruido de las criaturas reptantes y ver cómo se movían por las hierbas altas. Sobre sus cabezas había una nube de mosquitos que los seguían paso a paso. La selva estaba atenta a su invasión y enviaba adevertencias a los animales que estaban adelante.

En una ocasión se detuvieron abruptamente y se quedaron quietos hasta encontrar a un jaguar que buscaba alimento junto con sus tres crías. La cabeza del felino se agazapó, amenazante. El animal curvó los labios y emitió un gruñido gutural y mostró sus dientes perlados antes de volverse y desaparecer en las sombras de las altas hierbas: un fantasma negro que se desvanecía en el infierno de la selva. Las crías siguieron a su madre, indiferentes.

Cuando la tropa se detuvo para descansar una vez más, Karen ya había comenzado a quedarse atrás. Apoyó el rifle en el suelo, se secó la frente y bebió de la cantimplora de Chonala. Calculó que había visto cerca de unas diez cuevas y en dos ocasiones habían encontrado lo que obviamente eran ruinas; sospechaba que estas eran totalmente desconocidas. Uno de los sitios estaba cubierto completamente por árboles y maleza y era imposible de ver desde arriba; supuso que debía de tener unos mil años. Pensó que era otra oportunidad perdida y suspiró con melancolía. Tal vez algún día, una vez que la guerra terminara, podría regresar y volver sobre sus pasos, pero ése no era el momento adecuado. Los guerrilleros ya estaban de pie otra vez listos para seguir avanzando. No había tiempo para holgazanear.

—Hora de irnos —dijo Marcos, acercándose desde el principio de la fila. Exhortó a todos para que volvieran a alzar las cargas y ocupó su lugar—. ¿Te encuentras bien? ¿Lo lograrás? —se había escabullido hasta su lado sin que lo vieran. Su rostro mostraba preocupación.

—Lo lograré. Solo asegúrate de que no acabe como comida de felinos.

—¿Comida de felinos?

—Alimento de jaguares. Ya sabes a lo que me refiero.

—Ah... sí... no tienes que preocuparte.

Sonrió ante lo que supuso era una broma; permaneció de pie incómodo por un momento; después, incapaz de pensar en una respuesta, regresó al frente donde lo esperaba Rafael.

Chonala permaneció a su lado sonriendo expectante. Ella gimió y se puso de pie, recogió el rifle —parecía que pesaba una tonelada— y se acomodó detrás de los demás. A los pocos minutos de caminata, sentía como si no hubiese descansado. Cada paso ahora requería un esfuerzo consciente. En todas las direcciones había montículos arbolados y rocosos y como rodeaban una colina tras otra, ella perdió el sentido de la orientación. Cuando la tropa se detuvo nuevamente, ella se derrumbó bajo la sombra de un bambú y se sentó con la cabeza colgando por el cansancio. Aunque era fuerte y tenía un buen estado físico, la combinación desagradable de calor, mosquitos y terreno escarpado había agotado rápidamente sus reservas. La traspiración le chorreaba por la espalda y le mojaba la cintura de la falda que había tomado prestada. Los mosquitos habían estado de fiesta por horas y ahora ella se rascaba las picaduras que le habían dejado en las piernas y en los brazos cuando le chuparon la sangre. No se sentía tan cansada desde sus prácticas de voleibol.

—Ya falta poco —la alentó Marcos, que se acercó a su lado. Se secó la traspiración de la frente y le ofreció una cantimplora.

Ella la aceptó y bebió con ganas.

—Bebe todo lo que quieras. Hay más.

Ella tragó mas agua y exhaló.

—Gracias —aplastó con la palma de la mano dos chupadores de sangre que tenía en la pierna—. Por Dios, está húmedo... y estos mosquitos condenados... —agitó el brazo para espantar a las pestes incansables—. Me siento como un alfiletero.

—Pondremos un mosquitero esta noche. Sé que es difícil, pero es necesario que mantengas el ritmo. Pronto llegaremos al pantano de las tierras bajas.

—¿Pantanos? Dime que es una broma. —Un gemido se escapó de sus labios—. Será peor que esto.

Lo rodearemos y acamparemos al pie de las montañas, al oeste. Son unas tres horas más. —Le acarició el hombro con la mano y se inclinó para acercar su boca a los oídos de ella—. Conozco un lugar... tiene una... —se detuvo para pensar— una cascada... una... —terminó la oración en español.

—¿Una cascada?

—¡Sí! Es un arroyo que tiene una pequeña cascada —Con la mano recorrió suavemente el contorne de su espalda—. Acamparemos río abajo. Si quieres tomar un baño...

—¿Si quiero tomar un baño? ¿En una cascada? —se puso de pie entusiasmada, ansiosa por partir—. Ya estoy lista.

Pero desde atrás una voz gritó en señal de alarma. Marcos cogió su arma y se puso de pie de un salto. Dos jóvenes guerrilleros pasaron corriendo a toda velocidad y él se corrió detrás de ellos.

—¿Qué es? ¿Qué sucede?

Karen se puso de pie para seguirlos, pero la mano fuerte de un guerrillero la empujó contra los bambúes. Ella trastabilló y después intentó quejarse, pero alguien la cogió desde atrás y le cubrió la boca con la mano. Luchó hasta que el soldado que la había empujado puso un dedo sobre su boca indicándole que tenía que hacer silencio. Mientras ella observaba, el soldado se arrodilló con el rifle en la mano y avanzó a rastras hasta el sendero, miró alrededor y después les dio instrucciones a los demás.

Karen esperó. Apenas podía respirar. Veía sombras desplazándose velozmente a través de las cañas que crujían. Voces apagadas regresaban por el sendero y Marcos gritó una orden. Momentos más tarde Rafael y un grupo de cuatro guerrilleros aparecieron cargando el cuerpo de un soldado. Lo pusieron al costado de un árbol y ella se acercó para observar. El cuello estaba inclinado en un ángulo imposible. Lo miró hipnotizada. Le dieron náuseas y entonces abrió la boca de sorpresa al darse cuenta de que se trataba de Chonala, el soldado que le habían asignado para protegerla. Él se había alejado cuando Marcos se acercó para sentarse al lado de Karen. Nadie había notado su ausencia. Ella lo miró una vez más, sintió arcadas y se dio vuelta para vomitar. Las suaves manos de Marcos le acariciaban la espalda.

—¿Te encuentras bien?

—Sí... claro —mintió—. Veo cosas así todo el tiempo en mi hogar.

—¿En serio?

—No, Marcos... ¡Madre de Dios! —Se inclinó y volvió a tener arcadas—. Era tan joven —dijo sin aliento.

—Tenemos que irnos —insistió. Marcos.

Rafael estaba a su lado, observándola con ojos amargados.

—¡Me siento mal!

—Karen...

—Solo dame un minuto, ¿está bien?

Marcos dio una orden y dos soldados cogieron el equipo de Chonala. Se improvisó una especie de camilla y se puso el cuerpo del joven encima. Dos guerrilleros fueron asignados para llevar cada uno de los extremos. Llevarían el cuerpo hasta un lugar seguro para enterrarlo. Marcos y Rafael habían enviado a varios hombres a explorar la selva para buscar al asesino, pero habían regresado con las manos vacías. Los zapatistas, muchos de ellos solo muchachos, se juntaron en grupos y hablaron en voz baja. Mientras tanto, Marcos y Rafael se habían apartado y estaban discutiendo. Ella podía ver sus rostros y sus gestos de urgencia. Finalmente llegaron a un acuerdo, y Rafael caminó pesadamente hasta los soldados expectantes y les dio las órdenes.

Marcos se acercó a Karen.

—Nos están siguiendo.

—¿Quiénes?

Él se encogió de hombros, pero parecía preocupado.

—Tal vez los federales nos siguieron el rastro en el camino.

—Pero, tú crees otra cosa, ¿no es cierto?

Ella se mordió el labio inferior.

Una sonrisa sarcástica le dio la respuesta. Marcos cogió su rifle y miró a sus hombres, después fijó la vista en el cuerpo del soldado.

—Es muy raro que los soldados federales se adentren en la selva —le dijo—. Ni siquiera se apartan mucho de los caminos. Pero esto es... diferente. —Curvó los labios como si estuviera pensando—. Tal vez son pocas personas. Tal vez es solo una persona... pero lo dudo. Tendría que ser increíblemente valiente... o demasiado estúpido. Pronto lo averiguaremos —miró una vez más el cuerpo y después el camino—. Esta vez quiero que vayas al frente conmigo.

Ella siguió su vista hacia el soldado.

—Mantendré el ritmo... lo prometo.

—Si ves o escuchas algo inusual... cualquier cosa, di algo.

Él se levantó para unirse a Rafael.

—Marcos.

—¿Dime Karen?

—Tengo miedo —reconoció.

—Bien... eso te mantendrá viva.

24

«Este lugar tiene el nombre adecuado», pensó el profesor. Dolores, como su nombre lo indicaba, describía su propia condición física así como también su impresión de la aldea que estaba en medio de la selva. El pueblo era una aldea de los indígenas lacandones formada por cabañas cuyas estructuras estaban hechas con ramas y estaban coronadas con techos de hojas de palmera y paja. También tenían un saledizo angosto similar al techo, que se extendía desde la puerta de entrada y estaba sostenido por dos postes. Todas las casas tenían estructuras similares, aunque algunas eran más grandes que otras. A diferencia de la mayoría de las ciudades de México, Dolores no tenía zócalo. Las cabañas estaban dispuestas al azar sobre dos calles de barro que apestaban a desperdicios. El pueblo tenía la población habitual de pollos, perros flacos y huesudos y algún que otro cerdo. La electricidad y las cañerías les eran desconocidas, pero cuarenta metros colina abajo había un río de agua clara. En una porción de la selva, pequeños jardines y campos de maíz escalonados limitaban con las estribaciones de las colinas.

Considerados primitivos e ignorantes por los otros mayas de Guatemala y de México, los lacandones estaban prácticamente escondidos en las áreas más remotas de la selva. En general, evadían la civilización y muy pocos, por no decir ninguno, hablaban español. Pero eran amigables y su emoción al ver llegar al Hombre Hueso y a David fue evidente. No era común recibir visitas.

Vestidos con sacos de algodón que tenían agujeros para la cabeza y para los brazos, los lacandones todavía no habían incorporado la forma de vestir de occidente. La mayoría usaba sandalias aunque algunos estaban descalzos. Sus accesorios personales eran collares hechos con almejas del río, mechones de cabello, piedra o huesos de animales. Su cabello negro y grueso era largo y greñudo y estaba peinado a la antigua; por la baja estatura y las narices arqueadas eran inconfundiblemente mayas.

Popo Reyes fue recibido por todos, incluida una mujer decorosa de mediana edad que permaneció de pie a su lado mientras él hablaba con otros. ¿Era la esposa de la que le había hablado? Después de una caminata agotadora por la selva, David sintió que la alegría y las risas de los niños eran alentadoras. Se reunieron alrededor de Popo, con los ojos bien abiertos y deferentes mientras el chamán les contaba una historia. Cuando el anciano abrió su bolsa y les regaló caramelos, el tumulto comenzó otra vez. Las personas mayores observaban sonrientes sus payasadas. Algunos miraban los dulces con envidia.

El profesor aceptó con gratitud una vasija llena de agua y la vació rápidamente. Hacía tiempo que el sol ya se había desvanecido y ahora era solo un reflejo anaranjado ardiente detrás de las colinas occidentales; toda la zona permanecía a la sombra de miles de árboles. Las nubes amenazantes que habían aparecido más temprano se habían deslizado hacia el este buscando un objetivo más adecuado. La humedad agobiante persistía al igual que los mosquitos, pero el calor había cedido. Se dio cuenta de que el viaje desde Palenque había sido un ascenso gradual, pero constante, hacia las estribaciones de las montañas. Con suerte, la mayor altitud y la noche los liberarían del calor.

No todos los pobladores eran lacandones. El misterio de las personas que habían visitado en secreto a Popo durante el día estaba resuelto. Cuatro zapatistas que portaban armas habían esperado su llegada. Ahora era obvio que estaban esperando a Popo y al profesor. En ese momento David ya sospechaba que el Hombre Hueso estaba conectado con un grupo de mensajeros que iban y venían constantemente con información. El anciano no dejaba de sorprenderlo. David nunca hubiera sospechado que su viejo conocido tuviera el carisma y los conocimientos políticos para ayudar y apoyar una revolución. El hecho de que se hubiera involucrado era una prueba de lo urgente que se había vuelto la situación económica de los indígenas. El astuto chamán había viajado mucho durante toda su vida y era muy conocido. Los curanderos y los chamanes eran más respetados que los caciques locales y los mayordomos, los jefes políticos del pueblo. Sus habilidades para adivinar y curar habían adquirido un estatus legendario, y el Hombre Hueso era muy buscado para lidiar con las enfermedades del alma, que se creía eran la causa principal de las enfermedades entre los mayas.

La caminata por la selva le había dado a David el tiempo para cavilar sobre su propia situación. Había alternado entre maldecir y denigrar al chamán y minimizar su participación inventado excusas por haber ido. Se había asegurado a sí mismo que sus motivos eran estrictamente altruistas. Solo quería ayudar a la arqueóloga que habían secuestrado para que regresara sana y salva. «El Cabo de Vidrio y la promesa de un descubrimiento arqueológico eran cuestiones secundarias, o algo así», se dijo a sí mismo. Pero no había vivido tanto ni se había educado en la Universidad Nacional solo para hacerse ilusiones. Después de un castigador viaje de seis horas a través de la selva, el que había transitado en su mayor parte en un silencio negador, había llegado a lo que creía era un análisis preciso de la situación: estaba hundido hasta el cuello, no tenía dudas de eso.

Popo había admitido que era zapatista, que el gobierno federal sospechaba de él y que habían monitoreado sus movimientos. Aún peor, el chamán también había admitido que a sus mensajeros les habían robado drogas. Durante tres días, David había observado cómo una serie de hombres sospechosos que se movían furtivamente iban y venían después de encuentros subrepticios con el Hombre Hueso. Estos informantes aparecían cada dos o tres horas con novedades y desaparecían llevándose instrucciones consigo y ahora el chamán había dicho casualmente que el ejército los estaba siguiendo. ¿Por qué? David no sabía qué estaba dirigiendo Popo, pero su ansiedad aumentaba con cada incidente. Gente de ambos bandos estaba en movimiento, pero desafortunadamente el profesor no conocía los riesgos porque el Hombre Hueso rehusaba confiar en él. Aún con lo peligroso que era todo debido los hechos que ya conocía, David se había comprometido a ir; ahora no podía retroceder. El truco sería llegar hasta Karen y escaparse antes de que los atraparan en algo que ninguno de los dos pudiera controlar, si es que no era ya demasiado tarde.

El chamán desapareció y dejó a David bajo el cuidado de dos mujeres de baja estatura, de cabellos sucios, que no comprendían una palabra de español. Consideró la opción de seguir a Popo para insistirle en que lo incluyera en todos los actos en los que el chamán se estaba involucrando, pero sabía que este lo reprendería. Las mujeres lo guiaron a una de las cabañas más grandes donde una niña adolescente estaba arrodillada en el suelo moliendo maíz con un metate para hacer tortillas. Si las circunstancias hubieran sido diferentes, el profesor habría encontrado bucólico el escenario por donde se movían y a sus habitantes interesantes, pero ahora estaba sentado afuera, a la sombra de la cabaña, y estaba pensando en sus propias dudas. Las mujeres se rieron y él supuso que estaban chismorreando sobre los nuevos hombres que habían llegado al pueblo. Un trago de brandy le vendría bien.

Treinta minutos más tarde, el aroma de las alubias y las tortillas de maíz le penetraba por la nariz. ¡Maldición! ¡Tenía hambre! A ambos lados del camino lodoso y sucio, las mujeres realizaban febriles preparativos para el festival de esa noche. Algunos de los hogares más prósperos tenían hornos de barro en los jardines, pero casi toda la comida se cocinaba en tapas de barriles que colgaban sobre fogones. El aroma de la comida cocinándose le hacía agua la boca, y pensó en acercarse con la esperanza de que le ofrecieran una tortilla de maíz recién hecha, pero en ese momento volvió a aparecer el Hombre Hueso. Todavía tenía la bolsa colgada del hombro y estaba acompañado por dos hombres a los que el profesor no había visto antes que caminaban a su lado. Popo extrajo muchos sacos pequeños y se los entregó a las mujeres. Después de discutir lo que debían hacer con el contenido, las mujeres se rieron, una simuló darle un golpe que el chamán esquivó, fingiendo estar lastimado. Los hombres se quedaron atrás, y Popo se unió al profesor cerca del camino.

—Lindo pueblo —dijo Popo.

David analizó el rostro del anciano para ver si hablaba en serio. Él no podía encontrar en el pueblo de Dolores ninguna característica que lo salvara.

—Sí... —afirmó el profesor de mala gana intentando pensar en algo agradable para decir.

—Esta noche habrá fiesta, ahua. Habrá ponche para beber, sopa de pollo y alubias... ¡Una fiesta!

David no podía recordar haber visto al anciano tan entusiasmado.

—¡Después pondremos a los gallos en el campo de riñas! —Infló el pecho mientras pensaba—. Vamos, ahua. —Le hizo un gesto—. Te mostraré al ave más audaz de todo Chiapas.

—Popo... ¿qué hay de mañana? ¿Escuchaste algo sobre la estadounidense?

Esta ave tiene las piernas de un ganso y las garras de un águila.

—Popo... ¿realmente nos está siguiendo el ejército?

El chamán se detuvo, puso las manos en la cintura y enfrentó al profesor. Frunció el ceño y las arrugas de su rostro se movieron.

—Ahua... mañana hablaremos con la gringa. Pero esta noche habrá fiesta.

—Pero Popo...

El Hombre Hueso levantó la mano.

—Mañana... ahua. Lo prometo. La gringa está viniendo. Lo sé. Sabré más sobre ellos a la noche tarde, y cuando me entere de algo te contaré... ¿De acuerdo? Esta noche hay fiesta... Mañana tal vez tengamos que luchar. —Popo se volvió para irse, sin preocuparse si David lo seguía o no—. El padre de este gallo ganó treinta y cuatro peleas en el pueblo Realidad. Se retiró y ahora tiene todo un gallinero que lo mantiene ocupado.

El profesor suspiró y frunció el ceño, pero se dio cuenta de que el Hombre Hueso hablaba en serio sobre no dejarlo participar de las cuestiones; por este motivo decidió seguirle la corriente por el momento y le preguntó:

—¿Qué quieres decir? —Intentó parecer interesado—. ¿Cuántas peleas ganó tu gallo?

—¿Mi gallo? Ninguna, ahua... ninguna todavía, pero deberías ver a esta ave. Los cortará en dos. Es negro y tiene un mechón rojo en el pecho... la marca de un luchador —presumió—. Tiene las patas blancas... oh... este sí es un macho.

Y así siguió la charla, con el locuaz chamán que hablaba efusivamente sobre su maravilloso, pero inexperto gallo. Popo los guió a una gran cabaña en el límite del pueblo. Un joven de mirada hosca que David creía reconocer estaba de pie, esperándolos. El chamán llamó y una reticente mujer de mediana edad salió de la cabaña. David recordó que la había visto no bien llegaron. Para su sorpresa, el diminuto guía la tomó de la mano y le habló en voz baja, mostrando un afecto genuino. Parecía feliz de ver a Popo, pero estaba avergonzada por la presencia del profesor. David asintió y la saludó, pero ella permaneció cabizbaja, con los ojos mirando el suelo.

—Mira... ahua... mis machos.

Popo señaló y rodeó la cabaña hacia la parte trasera donde había seis jaulas con aves.

El joven David ahora recordaba que era el muchacho al que Popo había regañado en la iglesia de Palenque estaba sacando a un gallo de su corral. El Hombre Hueso puso a la nerviosa ave debajo del brazo y la acarició y le habló. David descubrió que se llamaba Zapata. «Es muy adecuado», pensó. Sabía muy poco sobre pollos y menos aún sobre gallos de riña. Decidió que el gallo realmente parecía ser un buen ejemplar, pero se veía aún mejor en un plato acompañado con patatas hervidas y alubias negras. David, sin embargo, no le dijo esto a su guía. Recordó los comentarios que había hecho antes el chamán sobre el ave y los repitió como si fueran sus propias observaciones para no parecer ignorante.

—Sí... tienes un buen ojo, ahua. Estos otros... —se burló y señaló las jaulas— pelean como gallinas. Se cagan en la riña y corren ante el primer ataque. Si no fueran muy costosos, me los comería. Es difícil encontrar una buena ave de juego, un macho que pelee hasta la muerte. Pero con Zapata mi suerte cambiará. Guárdate el dinero, ahua, a menos que quieras apostar a este gallo.

Popo acarició al gallo y murmuró palabras de afecto antes de entregárselo al joven con las instrucciones que debía seguir para cuidarlo y prepararlo para las riñas de la noche.

Dejaron al joven para que atendiera a las aves y regresaron al frente de la cabaña. La esposa de Popo se acercó sosteniendo dos vasos de plástico y una botella cerrada que contenía un líquido que David supuso era licor. En el fondo de la botella había dos centímetros de cacahuates y de azúcar.

—¿Quieres Ponche, ahua? —El diminuto indígena le ofreció la botella.

—Eh... sí, tal vez un poco. Ya sabes... no quiero beber con el estómago vacío y eso.

El chamán llenó los vasos hasta arriba y le entregó uno al profesor.

—¡Por Zapata! —gritó el Hombre Hueso para hacer un brindis, y levantó el vaso.

—Por Zapata —afirmó David con poco entusiasmo. Estaba preocupado porque no podría volver a tragar nada más después de beber ese alcohol. Intentó no imaginarse qué ingredientes podrían haberle agregado a la caña de azúcar para darle sabor. Tal como lo había esperado, un solo trago le hizo atragantarse y toser. El ardor del alcohol le quemaba las fosas nasales—. ¡Jesús! —resopló.

—Es bueno, ¿no es cierto? —preguntó el chamán, quien bebió otro sorbo—. Mi esposa... Ella hace el mejor ponche —sonrió—. Es hermosa, ¿no te parece, ahua?

—¡¿Qué?! Oh... claro... por supuesto. Es muy guapa, Popo. Eres un hombre afortunado —coincidió el profesor. Intentó beber otro trago del disolvente de pintura.

—Te quedarás en la última casa con las mujeres, ¿está bien? Son hermanas. Te darán de comer y hay una hamaca para ti. —El chamán levantó el vaso, después se detuvo y miró a los ojos a David—. Las hermanas... —hizo un gesto con el vaso—. Al esposo de una de ellas lo mataron los soldados federales; el esposo de la otra... nunca regresó. Tal vez también está muerto. Están solas. —Le guiñó un ojo.

David se atragantó y derramó la bebida en el suelo. El propergol le quemó la garganta y le impidió respirar.

—Popo... escucha... —intentó recuperar el aliento—. Me quedaré afuera o algo así. Yo... eh... estoy casado. Ya lo sabes.

—Esta noche lloverá, ahua. Una vez que el sol se esconda y los mosquitos hayan acabado contigo, tu esposa no te verá regresar. Quédate cerca del fuego y de las hermanas... ¿está bien? Prometo que mañana te llevaré conmigo. —Giró y observó cómo su esposa entraba en la cabaña; después volvió a mirar al profesor—. Mi esposa y yo tenemos mucho de qué hablar. Es hora de que te vayas, ahua. Nos vemos más tarde. —Se volvió, siguió a su esposa adentro y dejó a David solo con el vaso casi lleno.

«No tiene modales», pensó David derramando el contenido del vaso en el suelo y apoyándolo sobre la mesa hecha con ramas de árbol. Una mirada fugaz reveló un cielo que se oscurecía. El sol se había escondido detrás de las colinas arboladas y el aire se sentía aún más húmedo que cuando habían llegado. La selva se veía amenazadora y siniestra y apenas podía vislumbrar el contorno de cada árbol o de las ramas. Pronto, ya sin luz, se convertiría en un lugar impenetrable. No tenía deseos de dormir bajo la lluvia, especialmente en la selva, pero detestaba tener que regresar a la cabaña de las hermanas. Qué dilema. Popo Reyes era un gilipollas.

Le gruñía y ardía el estómago por los dos tragos de ponche. Miró la cabaña de ramaje del chamán, frunció el ceño y después volteó y volvió lentamente sobre sus pasos. Tenía las piernas muy cansadas y apestaba a olor corporal y transpiración seca. Le picaba todo el cuerpo por los ataques de los mosquitos. Su estómago crujió y se dio cuenta de que estaba famélico. Se suponía que tenía que comer con las hermanas, pero ¿qué les diría? Ni siquiera hablaban español, solo se reían tontamente. Volvió a pensar en la hacienda confortable de San Cristóbal con su esposa y sus amigos. Menos de una semana atrás había estado disfrutando de unas vacaciones, comida maravillosa, amistad y la compañía de los seres queridos. Menos de una semana atrás había dormido en una cama muy cómoda con su bella esposa. ¡Oh, cómo extrañaba a Alexandra! Ahora estaba en la selva Lacandona con un chamán zapatista excéntrico y tosco. El ejército federal les pisaba los talones, o al menos eso decía Popo, y se suponía que al día siguiente tendrían un encuentro con otras tropas zapatistas. ¿Qué estaba sucediendo realmente? ¿Cómo habían salido tan mal las cosas? La bilis ardiente y con sabor a licor de caña le subía por la garganta. Eructó llamativamente y pensó una vez más en las hermanas. Realmente ellas no tenían la culpa. La razón por la que había arribado a esa conclusión era realmente sencilla. Malas decisiones, una tras otra. Se estuvo juntando con malas compañías. Tal vez tendría que haber escuchado a Luis.

25

La tormenta vespertina se había deslizado al este y había dejado una hermosa corona roja y naranja con algunas vetas de magenta revoloteando sobre la cadena montañosa. Había barnizado el cielo con un brillo cerámico, pero ahora se estaba desvaneciendo detrás de las sierras, en el inframundo maya. Luis permaneció de pie en la galería del cónsul mirando hacia las estribaciones escalonadas del oeste. Su aparente calma e inexpresión en el rostro se contradecían con la confusión que sentía por dentro. Miraba fijo sin mirar, estaba concentrado en la desaparición de su amigo en la selva en busca de la arqueóloga perdida. A pesar de las quejas del profesor, el poli creía que la primera motivación de David era la esperanza de encontrar esa cueva y esos infernales libros indígenas.

Desde que se volvieron amigos, los dos habían vivido muchas cosas con el pasar de los años y se había generado una relación extraña, pero duradera: Luis, el policía ignorante pero con calle; y David, el profesor universitario. Sin embargo, los hechos de los últimos días, especialmente los del día anterior, habían puesto a prueba seriamente el lazo que los unía. La terquedad y la aparente falta de sentido común de su amigo lo seguían desconcertando y sacaban lo peor de él mismo; nada semejante a su personalidad habitual. Irritado y algo más que molesto, Luis se vio tentado a regresar a Chihuahua con su esposa en lugar de proseguir con el tema. Sin embargo, al relacionar los hechos con Alexandra y ver sus expresiones de incredulidad y preocupación, sabía que se quedaría para esclarecer los hechos.

Hasta el momento, se sentía bloqueado. ¿Por dónde debía comenzar? ¿A quiénes tenía que involucrar? ¿Dónde encontrarían aliados? ¿Estaba haciéndose las preguntas correctas? Para conocer la gravedad de la situación de David, Luis tenía que conocer a los jugadores y sus motivaciones. Alexandra, que siempre actuaba con practicidad, había dejado a un lado sus desacuerdos matrimoniales, sus celos por la hermosa arqueóloga gringa y había abandonado toda pretensión de apoyar a Joaquín en lugar de a su esposo. Se había unido a Luis para solicitarle a su hermano que usara imperativamente sus conexiones para investigar la historia del coronel Herrera y había insistido en que llamaran a Interpol para solicitar información sobre los dos estadounidenses: el doctor Depp y su mano derecha. También quería que hiciera una llamada a la embajada de la Ciudad de México. A pesar de las afirmaciones de Joaquín de que era inadecuado y falto de autoridad, Luis y Alexandra habían conseguido que este les prometiera ayudarlos. Pero habían pasado cinco horas y todavía no tenían novedades. Luis se estaba volviendo más tenso que las cuerdas de un piano. Creía que el cónsul estaba actuando con lentitud a propósito, lo que parecía un misterio. Considerando los obstáculos, la resistencia de Joaquín era casi un detalle. Con el pasar de cada hora, la desesperanza se apoderaba de Luis. ¿La situación se estaba volviendo peor y fuera de control y tal vez ya no tenía solución? ¿Cómo podía actuar si Joaquín no les daba información? Rescatar de la selva y en el medio de la guerra a un hombre que no quiere ser salvado era desalentador y tal vez estúpido y, ahora que Luis lo pensaba mejor, tampoco tenía sentido.

Luis se daba cuenta de que la tentación había sido demasiada cuando el chamán le mostró a David la ubicación en el mapa del Valle del Concejo. Y, ¿qué había de la arqueóloga que estaba desaparecida desde la última semana? Luis no creyó ni siquiera por un instante las insinuaciones de Joaquín de que David estaba loco por ella. Eran puras tonterías y era muy cruel de su parte decirlo en presencia de su hermana. No; aunque David se sentía responsable por la situación de Karen, eran los libros los que lo habían vuelto loco. De todos modos, el endemoniado indígena —ese Hombre Hueso— decía que ella estaba bien. La posibilidad de encontrar a la gringa, las cuevas y, tal vez, los libros, había superado el sentido común del profesor. Le habían permitido aplacar su conciencia mientras lo tentaban con la posibilidad de hacer un gran descubrimiento. Ahora dos personas, en lugar de una, habían caído en la vorágine de los zapatistas y del ejército mexicano que estaba fuera de control. ¿Qué posibilidades tenían Karen y David de sobrevivir a la ambición y la violencia, la política y las antiguas contiendas de México? Aún más desconcertante era pensar qué harían si los esfuerzos de Joaquín no producían nada. Un plan se construye sobre la base del conocimiento, no sobre casualidades y suposiciones. Si comenzaban con el pie izquierdo, perderían tiempo y no lograrían nada, que era exactamente lo que estaba haciendo en ese momento: nada.

En ese instante, el sonido de los pasos de Alexandra le llamó la atención. Se abrió la puerta de vidrio y ella salió. Luis abandonó su introspección, se volvió y la miró a la cara buscando una señal mientras ella se acercaba.

Su cabello, corto y a la moda, todavía se veía negro y brillante a sus cincuenta años. Los huesos faciales recordaban a un antepasado español y llevaba un vestido estampado con flores y un cinturón blanco delgado en la cintura. Los nudillos de su mano derecha parecían brillantes y traslúcidos porque estaba apretando con fuerza un pañuelo que dejaba ver su temor. Tenía los ojos rojos y líneas de preocupación le arrugaban la frente.

—Luis... Joaquín tiene algunas novedades. Creo... creo que es peor de lo que pensábamos. Dice...

—¿Dónde... dónde está? —resopló Joaquín. La puerta se abrió violentamente y el cónsul honorario salió a la galería—. Ah... aquí están.

Joaquín caminó hacia la mesa de cedro y les hizo un gesto a todos para que se sentaran.

Luis dejó caer su gran contextura sobre la malla de una silla y se inclinó hacia adelante expectante con los ojos fijos en Joaquín.

—¿Y? —preguntó ansioso por saber—. ¿Cuán malo es?

El cónsul, con cada cabello en su lugar, todavía con la ropa de gala que incluía corbata y chaqueta, picó las migas que había sobre la mesa y frunció el ceño; se resistía a comenzar. Se inclinó e hizo un gran espectáculo para estirarse el pantalón; después se volvió a acomodar en la silla.

—Se trata de drogas... dile, Joaquín —barbulló Alexandra—. Lo están persiguiendo algunos de los delincuentes del ejército... personas malas que matan y...

—¿Drogas? ¿Quién está involucrado con drogas? —preguntó Luis. Primero miró a Ali, después a Joaquín.

—Ali... tal vez no es tan malo como todo aquello.

El cónsul miró con ceño y desaprobación y puso una mano sobre el brazo de su hermana para consolarla.

Ella lo apartó rápidamente.

—¡Cuéntale! —le exigió.

—Vamos. Dejen eso. —Les llamó la atención Luis. Después le dijo al cónsul—: Dispara... dímelo todo. Puedo soportarlo.

Joaquín, con un ojo puesto sobre su hermana, suspiró y comenzó:

—Bueno... la situación podría describirse como algo sombría, inspector Alvarado. Su amigo —dijo poniendo la mayor distancia posible entre él y su cuñado— se involucró con traidores e intereses perdidos. Al alinearse con la chusma que se opone al gobierno, él...

—Calma... calma, hombre. —Luis levantó las manos—. Soy yo, Joaquín—. Luis se señaló a él mismo—. No soy un lacayo del PRI. Ahórrate las estupideces y háblame a mí ahora. ¿Qué hay de este Herrera? ¿Es uno de los narcotraficantes o se trata de ese maldito indígena?

Alexandra y Luis capturaron la mirada de Joaquín, desafiándolo para ver si les mentía. Este cambió de posición, incómodo, frunció el ceño y le clavo a Luis una mirada agria.

—Sí... bueno... de acuerdo con mis informantes de Guadalajara, hay... eh... se dice que Herrera podría estar involucrado con una de las coaliciones del sur...

—Con la de Medellín —interrumpió Alexandra.

¡Plaf! El cónsul golpeó la mano sobre la mesa.

—¡Eso no lo sabemos! —gruñó.

—Ahórrate eso para la sala de prensa, Joaquín —le respondió Luis, que no se impresionaba con esa actuación—. Entonces... Herrera trafica drogas. ¿Me tengo que molestar en preguntar por qué todavía no lo arrestaron o le quitaron su puesto?

Joaquín levantó la mano e inspeccionó sus cutículas.

—Como es tan extraño e inexplicable para una persona de su jerarquía en el ejército que se involucre en una ofensa tan egregia, se especuló con la posibilidad de que haya otros... eh... involucrados.

Luis, que estaba acostumbrado a las palabras simples y a las conversaciones sin rodeos, parecía perplejo, pero después se le iluminó el rostro.

—Ah... quieres decir que se sospecha que sus compañeros militares también trafican drogas. —El poli se encogió de hombros y no se mostró sorprendido—. ¡Maldición! Cualquiera que tenga una pizca de sentido común sabe que el ejército trafica drogas y que los oficiales del gobierno reciben sobornos para mirar hacia otro lado. Pero, ¿qué hay del capitán Chávez y la historia de que hace dos días atacaron a su ejército en el límite con Guatemala? ¿Hay algo de cierto en esa historia sobre la muchacha estadounidense?

—¿Oficialmente? Es otra mentira zapatista —expuso Joaquín.

—Pero, en realidad sí les dieron una paliza, ¿no es cierto? —insistió Luis.

El cónsul suspiró una vez más y asintió, resignado a tener que conversar con un bárbaro.

—Aparentemente podría ser verdad. En realidad, tenemos poca información al respecto. Chávez está perdido, se presume que está muerto, y sus soldados están comenzando a dispersarse lentamente. Sus hombres informaron que vieron a una mujer en el pueblo. En realidad, el tema es bastante... delicado.

Joaquín volvió a jugar con su pantalón e inspeccionó el brillo de sus zapatos.

—Sí, claro... Apuesto a que es así —añadió Luis, que sabía que el secreto se mantendría fuera del alcance del conocimiento público porque, de lo contrario, los genios del PRI lo sostendrían como un ejemplo de traición zapatista. Se inclinó hacia atrás sin dejar de mirar a Joaquín. El cónsul se rehusaba a sostenerle la mirada. Luis continuó—: ¿Qué saben del Hombre Hueso? ¿Está hundido hasta el cuello en la mierda tal como yo pensaba? —Joaquín se sobresaltó, y Alexandra frunció el ceño—. Lo siento —Luis se disculpó por el lapsus—. ¿Está involucrado en cuestiones turbias o no?

Esta vez Joaquín no lo dudó.

—Popo Reyes es un simpatizante zapatista muy famoso, un indígena quiché de Guatemala que dejó su país hace muchos años. Sí, está involucrado... solo que no sabemos de qué modo.

—¿Qué sabes de esos gringos... los que descendieron en tu pista de aterrizaje... Depp y Bill? ¿Interpol descubrió algo?

—Depp es arqueólogo y administrador en un museo de Washington D.C. Es... eh... un hombre algo misterioso. Parece como si hubiera hecho algún trabajo de campo en Chiapas y Guatemala.

—Cuéntale el resto, Joaquín —la resignación teñía la voz de Ali.

—¿Qué me tiene que decir? —Luis miró primero a Alexandra y después al cónsul.

—Pertenece a la CIA... o pertenecía. —Joaquín hablaba como si tuviera un trago amargo en la boca—. Lo incorporaron a mediados de la década del setenta. Es un agente retirado de la policía secreta... Un hombre casi respetable. Estuvo diez años en el museo, pero ahora no está asistiendo a su trabajo. Se pidió una semana de licencia, pero nunca regresó.

—Y, ¿Bill?

—Lo mismo. Escoria de la CIA. Su nombre verdadero es Guillermo Santiago. Hijo de madre salvadoreña. Su padre está muerto, pero estaba relacionado con numerosas embajadas de Latinoamérica. Probablemente también pertenecía a la CIA. A Guillermo le asignaron un operativo antiguerrilla en Guatemala a finales de la década del sesenta. Un asesino hijo de puta... con una reputación repugnante... aunque tiene muchos espacios en blanco en su expediente. Su siguiente aparición fue en 1982, año en el cual quemó las plantaciones de coca de las tierras altas de Colombia para la Agencia Antidrogas de Estados Unidos. Es un delincuente con pedido de captura internacional buscado en media docena de países, pero tiene la protección del gobierno de los Estados Unidos, siempre que permanezca dentro de los límites de ese país.

—Y ahora está suelto en México. —Los hombros robustos de Luis cambiaron de posición y sus ojos buscaron las costosas baldosas del patio debajo de sus botas. Un silencio maligno los envolvió a los tres mientras cada uno analizaba las noticias de acuerdo con su propio contexto. Reinaba un sentimiento de impotencia, casi de tristeza. De repente, Luis levantó la cabeza e hizo un chasquido con los dedos. Una revelación se había presentado.

Joaquín... leí en algún lado algo sobre una cuestión de drogas conjunta entre Estados Unidos y México... una fuerza de trabajo o algo así. Ya saben... ellos ponen los helicópteros, las armas y los vaqueros; y nosotros la inteligencia, los mapas, los guías y esas cosas.

—Yo también lo leí —añadió Alexandra—, pero ¿cómo puede eso ayudarnos?

—¡No! —dijo el cónsul honorario golpeando la mano contra la mesa—. Ni siquiera lo piensen. —Se puso de pie, parecía perturbado—. Ese grupo... eh... ese acuerdo es altamente político... muy delicado... es un problema, ya lo saben. No es muy popular entre...

—¿Los traficantes de drogas del ejército, Joaquín? —interrumpió Alexandra—. ¿El cártel de drogas de Sonora? —Ella se encogió de hombros—. ¿Qué más se puede hacer? Tienes que escuchar... ¡Tienes que ayudarnos, Joaquín! —Tenía los labios apretados y ahora sujetaba el pañuelo con más fuerza. Su voz transmitía una clara desesperación.

Luis decidió dejarlos discutir. Aunque estaba involucrado como amigo, esta era una cuestión familiar. Si ella comenzaba a flaquear, él se le uniría y la ayudaría a defenderse.

—Alexandra... querida... no comprendes —la calmó el cónsul.

—¡No seas condescendiente, Joaquín! —Resistió como una leona y miraba a su hermano—. ¿Cuánto te puede costar? ¿Pedir algunos favores más? ¿Pedir un favor? ¿Te preocupa tu carrera, hermano? ¿Tienes miedo? ¿De qué se trata? ¡Cuéntanos! ¿Por qué te resistes a ayudarnos?

—¡Alexandra, tenemos visitas! Cálmate. No tienes idea de lo que se necesita... no sabes nada del gobierno... no...

—Oh... —Alexandra abrió bien los ojos y curvó la boca en forma de «O»—. Joaquín... Tú no estás involucrado, ¿no es cierto? Con las drogas... quiero decir... no eres parte de...

—¡Esto es intolerable! —gritó el cónsul levantándose de la silla. Pisó fuerte—. ¿Te volviste loca? —La cólera se apoderó de él—. ¡Por supuesto que no estoy involucrado! Ten cuidado, hermana —le advirtió agitando un dedo.

Luis miró a Alexandra con un nuevo respeto. ¡Caramba! Eso había generado una reacción. Pero, ¿era culpa o un enfado genuino?

—Pruébalo, Joaquín. —Luis también se puso de pie y miró desde arriba al dandi vestido de gala—. Te mostré dónde se supone que está el Valle del Concejo. Ayúdanos... ayúdanos a salvar a tu cuñado y a la arqueóloga estadounidense. Podrías convertirte en un héroe, ¿sabes? No hay nada más que decir. Llamé a la Embajada estadounidense y a la Policía Federal, ¿te acuerdas? Alguien en algún lugar está comenzando a investigar.

—Estás mintiendo —lo desafió Joaquín.

—David y yo llamamos desde Palenque dos días atrás mientras tú y las mujeres estaban en Tuxtla Gutiérrez. La investigación ya está comenzando —fanfarroneó, sin saber si era cierto. Le mantuvo la mirada al cónsul—. Es mejor ser bateador que receptor, Joaquín, y algo está cayendo. Hay demasiados jugadores... demasiado dinero... demasiado amor propio. ¡Se está luchando una maldita guerra! No puedes cubrirlo más. Es algo más que un simple secuestro en tu hotel. ¿Quieres dirigir y controlar esto o prefieres que te atrapen en una tormenta de mierda con alguien más tomando las decisiones? ¿Cómo afectaría a tu carrera ser el sospechoso en lugar del investigador?

Luis observó mientras sus palabras surtían su efecto. La ira del cónsul se desvaneció y parecía dubitativo y nervioso; estaba calculando su posición y vulnerabilidad. Curvó los labios como si fuera a silbar; comenzó a hablar, después se detuvo y se mordió el labio inferior.

—Yo... no lo sé. Podría... Tal vez consiga alguna información... me contactaré con Guadalajara y veré si tienen conocimiento de estos hechos.

—Y si no lo tienen, tú mismo informarás lo sucedido, ¿no es así? De ese modo, nos parecería bien —lo alentó Luis.

El cónsul asintió con la cabeza con cierta resistencia; todavía no estaba seguro de cuán lejos estaba dispuesto a llegar.

—Y... tal vez podrías llamar a algún conocido en Tuxtla Gutiérrez que pueda contarle casualmente la historia a los estadounidenses —sugirió Alexandra.

—Sí... —coincidió Luis—, y podrías decirles que sabemos dónde sucederá todo. Vi los mapas de David.

En realidad, Luis deseaba haberlos visto más tiempo, pero creía que podía señalar el área general que el profesor había estudiado. Asimismo, si Herrera y sus hombres estaban bajo vigilancia, involuntariamente los guiarían hacia David y la mujer estadounidense. «Con algo de suerte, el plan podría funcionar», se dijo a sí mismo, «pero no sin la ayuda de Joaquín».

—Bueno —dijo el cónsul honorario del estado de Chiapas—, supongo que no hará daño hacer el intento y... hacer algunas llamadas.

Alexandra le ofreció a su hermano una sonrisa débil y una mirada de cariño. Luis, sin embargo, todavía no había acabado.

—Joaquín... esta cuestión de la acción conjunta antidrogas... tiene que llevarse a cabo. Necesitamos ayuda de alguien por fuera del ejército... alguien que tenga acceso a armas y helicópteros y cosas por el estilo; una agencia que no le responda al ejército y que no esté llena de informantes, alguien que pueda involucrar a los estadounidenses.

—Sí... sí, supongo que tienes razón. —Joaquín frunció el ceño. Miró a su hermana y después a Luis—. Sí... supongo que tienes razón —repitió—, pero no es fácil.

Abrió la puerta de vidrio y desapareció adentro de la casa.

26

El sol, una esfera perezosa y rojiza, se posaba sobre una pared de pinos centinelas que alfombraban las sierras. Sus sombras, que se habían solidificado como monolitos negros que instaban al amanecer a sucumbir ante lo inevitable, llenaban el cañón rocoso de urgencia y premonición. Un arroyo de agua clara, rodeado de árboles y helechos en casi todo su recorrido, atravesaba el valle rocoso. Crecido por la tormenta reciente, fluía con fuerza y velocidad en todo su curso. Las nubes de tormenta todavía se desplazaban en dirección al este hacia Petén y la península de Yucatán. Las cuevas, algunas poco profundas, algunas altas e inaccesibles, se escondían en las sombras de las paredes del cañón. Más que cansada y descuidada, Karen se sentó, apoyó la espalda sobre una gran roca a la sombra de la pared occidental y observó cómo un trío de exploradores se separaban del grupo principal que estaba montando el campamento. La patrulla se dirigió al sur a lo largo del arroyo donde se reunirían con el padre de Marcos y el profesor Wolf en un pueblo llamado Dolores. De acuerdo con Marcos, todos unirían sus fuerzas cerca del mediodía del día siguiente y comenzarían el viaje final hacia el Valle del Concejo.

Habían enterrado a Chonala, el joven asesinado, tras una pequeña ceremonia, dos horas después de su muerte. Trasladar la camilla al mismo tiempo que huían de sus acechadores los había demorado más de lo esperado. Rafael había ordenado a un grupo de exploradores para que retrocedieran en el camino con la esperanza de encontrar a sus enemigos, pero habían regresado con las manos vacías. Marcos, con el deseo de que el joven muerto conservara la dignidad, había querido enterrarlo con todos los honores y rituales al día siguiente en Dolores. Rafael, sin embargo, se había quejado abiertamente, diciendo que era una tontería e insistiendo en que un plan así los pondría en peligro y los haría más vulnerables a ser atacados. Finalmente, Marcos había accedido a hacer un entierro rápido y poco adecuado.

Consciente de que los estaban siguiendo, se dispusieron guardias para asegurar la zona mientras se abría una tumba poco profunda en la tierra húmeda. El cuerpo fue enterrado debajo de una imponente ceiba de tronco grueso cerca de las tierras bajas y pantanosas; una cuenca en la que confluían muchos arroyos y ríos para dispersar el agua de las tierras altas. El calor y la humedad sofocantes habían hecho que la tarea fuera casi insoportable. Mientras Karen soportaba a la sombra el calor agobiante y los observaba cavar, podía ver y escuchar las nubes negras de mosquitos zumbando a su alrededor. Aún después del entierro de Chonala, los insectos hambrientos de sangre los habían perseguido sin piedad durante unas dos horas más antes de que los zapatistas se desviaran al oeste, abandonaran los pantanos y subieran hacia las estribaciones y los cañones arbolados de la periferia de la selva Lacandona. Marcos iba y venía por la fila, motivaba y exhortaba a todos a mantener el ritmo. Karen había dado lo mejor de ella, pero, inevitablemente, la selva y el calor le habían robado sus fuerzas. Casi petrificada por el agotamiento, cada paso requería un esfuerzo consciente. Se había obligado a ignorar el olor repugnante de los cuerpos de sus compañeros guerrilleros, los insectos, los pájaros y las telas de araña. Se había olvidado del jaguar que la había asustado y era totalmente ajena a los loros y monos aulladores. Las inspiraciones profundas se habían convertido apenas en jadeos de una garganta reseca, pero se había esforzado por seguir adelante; estaba concentrada en el ritmo con el que daba un paso tras otro. Se sentía como si estuviera en una marcha de la muerte, apurándose hacia un destino ignominioso, desesperada por llegar a un lugar desconocido.

Afortunadamente no habían sufrido más ataques y el agotador viaje había terminado. Al sentarse y descansar, recordó a Chonala y el pantano en el que se pudriría su cuerpo. ¿Cuánto tiempo pasaría hasta que los carroñeros lo desenterraran? ¡Por Dios! Los mosquitos, las víboras reptantes y el barro siempre presente. ¿Cuándo había ella soportado tantas cosas?

Respiró hondo y cerró los ojos; sentía como si pudiera quedarse dormida en cualquier momento. Algunos guardias estaban sobre las paredes del cañón mientras otros levantaban el campamento debajo de la saliente de una cueva. Una búsqueda había revelado que no había rastros de jaguares u otro indicio de asentamiento y Marcos y Rafael habían acordado que era una buena ubicación. Además, era probable que lloviera más tarde y la cueva les serviría como refugio en caso de ser necesario. Parecía que apenas había cerrado los ojos cuando Marcos se sentó a su lado.

—¿Te encuentras bien?

—Sí, claro. Ahora sé cómo fue la marcha de la muerte en Bataan.

—La... eh... ¿qué?

—Nada. Fue solo una mala broma. —Se enderezó, se acomodó la falda y estiró lentamente las piernas—. ¡Por Dios, estoy cansada! Me duele todo el cuerpo. —Se estiró para frotarse la parte inferior de la espalda.

—¿Estás muy cansada para tomar un baño?

Ella giró la cabeza rápidamente.

—¿Un baño? Oh... ¡Claro que no! Pero ¿dónde...? —Miró con recelo a los soldados que estaban levantando el campamento—. No... mejor no. El arroyo se ve genial, pero no veo nada que se asemeje a la privacidad. Me acostumbré a muchas cosas en la última semana, pero no a desvestirme delante de un grupo de soldados.

Él se rió.

—No te pediremos que nos entretengas, querida... aunque los hombres lo disfrutarían mucho. —Se acercó más—. ¿Recuerdas mi idea? ¿Sobre la cascada?

—¿Está cerca?

—Sí... medio kilómetro hacia arriba en dirección al cañón. Es muy bonita.

—¿Está aislada?

—¿Qué? Oh... sí... nadie podrá vernos allí.

—¿Vernos?

—Por supuesto. Necesitarás que un guía y alguien que te defienda vaya contigo. —Le sonrió, pero la miró descaradamente—. Hay animales salvajes y...

—Los únicos animales salvajes que me preocupan son los zapatistas que hablan con dulzura —apartó la vista—. No lo sé... —Se mordió el labio y cogió un mechón de cabello grasiento y greñudo; sintió una ráfaga de calor en el rostro.

—Prometo comportarme como un caballero —quiso convencerla.

—¿Y que sucederá con ellos? —Señaló a los soldados.

—Rafael se ocupará de los hombres y del campamento. No necesita estar a mi alrededor todo el tiempo... dice que yo me entrometo en su camino. Vamos... ¿qué te parece? —le rogó—. La última vez que estuve aquí encontré una piscina debajo de la cascada lo suficientemente grande como para nadar.

—¿Hay serpientes?

—Sí... anacondas grandes como un Humvee. —Estiró los brazos mostrándole el tamaño.

—¡Oh, ya basta! —Le dio un manotazo tímido—. Solo hay anacondas en el Amazonas.

—Entonces, ¿vendrás?

—Eh... sí... suena bien. —Se acomodó la falda que no le quedaba nada bien y que apenas le cubría las piernas; después miró río arriba para ver cuán lejos podría estar—. ¿Cómo...? Eh... ya sabes.

—¿Cómo llegamos hasta allí?

—Sí.

—Así —se puso de pie y le ayudó a levantarse—. Trae tu rifle.

—¿Qué? Oh, sí... claro... —cogió el arma que había cargado tanto tiempo—. Parece más pesada.

—Tienes los brazos cansados.

—Tengo todo cansado... no solo los brazos.

—¿Necesitas que te cargue?

—Cálmate, amigo. —Fingió apartarse—. No desafíes a la suerte.

Él se volvió y caminó corriente arriba; Karen lo siguió.

Ella pensó que era terriblemente obvio lo que estaban haciendo y se imaginaba a los soldados mirándola fijo mientras se iba.

—¿Qué sucederá si nos siguen?

—Nadie nos seguirá. Rafael se asegurará de eso.

Él buscó su mano; ella dudó un instante, pero después cedió.

—Espero que no quede lejos. Realmente estoy muy cansada como para caminar mucho más.

—Verás que el agua es muy fresca —le contestó en español.

—¿Refrescante?

—Sí... y muy... —dudó buscando la palabra adecuada— tranquilizante —dijo finalmente.

—¡Ah! Relajante. Refrescante y relajante —le sonrió tímidamente—. Ya me siento mejor.

Ella resistió la tentación de mirar por encima del hombro en busca de ojos que los estuvieran siguiendo, hasta que se ocultaron en un giro del río. Él puso su brazo sutilmente alrededor de la cintura de Karen y ella apoyó su cabeza en su hombro, dejando que las dificultades y los miedos del día se disiparan y fueran reemplazados por una confianza cautelosa. Sortearon los escombros de la ribera y los abundantes y enormes helechos y caminaron en un silencio cordial hasta que desaparecieron en la oscuridad de las sombras occidentales. Cuando el río giró abruptamente hacia el oeste, siguieron su recorrido serpentino unos cincuenta metros más hasta que desembocaron en un bosquecillo de abetos y montañas erosionadas que estaban al pie del cañón. Una vez dentro de esta cueva protectora, se detuvieron para abrazarse. Cuando ella sintió que la necesidad de Marcos crecía se apartó, lo tomó de la mano y lo guió río arriba. El sonido apagado de la cascada era cada vez más fuerte y la expectativa y una emoción liberada la recorrieron y la llenaron de energía. Se había olvidado de la fatiga y lo apuraba para que no se quedara atrás, lo arrastró por las plantas y las palmeras, por los helechos y los matorrales, hasta que una bruma fresca y suave le rozó el rostro y la caída de las cataratas resonaba en sus oídos.

Se detuvo en la orilla para observar el agua que se arremolinaba, después se volvió y miró casi treinta metros hacia arriba, donde comenzaba la cascada. El agua fluía como un velo diáfano, una cortina transparente y espumosa que caía en la hondonada a sus pies. «Fascinante», pensó, sucumbiendo ante el encanto y la magia.

Marcos la acercó y ella cedió, esta vez, completamente. Los besos prolongados aumentaron su pasión y sus manos la acariciaron y recorrieron su cuerpo. Cuando él intentó levantarle la falda, ella lo evitó y retrocedió.

—Cierra los ojos —le ordenó.

—Por favor, Karen...

—¡Ciérralos! —le clavó una mirada pícara.

—Solo un momento.

Cuando el cumplió con su pedido, ella comenzó a quitarse la ropa mugrienta. Se estaba deshaciendo de las bragas cuando él espió y la miró con atrevimiento deleitándose con su cuerpo. Ella se ruborizó y soltó una risa tonta, rara en ella; después se sumergió en la piscina. Cuando su cabeza tocó el agua, vio cómo Marcos se quitaba febrilmente la ropa.

—¿Sabes nadar? —lo provocó nadando a braza.

Ella se deslizó por el agua y nadó por debajo y alrededor de la cascada mientras él forcejeaba con la ropa en la ribera del río. La cascada se ocultaba en las sombras del atardecer en la base de un precipicio. Helechos de hojas grandes, arbustos y árboles cubiertos de moho y lianas recorrían el borde del río. Cuando ella terminó la segunda vuelta y miró hacia la ribera, lo vio de pie en una roca cerca de la orilla. Estaba desnudo y erecto; no se avergonzaba de su prominencia. Se veía espléndido. Ella se estremeció con deseo y miedo y un ardor importante le recorrió las entrañas y el útero. Luchó para mirarlo solo a los ojos.

—Dijiste que te comportarías como un caballero —mencionó débilmente.

—Me excitas mucho.

—Sí... ya lo veo —lo miró fijo, envalentonada—. Eres tan... tan... masculino—. No pudo encontrar la palabra adecuada—. Entonces...

—Karen...

—Dime...

—Estoy por entrar —agitó el agua con una zambullida superficial y emergió delante de ella.

—¿Quieres nadar primero? —le preguntó con voz temblorosa.

—Quiero hacer el amor, Karen. Quiero hacerlo ahora.

—¿Como un caballero?

—Como un hombre que ama a una mujer.

Se estiró para alcanzarla y la acercó a la zona de menor profundidad. Mientras él exploraba su cuerpo, Karen explotó de pasión y la reticencia desapareció. Él la levantó y puso sus piernas alrededor de la cintura. Olas pequeñas que emergían de los costados de la piscina le levantaban los senos.

Ella vio la ansiedad en sus ojos y apartó la mirada; él la penetró. Ella gimió y se dejó caer en sus brazos. Él se movía lentamente en su interior, se detenía para besarla en los labios y lamerle los senos; así continuó el ritual. Karen sintió que el ardor aumentaba y él se puso tenso en un intento por no dejar salir la explosión que había en él, pero ella estaba por correrse y lo instó a que continuara, siguiendo con su clímax al de él.

Ella reposó la cabeza sobre su hombro; todavía tenía las piernas alrededor de su cintura, reacia a que el momento terminara. Él le acariciaba el cuello y recorría su columna vertebral con las puntas de los dedos cuando un ¡pum! resonó en el cañón. ¡Pum! Otro disparo rompió con el silencio, ¡y el agua explotó detrás de la cabeza de Marcos! Ella gritó, y él la sumergió debajo del agua y le hizo señas para que lo siguiera detrás de la cascada. Aterrada, ella nadó y pataleó con furia; salió a la superficie entre la pared del precipicio y la caída del agua.

—Quédate aquí —le dijo, jadeando.

Inspiró profundamente y se zambulló en las profundidades. Ella se escondió detrás de una piedra pegajosa cubierta de moho e intentó espiar a través de la cascada. Agudizó el oído para intentar escuchar pasos o voces, pero solo podía escuchar el sonido del agua que caía. De repente más disparos se sucedieron a la distancia, pero sonaban diferentes. ¡Eran disparos de rifles! ¿Habían alertado a los guardias que estaban sobre la pared del cañón y ellos habían devuelto el fuego? «Santa María, sálvanos», suplicó en silencio. Por Dios, deseaba que Marcos regresara. Desnuda y sola, solo podía recordar el terror de su prisión en Piedra Blanca con los soldados federales ebrios y fuera de control. ¿Cuándo terminaría esta locura? ¿Viviría para contarlo? La roca mohosa se sentía repugnante, pero la rodeó hasta la parte posterior y se sumergió aún más en el agua hasta que solo dejó afuera la nariz para respirar. El agua de montaña era fría y se le puso la piel de gallina. Se mordió el labio y resistió el impulso por salir corriendo, aunque su corazón latía con fuerza y seguía jadeando. Buscó el consuelo en una plegaria conocida y rezó en silencio:

«Padre nuestro que estás en los cielos, santificado sea Tu nombre...»

Marcos, que nadaba por debajo del agua, emergió a la superficie y corrió hasta una zona cubierta de helechos y alocasias de hojas grandes. La ropa estaba cerca, pero en una zona bastante expuesta. ¿Qué debía hacer? Los disparos venían del sur, cerca de las estribaciones boscosas. Intentó espiar a través de las hojas y las zarzas, pero fue en vano. Quienquiera que hubiera disparado, debía de estar esperando a que él buscara la ropa. Debía escabullirse para recogerla o esconderse desnudo entre los arbustos como un animal acorralado; no estaba en una situación satisfactoria. En ese momento se escuchó un disparo. Esta vez era de un rifle y provenía de un lugar más alto. «Bien», pensó, creyendo que se trataba de sus hombres. Echó a correr hacia la roca y la ropa, con la esperanza de que el disparo del rifle de sus hombres haya distraído al atacante. En cuclillas y a la rastra, recuperó el rifle, después los pantalones y los zapatos. Todavía no veía movimiento alguno en los matorrales desde donde habían venido los disparos. Gracias a Dios la vegetación era densa o los cuerpos de ambos ya estarían flotando en el agua. Se puso la ropa. Ahora escuchaba voces a la distancia; eran sus hombres. Sintió más disparos. ¿A qué y dónde estaban disparando? Animado, llamó a Karen.

—Quédate ahí... mis hombres están viniendo.

—¿Qué? —dijo ella—. No puedo escucharte por el ruido —gritó.

Él repitió la instrucción.

—Ahora voy.

—No. Es peligroso.

Asomó la cabeza en el agua y dijo:

—¡No me quedaré aquí si se acercan veinte soldados y yo estoy desnuda!

—Karen... no...

Ella salió del agua y corrió hasta donde estaba él.

—¡Estás loca, mujer! —la acusó, pero sus senos le habían capturado la atención y no podía dejar de mirarlos.

—Dame la ropa y deja de mirarme así —le ordenó.

—¡Chingada! —farfulló, pero la ayudó a recuperar la vestimenta.

—¡Marcos! —gritó una voz—. ¡Gringa! ¿Dónde están?

—Aquí, Rafael... cerca de la cascada —gritó Marcos en español.

Karen luchó por poner un pie mojado en una media.

—¡Estoy tan cansada de esta... de esta basura! —Pisó fuerte y después se puso la otra media—. Este es el país más descabellado en el que jamás estuve. ¡Siempre hay alguien tratando de matarte o de violarte! —Se ajustó la tira de velcro de la bota—. Me quiero ir, Marcos. ¡Ahora! —le exigió.

Muchos guerrilleros, incluido Rafael, se escabullían por los arbustos. Marcos miró hacia el sur y vio cómo la maleza y las hierbas altas se movían donde otro grupo estaba registrando los pinos. Rechazó la diatriba de Karen y maldijo en silencio. ¡Chingada! Qué estúpido había sido. Había estado pensando con la cabeza pequeña que tenía entre las piernas, en lugar de con la cabeza en donde tenía la materia gris. Le salió el tiro por la culata y esta breve incursión en los arbustos haría muy poco para generar respeto entre sus hombres. Aún ignorando las quejas de Karen, intentó reunir la dignidad que le quedaba para juntarse con sus tropas. Encontrarse al comandante con los pantalones por los tobillos sería una buena historia. Hasta Popo Reyes se enteraría del asunto minutos después de su llegada al día siguiente. «Qué regaño me espera», pensó. Con el rifle en la mano, miró hacia abajo para asegurarse de que su bragueta estuviera cerrada; después caminó por los helechos para saludar a sus salvadores.

Sufriendo la resaca por el ponche que había bebido, cansado, con olor a transpiración y fatigado como nunca desde su juventud, el capitán Chávez se agachó para ingresar en la oscuridad de una cueva poco profunda al sudoeste de la cascada.

Los mosquitos y jejenes daban vueltas por encima de su cabeza. Ya no jadeaba, pero respiraba superficial y rápidamente. Afuera, los soldados zapatistas registraban el valle y las laderas de las montañas buscando al agresor que los había seguido en lo profundo de la selva Lacandona. Chávez se arriesgó y espió hacia la claridad por la pequeña entrada de la cueva. La maleza ocultaba la entrada ante los ojos de todos excepto de los más perspicaces. Deseaba que se fueran pronto. El sol se había escondido detrás de las estribaciones y el crepúsculo se convertiría en oscuridad en pocos minutos. Era muy probable que los indígenas mugrientos —esa chusma desagradable— regresaran al campamento y apostaran centinelas.

Hasta el momento, las sombras oscuras de la selva habían sido sus amigas, pero en este caso, habían acabado con un intento fallido de asesinato. ¡Chingada! Los disparos de su pistola habían errado por mucho. Se había olvidado de la resistencia que oponía la pistola al disparar. Debería haber sido más paciente y haber sujetado mejor la .45 automática. Un rifle hubiera sido mejor, pero la vegetación que rodeaba el agua limitaba la distancia desde la que uno podía divisar efectivamente un objetivo. Por lo tanto, había decidido acechar al líder rebelde y a su prostituta estadounidense con la pistola. La situación parecía ideal; una presa desnuda retozando en el agua, ajena a todo menos al ardor de sus entrañas. ¡Chingada!

Hasta el momento los hechos no se habían sucedido de acuerdo con los planes. Los indígenas eran astutos y expertos en silvicultura. Desde que mató al joven que custodiaba a la prostituta estadounidense no había encontrado la oportunidad de deshacerse de otro de los rebeldes. Eran cautelosos y estaban mejor organizados de lo que él había supuesto. Puso una manga apestosa y sucia sobre la frente y se secó la transpiración embarrada. El vacío que tenía en el estómago ya no generaba solo ruidos de descontento; ahora sentía un dolor permanente que lo distraía aún más. El agua no saciaba sus ansias y las piernas y las manos mostraban un leve temblor. ¿A dónde estaban yendo los cabrones? Seguramente se encontrarían pronto con alguien. ¿Por qué se estaban dirigiendo hacia el suroeste, adentrándose en la selva? Ahora estaban en las estribaciones y las montañas se alzaban hacia el oeste. ¿Qué ganarían llevando a la cocaína y a la gringa a lo profundo de la selva? ¿No planeaban sacarles provecho? Seguramente la mujer quería regresar a San Cristóbal o, más posiblemente, a los Estados Unidos. Aunque la escoria traidora estaba multiplicando la dificultad de su tarea, no tenía otra opción más que atenerse al plan original. Si no recuperaba la cocaína, no podría regresar a su hogar con su esposa y sus hijos, ni siquiera a la sociedad en su conjunto. Sería hombre muerto no bien mostrara el rostro. Sería mejor sufrir una muerte ignominiosa en la selva que permitir que su familia fuera testigo de su asesinato o se enterara de su humillación y muerte.

Mientras tanto necesitaba comer y pronto. En el agobiante calor de la selva solo podía debilitarse. Podría soportar la noche, tal vez un día más —no moriría de hambre— pero no podría mantener el ritmo abrasador de los guerrilleros mucho tiempo más. Aún si encontraba un animal para cazar, no podría dispararle tan poco tiempo después de esta debacle; no podía hacerlo con los rebeldes atentos a su presencia. Tal vez más tarde a la noche, cuando todos estuvieran durmiendo. Si no se presentaba una oportunidad pronto, tendría que forzar la situación y crear una. Tal vez podría robar algo de comida o cazar. Pero ahora tenía que esperar el momento oportuno. La paciencia, había descubierto, era algo más que una virtud. Era un requerimiento fundamental si se quería sobrevivir a una guerra en medio de la selva.

Solo había durado cinco minutos, pero la lluvia torrencial había azotado al pueblo. La fogata había sobrevivido al aguacero, pero el humo acre ahora estaba cerca del suelo. Los troncos explotaban y se quebraban desprendiendo chispas y

pequeños trozos de carbón alrededor del fogón. El humo
negro y húmedo cargado de cenizas formaba una nube sobre
el pueblo. El olor acre penetraba por la nariz de David y le
ardían y lloraban los ojos. Sobre la brumosa nube de carbón,
la luna y las estrellas encontraban refugio detrás de un grupo
de nubes de tormenta. La luz de las llamas dibujaba sombras
que bailaban como espectros perversos.

El profesor estaba sentado sobre un tocón mojado cerca
del campo de riña; se calentaba la espalda con el fuego, tenía la
barriga llena y estaba bebiendo su segunda copa de ponche. La
primera se le había subido al cerebro como una avispa y ahora
estaba sentado satisfecho, aunque atontado, bebiendo licor de
caña y escuchando a Popo pelearse, acusar e inventar excusas,
cualquier cosa menos pagar su apuesta. Zapata, el macho ganador del Hombre Hueso, había sufrido una derrota deshonrosa
y había sido apartado por las dos hermanas, quienes se reían
tontamente, para que lo desplumaran, a fin de incluirlo en la
sopa. Las espuelas filosas de Zapata no habían podido competir
con el ave roja y negra de su rival. El ganador, un gallo
llamado Garras de Piedra, se había deshecho rápidamente de
Zapata. David cavilaba sobre eso: con solo basarse en los
nombres podría haber predicho el resultado. La única diferencia era que, al contrario de Emilio Zapata, un héroe de la revolución mexicana, el gallo Zapata no sería recordado después de
la comida del día siguiente.

El profesor estaba contento. Antes de la riña de gallos, Popo
había invitado inesperadamente a David a asistir a un concejo
de guerra en la cabaña del chamán. Esto había sorprendido y
agradado al profesor que ya se sentía resentido porque lo estaban dejando afuera de la cuestión y lo trataban como un ciuda-
dano de segunda clase. El chamán hasta había mirado los mapas
junto con él. El concejo mismo le había abierto los ojos. ¿De
dónde habían venido todos los zapatistas? No recordaba haberlos visto ingresar a Dolores y tampoco había notado su presencia al llegar con Popo. La reunión se había desarrollado en, por

lo menos, tres idiomas; uno de ellos era español y el profesor ahora tenía una buena idea de lo que sucedería al día siguiente. Un zapatista conocido como Marcos había enviado tres soldados a Dolores. Sus guerrilleros habían levantado campamento en un valle cercano y se reunirían con ellos al día siguiente, cerca del mediodía. Popo, a cambio, le había enviado una cuadrilla exploradora con machetes para liberar el camino para el viaje del día siguiente. Después de unir sus fuerzas, todos recorrerían el mismo sendero hasta llegar en masa, al atardecer, a un lugar llamado el Valle del Concejo.

De acuerdo con lo que habían dicho los exploradores de Marcos, Karen estaba viva; la noticia alivió la culpa que sentía David por haber decidido acompañar al Hombre Hueso. Además, finalmente podría descifrar el misterio de su desaparición y, si el tiempo se lo permitía, podrían explorar la cueva a la que Popo había prometido llevarlo. Lo último, se daba cuenta, seguía siendo una gran incógnita. Con los guerrilleros zapatistas reunidos en el Valle del Concejo y teniendo en cuenta que los estaban siguiendo, parecía evidente que un enfrentamiento violento podía ocurrir de un momento a otro. El Hombre Hueso todavía tenía que revelarle cuáles eran sus planes. Si sucedía lo peor, que para David era una posibilidad perfectamente razonable, al día siguiente se verían envueltos en un crisol en el que las vidas de cada uno, las profesiones y la política sufrirían un cambio permanente.

Pero, por el momento, disfrutaría de la comedia. No podía verse todos los días a Popo Reyes humillado y a la defensiva. «Todo vuelve», pensó, recordando su propia debacle en la pastura de los toros de Medina. Lo único que habría sido mejor, ahora se daba cuenta, era que él apostara al otro gallo. «Bueno...» recordó. «No seas ambicioso. No se puede tener todo.»

27

Karen gimió, envuelta en un sueño perturbador en donde aparecían perseguidores con cuchillos en las manos. No había dudas de que ella dormiría profundamente a la noche debido al agotamiento; solo se despertó cuando una rápida tormenta azotó la zona. Ahora alguien la estaba moviendo, exhortándola a levantarse.

—Vete —susurró, incapaz de despertarse.

El sueño, ese estado satisfactorio de letargo de la mente, la mantenía inerte en el inframundo, aislada de la tiranía de la consciencia y las exigencias de la realidad.

—Karen... Karen... —Alguien la movía con urgencia—. Es hora de irnos, querida. Tienes que levantarte. —Una vez más sintió los empujones, pero esta vez más suaves, y una mano áspera que le quitaba el cabello enmarañado de los ojos.

—¿Qué demonios...? —se quejó y se despertó sobresaltada.

Un frío aterrador la envolvió. Su mente no estaba razonando bien. ¿Dónde estaba? ¿Qué había sucedido? Podía recordar a Bill y el cuchillo, recordaba haber corrido desnuda por la selva. «Había sido solo un sueño», supuso. Después reconoció la sombra a su lado. Marcos. Ella estaba adentro del mosquitero, todavía en la selva Lacandona, y una oscuridad sombría cubría el cielo. ¿Por qué tenía que levantarse tan temprano?

Intentó enfocar, pero una niebla densa envolvía el valle. En la periferia de su visión vio el resplandor de una fogata y las siluetas silenciosas de los soldados comiendo tortillas de maíz sobre la pequeña tapa de un barril. El cotorreo de los pájaros excitados y el zumbido constante de los insectos presagiaban el inminente amanecer. Se volvió para encontrar sus ojos.

—Buenos días, mi enamorado —murmuró, ofreciéndole una sonrisa tímida.

—Sí... sí... buenos días —farfulló él, impaciente. O, ¿estaba avergonzado?— Tenemos que encontrarnos con Popo Reyes y tu amigo el profesor, en Dolores.

—Es de noche, por el amor de Dios. Acabo de dormirme. —Pero ella se incorporó y se estiró. Le dolía cada articulación, cada músculo, especialmente la espalda. Dios... ¿Sobre qué había dormido? ¿Sobre una roca de granito?

—Ya es de madrugada, las primeras horas antes del amanecer. Los exploradores regresaron y... toma... come esto. —Le entregó dos tortillas de maíz rellenas calientes—. Nos vamos en quince minutos.

—¿De qué es el relleno? —Las olió, pero después se las comió con glotonería.

—Frijoles —respondió—. Cómelos... necesitarás fuerzas hoy.

—Sí —coincidió, con la boca llena—. Nunca se sabe cuándo te puedes quedar sin combustible.

—¿Qué? ¿Quedarte sin combustible? ¿Qué quieres decir?

—No importa. —Hizo un gesto para desestimar la pregunta—. Ven... ayúdame a levantarme. —Ella le extendió una mano, y él la ayudó a ponerse de pie—. ¡Oh, por Dios! —Volvió a estirarse—. Muy bien... estaré lista. ¿Dónde está la letrina? Necesito arreglarme el rostro.

—¿Cómo? ¿Arreglarte el rostro?

—Necesito orinar, Marcos.

—Sí... sí... —Le brillaron los dientes blancos—. En el arbusto detrás de la gran roca. —Señaló—. Ten cuidado —añadió después.

—Sí... seguro —respondió con arrepentimiento, buscando el contorno de la roca—. No puedo ver nada por la niebla.

—Está ahí... confía en mí. ¡Podrás olerla!

—Confío en ti, Marcos. Pero no me gustan los jaguares ni los asquerosos que nos persiguen. —Se volvió para irse, pero después se detuvo abruptamente—. ¿A qué distancia está Dolores?

—Dos... tres horas si nos vamos en horario.

—No tendrán que esperarme. Estaré lista.

Corrió el mosquitero, estudió la inclinación gradual del valle y después se abrió camino entre los escombros hasta llegar al arbusto. Los mosquitos estaban esperando y ella les dio palmadas con poco entusiasmo; todavía estaba aletargada. «Podría dormir diez horas más», se dijo a sí misma, «o tal vez una semana». Tenía las dos tortillas de maíz que se había devorado atascadas como rocas en la barriga. Mientras subía la colina, recordó que ese día vería a David Wolf y eso la animó. Finalmente, podría contarle sobre su investigación y su descubrimiento. Nunca había oído hablar sobre este Valle del Concejo; ¿acaso Marcos no había dicho que estaba repleto de cuevas? Pasó al lado de una gran roca de piedra caliza, detectó el olor delator de las heces y se escabulló entre los arbustos para hacer lo suyo. Mientras se ponía en cuclillas y dejaba su trasero desnudo al alcance de los mosquitos, recordó una clase a la que había asistido en el posgrado denominada «métodos de campo». Una y otra vez, el profesor había predicado cómo el trabajo de campo podía ser duro y rudimentario y sufrir crisis inesperadas. Pero ¿alguno de sus profesoras había soportado algo así? Llegó a la conclusión de que era poco probable y ella tampoco volvería a vivir lo mismo si alguna vez podía escapar de este infierno tropical.

«Absolutamente hermoso», pensó David al observar cómo la esfera carmesí rompía la línea de árboles orientales y esparcía una evanescencia dorada como la miel por la ladera de la montaña, hasta el pueblo. Ni siquiera la miseria lodosa de Dolores con sus fogones, perros sarnosos y senderos repletos de basura podía manchar la atmósfera bucólica de la mañana. Solo quedaban los restos débiles de la niebla matutina y se imaginaba que podía ver cómo se evaporaba la bruma y subía hacia el cielo.

Las riñas de gallos y la bebida se habían terminado después de la medianoche, cuando la segunda de las dos tormentas ventosas azotaron las montañas y los dispersaron a todos con los relámpagos. Cansado por la caminata a través de la selva, empapado y algo ebrio, David había vagado por la oscuridad hasta la cabaña de las hermanas. Sin complicarse demasiado y aparentemente sin expectativas, lo habían guiado hacia una hamaca donde se había quedado dormido rápidamente. Los gritos y las risas de los niños y el olor de la comida que se cocinaba en el fuego lo habían despertado justo a tiempo para disfrutar del amanecer tropical.

La más joven de las dos hermanas, cubriéndose la boca con la mano para ocultar su risa tonta, se acercó con un plato de plástico en el que había dos burritos gruesos, rodajas de aguacate y cuatro tomates cherry. Agrandó las fosas nasales para sorber el aroma, y su estómago gruñó al reconocer de qué se trataba. Cuando le agradeció, ella se rió socarronamente y corrió hasta la chimenea donde estaba su hermana. Ya les había tomado cariño a las dos diminutas indígenas viudas. A diferencia del día anterior, hoy llevaban un huipil multicolor, con un bordado hermoso, el pecho y los hombros estaban bordados con nido de abeja. Pequeñas borlas colgaban de cada una de las mangas.

Un pedazo de pollo se había caído de una tortilla de maíz, él lo recogió y les preguntó mientras señalaba los burritos:

—¿Es Zapata?

Ellas asintieron y se rieron disimuladamente. Él sonrió ante su apreciación, le dio un buen mordisco y gruñó. El gallo de riña de Popo nunca pagaría sus pérdidas, pero David podía saborear lo que el ave estaba destinada a hacer mejor.

El desayuno estaba delicioso. Terminó echándose un tomate en la boca y lo bajó con agua clara del arroyo. La hermana hacía gestos para preguntarle si quería más. Estuvo a punto de decirle que sí, pero recordó que había planeado explorar una extensión de terreno alejada del pueblo. Si bien el área estaba salpicada con montañas, había visto numerosos montículos de tierra con restos de argamasa a la vista. Era bien sabido que muchos pueblos indígenas estaban ubicados sobre las antiguas ciudades mayas o cerca de ellas y no se sorprendió al descubrir que ése también era el caso de Dolores. Las ruinas eran terrenos sagrados y los mayas estaban conectados espiritualmente con la tierra y el Xibalbá: el inframundo maya que estaba bajo el dominio de los Nueve Dioses de la Oscuridad. Los cenotes, agujeros profundos erosionados durante miles de años a través de las capas de piedra caliza, podían encontrarse a lo largo de los estados de Yucatán y Chiapas. Con frecuencia, se encontraban junto con cuevas; algunos de ellos estaban interconectados por pasajes que con el tiempo se habían suavizado debido al agua que los recorría. La visión del mundo maya constaba de un gran reptil que flotaba en un océano subterráneo. Los cenotes, similares a las cuevas, eran vistos como una entrada al Xibalbá y habían sido utilizados para sacrificar a las vírgenes bizcas, a los prisioneros de guerra y, de vez en cuando, a algún «voluntario» que se ofrecía a alguno de los tantos dioses que existían en el panteón.

El día anterior, justo al norte del pueblo, Popo lo había guiado por delante de un cenote pequeño pero profundo —probablemente no tenía más de treinta metros de diámetro—, mientras recorrían el sendero que bordeaba el arroyo, antes de llegar al pueblo. El cenote estaba al pie de una pared rocosa que se estaba desmoronando, en la que se entrelazaban lianas gruesas y fuertes. El borde, que se estaba deshaciendo de a poco, estaba repleto de helechos y enredaderas y parecía casi inaccesible en las sombras del atardecer. Esto había despertado la curiosidad del profesor, quien quería buscar cuevas en las laderas rocosas, pero Popo había ignorado las súplicas de David para detenerse e investigar y había mantenido un paso enérgico a través de la maleza, hasta su llegada.

David ya había estudiado sus mapas y ahora creía que podía señalar el lugar exacto en el que se encontraban, incluida la ubicación aproximada del *Lugar en el que los dioses cantan*, en el Cabo de Vidrio. En la selva abundaban las ruinas desconocidas y estaba ansioso por recorrer más exhaustivamente la zona antes de seguir adelante. Gran parte de la Lacandona era selva tropical alta. Aunque estaba densamente arbolada con caobas, ceibas altas y una increíble variedad de plantas, el suelo del bosque era pobre en nutrientes. La capa superior del suelo era delgada y rocosa y su mantenimiento dependía considerablemente de la humedad de la época de lluvias y de la rápida descomposición de las hojas y de los deshechos del bosque.

David calculaba que el día anterior habían recorrido casi treinta kilómetros. Si Popo estaba en lo cierto, ese día tendrían que atravesar por lo menos unos veinte kilómetros más antes de llegar al Valle del Concejo. Estimó que eran alrededor de las nueve y media de la mañana. La sección zapatista del este de Chiapas no llegaría hasta dentro de un par de horas más. Mientras tanto, no tenía nada que hacer. Era el momento indicado para explorar. Regresó el plato a las hermanas, cogió los mapas y se alejó de Dolores; recorrió colina abajo el sendero por el cual había ingresado al pueblo el día anterior.

El camino estaba bien demarcado y se extendía más o menos paralelo al riachuelo que bajaba desde las tierras altas arboladas hacia el oeste. El pueblo desapareció de su vista y el camino giró hacia el norte adentrándose en el exuberante y amplio cañón que servía de entrada a Dolores. Los sonidos monótonos del pueblo disminuyeron y fueron remplazados por los ruidos abundantes e iracundos de la selva. Los pájaros se quejaban ante su presencia y los insectos chirriaban una señal de alarma. Ahora estaba solo y se imaginaba que podía ver a los animales moverse por los arbustos, deslizándose por la hierba y acechándolo desde las copas de los árboles. Un sentimiento de placer y de libertad le hizo acelerar la marcha. Colina abajo, se abría paso en el sendero húmedo de grava, después subió una elevación y rodeó un bosquecillo de caobas hasta que llegó al lugar en el que había visto el cenote. Ahí estaba: un recipiente iluminado hasta la mitad por el sol matutino yacía cerca de una roca que sobresalía de la pared oriental. Cogió sus mapas, abandonó el camino y pisó con cuidado hasta llegar al cenote. Las plantas y los arbustos le obstruían la visión e impedían que siguiera avanzando. Las enredaderas que se aferraban a sus piernas y la hierba alta hacían que trastabillara. Deseaba haber tomado prestado un machete. Otros veinte metros más y se detuvo en el borde. La selva, observaba, había extendido su dominio sobre el cenote. Una multitud de liquenes y una gran cantidad de musgo, helechos, orquídeas y lianas colgaban débilmente sobre las paredes irregulares de piedra caliza hasta llegar al fondo, donde una piscina tranquila de agua salobre permanecía en calma. Era perfecta. Había visto algunos cenotes más grandes y profundos, pero nunca había visto uno igual: tranquilo, impecable, alejado de los pies del hombre.

Decidió recorrer el borde y caminó en dirección al este hacia el risco para ver qué se escondía en la oscuridad debajo de todo lo que sobresalía, si es que había algo. Una vez más el camino fue difícil y los mosquitos fueron en su busca. De repente se vio dándose palmadas y maldiciendo. Caminó más allá del cenote y luchó para liberar a sus botas de las enredaderas cuando pateó demasiado fuerte y perdió el equilibrio. El suelo desapareció y cayó de cabeza; los mapas volaron por el aire, cayeron diez metros y aterrizaron desplegados sobre su espalda. Quedó tendido, aturdido y lastimado, y jadeaba para recuperar el aliento.

—¡No te muevas, cabrón! —Tres hombres bien armados vestidos con ropa camuflada le apuntaban con sus rifles. Un cuarto hombre, afeitado al ras con pantalones verdes de soldado y una camiseta fina de mangas largas le apuntaba con una pistola automática niquelada calibre .45 blanca, mientras se agachaba para recoger los mapas del profesor. Del cinturón le colgaba una radio.

—Cuidado —les advirtió a los otros tres.

David, entre la sorpresa y la angustia, intentó sentarse. Recuperó el aliento, pero le dolían el cuello y el hombro como si tuviera un severo esguince. Cuando se puso de pie, no pudo estirarse por completo y no podía girar la cabeza. Un dolor punzante acompañó a su intento de girar a la izquierda. Se masajeó con cuidado la zona. Satisfecho de que no tenía nada roto, regresó su atención a los hombres que portaban las armas. Una mirada fugaz lo convenció de que no eran amigables. No eran indígenas y tampoco tenían puestos los pañuelos negros característicos de los zapatistas. Dudó que solo estuvieran perdidos. ¿Eran estos los perseguidores que Popo había estado esperando?

—¿Quiénes sois? —les preguntó sujetándose el cuello—. ¿Qué queréis?

Ninguno le respondió. El del rostro rasurado sostenía el mapa en la mano y estudiaba las líneas y las anotaciones de David. Llegó a la conclusión de que él era quien estaba a cargo.

—Les pregunté quiénes erais.

Él líder asintió y David recibió una patada en el plexo solar. Cayó de rodillas en el suelo; una vez más, incapaz de respirar.

—Yo haré las preguntas, señor —sonrió el líder. Mientras David se retorcía y luchaba por recuperar el aliento, esparcieron los mapas sobre el suelo para analizarlos. Los soldados hablaban entre ellos y parecían contentos por su buena fortuna—. Usted es el arqueólogo David Lobo, ¿no es cierto? —preguntó.

David asintió.

—Escuché mucho sobre usted, señor. Me dijeron que usted está loco... eh... y que se unió a los rebeldes traidores.

—Eso no tiene sentido. Estoy intentado ubicar algunas cuevas... y... estoy buscando a una mujer que fue secuestrada... a una arqueóloga estadounidense. En realidad, se supone que me tengo que encontrar con ella en Dolores en un par de horas. —David señaló en dirección al pueblo.

Sus palabras despertaron miradas significativas entre los cuatro y el líder irradió felicidad. ¿Qué había dicho David para generar tal respuesta?

—Sí... escuchamos algo sobre esta mujer... y nos gustaría mucho conocerla personalmente. Agradeceríamos su ayuda. —Su sonrisa se parecía a la de un gato que mostraba los dientes—. Me dijeron que ella se unió a la escoria zapatista igual que tú. Me parece que tú también eres gringo. ¿Es correcto?

—Soy un expatriado... sí... pero soy profesor titular en la Universidad Nacional. Pero ustedes están equivocados sobre Karen, ella...

—No, señor. —Agitó la pistola debajo de la nariz de David—. Usted es un extranjero entrometido como la gringa. Cuando la encontremos, a ella le sucederá lo mismo que a usted... morirá —gritó una orden y David fue amordazado y sus brazos atados con una cuerda.

—Me llamo Ramón. No se olvide de eso, ¿de acuerdo? Ha sido muy gentil de su parte habernos dado este mapa e información sobre la gringa, Lobo. Nunca había escuchado sobre este Valle del Concejo, el *Lugar en el que los dioses cantan*, pero soy un hombre ingenioso. Con mi cerebro y sus mapas, creo que podremos sorprender a los traidores, ¿no le parece?

David luchó para desatarse.

—Ahórrese las energías para el camino, señor. Nos vamos en quince minutos... y caminamos rápido.

Ramón les ordenó que se prepararan para partir, después cogió la radio del cinturón y habló mientras se acercaba a la pared. Sin lugar a dudas, les estaba informando a sus superiores, quienesquiera que fueran, que habían capturado a David y los mapas.

La desesperanza se debatía junto con el dolor mientras el profesor reconocía que había sido una tontería aventurarse solo en la selva Lacandona con los mapas cuando Popo le había dicho en reiteradas oportunidades que los estaban siguiendo. Y, ¿por qué había mencionado a Karen? Porque era un estúpido, esa era la única razón, se reprendió a él mismo. Había permitido que la curiosidad superara al sentido común y había cometido los mismos errores que le había advertido a Karen no cometer. «Oh, por Dios», pensó. «¿Volvería a ver a Ali?».

28

«¡Jesús!», pensó Karen. «¿Qué sucedería ahora?» México era como una gran ilusión. Nada salía como debía salir en ese país. El Profesor Wolf estaba perdido; se había desvanecido en la selva según esas hermanas indígenas. Y ¿se suponía que ella tenía que creer que ese extraño indígena anciano que había regañado a Marcos como si fuera un rottweiler atacando un hueso era el líder de ese desastre? ¿Se suponía que ese viejo de mierda tenía que mantenerlos vivos? Si era así, ¡que Dios los ayude! Apestaba a caca de gusano y estaba vestido como un personaje de dibujos animados. ¿Y grosero? ¡Dios mío! ¿Era un gruñido lo que había expresado cuando ella intentó hacerle una pregunta? Desprecio. Eso era lo que había visto en sus ojos. «Al diablo con este hombre», pensó. «Y al diablo con Marcos también.» No había entendido una sola palabra cuando Popo Reyes le había gritado a su amante, pero por la expresión de perro abatido de sus ojos y las miradas fugaces que había lanzado en dirección a ella, tuvo la impresión de que él no había hecho nada para defender el honor de Karen. Idiotez, falta de respeto y una realidad alterada; seguramente era lo mismo que había sentido Alicia al caer en el agujero del conejo, excepto que ese lugar no era el País de las Maravillas, era un nivel desconocido del Infierno de Dante: un lugar horrible disfrazado de un paraíso tropical.

Karen había imaginado una reunión maravillosa con el profesor Wolf, seguida de una discusión académica sobre la estela de Gould y una breve estadía explorando las cuevas del Valle del Concejo. Nadie le había dicho lo contrario, aunque Marcos había respondido sus preguntas con evasivas que la exasperaban. La desaparición inesperada de David Wolf había modificado la situación. Ella no sabía cómo, pero apostaba cien dólares a que el cascarrabias al que Marcos se había referido como su padre no le estaba dando las respuestas que ella quería. De hecho, podía afirmar que el indígena anciano la veía como un coñazo. Punto.

Teniendo en cuenta que estaban en medio de una guerra, la desaparición de David le preocupaba mucho. ¿Qué estaba sucediendo y por qué había tantos secretos? No le gustaba. Durante la última semana había caído en un infierno personal, pero su suerte la había llevado muy lejos; eso significaba que todavía estaba viva. Pero si no le daban algunas respuestas o si las cosas no mejoraban a la tarde cuando llegaran al Valle del Concejo, ella insistiría para que la regresaran a San Cristóbal.

Su relación con Marcos se había convertido en un problema. En retrospectiva, ella sabía que su apasionada aventura amorosa de tres días, aunque excitante, estaba destinada al fracaso. Se suponía que él había muerto quince años atrás, pero ahora estaba liderando a una pandilla de indígenas traidores e intentaba derrocar al gobierno. Este no era el perfil de un hombre con futuro. Dinámico y atractivo, la había salvado de Dios sabe qué; desesperada y vulnerable, la había encontrado lista para la cosecha. No se arrepentía —por lo menos no con respecto a él—, pero sabía que tenían que hablar pronto y que ella no debía quedarse mucho más. El mundo de Marcos era tan diferente; demasiado descabellado. Jugar bingo los sábados por la noche con la tía Rose nunca le había parecido tan atractivo.

Los mosquitos no molestaban tanto ese día, pero el calor no les daba respiro. Una vez más se movían rápidamente bajo la abundante sombra, pero el terreno había cambiado: seguía siendo tropical, seguía repleto de árboles, pero la vegetación era menos densa. Las colinas se habían convertido en pequeñas montañas y el sendero era más rocoso y estaba cubierto de liquenes y moho. Los guerrilleros se movían velozmente, se desplazaban dos veces más rápido que el día anterior, caminaban por un sendero serpentino alrededor de la pared de una montaña. Por momentos podía verse el arroyo sinuoso que habían bordeado hasta Dolores. Era ancho y fluía con un gran caudal de agua.

Su séquito ahora estaba formado por más de treinta personas. Los exploradores iban y venían en todas las direcciones; traían información que ella desconocía. «Después de todo, ella era una mujer y una gringa», pensó con amargura. Los indígenas desaliñados se presentaban adustos y concentrados y en estado de alerta como si estuvieran esperando que algo sucediera. Cuanto más lo analizaba, más se preocupaba. Sujetaba con fuerza su propio rifle y fijaba la vista hacia adelante en la maleza; después miraba sobre el hombro a la cadena de seres humanos que serpenteaba detrás de ella. ¿Era más seguro ser un grupo numeroso? ¿Por qué se estaban apurando para llegar a ese lugar? No cabía lugar a dudas de que no era para el beneficio de la gringa. ¿Por qué no se detenían a descansar? Quería hablar con Marcos. Estaba sola y se sentía vulnerable; era la única mujer en un ejército de hombres y, peor aún, era una enorme gringa extranjera que ignoraba todo lo que ellos consideraban importante. Se imaginaba que estaban observando cada movimiento que hacía y que hablaban acerca de ella, que bromeaban sobre su apariencia ridícula. «¡Madre mía!», pensó. «¿Cómo me metí en este embrollo?».

«La muerte sería un alivio bienvenido en este momento», pensó David. Tenía mejor la espalda, pero le dolía terriblemente el cuello. Cada paso que daba empeoraba la lesión y, de vez en cuando, apretaba los dientes para reprimir un gemido. Afortunadamente estaban caminando bajo la sombra que proyectaba una montaña. Lianas gruesas se aferraban a las paredes prominentes e irregulares. Algunas plantas, aparentemente sin suelo, disfrutaban del sol en lo alto. Excepto por algún que otro árbol que crecía en un ángulo extraño, la pared del risco permanecía intimidante e inexpugnable.

Sus captores —ahora eran ocho— le habían quitado todas las cuerdas excepto las de las manos. Se dio cuenta de que estos hombres no eran soldados mexicanos comunes. Estaban muy bien armados. Todos tenían pistolas automáticas con culatas tubulares, granadas, cuchillos Glock, relojes costosos y bolsas que contenían vaya uno a saber qué cosa. Era una unidad de Fuerzas Especiales, pero no tenía idea de a quién representaban. Solo algunos tenían el modo de hablar o los gestos de los mexicanos nacionales y David sospechaba que eran mercenarios. Ramón, llamado *coronel* por los otros, siempre estaba murmurando, generalmente para sí mismo. De vez en cuando se detenía para hacerle preguntas sobre los mapas al profesor. David no era de mucha ayuda ya que nunca había estado en el Valle del Concejo y solo sabía lo que Popo Reyes le había dicho o le había mostrado.

Esos comandos no eran indígenas ignorantes y tampoco eran tontos. Hablaban un buen español y David los escuchaba decir que los zapatistas los estaban persiguiendo. De hecho, estaban involucrados en la misma conspiración. Cuatro comandos nuevos, uno de ellos un enorme hombre negro con acento caribeño, habían regresado después de pasar la noche observando a los soldados zapatistas abrir paso en el camino con machetes para otros que venían más atrás. Estas noticias crearon una gran conmoción, especialmente cuando el coronel comparó los mapas de David con las descripciones topográficas que le habían dado. No era necesario ser un genio para darse cuenta de que estaban relacionados. La pregunta que daba vueltas por la cabeza del profesor era: «¿Por qué?». ¿Por qué estos asesinos especializados estaban ahí? ¿Era por las drogas perdidas a las que había hecho referencia Popo? ¿Estaban buscando a Karen o finalmente alguien había decidido ponerle el cascabel a Popo Reyes? David no era un estratega militar, pero no había visto demasiados comandos que se enfrentaran a los guerrilleros aquí, en su propia tierra, la selva, sin importar lo bien armados que pudieran estar. Se preguntaba a qué sorpresas se había referido el coronel. ¿Se trataba de algo que había en una de las mochilas que cuidaban y manipulaban con tanto cuidado? «¡Por Dios! ¿Qué importaba?», se desesperó. Si estos asesinos profesionales no lo mataban, moriría por el dolor que sentía en el cuello.

Justo cuando había llegado al límite de su resistencia, Ramón les indicó que se detuvieran. David cayó de rodillas, después se inclinó hacia un costado. Soltó una queja de suplicio. Estiró ambas manos para sostener la cabeza a fin de controlar el dolor.

El coronel curvó los labios y miró a David como si fuera un leproso.

—Vamos, gringo, o alguien te hará un tajo en la barriga y te dejará tirado para que te coman las hormigas.

—Hazlo —lo instó el negro gigante que apareció repentinamente desde atrás. Los brazos y los hombros sólidos brillaban por la transpiración y sus dientes relucían como perlas. Extrajo un cuchillo dentado filoso marca Glock de su funda—. Hará que nos maten a todos. Mejor hagámoslo ahora antes de que sea demasiado tarde. Tal vez tengamos que caminar aún más rápido después.

—No —dijo Ramón interponiéndose entre los dos—. Tal vez lo necesitemos. Podría ser útil.

El imponente hombre negro miró con desdén a David y después al coronel. Aflojó la mano que sostenía el mango y de mala gana enfundó el cuchillo. Le lanzó al profesor una mirada de indignación —como un león que todavía no estaba lo suficientemente hambriento para matar a su presa— y volvió su atención al coronel.

—¿Qué hacemos ahora? ¿Este lugar se ve bien? —preguntó.

—Definitivamente —afirmó Ramón—. Trae a Diego y al Flaco para que nos ayuden. No tenemos mucho tiempo.

«Chingada», maldijo el capitán Chávez en silencio. El hedor maloliente de su cuerpo subía y le hacía fruncir la nariz. Olía como las letrinas del burdel de Juárez. Rasguñado, fatigado y desmoralizado, se desplomó contra un árbol que le servía de sostén a su dolorida espalda. Abajo, dos mugrientos guerrilleros más, niños de no más de catorce años según él, regresaban a Dolores con carne fresca recién cazada: tres conejos y un ocelote. Le gruñía el estómago por el hambre y se le hacía agua la boca al imaginarse a los animales en un pincho asándose sobre un fogón. Desde su escondite en una antigua caoba, podía ver casi todos los movimientos del pueblo; era solo una pocilga.

Había pensado en poner en práctica las habilidades de francotirador que había adquirido en la academia, pero decidió que con dos días de entrenamiento que tuvo ocho años atrás en un bosque en Carolina del Norte tal vez no sabía todo lo que debería saber. No era que no tuviera ganas de matar a alguien. Simplemente prefería algo comestible en ese momento, y no iba a tener acceso a comida por un rato. Sabía que podía seguir adelante un largo tiempo sin comer, pero se estaba obsesionando con la idea. Los alimentos parecían abundar o, por lo menos, los indeseables zapatistas parecían tener un abastecimiento inagotable. La analogía trillada de un hombre que pasa hambre en un banquete había adquirido un significado desconocido hasta el momento. Estaba tentado de encontrar a uno de los rebeldes y matar al cerdo solo para quitarle la comida, pero ahora eran muchos más. ¡Eran treinta o cuarenta! Disparar un arma solo daría a conocer su paradero y su fuerza se había debilitado hasta alcanzar un punto en el que no podía correr el riesgo de tener que enfrentarse a alguien con un cuchillo. Además el campo se había abierto notoriamente. Los árboles y los arbustos todavía salpicaban el paisaje, pero los espacios abiertos ahora eran más abundantes Montañas muy altas y rocosas habían reemplazado los montículos verdes y redondeados que estaban cubiertos con la antigua selva tropical. Ya no era posible permanecer oculto en la selva. Tendría que quedarse más lejos de ellos y mantener los ojos y las orejas bien abiertos.

En realidad, ahora que lo pensaba, su plan no había funcionado para nada. Había creído que los rebeldes solo se encontrarían con algunos más de su clase, que la cocaína cambiaría de manos —si tenía suerte, pasaría a menos y peores manos— y que, de este modo, sería más fácil recuperarla. ¡Chingada! Eso no era lo que había sucedido. De hecho, desde que los rebeldes habían llegado al pueblo ni siquiera había visto esas mochilas que le resultaban familiares. ¿Qué habían hecho con ellas? ¿Qué plan tenían? ¡Chingada! ¡Qué mala suerte! Llegó a la conclusión de que lo único peor que la esperanza reprimida era el hambre. Con su suerte, se caería del árbol o lo estrangularía una boa. Se convertiría en el alimento de alguien más. «¡Cabrones!», volvió a maldecir. Con un pulso tembloroso logró quitar un trozo de corteza del árbol. Observó la parte inferior que era blanca y húmeda, después le quitó la áspera piel exterior. Haciendo una mueca, respiró hondo y se lo introdujo en la boca. Mascó tímidamente y descubrió que se le hacía agua la boca. Suspiró y lentamente masticó la pulpa fibrosa. Satisfecho de que no fuera venenoso, cortó otro trozo y también lo masticó. «Una comida pobre para un pobre hombre», pensó. Concluyó que no tenía nada, absolutamente nada; ni siquiera tendría su propia vida si no recuperaba las drogas. Escupió la corteza que tenía en la boca y miró con ansias las hojas de los árboles; un sentimiento de desesperanza se posó sobre sus hombros. Después los retortijones se apoderaron de él y comenzó a hacer arcadas, pero solo salió de sus labios un líquido escaso y putrefacto.

—Te acompaño —insistió Luis, siguiendo a Joaquín dentro de la habitación que servía como refugio y oficina.

Era la primera vez que le permitían ingresar. Una mirada fugaz al ambiente le reveló que se trataba de una habitación de hombre: cuero y humo, muebles de caoba, un escritorio grande, paredes cubiertas con daguerrotipos de la revolución y fotos de Joaquín con diferentes políticos influyentes del PRI.

—Definitivamente no... Es muy delicado... es...

—Es mi amigo y tu cuñado el que está ahí afuera. —Luis puso las manos sobre el escritorio y miró desde arriba al cónsul que estaba sentado—. Voy a ir. Acostúmbrate a la idea. Tiene que ir alguien más aparte de tú y de tus compañeros del gobierno, para asegurarnos de que la situación se maneje con honestidad.

Joaquín se sentó derecho.

—¿Qué quieres decir? ¿Tienes idea de lo peligroso que puede ser? Esta operación es políticamente explosiva. No tendrás la autorización de la Policía Federal. La Unidad Especial de Acción Conjunta Antidrogas está auspiciada por algunas personas elegidas directamente por el presidente. Nadie querrá que vayas.

—Arréglalo. Sé que puedes hacerlo. —Luis lo miró, desafiante—. La escala se hará aquí, ¿no es cierto? No caben dudas; es una pista de aterrizaje privada y aislada, no hay ojos curiosos merodeando y se puede llegar al objetivo en helicóptero.

El cónsul se ruborizó y apretó la mandíbula. Apartó los ojos de Luis y miró a través de la ventana en dirección a la lejana pista de aterrizaje. Nervioso, daba golpecitos con el lápiz sobre el escritorio mientras formulaba una réplica. Luis se dio cuenta de que el lápiz estaba golpeando un mapa del estado de Chiapas. Sobre él se habían garabateado líneas y palabras. Aunque el plano estaba al revés, pudo reconocer muchos de los nombres y hasta pudo leer algunas de las anotaciones hechas a mano. El Valle del Concejo y la cueva en la que los dioses cantan estaban resaltados con un círculo. El área, de forma sorprendente, estaba a no más de doscientos kilómetros al sur —a mitad de camino a Guatemala— donde la selva Lacandona se elevaba hacia las tierras altas. Era un lugar remoto, sin caminos para ingresar ni para salir. El asentamiento más cercano era un pequeño pueblo indígena que estaba cincuenta kilómetros al oeste en las montañas. Había algo en el mapa que le molestaba. Quería mirarlo mejor, pero dudó; no estaba seguro de querer involucrarse con algo que estuviera sobre el escritorio del cónsul.

—Está bien —dijo Joaquín inesperadamente—. Es tu pellejo. Veré qué puedo hacer. —Miró el reloj.

Luis intentó descifrar la mirada de Joaquín. Había cedido demasiado rápido.

—¿Cuánto tiempo? —preguntó.

—¿Perdón?

—¿Cuándo vendrán? ¿Cuándo partimos?

—Eh... todavía están trabajando en eso. Tal vez en dos o tres horas.

Eso se traducía en, por lo menos, cuatro o cinco horas. En México nada salía de acuerdo con lo planeado, pero como estaban involucrados los estadounidenses, ¿quién sabía? Luis estaba ansioso por conocerlos. Había escuchado que eran todos vaqueros, John Waynes sensatos y fanfarrones, hombres listos para usar sus armas. «Qué así sea», pensó. Ahora que lo pensaba, sería mejor que limpiara su propia .45 y se asegurara de tener suficientes municiones y, veamos, ¿necesitaba algo más? ¿No le estaba por preguntar algo a Joaquín? No podía acordarse. Distraído dijo:

—Joaquín... no le digas nada a mi esposa sobre esto, ¿de acuerdo?

—Yo diría que a estas alturas, ella ya debería estar acostumbrada a tus aventuras. —El cónsul le sonrío falsamente—. Tienes que hablar con Alexandra. Mi pobre hermana no está pensando muy bien en este momento. —Joaquín se puso de pie, pero no extendió la mano; de este modo le envió el mensaje claro a Luis de que quería que se fuera—. No ha sido agradable, ¿no es así, capitán Alvarado? Si no los matan a usted y a David, tal vez podamos comenzar de nuevo y llevarnos mejor la próxima vez. ¿No le parece?

Luis no pensaba lo mismo. De hecho, había decidido que compartía la antipatía de su amigo hacia Joaquín. El hombre era un traje relleno; un atuendo sin ninguna sustancia adentro.

—Creo que nos iremos mañana, pese a quien pesare —respondió Luis—. Ya nos aprovechamos demasiado de tu hospitalidad. —Se volvió abruptamente y salió caminando de la oficina; todavía estaba perturbado por algo que había visto o escuchado, pero no podía identificarlo. «Debe ser la falta de sueño», pensó. Estaba volviéndose loco. No estaba seguro, pero al salir de la oficina imaginó que escuchaba: «Sí, tal vez tienes razón».

29

Protestando y trastabillando, el profesor fue llevado medio a la rastra y medio a empujones por el sendero libre de maleza que ya habían despejado los zapatistas. La fatiga amenazaba con superarlo mientras luchaba por mantener el ritmo de sus secuestradores. Aunque la marcha forzada había sido mortificante, también había probado ser beneficiosa. Lo que sea que se le había desacomodado en el cuello ya estaba en su lugar otra vez y solo sentía una leve molestia en el lugar en el que antes un dolor insoportable lo sacudía a cada paso.

Siguieron el arroyo hasta una cascada que parecía haber rajado la montaña y emergido abruptamente desde la ladera. David y los comandos escalaron alto sobre la caída de agua hasta que pudieron atravesarla por un sendero angosto que se extendía junto a la ladera, muy por encima del arroyo. Después de superar ese pasaje, llegaron a una cornisa importante que miraba hacia un inmenso cañón cubierto por la selva. El sonido de la cascada se había reducido solo a un susurro. El valle, de forma ovalada y con riscos escarpados, se extendía por casi tres kilómetros antes de angostarse en el extremo sur. Unas cuevas, la mayoría de ellas con entradas pequeñas, salpicaban todas las paredes del valle. La cadena de montañas sobre la que se encontraban, junto con los restos de un sendero, descendían rodeando el valle. Una serie de jero-glíficos todos de la época maya habían sido tallados en las paredes a lo largo del sendero. David miraba maravillado y boquiabierto y sintió una ráfaga de energía mientras sus captores lo guiaban por el sendero.

Después de atravesar el camino que se extendía por todo el valle comenzaron un descenso precipitado y se resbalaron y deslizaron hasta llegar al suelo del cañón. Cuando David se recuperó de una caída casi libre por el sendero angosto, sus ojos contemplaron la caverna más increíble que hubiera visto. Enorme y profunda, tranquilamente podría ser el lugar de nacimiento de la cultura maya, la puerta al Xibalbá, la entrada al inframundo maya y a la morada de los Nueve Señores de la Oscuridad que intentaron destruir a Hanahpu y Xabalanqué, los ancestrales Héroes Gemelos mayas. Se obligó a respirar hondo para calmarse. Miró más de cerca. Los zarcillos de las lianas y las raíces colgaban como cortinas de telaraña y los helechos, los liquenes, el moho y la maleza ocultaban la gigantesca entrada. Debajo, cuidando el acceso, yacía un pequeño cenote de casi cuarenta metros de diámetro. También estaba asediado de vegetación. Al costado había una estructura hecha por el hombre: ¡Un altar en ruinas hecho con argamasa y cubierto de jeroglíficos! Sabía que este lugar tenía que ser el Cabo de Vidrio y en su interior estaba La Cueva en la que los Dioses Cantan.

David se estremeció de felicidad. Se volvió para continuar con su inspección. Altos montículos de tierra cubiertos de hierba alta, helechos y enredaderas estaban llamativamente situados alrededor del perímetro como para ser naturales. De hecho, al observar la zona con mayor cuidado, notó que estaba sobre un antiguo campo de pelota que ahora era propiedad de la selva. Por un momento se olvidó del peligro de la situación; se olvidó de Ramón, de Popo y hasta de Karen. Este era un descubrimiento increíble, estaba casi seguro de que pertenecía al periodo preclásico, tal vez era proto-maya. Comenzó a imaginar qué podría encontrar aquí y en el interior de la cueva.

Mientras el profesor recuperaba el aliento y estudiaba la zona, Ramón miraba el reloj y hablaba por la radio. Sin dejar de conversar por el aparato, el coronel atrapó una lagartija con el pie y extrajo el cuchillo. Parecía que Ramón siempre estaba hablando por la radio y el profesor ya tenía más que curiosidad por saber con quién se estaba comunicando. Si el coronel estaba nervioso, no lo demostraba; a menos que se considerara el modo lento en el que torturó a la lagartija verde hasta su muerte como nerviosismo. Incapaz de observarlo y con miedo a protestar, David se volvió e intentó concentrarse en la entrada de la cueva mientras Ramón, en forma despreocupada, le quitaba al reptil la piel y luego lo fileteaba. Un escalofrío involuntario lo sacudió y miró hacia arriba en dirección a la ladera de la montaña para ver si alguien los había seguido por el camino.

—Dime... ¿por qué Popo se está comportando como un imbécil? —exigió Karen.

La gringa se apoyó en la sombra de la pared y buscó su cantimplora. Le quitó el tapón y bebió un largo trago que la dejó satisfecha; después secó la transpiración de su frente y sintió el polvo arenoso que los pies de los soldados levantaban en el camino.

—Bueno... este... en sus mejores días tampoco habla mucho. Está preocupado porque las milicias antidrogas pueden haber matado a Lobo... y teme que él les haya contado nuestro plan.

—¡Jesús! ¿Son los hombres que los siguieron desde Palenque? —Se abanicó con una mano.

—Sí. Mi padre sabía que estaban cerca; quería atraerlos hasta aquí, pero los perdimos anoche.

—Sí... probablemente durante esa riña de gallos de la que me hablaste. Fue una tontería. Podrían estar ahora en cualquier lugar. Tal vez nos están apuntando con un rifle ahora.

Se sentó en cuclillas para descansar, pero después sucumbió ante la fatiga y se dejó caer sobre el trasero. La falda apestaba y los rasguños y los verdugones que tenía debido a haber caminado durante dos días por la maleza de la selva le hacían arder las piernas.

Después de abandonar el pueblo y desandar el camino durante casi dos horas, habían girado hacia el oeste, deslizándose por un camino angosto imposible de hallar a menos que se conociera de antemano. Después marcharon sin detenerse cuesta arriba por el pie de una montaña. Para su sorpresa, la entrada al cañón estaba debajo de la cascada en la que habían hecho el amor la noche anterior; donde casi los habían matado.

—¿Tienen alguna idea de quién nos disparó? —Se quitó un mechón de pelo grasiento del rostro y se puso de pie en el borde del camino de la montaña, analizando el valle arbolado que estaba abajo.

Marcos hizo una mueca.

—En realidad, no. Probablemente sean los mismos que atraparon a Lobo. Se debe de haber corrido el rumor de que tenemos la cocaína y alguien nos siguió.

—¿Qué harás...? No, permíteme reformular la pregunta: ¿Qué hará tu padre con la droga?

—Usarla como carnada.

—¿Carnada? ¿Para quién...? ¿Para los hombres que nos están siguiendo?

—Sí... pero también hay otros. Para las personas que los controlan a ellos... la Policía Federal, el ejército, los cárteles de la droga, los estratos más altos del gobierno... Todos están involucrados.

—¿Todos juntos? Quieres decir que las personas que están a cargo de luchar contra las drogas en realidad están traficando drogas... Las personas que están a cargo de prevenir los secuestros, están liderando una red de secuestros... ¿Eso es lo que quieres decir?

—Exactamente.

—Por Dios... Odio este lugar. —Bebió otro trago de su cantimplora—. Entonces... ¿A quién quiere atraer en particular el viejo pájaro a su trampa?

—La Policía Federal ayuda al gobernador a transportar las drogas desde y hacia Chiapas. Les entregan mucho dinero a los políticos corruptos y a los terratenientes que nos robaron las tierras. Los zapatistas odian a los traficantes. Existía un pueblo llamado Acteal en el que había muchos simpatizantes zapatistas. Cuando la policía intentó transportar las drogas a través de esa zona, los pobladores los ahuyentaron. Varios meses atrás, la policía instigó una mascare en Acteal. Contrataron a un grupo de asesinos a sueldo para que hicieran el trabajo sucio. Mi hermana y su esposo vivían ahí.

—¿Consuelo?

—Sí.

—¿Está intentado tenderles una trampa a las personas que cometieron la masacre?

—Sí.

«Por Dios», pensó Karen, «le añadieron una contienda familiar a la lista de motivos por los que debían rebelarse». Definitivamente tenía que salir de ese lugar.

El capitán Chávez se puso en cuclillas en la entrada de una cueva poco profunda, una de las tantas estructuras curiosas y casi idénticas que había a lo largo del sendero del risco. Mantenerse a una distancia prudente de los zapatistas probablemente le había salvado la vida. Ahora observaba cómo unos soldados desconocidos, pero bien equipados, colocaban minas debajo de la tierra en un sendero de montaña sobre el cañón. ¿Quiénes eran? Cuando los encontró, estaban totalmente concentrados en su tarea y no notaron su presencia. Debían de haber escalado la ladera de la montaña para poner las bombas en el pasaje y evitar que la escoria zapatista pudiera dejar el lugar. El hecho de que no hubiera pisado por accidente una de las minas solo aumentaba su sentimiento de invencibilidad. Había seguido a los minadores cuesta arriba, esquivando los explosivos, todo el tiempo intentando descifrar dónde encajaba esta nueva pieza del rompecabezas. Herrera o, más probablemente, alguien que estuviera por encima del coronel, debía de haberlos enviado. Desde cierto punto de vista, ellos estaban de su lado. Estaban tras la cocaína; de eso no tenía dudas. Pero hubiera sido estúpido verlos como aliados; al menos, por el momento. Se movían como personas fuertes y serias, ataviados y armados, entrenados como asesinos con un plan preciso. Debía proceder con cautela e improvisar solo lo necesario. Estar solo tenía sus ventajas. Le daba más opciones, que era lo que necesitaba ya que ahora no tenía ningún plan. Tal vez dejaran algo de comida. Tal vez se podrían ayudar entre ellos. De lo contrario, bueno, tan solo le quedaba esperar y ver qué sucedía.

Mientras un soldado cubría la mina con tierra, sus cuatro compañeros —uno de ellos un negro muy robusto— regresaban en silencio y con cuidado por el borde del sendero. Se movían con sigilo, seguros de sus aptitudes. Chávez podría haber jurado que conocía al compañero negro. ¿Acaso no lo había visto en San Cristóbal un año atrás? Hablaba con un acento en particular, tenía un fajo de dólares y una hermosa mujer blanca en el brazo. ¡Bahamas! Eso era. Herrera lo llamaba Maurice el bahameño. Decía que podía levantar un caballo del suelo y clavarle un puñal en el cráneo a un toro. El capitán inspeccionó los hombros protuberantes color ébano del mercenario; tenía brazos gruesos como un tronco y piernas largas y fuertes. Llegó a la conclusión de que se necesitaría más de una bala para detenerlo.

El negro habló por una radio que tenía en la mano mientras los otros trabajaban. Extrajeron de las mochilas una soga y equipos para escalar. En menos de dos minutos los cuatro estaban descendiendo por la pared rocosa, sujetos de la cuerda. Después quitaron las sogas y Chávez se quedó en el sendero pensando en su próximo movimiento. Había descubierto que no tenía muchas opciones de las que elegir. Podía seguir los pasos de los mercenarios y arriesgarse por el borde del sendero o podía dar la vuelta y regresar. «¡Chingada!», maldijo en silencio. «¡Cabrones!» ¡No necesitaba esta mierda! Hervía de cólera. Apretó el rifle hasta que le dolieron las manos. Finalmente, ya más tranquilo, respiró hondo e intentó razonar cuál era el mejor camino. «¡Chingada!», susurró. No tenía otra opción más que seguir adelante.

Karen volvió a beber de su cantimplora y después la sacudió para ver cuánto le quedaba. Cuanto más pensaba en ello, más ansiaba irse de allí. Si hubiera sabido que Popo, ese arrogante de mierda, estaba planeando una guerra, nunca habría venido, a pesar de David Wolf y de las cuevas.

Se volvió hacia Marcos para explicarle claramente su punto de vista, pero antes de que ella pudiera hablar, él frunció el ceño y dijo:

—Necesito corroborar algo.

Y se puso de pie para irse.

—¿Marcos? —Lo cogió del brazo y lo miró suplicante—. Te he querido decir... pero no hubo tiempo. Yo... quiero irme a casa. Es decir... quiero...

—Mañana, Karen. Mi padre ya lo ordenó. Es demasiado peligroso estar aquí. No creyó que las cosas saldrían así —Marcos se mordió el labio inferior y cambió el peso de su cuerpo sobre la otra pierna. Quitó el brazo y la miró como si quisiera decir algo más.

—¿Y? —lo instó a continuar—. ¿Qué más?

—Él... eh... no habrá tiempo para que explores las cuevas. Además... se lo prometió a Lobo, no a ti... y eh... son sagradas para los indígenas y no quiere que tú perturbes ninguna...

Karen gritó y se puso de pie de un salto. ¡La habían traicionado! Una cólera ciega se apoderó de ella. Apretó los puños con ira y sintió que un grito quería salir de su garganta. Pero una explosión ahogó su voz de frustración. La pared de la montaña se desmoronó y el polvo cayó sobre su rostro y sus brazos. La fuerza de la explosión los derribó a los dos.

Se escucharon disparos de rifles automáticos desde el bosque que estaba debajo. Los gemidos de alarma y dolor se mezclaron con las órdenes que se daban a gritos. Marcos rodó para cubrirla con el cuerpo.

—¡Aléjate de mí! —luchó para ponerse de pie.

—¡Cállate! —le ordenó y la empujó a la fuerza por el sendero—. Fue una granada. Aquí... detrás de esta roca —señaló—. Regresaré. —Con el rifle en la mano, se agachó lo más que pudo y corrió hacia el lugar en el que había ocurrido la explosión.

Desconcertada, pero ilesa, Karen cogió el rifle y se deslizó detrás de un montículo de piedra caliza que había caído. ¿Qué había sucedido? ¿Quién los estaba atacando? Confundidos, los guerrilleros iban y venían, subían y bajaban por el sendero rocoso buscando al enemigo. Otra explosión fue seguida de más disparos de rifle. Esperó con su corazón latiendo con fuerza, respiraba de forma rápida y superficial, se sentía extrañamente mareada y luchaba contra un impulso que la quería obligar a correr. Los disparos disminuyeron y alguien llevó a dos hombres heridos —pendiente arriba y pendiente abajo, en dirección al valle — hasta que no pudo verlos más. Después apareció Marcos y se escucharon disparos que venían desde abajo.

—Vamos.

La cogió del brazo y la exhortó a que avanzara.

Esta vez, ella no se quejó. El horror había reemplazado al enojo. Estaban expuestos y eran vulnerables como los objetivos en las casetas de tiro al blanco de las ferias. Miró rápidamente sobre su hombro y se ubicó detrás de los zapatistas que huían corriendo. Mientras subía y bajaba la pendiente, recordó que Marcos le había dicho que su padre «no creyó que las cosas saldrían así». Se estremeció por un escalofrío que le recorrió la espalda. Se aferró al rifle y aceleró la marcha, el fantasma del miedo estaba convirtiendo sus pies en alas. Más disparos y gritos. «Oh, Madre mía», pensó. No volvería a sentarse a jugar bingo junto con la tía Rose.

Chávez había esperado unos minutos más para asegurarse de que nadie lo vería ni lo escucharía antes de salir de su escondite y seguir avanzando. Miró hacia abajo había casi cuarenta metros hasta el fondo del valle pero no vio a nadie. Los comandos del cártel de la droga habían descendido por la pared de la montaña y habían desaparecido en la selva sin hacer un solo ruido. Una vez más, respiró hondo, cambió de mano el rifle y caminó hacia el borde del sendero. Tres minutos más tarde, una explosión que sacudió al cañón lo sobresaltó y ¡casi lo hace caer! En el intento por mantener el equilibrio, su arma cayó por el precipicio, después se lanzó sobre el camino temblando de miedo. La explosión fue seguida de disparos y gritos lejanos.

—¡Chingada! —maldijo, pero esta vez en voz alta—. ¡Cabrones! —gritó agitando un puño. Temblando de miedo, se alejó del precipicio arrastrándose y regresó al hueco superficial en el que había estado escondido. Sin un arma, era solo medio hombre. Tendría que robarle una a alguien; tal vez a alguno de los traidores que estaban más arriba en la ladera. Esperaría unos momentos más para escuchar cómo seguía la pelea, después lo intentaría nuevamente. Se dirigió a la sombra de la cueva, buscando un lugar en el que pudiera esconderse, después descubrió que había mojado sus pantalones—. ¡Chingada! —volvió a maldecir, esta vez con ira. Se sentó y ocultó la cabeza entre sus manos.

Mientras David observaba el sendero por encima de la línea de árboles, dos comandos salieron corriendo del bosque. Mientras se acercaban, se escuchó una explosión desde el extremo norte del cañón, cerca del camino que conducía a la cascada. Una columna de polvo se elevó en el aire y después comenzó a asentarse en el suelo de la selva. Ya se había olvidado de la cueva. Estupefacto, había escuchado mientras el negro explicaba detalladamente el éxito que habían tenido al ubicar las minas. ¡Minas! ¿Qué más tenían en esas bolsas? Tenía la cabeza aturdida por las incertidumbres. ¿Dónde estaban Popo y los zapatistas? Los mercenarios hablaban como si el profesor no estuviera presente y lo que decían le ponía nervioso. Planeaban forzar a los zapatistas a descender por el sendero de la montaña hasta el valle. El sendero que estaba debajo de ellos estaba minado para impedirles la retirada. Cuatro de los seis asesinos estaban preparados para lanzar granadas sobre el sendero y dispararle más y más balas al grupo. Esto, esperaba Ramón, llevaría a los guerrilleros que quedaban al extremo sur del cañón. Una vez que los zapatistas hubieran descendido por el camino, los comandos regresarían y ayudarían al coronel, el gigante caribeño y dos hombres a los que llamaban el Flaco y el Niño Mota los atraparían y matarían para recuperar la cocaína en el proceso.

Para el horror de David, mientras Ramón hablaba con su asistente negro, el Niño Mota y el Flaco salieron corriendo hacia la maleza para ubicar minas en el extremo sur del sendero sobre una línea que conducía al oeste, para bloquear todos los pasos hacia la cueva o el cenote. Cualquier intento de los zapatistas por atacar a los comandos sería mortal.

—¡Oye! —protestó David—. ¡No pueden hacer eso! Es un sitio arqueológico. Destruirán...

—Déjame matarlo, Ramón. —El negro gigante volvió a sacar su cuchillo Glock—. Es un lastre... hará que nos maten.

David se quedó paralizado; ya se había olvidado de sus objeciones.

—Tengo órdenes de mantenerlo con vida a cualquier costo. —El coronel sacó su pistola y se puso entre ellos—. Me pagan por seguir órdenes y a ti también... ¿has entendido? —Ramón puso el arma en la punta de la nariz del gigante—. No tengo tiempo para esto. Hay trabajo que hacer. Movámonos... ahora... mientras podemos.

El gigante parecía confundido. La hoja de su cuchillo apartó el cañón de la pistola.

—No nos pagan por tener cautivos. Los prisioneros son un mal negocio... ya lo sabes.

Enfundó el cuchillo.

El coronel bajó la pistola, después la utilizó para señalar.

—Ahí arriba —dijo indicando la pared occidental del cañón—. Llevaré al traidor y lo ataré. Si las cosas salen mal, nos resistiremos debajo de esa saliente para que solo puedan llegar a nosotros desde una sola dirección. Por el momento, esperaremos y los atacaremos desde aquí. —Señaló una estructura de argamasa que servía como cerco—. Deja el arma y el bolso. Ve a ayudar a esos dos con las minas... y no te olvides de dejar un sendero entre los arbustos para que nosotros podamos pasar. Si hay una tormenta de mierda, necesitaremos una ruta de escape. —Señaló con la pistola a David—. Pondré al gringo a salvo y regresaré.

El negro gigante frunció el ceño y le clavó al profesor una mirada fulminante. Le entregó al coronel su AK-47, después miró hacia la línea de árboles donde sus colegas estaban poniendo las municiones. Escupió, miró por última vez a

Ramón y después emprendió su caminata hacia donde se encontraban el Niño Mota y el Flaco. Se movía con una gracia envidiable para ser un hombre tan alto.

Desde el sur de la selva se escucharon disparos de armas automáticas seguidos por dos sacudidas. «¿Eran granadas?», se preguntaba David. Un escalofrío lo estremeció. Quería salir corriendo.

—¡Vamos! —Ramón apoyó el arma en su espalda—. ¡Muévete!

David caminó con los brazos en alto, hacia el oeste, en dirección a la pared del cañón, adentrándose en la maleza densa. Le temblaban las piernas, tanto por el miedo como por la fatiga, y se imaginaba que una bala lo atravesaría en cualquier momento.

—¿De qué se trata esto, Ramón? ¿Quién te dijo que tenías que mantenerme con vida?

—Cállate y apresúrate, cabrón. Se supone que no tengo que matarte, pero haré que te cagues encima del miedo. Muévete.

El coronel giró la cabeza en dirección a la pared oriental de donde esperaba que aparecieran los rebeldes.

—¿Por qué están poniendo minas? —preguntó David—. Este un sitio arqueológico muy importante. Es invaluable.

—Igual que la cocaína que estos cerdos nos robaron. Son todos unos traidores... No es que a mí me interese en lo personal —añadió—, pero a las personas que me pagan sí les interesa.

—Bueno —objetó el profesor—, si no vas a matarme, dime qué está sucediendo, así evito entrometerme. No tengo nada en contra de seguir con vida; soy alérgico a la metralla.

Ramón se rió entre dientes.

—Sí... me imagino que es así. —Se puso detrás de David, lo volvió a empujar y añadió—: Muévete más rápido, cabrón. El plomo comenzará volar en cualquier momento.

Después, como si no le importara nada en el mundo, el coronel comenzó a hablar como si estuviera conversando con un amigo y le relató al profesor lo que había planeado hacer con su ganancia una vez que la operación estuviera terminada. Él y el negro gigante tenían reservas en algún lugar de las Islas Ábaco, en las Bahamas. Maurice conocía a algunas mujeres bahameñas con senos grandes y piernas de ciervo.

El profesor asumía que la *bipolaridad* era solo uno de los trastornos de la personalidad que sufría Ramón. Personalmente a David no le importaba si el coronel enterraba el botín en una lata de café o si se lo daba a una prostituta estable del Caribe. Pero de todos modos lo escuchó mientras intentaba decidir qué hacer. Estos comandos eran dignos de admiración; él los había subestimado. Tal vez lo podrían sacar vivo de esta situación. Pero, ¿después qué sucedería? Estaría ayudando y asistiendo a los cárteles de las drogas. En realidad, ya lo había hecho. Habían usado sus mapas para poner minas en un sitio arqueológico invaluable. Este pensamiento lo amargaba aún más.

Popo y sus hombres tenían una justificación para realizar estas acciones. También tenían a Karen. David pensó en el cenote y en la gran cueva y en las maravillas que prometía. No podía irse plácidamente. Este era el momento de hacer algo, pero la explosión y los disparos de rifle significaban que era demasiado tarde para advertirles a los zapatistas; excepto por las minas que habían puesto en ese momento. Podía advertirles sobre ello. ¿Debía hacerlo? Si confiaba en el coronel, se suponía que tenían que mantener vivo a David. ¿Por qué? ¿Para que lo pudieran procesar? ¿Para que lo tuvieran como un rehén? Era un hombre marcado porque se había ido con Popo y lo había acompañado hasta Dolores para reunirse con el ejército rebelde. Aunque sus motivaciones seguían siendo el rescate de Karen y la cueva en la que los dioses cantan, el hecho de que se hubiese involucrado con los zapatistas no era bien visto y parecía imposible encontrar una explicación convincente. En retrospectiva, sabía que Popo lo había usado para llamar la atención del ejército federal. Eso era muy malo porque, en realidad, él prefería la causa zapatista en lugar de la del gobierno, pero eso no le haría sumar ningún punto. En México, una vez que se asociaba el nombre de alguien a la palabra traición, ese nombre estaba involucrado en grandes problemas. Un ataúd y una tumba sin lápida eran su único futuro.

Tomó una decisión. Al comenzar el ascenso por la ladera de la montaña, trastabillaba con los esquistos sueltos y por momentos le fue necesario inclinarse y escalar a gatas. El coronel, aunque estaba en forma, sufría el mismo problema. Intentar escalar el montículo de grava con una mochila que se balanceaba sobre su espalda, con una pistola en una mano y el rifle del caribeño en la otra sin lugar a dudas era difícil. Después de un par de comienzos en falso, enfundó la pistola y volvió a intentarlo siguiendo el paso del profesor.

Dos minutos más tarde David ya tenía las manos llenas de cardenales y cortes por el terreno escabroso que estaba escalando. Hizo una pausa para recuperar el aliento. Apretó con fuerza una roca pesada del tamaño de la palma de su mano. Ramón, que estaba concentrado en la subida, parecía no haber advertido que David se había detenido para descansar. Cuando el coronel estuvo a su alcance y levantó la cabeza para mirar hacia arriba, el profesor se volvió y lo golpeó en la nuca. El impacto literalmente hizo rebotar el rostro del coronel contra la ladera de la montaña.

—Umph... —gruñó el coronel e intentó ponerse de rodillas.

David volvió a golpearlo, pero se patinó y perdió el equilibrio. Volvió a atacar a Ramón que estaba desplomado y lo apartó. Después le dio una patada en la mandíbula tan fuerte como pudo. El coronel se gimió y se desplomó contra la colina.

Aterrorizado, su respiración se había convertido en un jadeo. David miró rápidamente para asegurarse de que los mercenarios no estuvieran observando. Le quitó a Ramón la mochila y la pistola automática. Con la claridad y la energía provocadas por la adrenalina, se deslizó por la montaña de escombros y echó a correr hacia la entrada de la cueva tan rápido como podían hacerlo sus piernas cansadas; todo el tiempo esperaba recibir un balazo en la espalda. Ya había cruzado la mitad del cenote y estaba acercándose a los escalones deteriorados que conducían a la cueva cuando vislumbró el rostro del negro en la hierba alta. Primero el negro pareció sorprendido, luego pudo ver su enojo.

—¡Párate, cabrón! —gritó el gigante, quien salió repentinamente de los arbustos para perseguirlo.

Una mirada rápida por encima del hombro le aseguró al profesor que su pesadilla efectivamente lo estaba persiguiendo con el cuchillo Glock en la mano. Se esforzó lo más que pudo hasta que llegó a los escalones. Las escaleras estaban desgastadas y cubiertas con escombros y maleza. Se tropezó y cayó, pero consiguió trepar a gatas hacia la entrada de la cueva. Sin lugar a dudas, el gigante estaba cerca de él; el profesor giró y apuntó con la pistola a la fuente de sus desgracias. El caribeño, que no estaba a más de veinte metros de distancia, dudó. David notó la indecisión en sus ojos oscuros, pero después el bahameño sonrió y se abalanzó contra él. El dedo de David se curvó sobre el gatillo cuando, inesperadamente, un disparo penetró la piedra y levantó polvo en sus pies. El negro se detuvo abruptamente y se volvió. Ramón, a quien le chorreaba sangre de la nariz, estaba de pie en la base de la colina de escombros, con las piernas abiertas y la AK-47 apuntándole.

—Es mío, Maurice. Trae tu trasero aquí con el resto de nosotros.

Al escuchar el disparo, el Flaco y el Niño Mota se apresuraron para unirse al coronel. Sostenían las armas a la altura de la cintura y caminaban hacia Maurice y David.

El profesor estaba acabado. Sabía que lo había perdido todo. Bajó la pistola. Pagaría caro su intento de escape. Dejó caer los hombros y un gemido lastimero se escapó de su boca.

¡Pum! ¡Pum! ¡Pum! David reconoció que el sonido provenía de la pared este del cañón. Cinco guerrilleros, seguidos por otros que descendían por el sendero, habían llegado y estaban disparándoles a los mercenarios. Maurice se echó a correr al sur para refugiarse en el cenote. Ramón se quedó petrificado un instante, después se agachó y corrió de manera extraña para unirse al negro. David, feliz por su resurrección, se puso de pie y escaló hasta que llegó a la entrada de la cueva. «¡Gracias a Dios!», pensó experimentando lo que solo podía ser la euforia de un milagro. Juró que si sobrevivía a esta pesadilla, regresaría a la iglesia y daría gracias por su liberación. *Si sobrevivía...*

Tenía retortijones en el estómago, la boca seca y llena de polvo, Marcos arrastraba a Karen detrás de él. ¡Maldita mujer! La jalaba del brazo, la apuraba para que corriera más rápido. Habían interrumpido el camino de regreso de los zapatistas. Dos indígenas habían volado por los aires al pisar las minas de tierra cuando intentaron retirarse. Los habían engañado y habían caminado ciegamente hacia una trampa. Adelante, los guerrilleros estaban prácticamente volando colina abajo y desaparecían entre los árboles del valle. Habían llegado al fondo. Las copas de los árboles quedaban por encima de ellos ahora que se acercaban al suelo de la selva. La cuesta era empinada y era difícil mantener el equilibrio. Los escombros, la maleza y la hierba alta les impedían ver con claridad, y se dio cuenta de que no había visto a Popo desde el ataque. ¿Con qué los habían agredido? ¿Con una granada? ¿Quién podía arrojar una granada cuesta arriba? Marcos estaba preocupado porque sus soldados habían caído en el caos muy rápidamente. Y ¿qué les esperaba en el valle? ¿Se estaban apurando para llegar a la muerte? ¿Rafael estaba con el grupo que iba al frente? No podía recordarlo.

Aunque nunca había estado en el cañón prohibido, Marcos había escuchado a su padre hablar con reverencia acerca del lugar. De hecho, a medida que su padre envejecía, Marcos comenzaba a dudar de que el lugar realmente existiera. No tenía idea alguna sobre sus planes estratégicos: no sabía dónde esconderse si había algún refugio ni dónde deberían detenerse y luchar. Después se escuchó un disparo desde más abajo y se dio cuenta de que era una cuestión debatible. La batalla también había encontrado a su grupo.

El sendero giraba al oeste hacia el cañón. ¡Ahí! Podía verlos; estaban treinta metros delante de él. Se detuvo un momento y empujó a Karen para que se ocultara en la seguridad de las sombras.

—Quédate aquí —le ordenó—. No desciendas a menos que yo envíe a alguien a buscarte... ¿de acuerdo?

—De acuerdo —dijo jadeando, y cayó al suelo.

Corrió los últimos metros hasta llegar al fondo del valle donde sus hombres habían comenzado el combate contra el enemigo. Les estaban impidiendo el avance, pero Rafael había logrado esparcir las tropas en un área de cuarenta metros de bosques que bordeaban los arbustos. Tres hombres habían retrocedido para proteger la retaguardia. El enemigo parecía ser un grupo de cuatro o cinco soldados de las fuerzas especiales que se refugiaban detrás de una hilera de piedras cerca del extremo norte de un cenote. Estaban bien armados y no mostraban indicios de querer reducir el nivel de fuego. Peor aún, comenzaron a arrojar granadas hacia los arbustos.

Ansioso por devolver el fuego, Marcos se escondió detrás del tronco de una ceiba y apuntó con el rifle a la espera de que alguien apareciera a la vista. Había elegido un objetivo y estaba esperando que asomara la cabeza una vez más cuando escuchó la voz por primera vez. ¿Quién podía ser? ¿Quién estaba gritando? Siguió el sonido hasta que vio una camiseta que se agitaba como una bandera detrás de una roca cerca de la entrada de la cueva. Esto atrajo los disparos de los mercenarios y la bandera se desapareció de la vista. Pero, mientras miraba, esta volvió a aparecer y la voz gritó entre los estruendos. ¿Qué estaba diciendo? Irritado, pensó en disparar algunas balas en dirección a la camiseta cuando de repente lo comprendió: ¡Minas! ¡El hombre estaba intentando advertirles! ¿O acaso era otra trampa?

Mientras digería la información y analizaba su próximo movimiento, Popo Reyes salió trotando de la selva. Marcos vio que finalmente estaba cargando un rifle. Aunque encorvado y arrugado, se movía con la agilidad de un joven.

—¡Padre!

—Escúchame, hijo. Ese hombre es ahua Lobo... un buen hombre. Está intentando advertirnos sobre algo. ¿Entendiste...?

—Minas, padre. Dice que pusieron minas frente a nosotros.

—¿Minas de tierra?

—Sí, padre. Estamos atrapados. También minaron el sendero detrás de nosotros. Por eso no podemos retirarnos. Atacarlos en su posición sería un suicidio aunque nosotros seamos más.

—Umph —gruñó el chamán. Se puso en cuclillas y se frotó la nariz. Finalmente dijo—: Tengo un plan, hijo; un modo en el que podremos escapar de la escoria federal.

—Soy todo oídos.

—¿Todavía tenemos misiles?

—¿Los morteros? ¿Por qué?

—Podemos dispararle a la ladera de la montaña.

—¿Y?

—La explosión hará caer rocas en el suelo, que se dispersarán y detonarán las minas.

—No, padre. —Marcos negó con la cabeza creyendo que el anciano estaba perdiendo el tiempo—. No caerán lo suficientemente lejos. —Hizo un gesto hacia los mercenarios—. Esos hombres están a casi cuarenta metros al oeste. Las rocas caerán cerca de la pared del peñasco.

—¡Exactamente —dijo Popo—. Y si hay minas, explotarán, ¿no es así?

—Mmmh... sí... teóricamente o por lo menos algunas de ellas. No puedo estar seguro. Pero ¿de qué servirá? Podemos...

—Nos abrirá un camino seguro hacia la cueva.

—¿La cueva? Padre... primero tenemos que encargarnos de estos hombres. Estamos atrapados. ¿Por qué no retrocedes y te quedas ahí hasta que yo envíe...?

—¡Escúchame, jovencito! Dispara los misiles hacia el peñasco hasta que lluevan piedras. Después de que hayan explotado las minas, apunta los misiles hacia ellos. —Señaló a los mercenarios—. Podemos contraatacar por el extremo sur del cenote o correr hacia la cueva. Es muy grande... tiene muchas recámaras. Si nos siguen adentro, podremos atacarlos.

¿Contraatacar? No era probable. Los dejaría muy expuestos, demasiado vulnerables. Pero ¿entrar en la cueva? «Parece una idiotez inspirada», pensó Marcos al visualizar la tierra mojada y la oscuridad. Sin embargo, no tenía una solución mejor y se les estaba acabando el tiempo. En algunas de sus bolsas todavía tenían faroles, bengalas y cuerda que le habían quitado a Chávez, el Asesino de Mujeres en Piedra Blanca. Tal vez podría funcionar. Cualquier cosa era mejor que estar atrapado entre dos grupos de mercenarios. Su padre había metido la pata, pero ahora tal vez acababa de encontrar una manera de sacarlos de ese embrollo.

Dos granadas explotaron detrás de ellos casi en forma simultánea. Se agacharon.

—¡Jesús! Está bien... vale la pena intentarlo. Le diré a Rafael que se prepare. Espera aquí... Haré que los hombres bajen hasta aquí antes de que volemos la pared. Esas minas pueden hacer volar fragmentos hasta grandes distancias. —Se levantó para irse, pero después recordó el motivo por el cual los estaban siguiendo—. ¿Dónde está la cocaína?

—¿Las drogas? —El chamán se encogió de hombros—. ¿Qué importa?

—Si esto no funciona, tal vez podamos negociar.

—Los zapatistas no utilizan las drogas para negociar con los federales; especialmente con estos cerdos. —Popo apretó los labios—. Olvídalo, hijo. Prefiero una bala en la cabeza antes que hacer negocios con la escoria. ¿Te parece que estas personas tienen la intención de negociar?

—Eh... no... solo pensaba...

—Olvídalo. ¡Trae los misiles! ¡Ándale, hijo!

A causa de los constantes disparos, el ejército guerrillero permanecía limitado a ubicarse lo largo del borde del bosque. Después de mirar por última vez a los enemigos, Marcos se volvió y corrió hasta el lugar debajo del techo de árboles donde había visto a Rafael por última vez. «¿Cuántos proyectiles de mortero tenían?», se preguntaba. «¿Alcanzarían para volar la pared y convertirla en escombros y después poder dispararles a los mercenarios?». De lo contrario, sufrirían muchas bajas mientras cruzaban hasta la cueva. Se estremeció al pensar lo fácil que podrían sufrir una masacre si el plan fracasaba. Al llegar al extremo sur de la línea de árboles, buscó a Rafael, pero fue en vano. Sus soldados estaban agazapados y no devolvían el fuego. Las expresiones de desesperación colgaban como mortajas sobre sus rostros. Para algunos, esta era su primera batalla de la guerra, la primera vez que los ponían a prueba.

Cogió a un joven guerrillero del brazo.

—¿Dónde está Rafael?

El soldado señaló un cuadro de seis zapatistas que estaban arriba en el sendero, dos de los cuales estaban heridos.

—Ahí está, comandante... muerto. Le dispararon en la cabeza.

«¡No!», gritó Marcos en silencio. Corrió cuesta arriba para unirse al grupo. Rafael yacía en la tierra; le faltaba un costado de la cabeza, la sangre sucia chorreaba sobre el suelo de la selva. Marcos sintió arcadas y el dolor lo sacudió como una ola gigante. Las náuseas se apoderaron de él. La pérdida personal era enorme, pero la importancia que tenía el anciano para la guerrilla era incalculable. «Algunos pagarían caro por esto», juró. Luchó para contener el vómito, apretó los dientes y respiró más lentamente.

—Ustedes dos —ordenó—, adelántense... unos treinta metros hacia el cañón hasta que encuentren a Popo Reyes. Tú... encuentra a Víctor y dile que traiga el lanzamisiles inmediatamente. —Se volvió a los heridos—. ¿Alguno de ustedes puede caminar?

—Sí, comandante —respondió un joven. Una venda ensangrentada le cubría la parte superior del brazo y su rostro estaba sucio y tenía cicatrices llenas de sangre que le había causado la explosión.

—Bueno... acompaña a la mujer hasta abajo... y mantén los ojos abiertos para estar atento a los tres hombres que envié a cuidar la retaguardia. Escúchenme con cuidado ahora. Todos excepto Víctor deben moverse hacia el sur por la hilera de árboles. Pusieron minas entre nuestra ubicación y la cueva y por este motivo volaremos la pared para detonarlas. Retírense.

Los dos soldados sanos les hicieron un gesto a sus camaradas para que los siguieran y, agazapados, corrieron hacia el sur entre los árboles tal como les habían ordenado. El zapatista herido subió por el sendero para buscar a Karen. El otro soldado estaba inconsciente detrás de la seguridad relativa de una roca y, debido a eso, Marcos decidió dejarlo allí. Miró hacia la cueva pero no vio la camiseta que se agitaba ni escuchó la voz de Lobo. A pesar del peligro, no recordaba haberse sentido más vivo en su vida. Se le estremecía el cuerpo porque sabía que la muerte los estaba esperando; era el resultado inminente si cometían un error. «¡Apúrate, Víctor, apúrate!», lo exhortó en silencio. «Tenemos que vengar la muerte de nuestro tío.»

30

Estalló un tiroteo más abajo y el Capitán Chávez estaba feliz de estar perdiéndoselo. Había encontrado el coraje para abandonar la seguridad de la abertura en la pared y aventurarse cerca del límite del sendero. Decidió que lo haría. Caminaría por la cornisa al igual que los comandos con la esperanza de que soportara su peso. Además, si se iba en ese momento, tal vez podría descubrir dónde estaban las minas al distinguir la tierra que habían removido de la que estaba intacta. Miró el suelo de la selva, que pareció acercarse de repente, y le dio vértigo. Se obligó a apartar la mirada y se centró en el camino. Después notó las huellas de botas. Los comandos usaban todos los mismos tipos de botas y la huella era muy fácil de distinguir. «¡Bien!», se alegró. Mantendría los ojos abiertos para seguir el camino que ellos habían recorrido. Pisó con cuidado. Diez pasos y dos minutos más tarde ya estaba ganando confianza. Habían estado apurados y habían dispuesto los explosivos al azar; no se habían esforzado por bloquear completamente el camino. Dio pasos más largos. Después las huellas de las botas desaparecieron y juzgó que ése era el lugar por el que los comandos habían bajado con una cuerda hasta el suelo de la selva. Continuó lentamente, examinando con cuidado la tierra antes de dar cada paso. Cinco minutos más tarde sabía que estaba en una zona despejada. Suspiró con alivio y rápidamente se apartó del borde hacia el centro del camino. ¿Quizás lo había logrado? La suerte seguía acompañándolo.

Llegó a la conclusión de que estaba muy cerca del lugar en el que habían atacado a los rebeldes. Debía tener cuidado. La suerte era un regalo, la estupidez un robo de la razón. Se acercó a la pared del peñasco, se detuvo con cuidado y comenzó a subir por la colina, sin detenerse. Cuarenta metros más adelante, el sendero hacía una curva pronunciada hacia la izquierda. Ahí encontró a los guerrilleros caídos; pudo contar ocho cuerpos. Parecían haber sufrido ataques con granadas. Todos estaban muertos. Yacían en todas las posiciones: estrujados contra la pared, boca abajo; algunos tenían los ojos abiertos, pero las miradas perdidas. El olor de la guerra —heces y sangre— le penetraba por la nariz. Recogió una AK-47 de los brazos de un joven y una pistola Beretta del cinturón de otro.

«¡Qué bueno!», se regocijó. «¡Qué suerte!» Ahora estaba mejor armado que antes. Cinco de los zapatistas todavía tenían las mochilas en sus espaldas, por eso se las quitó en busca de alimentos y municiones. Momentos más tarde, mientras devoraba unas tortillas de maíz duras como si fuese sobreviviente de un campo de concentración, escuchó pasos. Cogió la AK-47 y retrocedió por el caminó para esconderse justo después de la curva. Ahora podía escucharlos bien. Una, dos... tal vez tres voces. Se escuchaban molestos y enojados por la muerte de sus camaradas. El capitán Chávez creyó que discutían sobre las mochilas y después uno llamó a los otros para indicarles que habían abierto una. Hacían conjeturas sobre cómo había sucedido. La explosión no podía haberlo hecho. Parecía como si alguien la hubiera abierto y... «¡Miren!» Había restos de tortillas de maíz en el suelo. «¿Un animal?», sugirió una voz. «No, no puede haber sido un animal», insistió otro. Tal vez debían echar un vistazo a su alrededor.

«¡Chingada!», pensó Chávez. Era ahora o nunca. Incluso los traidores estúpidos se darían cuenta pronto. Respiró hondo, sostuvo el rifle a la altura de la cintura y rápidamente giró en la curva, disparando. Afortunadamente estaban todos juntos. Era una masacre. Solo uno pudo disparar, pero la bala pasó por encima de la cabeza del capitán. Feliz por su buena fortuna, bailó para celebrar. «¡Increíble!», se alegró. ¡Él era el hombre! ¡El guerrero invencible! Caminó hacia las víctimas y las pateó un par de veces para asegurarse de que estuvieran muertas. De todos modos, eran indígenas mugrientos. ¡Lo tenían bien merecido! Si tuviera la oportunidad, los mataría a todos.

«Pero primero, lo más importante», se dijo a sí mismo, recordando las tortillas de maíz. Estaba hambriento y comenzó a llenarse la boca de nuevo. Cuando acabó, bebió un trago de agua y se acercó a otra bolsa. Quién sabe, tal vez encontraba carne seca o, con un poco más de suerte, una lata de comida. Le quitó la mochila a otro de los cuerpos y forcejeó para desatar el nudo. ¿Por qué la habían atado tan fuerte? Frustrado, desenfundó el cuchillo y cortó las correas de cuero y levantó la solapa. ¿Qué era eso? Parecía... Era algo envuelto en plástico... era... ¡cocaína! La arrojó, incrédulo y, repentinamente, mareado, cayó de rodillas. ¡Esta no era una de sus mochilas! Las había tenido en su cabaña durante dos días en Piedra Blanca. Los guatemaltecos habían enviado la droga en mochilas marrones y grises camufladas. Los guerrilleros debían de haberlas cambiado. «¡Oh, oh!», pensó. Demasiado astutos para lo que les conviene. Eufórico por su buena fortuna, rápidamente inspeccionó las mochilas que quedaban. En el último intento, encontró el otro alijo de cocaína.

Su ánimo se fortaleció con el sentimiento más cercano a la euforia que pudiera recordar. ¡Había regresado de la muerte! Ahora podía mostrar el rostro sin tener miedo a sufrir represalias. Había recuperado su hombría. El coronel Herrera no tendría más la polla de Chávez en el bolsillo. El gilipollas pedante tendría que admitir que el capitán había hecho todo lo que estaba a su alcance para salvar la misión, que se había desempeñado perfectamente bien bajo las peores circunstancias posibles. «Ah... cabrón», pensó. «Pronto estarás comiéndote tus propias palabras.» Tendría que alabar la inventiva de Chávez. ¿Quién sabe? Si Herrera no se enojaba demasiado porque había perdido el pueblo de Piedra Blanca y la sección, tal vez hasta condecorara al capitán. «La vida es buena», pensó.

Ahora la tarea era regresar a Palenque con el coronel Herrera. La posibilidad de recuperar las drogas había sido una idea tan remota desde el día anterior que Chávez casi no había dedicado tiempo a tramar un nuevo plan. Levantó las mochilas con esfuerzo. Maldición, eran más pesadas de lo que recordaba. ¿Se suponía que tenía que atravesar cincuenta kilómetros de selva cargando sesenta kilogramos de cocaína? Llegó a la conclusión de que no era posible y si pensaba en cómo se sentía en ese momento eso era menos probable aún. Ya había tenido demasiada suerte al haber sobrevivido durante tanto tiempo. Regresar a pie significaba tentar al destino al máximo. «Pero, ¿de qué otro modo podía volver?», se preguntaba. Cuando se sentó a reflexionar sobre el dilema, el golpeteo de los disparos y el impacto de las granadas cesaron. ¿Qué sucedía? ¿Los comandos habían derrotado a los zapatistas? Después escuchó el ruido de un arma pesada. Parecía la explosión de un mortero, y las vibraciones del impacto le llegaron hasta los pies.

Chingada. La batalla se estaba intensificando. Si se los usaba adecuadamente, los morteros podían poner, a quienes los tuvieran, bajo control de la situación. El capitán deseó que fueran los hombres de Herrera los que estaban usando las armas pesadas porque los zapatistas le cortarían el cuello a Chávez en un minuto. Después de analizar toda la situación, tal vez se vería forzado a acercarse a los hombres de las fuerzas especiales y utilizar el botín para negociar con ellos para que lo sacaran de la selva. Tenían una radio y estaban en contacto con los poderosos en algún lugar. Regresaría por el camino que había recorrido anteriormente. Mientras tanto, tenía que organizarse; necesitaría cargadores para las municiones, alimento y agua. Decidió atar las mochilas todas juntas y cargarlas a cuestas. Necesitaría hacer un gran esfuerzo para transportarlas de regreso por el sendero y por el pasaje angosto a fin de salir del cañón; pero ¿qué otra cosa podía hacer? No tenía otras opciones. El capitán comenzó a tararear una canción mientras trabajaba. Se sentía lleno de energía y feliz. Estaba orgulloso de sí mismo. Se dijo que era un semental; un macho que no tenía comparación. ¿Qué otra persona podría haber logrado esta hazaña? «Nadie», afirmó para sí mismo. «Absolutamente nadie.»

Mientras los comandos hacían llover plomo sobre el bosque con las armas automáticas y las granadas, David se asomó desde atrás de una roca para espiar y vio que los zapatistas se habían desordenado y estaban cambiando sus posiciones. ¿Habían hecho caso de su advertencia? Mientras los observaba, todos menos dos guerrilleros se deslizaban aún más hacia el norte adentrándose en el bosque. Estos dos ubicaron un dispositivo cilíndrico grueso y corto en la base de un árbol muerto y lo apuntaron en cuarenta y cinco grados hacia la pared del peñasco. ¿Qué estaban haciendo? En ese momento sucedió algo increíble. Una indígena alta, acompañada por un soldado herido, descendió por el camino. ¿Qué estaba haciendo una mujer aquí? ¡Vaya! ¡Se dio cuenta de que era Karen! ¡Estaba viva! «Gracias, Popo Reyes», dijo en silencio. Si salían de esta vivos, derribaría al viejo cascarrabias y le plantaría uno fresco encima.

Los zapatistas se detuvieron brevemente para recibir instrucciones y después se dirigieron a la seguridad del bosque.

El más alto de los dos comenzó a descargar proyectiles de un bolso pesado. «¡Morteros!», pensó David, eufórico. Tenían artillería propia. Pero, ¿por qué los estaban apuntando en otra dirección? Su pregunta recibió la respuesta cuando el primer proyectil golpeó contra la pared. Trozos grandes de roca, algunos del tamaño de pelotas de futbol, se desprendieron de la pared de piedra caliza y cayeron al suelo. A continuación, detonaron dos minas de tierra. Mientras Ramón evaluaba esta extraña estrategia, las armas de las fuerzas especiales se calmaron. El segundo mortero golpeó precisamente contra la capa de esquisto debajo de la piedra caliza, provocó una gran lluvia de grava y creó una red de rajaduras en la masa de piedra caliza que estaba encima. Reinó un silencio absoluto. Después se escuchó un sonido que salía de la pared, seguido por un crujido ya que una gran sección de la pared se quebró y cayó al suelo donde se hizo añicos y disparó piedras en todas las direcciones que detonaron las minas que quedaban. El ruido fue estruendoso. Una nube de polvo se elevó entre la cueva y el bosque y los gritos de alegría resonaron en el valle. Al ver que los guerrilleros habían quebrado su dominio y que posiblemente ahora estaban en una posición más ventajosa, los comandos devolvieron el fuego con furia.

«¡Increíble!», pensó David al ver que habían detonado todas las minas de una sola vez. Mientras observaba, apuntaron el cañón que arrojaba los proyectiles en dirección a los comandos y lo ajustaron por la altura y la distancia. Gruñó al imaginarse la destrucción de este sitio arqueológico que acababa de descubrir. ¿No había otro modo de hacerlo?

Después de dos disparos, los guerrilleros encontraron el ángulo adecuado y comenzaron a lanzar proyectiles contra los mercenarios. El enemigo regresaba el fuego con valor y de vez en cuando arrojaban alguna granada, pero sin lograr buenos resultados. David vio que Ramón yacía inmóvil en el suelo. Los gritos de dolor de los otros le revelaron que también habían sido alcanzados por el fuego. Ahora los zapatistas eran los agresores, pero en lugar de quedarse en los árboles se escabulleron hacia la cueva mientras los morteros y los disparos de sus hermanos los cubrían. David retrocedió en el interior de la cueva donde estaría a salvo de las balas perdidas.

Por primera vez había notado que las paredes de la cueva tenían jeroglíficos y marcas, algunos bastante antiguos. El suelo era lodoso, el aire húmedo y frío y vio como la gran entrada se bifurcaba en varios pasajes que se abrían en diferentes direcciones. Si tuviera tiempo para explorar... pero las voces altas y los sonidos de los zapatistas que llegaban lo hicieron volver a concentrarse en el tiroteo.

Al llegar, el primer contingente, que incluía al inimitable Popo Reyes, arrojó los suministros en el suelo y devolvió el fuego desde una posición privilegiada en el interior de la cueva. Karen llegó con el segundo grupo; también cargaba una mochila. Jadeante, pálida por el temor, subió con dificultad las escaleras en ruinas y se dirigió hacia el fondo de la cueva.

—¡Señorita Dumas! —la llamó—. Aquí... por aquí.

—¿Profesor Wolf?

—¡Gracias a Dios está viva! —abrió los brazos y ella se desplomó en ellos—. ¿Se encuentra bien... quiero decir... realmente bien?

—Estoy entera, si a eso se refiere, pero... ¡por Dios!... estoy muy asustada, doctor Wolf.

—Llámame David... y yo también estoy asustado... Ven... alejémonos de las balas. —La ayudó a quitarse la mochila—. ¿Qué llevas aquí?

—¡Dios! Si lo supiera... pertenecía a un hombre que murió. Se llamaba Rafael.

—Veamos qué hay adentro, ¿de acuerdo?

—Toda tuya, estoy agotada.

Ella se volvió, se agachó y caminó con cuidado hacia la entrada.

—¡Oye! ¿A dónde vas? Es peligroso.

—Marcos... necesito ver qué está haciendo Marcos.

Negó con la cabeza, indignado. Qué mujer irresponsable. ¿Cómo había sobrevivido tanto tiempo? Parecía que tampoco acataba bien las instrucciones. Pensó en seguirla y disuadirla, pero, por curiosidad, comenzó a hurgar en la mochila. ¡Bingo! Con razón era tan pesada. Levantó dos linternas a batería, una soga larga, cuatro cajas de municiones y un cuchillo de caza grande. Después, incapaz de distinguir nada más en la oscuridad, arrojó todos su contenidos en el suelo.

—¡Por Dios! ¡Jesús! —gritó Karen desde la entrada de la cueva.

David levantó la cabeza a tiempo para ver que un tercer cuadro de guerrilleros ingresaba en la cueva.

—¡Todos al fondo! —ordenó un hombre alto y robusto. Mucho más grande que los otros indígenas—. Tienen refuerzos.

Karen lo abrazó rápidamente, pero después cumplió con su pedido y se fue hacia el fondo, donde estaba David.

—¡Están atacando la cueva! —gritó alguien con incredulidad—. Hay cuatro más.

—Disparen... Dispárenles —ordenó Marcos—. ¡Prepara el mortero! —le gritó al hombre que estaba a su lado—. ¡Rápido! —La desesperación le ahogó la voz.

—¡Están en las hierbas altas a ambos lados del cenote! ¡Cuidado! ¡Granadas! —gritó una voz.

¡Granadas! ¿En la cueva? David sintió un miedo abrasador en las entrañas y retortijones en el estómago. ¡Aquí no! Miró más allá de Karen, hacia la luz. El indígena musculoso y robusto gritó:

—¡Todos al suelo! ¡Todos al suelo! —y salió corriendo hacia el fondo de la cueva donde se encontraban David y Karen.

David se abalanzó sobre Karen y golpeó contra su espalda en la oscuridad. A continuación se escuchó un tumulto de ruido y confusión.

—¡Aquí hay dos! —se escuchó un grito angustiado.

Por la fuerza de la explosión los cuerpos salieron volando en todas las direcciones. El mundo se dio vuelta y comenzó a girar. La pared y el techo colapsaron y bloquearon la entrada. Las nubes de polvo y arenilla volaban para todos lados. El olor fuerte a cordita inundó la habitación. David sintió el cuerpo blando de alguien debajo de él e intentó moverse, pero la fuerza de la explosión lo había dejado sin aliento. Se esforzó para apoyarse sobre los codos y después logró arrodillarse. No podía razonar ni orientarse. ¿Podía oír? ¿Qué ere ese zumbido? ¿Qué había sucedido? Después recordó las granadas y olió el desagradable hedor de la sangre. Un líquido caliente le caía de la frente.

—Umph... ¡Dios! —dijo Karen, en una voz apenas perceptible—. ¿Qué sucedió? Está oscuro. ¡David! ¿Todavía estás aquí? David...

—Aquí... un momento. Buscaré una de las linternas —David registró el suelo hasta que encontró la mochila. Encontró una linterna y la encendió. La suave luz incandescente iluminó el ambiente. La sostuvo en alto y caminó hacia Karen. Le extendió una mano—. ¿Te lastimaste? ¿Te quebraste algo? —La ayudó a ponerse de pie—. La cueva debe de haber colapsado por las granadas. Tenemos suerte de estar vivos.

—No puedo escuchar bien... los disparos... nada. Estamos atrapados, ¿no es cierto? ¡Por Dios! ¿Qué sucedió con los otros? ¿Intentarán ayudarnos?

—Solo si todavía están vivos y si la batalla terminó, lo que es dudoso. —Intentó mirar por el pasaje oscuro; después se volvió para evaluar el derrumbe—. Parece que estamos completamente atrapados. ¿Puedes creerlo? Y ninguno está demasiado herido.

—Marcos... él... él intentó... —dijo jadeando y se cubrió la boca con la mano.

—¿Qué? ¿Qué sucede...? —Siguió su mirada y lo vio con sus propios ojos.

Marcos yacía postrado en el suelo, inconsciente o muerto, cubierto en parte con piedras. Le sangraba una herida en el rostro lo que, David esperaba, era una señal de que todavía estaba vivo. Tenía las piernas cubiertas parcialmente con rocas. David y Karen se arrodillaron a su lado. Ella puso una mano sobre el cuello de Marcos para ver si tenía pulso.

—¡Todavía está vivo! ¡Dios!... ¿Está bien si...?

—Ven... ayúdame a mover esta roca. Intenta no moverlo a él.

El profesor apoyó la linterna en el suelo y comenzó a quitar las rocas con cautela, consciente de que la falta de cuidado podría causar otro derrumbe. Momentos más tarde, Marcos gruñó.

—¡Aguanta! Estamos tratando de liberarte —dijo Karen, pero hubo un nuevo derrumbe y nuevas rocas cayeron y amenazaron con enterrarlo aún más. Gritó e intentó levantarse, pero su rostro se estremeció por la agonía.

—Déjalo —ordenó David—. No está funcionando. Podemos matarlo si seguimos así.

—¡Morirá si no lo sacamos! —Karen se estiró para coger la linterna a fin de poder ver mejor.

Gritos profundos casi ahogados emergieron de los labios de Marcos.

—Aquí... aquí abajo. —David le hizo un gesto para que mirara—. ¡Jesús! La pierna izquierda está muy torcida, está quebrada. La otra está completamente cubierta. Mira el tamaño de esas rocas. ¡Mierda!

—¿Karen? —Marcos suspiró su nombre.

Ella se arrodilló y le acarició el pelo con los dedos.

—Estoy aquí con el doctor Wolf. Estamos tratando de decidir qué hacer. Tienes las piernas rotas... ¿Te lastimaste algo más?

—Creo... que tengo... un calambre en el dedo índice.

—Claro... el señor Macho hace bromas. Estamos atrapados en una cueva y esta pared de piedra está por caerse encima de ti.

—¿Qué sucedió con mi padre... y con los otros? —Hizo una mueca y miró la cueva que estaba en penumbras—. No escucho disparos. Atacaron la cueva... arrojaron granadas.

—No lo sé, Marcos. No puedo escuchar nada. Nuestra preocupación inmediata es poder sacarte de aquí para que veas a un médico. ¿Hay alguna otra salida?

—Sí... No lo sé. Mi padre es el que conoce los túneles. Dice que todos los pozos de agua están conectados.

—¿El cenote de afuera está conectado con otro? ¿Por dónde?

—Adentro, en algún lugar, supongo. Por Dios... —gimió cuando un estremecimiento de dolor se apoderó de su cuerpo.

David pensó un momento y después dijo:

—Karen, enciende la otra linterna y quédate con él. Voy a mirar más adelante... a ver qué hay.

—No lo harás sin mí. —Su voz sonó forzada.

—No te preocupes... Volveré enseguida. Tenemos que explorar un poco... Tenemos que idear un plan antes de que nos quedemos sin baterías. —Se puso de pie y apuntó la luz hacia el pasaje angosto—. ¿Qué es eso? —preguntó señalado las marcas que había en la pared.

Ella caminó hasta el lugar que había señalado y se unió a él.

—Podrían ser gamberros —ofreció Karen.

—No lo creo... parece que significa algo.

—Ya sabes... podría ser un mapa. Mira esta línea que viene por aquí... después sigue por allí y luego por allá —señaló—. Podrían ser recámaras, ¿sabes?

Las piernas de David temblaron en tanto se detenía para mirar más de cerca.

—Oye... ¡Podrías tener razón! De hecho... —sostuvo la luz en alto para mirar a lo largo del pasaje—. Echemos un vistazo. —Después le dijo a Marcos—: Escucha... Karen te va a dejar la otra linterna mientras damos una vuelta por aquí... no te abandonaremos, solo necesitamos...

—Está bien... No hay problema —murmuró—. No se preocupen... Estaré aquí cuando regresen.

Karen apagó la linterna y la puso a su lado.

—¡Por Dios! No puedo creer lo que está sucediendo—se le quebró la voz.

David sabía que tal vez Marcos no lo lograría. Pero si intentaban mover las rocas, podían matarlo. Hora de ponerse a trabajar. Quitó la imagen de su mente y volvió a mirar a los jeroglíficos y las marcas de la pared. Como las imágenes habían despertado su interés, dejó de lado toda cautela y comenzó a recorrer el suelo lodoso del pasaje sin quitar los ojos de las paredes, para detectar la presencia de más jeroglíficos.

Se volvió.

—Ten cuidado —le advirtió a Karen, haciéndole un gesto para que lo acompañara—. El suelo puede desplomarse en cualquier momento.

Él iba adelante, el corazón le latía débilmente, respiraba de manera superficial, resoplaba con preocupación. Necesitaban encontrar una solución rápidamente. Tal vez los zapatistas los desenterrarían o ¿habían muerto en el ataque de las granadas? ¡Maldición! ¿Qué era lo que realmente necesitaban? Llegó a la conclusión de que necesitaban suerte. Mucha suerte.

Ahora Chávez sabía por qué llamaban mulas a las personas que transportaban las drogas. Cada pisada era una tarea muy ardua que requería un esfuerzo consciente. El peso de las mochilas hacía que las tiras se le clavaran en los hombros que ya estaban ampollados e irritados. Le ardían y le temblaban los muslos y su respiración se convirtió en jadeos. El tiroteo había cesado un momento atrás, lo que le preocupaba. ¿Ya había terminado la batalla? ¿Qué sucedería si alguno retrocedía por el camino en ese momento? ¿Qué sucedería si eran los indígenas traidores? Tenía que esconderse pronto, pero no podría hacerlo hasta que superara ese camino deplorable.

El corredor por donde estaba huyendo ahora se volvía más angosto, rocoso y se encontraba lleno de raíces de árboles retorcidas y leñosas que se aferraban a cada hendidura que podían. Al no haberse enfrentado a muchos obstáculos, al comienzo se había deslizado casi sin esforzarse. Pero ahora pensaba que podría colapsar en cualquier momento; que podría sufrir un ataque al corazón. La fatiga lo acosaba como una boa que lo apretaba lentamente hasta lograr que la voluntad y la fuerza se desvanecieran. Nunca había estado tan cansado.

Adelante podía ver cómo el agua clara rompía en la cima de las cascadas y podía escuchar el sonido que hacía la corriente al golpear contra la roca. Sonaba como una invitación; parecía muy refrescante. Ansiaba terminar con esta lucha y relajarse, pero todavía no; no podía hacerlo hasta que estuviera escondido en un lugar seguro. Hacer lo contrario solo lo llevaría a la muerte. Si se encontraba con alguien, quería elegir el momento y el lugar. Se le puso la mente en blanco y solo se concentró en dar un paso más y después otro y otro hasta que finalmente llegó al borde de la cascada y miró, treinta metros hacia abajo, en dirección al bosque de pinos que rodeaba el agua. Lo había logrado; casi lo había logrado. Ahora tenía que descender. «¡Chingada! ¡Qué vida!», se quejó en silencio. Qué terrible que era tener que soportar una injusticia así para sobrevivir y mantener a su pobre familia. Herrera era un cerdo, un bruto irreflexivo que les pedía cosas imposibles a sus hombres. El capitán Chávez juró que lo transferiría a la Costa del Golfo si salía vivo de la selva. «Si», pensó con arrepentimiento, mientras miraba a la pared rocosa que se extendía a sus pies. ¡Chingada! Era mejor que comenzara. Una vez recuperada la respiración y con el coraje recompuesto, el capitán se enfocó en la tarea y comenzó a descender la pared del peñasco.

31

Después de avanzar unos treinta metros, el pasaje hacía un giro pronunciado hacia la derecha. Veinte metros más adelante, se encontraron de pie en la periferia de una recámara oscura y profunda. «Es como estar en la luna», pensó David. Un espejo de carbonato de calcio de aspecto cremoso que cubría el suelo reflejaba la luz de la linterna en todo el ambiente. Miles de conos perlados, estalactitas de una belleza inimaginable, colgaban del techo. En el centro de la recámara había tres cráteres pequeños, cenotes subterráneos.

—Es como estar en la boca de un lobo —susurró Karen mirando boquiabierta—. Es increíble... es tan... tan...

—Increíble —repitió David estupefacto. Las formaciones de carbonato de calcio realmente se veían como los dientes caninos de un lobo; había miles.

—Mira —señaló—. Jeroglíficos.

Efectivamente, justo al costado de ellos, una columna ancha de carbonato de calcio transmitía un mensaje. Comenzaba con la fecha en la que terminaba un periodo, pero ni Karen ni el profesor pudieron descifrar el mensaje. La luz de la linterna revelaba jeroglíficos e imágenes sensacionales pintadas en las paredes, y estalagmitas y estalactitas en toda la recámara; era un verdadero tesoro de arte maya.

—Este lugar es un milagro. No puedo creer que realmente exista. —Karen siguió a David mientras recorrían el recinto—. Mira —señaló—. Hay más entradas y salidas. Apuesto a que hay más recámaras como esta.

—Podría ser —murmuró, evasivo.

Después David se detuvo de golpe haciendo que Karen se lo llevara por delante.

—¿Qué demonios...?

—Mira... ¡Mira! —señaló una estructura hecha por la mano del hombre que estaba cerca de la pared. Un sendero angosto que se escurría entre dos cenotes conducía a una estructura de carbonato de calcio lechoso con forma de estante construida hacía cientos de miles de años. Con la linterna en alto, recorrieron cuidadosamente el pasaje entre los dos cenotes. El suelo era húmedo y resbaloso, y era difícil mantener el equilibrio. El camino se amplió, y se acercaron al estante para inspeccionarlo.

—¿Qué es? Parece... —dio un grito ahogado. Se cubrió rápidamente la boca con la mano—. No... no puede ser.

—¿Qué es lo que no puede ser, perra?

¡Quedaron estupefactos!

Los dos se volvieron para ver quién les estaba hablando.

—¿Quién...? —comenzó David, pero Karen lo interrumpió con un grito y cayó de rodillas.

Bill estaba de pie con un cuchillo en una mano y una linterna grande y pesada en la otra. La cicatriz en el rostro y el ojo lechoso le daban la apariencia de un demonio morboso de una película de bajo presupuesto. El ojo sano dejó de mirar los senos de Karen, la miró a la cara y después volvió su vista al pecho.

—Estoy contento de que lo hayas logrado, guarra. Casi no te reconozco en esa vestimenta Gucci indígena... pero tus tetas me hicieron recordarlo todo. —Se volvió a David y se acercó a él—. Así que este es el tío que conociste en Washington. El profesor Wolf, ¿no es así? Nunca me hubiera imaginado que usted era tan aventurero. —Balanceó la linterna, golpeó a David en el rostro y lo hizo trastabillar y casi caer al suelo. —Ponte de rodillas, gilipollas. Si intentas hacer algo, te arrancaré los ojos.

Desconcertado y aturdido, David se puso de rodillas. El corazón le latía dolorosamente y el dolor en su mandíbula era insoportable. Le sangraba el interior de la boca. Tragó, después miró a Karen y le preguntó:

—¿Este es Bill?

Ella asintió, mordiéndose los nudillos. Se había quedado muda.

—¿Además de sordo eres estúpido? —Bill sostuvo la punta del cuchillo contra el rostro de David.

—¡Por favor, no lo hagas! —gritó Karen.

—¿Qué sucedió allí? —quiso saber Bill señalando la entrada de la cueva.

—Las granadas hicieron que la entrada colapsara. Hubo un gran derrumbe —murmuró el profesor.

—¿Eso sucedió? ¿Sobrevivió alguien más aparte de tú y la de los senos grandes?

—No —mintió David—. Solo quedamos nosotros dos.

—¿Los guerrilleros lograron escaparse?

David se encogió de hombros y le respondió:

—¿Quién sabe? No se veía bien.

—¿De dónde viniste? ¿Cómo sabías a dónde tenías que ir? —se interpuso Karen.

—No lo sabía, perra. Seguí a Chávez. El hijo de puta intentó matarme en Piedra Blanca. Decidí perseguirlo hasta que fuera útil para mí. Anoche me crucé con un grupo comando y los seguí, junto con la escoria guerrillera, hasta aquí, hasta este valle... Decidí quedarme atrás cuando vi este lugar. Sabía que Chávez o tú apareceríais en cualquier momento. —Puso el cuchillo a centímetros de la garganta de Karen—. Este es el lugar, ¿no es así? La cueva con el... como-se-llame de la que Depp siempre estaba hablando... esos

Nueve Señores de la Oscuridad, ¡maldición! Hay un tesoro en algún lugar de aquí. Eso es lo que dice la inscripción, ¿no es cierto?

Todos se volvieron a la estructura que les llamaba la atención: un altar construido por los antiguos. Nueve calaveras brillantes, todas revestidas con carbonato de calcio, estaban apoyadas sobre el estante. Las cabezas parecían surrealistas: vivas, pero al mismo tiempo muertas; se reían silenciosamente ante la presa que había cruzado el portal prohibido hacia el interior de su reino: el Xibalbá, el inframundo maya.

—Este es el lugar —afirmó Bill— y vosotros conocéis el resto. Tú tradujiste la piedra, ¿no es así? Caracol Rojo los trajo aquí, ¿no es cierto?

David escuchaba mientras se desarrollaba el drama. En realidad, Karen nunca le había mostrado la traducción, no habían tenido tiempo. Aunque él había hecho su propia traducción, nunca habían conversado sobre el tema.

—Solo porque se menciona a los Nueve Señores de la Oscuridad no significa que esta sea la cueva indicada. Cualquier cueva podría servir... cualquier cueva podría...

—Cállate. Si quisiera algo de ti, te lo haría saber —lo amenazó. Después le dijo a Karen—: Se me está acabando la paciencia. Estoy cansando... estoy hambriento y estuve esperando mucho tiempo esta oportunidad. Entiendo que hay una tonelada de oro en algún lugar de aquí. El Hombre Muerte no se hubiera complicado tanto por un puñado de huesos brillosos. —Agitó el cuchillo delante de los ojos de Karen—. ¡¿Qué decía, perra?! ¿Dónde está el tesoro?

Ella tragó con fuerza y levantó la barbilla fingiendo que lo estaba desafiando, pero sus ojos estaban llenos de miedo y lágrimas.

—*En la guarida de Balam, debajo de los nueve muertos de Xibalbá yace el Árbol del Mundo* dijo Karen.

El ojo sano de Bill se movió. Confundido, miró primero a David y después a Karen.

—Estás hablando en clave, guarra. ¿Qué significa? *Balam* en maya significa «jaguar», ¿no es así?

Ella asintió.

—Sí... y *Xibalbá* es el equivalente a «inframundo o infierno».

David, a pesar de que Bill lo había amenazado antes, añadió:

—Los nueve muertos podrían ser los Nueve Señores de la Oscuridad, los habitantes míticos del inframundo que pusieron a prueba a Hunahpú y Xabalanqué, los antepasados de los mayas.

Aunque nunca habían discutido la traducción de Karen, él ahora comprendía su reacción exagerada al ver el estante con las calaveras.

El cuchillo se acercó al profesor.

—Sigue hablando.

—Bueno... este... el tema es... que los mayas consideraban que todas las cuevas eran entradas al infierno. Es decir, teóricamente casi todas las cuevas —y hay cientos de ellas— podrían coincidir con la descripción.

David mantuvo cara de póquer, completamente consciente de que una formación de carbonato de calcio rosada y cremosa ancha como una columna se extendía desde el techo de la caverna hasta el suelo delante del altar de las calaveras. Un artista antiguo había pintado el Árbol del Mundo maya en su exterior cristalino. El árbol simbólicamente representaba el universo maya con sus raíces en el inframundo, el Xibalbá, y sus ramas y hojas en el cielo.

—Sí... pero vosotros pensáis que es aquí, ¿no es cierto? —La luz de la linterna del cretino titiló débilmente; él la agitó, pero continuó titilando—. Se quedó sin batería. —La arrojó en el suelo—. Dame la tuya, gilipollas, antes de que te haga un examen prostático con ella.

—¡No! No lo hagas —se quejó Karen—. Nunca encontraremos el camino de regreso.

—Está bien... toma. —David simuló que se la iba a entregar, pero cuando la mano de Bill estuvo cerca, el profesor apagó la linterna, rodó hacia un costado y cogió la linterna grande y pesada de Bill. El grito de Karen resonó en la caverna oscura.

—¡Qué coño! —gritó Bill.

Arremetió contra el profesor, pero patinó en el suelo resbaladizo y cayó sobre una de sus rodillas.

En la confusión, David volvió a ponerse de pie y rodeó a su agresor desde atrás. El estante con las calaveras estaba a sus espaldas. Cogió la pesada linterna y atacó ciegamente a Bill con la esperanza de hacerlo retroceder por el sendero hasta que cayera en uno de los cenotes. Pero en la oscuridad calculó mal y recibió un golpe de refilón en el hombro. Cuando se volvió para golpear a su atacante con la linterna, sintió un dolor punzante en el abdomen; el cuchillo de Bill se hundió en él. David gimió del dolor y cayó hacia adelante, sobre Bill. Debido a su peso, los dos fueron impulsados hacia el cenote.

—¡No! ¡Quítate, hijo de puta! ¡Suéltame! ¡Noooo! —gritó Bill mientras caía de espaldas por el precipicio hacia el cenote.

El profesor se sujetó de una estalactita. Contabilizó cinco segundos antes de escuchar el ruido del agua. El agujero era profundo y oscuro. Bill no regresaría. Después, sujetándose el costado y desplomándose sobre el suelo en posición fetal, se desmayó.

El capitán Chávez se regocijó por su buena fortuna. Completamente agotado por la caminata, se sentó a la orilla del agua sobre una roca rodeada de helechos frondosos y diffenbachias de hojas amplias, y disfrutó de su logro. Pero solo podría descansar unos momentos. Cuando recuperara el aliento, cogería la carga y se escondería. Todavía no había escuchado disparos y estaba seguro de que alguien se estaba escapando rápidamente hacia el valle. El capitán tenía que tomar una decisión en ese mismo instante. Su esperanza era que el cártel de los soldados apareciera primero. De lo contrario, de acuerdo con el número de zapatistas que quedaran, tal vez tendría que matar a un par de hombres y obligar al resto a cargar sus bolsas. Este plan le preocupaba: presentaba demasiadas eventualidades. Tal vez debía enterrar la droga y guiar a los hombres de Herrera para que la recuperaran. No, eso no funcionaría. Herrera podía torturarlo y matarlo si aparecía sin la cocaína. ¡Chingada! ¿Qué debía hacer?

Se levantó del lugar en el que se estaba tomando un respiro, miró con ansias la laguna, descendió de la roca y regresó hacia los arbustos. Después de quince minutos, encontró la ubicación ideal. Aunque estaban más cerca de las cascadas de lo que hubiera querido, las tres rocas —dos en el suelo y una encima— formaban un refugio triangular desde el que podía observar claramente si alguien se aproximaba. Dejó caer la carga y juntó hojas de palmeras para ocultar la estrecha apertura. Una vez terminado su trabajo, con su pecho hinchado por su respiración profunda, se desplomó detrás de la barrera para descansar. Cerró los ojos por un momento; la pistola AK-47 estaba apoyada plácidamente sobre sus brazos. Mientras analizaba el problema de que tenía que encontrar ayuda para transportar las drogas, un estado de somnolencia se apoderó de él por el sonido tranquilizante que hacía el agua al caer; casi cae rendido ante un sueño profundo. Adormecido, su mente comenzó a centrarse en un sonido distante, pero rítmico. «¿Qué podía ser?», se preguntaba. Después escuchó las pisadas de las botas sobre la arenilla y abrió los ojos rápidamente. Pasos; los escuchó una vez más. Cogió el rifle y se agazapó detrás de su pequeña fortificación a la espera de su presa. Ahora el sonido distante se escuchaba más fuerte. Tap, tap, tap. Sonaba como... ¡un helicóptero! Buscó en el cielo. ¿Lo estaban buscando a él? Después escuchó ruidos de alguien que venía desde arriba. Quien sea que se estuviera acercando a pie, estaba apurado y hacía mucho ruido. Tal vez no querían que los vieran desde el helicóptero.

Alguien vestido de uniforme y camiseta se asomó por el precipicio al lado de la cascada. Era el gigante negro, ¡Maurice, el bahameño! El corazón le dio un vuelco. ¡Qué bueno! «Pero, ¿había más hombres con él?», se preguntaba. «¿Era el gigante el único sobreviviente del grupo? ¿Los zapatistas lo estaban siguiendo de cerca? ¡Chingada!» Solo tenía preguntas, pero ninguna respuesta.

Maurice se detuvo solo un momento. Se quitó la mochila y la arrojó por el precipicio a solo veinte metros de donde estaba Chávez. Después, para el asombro del capitán, con una pistola en la mano, Maurice el bahameño ¡saltó! «¡Caramba!», se regocijó en silencio el capitán mientras disfrutaba del espectáculo que daban los brazos y las piernas del gigante al agitarse en el aire para mantener el equilibrio. Al zambullirse, salpicó agua, pero el gigante salió rápidamente a la superficie y abandonó la laguna. Revisó la pistola; después, con una mirada fugaz en dirección al helicóptero, corrió hacia la pared del precipicio para recuperar su mochila. Se apresuró para ocultarse en la seguridad de los helechos y del bosque de pinos.

Confundido por la velocidad con la que se habían sucedido los hechos y con miedo a que el posible aliado despareciera, Chávez se puso de pie y lo llamó:

—¡Alto, Maurice! Espérame... soy un amigo.

El inmenso negro volteó y golpeó el suelo apuntando el rifle automático en dirección a la voz. Entrecerró los ojos de manera amenazante y un ceño gangrenoso perturbó la compostura de Chávez. Mientras tanto, el helicóptero se movía lentamente por el cielo; permanecía en el aire sobre el cañón como si estuviera buscando un lugar para aterrizar. El capitán también se arrodilló, pero volvió a hacerle señas. Estaba tan feliz de poder hablar con alguien además de con él mismo, que perdió toda cautela y contó abruptamente el plan.

—Cuidado, Maurice. Soy un amigo. —Chávez manifestó su amistad—. Los dos necesitamos ayuda para escapar. Tengo la cocaína que te enviaron a buscar, pero necesito un amigo que la lleve. Únete a mí y me aseguraré de que...

Maurice le disparó una ráfaga de balas en el abdomen y el pecho a Chávez matándolo instantáneamente. Cuando el helicóptero desapareció detrás de la pared del precipicio, el bahameño se puso de pie de un salto e inspeccionó a su víctima. Satisfecho con la muerte de Chávez, abrió las bolsas para revisarlas. Al principio estaba confundido; hizo una mueca y ladeó la cabeza. Una sonrisa de júbilo se asentó en sus labios. Negando con la cabeza, incrédulo, arrojó las bolsas y recogió la suya. Después de extraer dos cargadores con balas y guardarlos, arrojó su mochila en la maleza. Se colgó el rifle al hombro, cargó con facilidad un paquete de cocaína debajo de cada brazo y desapareció en la selva.

32

El helicóptero era nuevo. «Eso es bueno», se tranquilizó Luis. Él odiaba esos aparatos malditos. Era un misterio que volaran. Durante el viaje, cuando la nave se sacudía, se mantenía inmóvil en el aire, descendía o se inclinaba hacia un costado, sus ojos y el oído interno estaban en desacuerdo con lo que estaba sucediendo. Esto, por supuesto, tenía como resultado que se pusiera blanco como un papel. El equipo, el helicóptero y la mitad del personal de a bordo eran cortesía de los gringos del otro lado de la frontera. También tenían armas extrañas y amenazantes. Nunca había visto un armamento así en la vida. El dinero que poseían y el compromiso que mostraban eran impresionantes; y además eran amables y profesionales, algo que complacía enormemente a Luis.

Mientras Joaquín había permanecido al margen, nervioso, los gringos habían examinado sus mapas y habían marcado los suyos del mismo modo. Después, doce hombres, incluido él mismo, habían sobrevolado velozmente la selva Lacandona con el ave de metal. Habían rozado el bosque esmeralda y los ríos lodosos hasta que encontraron las estribaciones arboladas y tupidas de las sierras y llegaron al lugar indicado. Ninguno de los integrantes del séquito conocía en persona el destino, pero de acuerdo con el mapa, esta era la ubicación probable del Valle del Concejo. De hecho, Joaquín había insistido en ello y Luis había considerado que su confianza en que ése era el lugar era algo extraña, porque el cónsul era un hombre que nunca se había embarrado las manos ni había leído libros de geografía. ¿Por qué estaba tan seguro? ¿De dónde había sacado la información? Luis, con la información que recordaba, solo había podido dar explicaciones aproximadas.

No obstante, ya habían llegado, y el pájaro ahora se mantenía inmóvil en el aire en busca de un lugar para aterrizar. Excepto por un arroyo angosto, el valle estaba densamente arbolado con pinos, árboles de madera noble y ceibas altas. Al final, sus opciones se limitaron a una pequeña laguna en el extremo norte de esta zona escarpada y de vegetación densa cerca de un cenote y una cueva en el extremo sur del valle.

—Hubo una batalla... ¡mira! —Richard, el copiloto estadounidense, señaló la pared este—. Hay por lo menos tres... o cuatro muertos. Hay cuatro más cerca de... ¡vaya! Este lugar parece como unas... ruinas o algo así. Miren eso que está cerca del pozo de agua. —Señaló algo que parecía ser una pared de piedra cerca del cenote.

—Hay más cuerpos —dijo el piloto con tristeza—. Hay cuerpos por todo el maldito lugar. Miren el polvo que hay en el aire. No es natural. Podría ser peligroso aterrizar.

—No... Bajaremos de todos modos—afirmó Richard, el gringo. Tenía el rostro muy bronceado, patas de gallo y pintura negra debajo de cada ojo. Estaba vestido con pantalón caqui y una boina negra. Tenía un rifle automático entre las piernas; una pistola, un cuchillo y granadas le decoraban el cinturón y el pecho. Se volvió a Armando, un hombre bajo y fornido de rostro jovial y brazos macizos—. ¿No es así, amigo? Descenderemos.

—Sí... loco. Pero no para matar a todo lo que se mueva. Tenemos que cumplir las órdenes.

—Buscamos drogas.

—Sí, pero nuestra prioridad es recuperar a dos personas estadounidenses; dos de los tuyos. ¿Lo recuerdas?

—Sí... es una misión de rescate —añadió Luis—. Joaquín lo dejó bien claro: primero recuperamos a los rehenes y después perseguimos a los malos.

—Al diablo con los rehenes —rezongó Richard—. ¿Qué se supone que tenemos que hacer si comienzan a dispararnos cuando aterrizamos?

—Devolver el fuego —respondió Armando—. Pero estamos aquí para llevarnos con vida a los gringos.

—Ahí... ¡miren! —El piloto señaló hacia la pared este—. Colgados de ahí arriba... sobre la pared... parece que hay más cuerpos.

Richard estiró el cuello.

—¡Vaya!... sí... también hay más por ahí. ¡Por Dios!... aterriza esta cosa antes de que el tiroteo vuelva a comenzar.

Luis preguntó:

—¿Cuál es el plan?

Richard se volvió a Armando.

—¿Qué te parece? Enviaremos a dos hombres sendero arriba... para que echen un vistazo a los cuerpos que están cerca de ese agujero y...

—Cueva —interrumpió Armando—. El cónsul y el inspector dicen que los estadounidenses estaban buscando una cueva. Revisa el sendero... envía a tres o cuatro. Pon guardias alrededor de ese gran agujero. Deja un par aquí con el helicóptero... el resto subirá a la cueva.

—Entendido —coincidió Richard—. Alisten las armas.

Todos revisaron sus equipos para asegurarse de que estuvieran preparados.

—Usted... poli... quédese con el helicóptero —ordenó Richard.

—De ninguna manera... Iré con vosotros dos. Estoy en una situación especial e iré a donde quiera. —Luis miró fijo y le sostuvo la mirada al estadounidense. Ninguno de los dos quería ceder.

Finalmente, Richard bajó la mirada y dijo:

—Sí... bueno... es tu pellejo el que pondrás en juego. Si no eres parte del equipo, estás solo. Prepárate para moverte... ya estamos por aterrizar.

Cuando se abrió la puerta, los soldados saltaron al suelo y se movieron inmediatamente para cumplir con sus tareas. Luis olió el aire. Cordita. Mucha cordita. Miró a Armando.

—Hubo una gran explosión aquí.

—Huele a eso. Vamos... tal vez nos puedas ayudar a identificar los cuerpos de tus amigos.

Sus palabras hicieron que Luis se detuviera abruptamente ante la tarea que tenía que realizar. Había sido testigo de escenas horripilantes durante los veinte años que había estado al servicio de la policía, pero nunca había vivido una situación así: acababa de tener lugar una guerra y los cuerpos estaban esparcidos en el suelo, en el lugar en el que habían muerto, con expresiones espeluznantes en los rostros que quedaron centrados en los últimos pensamientos y emociones. Desenfundó su propia pistola automática .45 y siguió a la unidad especial, trepando por los escalones rotos cubiertos de grava que conducían a la cueva.

Mientras los soldados montaban guardia, Luis, el estadounidense y Armando registraron la entrada de la cueva. La boca se abría como la mandíbula de un tiburón; estalactitas y estalagmitas amenazaban como dientes filosos a todos los que se acercaban. Cientos de lianas frondosas se aferraban a la pared del risco y colgaban como cortinas hechas jirones. Adentro, en el lado este de la cueva, rocas de piedra caliza se apilaban hasta el techo. Un túnel angosto se extendía hacia la ladera de la montaña. Un análisis más exhaustivo reveló huellas, revestimientos de metal de los proyectiles y paredes agujereadas donde las balas acababan de penetrar.

—¿Crees que estén dentro de la cueva? —preguntó Armando.

—Podría ser... hay huellas por todos lados. Alguien hizo su última parada aquí... y aquí... —señaló—. Parece que se acaba de derrumbar. Tal vez un túnel conduzca al otro lado.

Luis, con la linterna en una mano y con la pistola en la otra, se agachó e ingresó con cautela al pasillo. Richard lo siguió con el rifle automático a la altura de la cintura. Pinturas y jeroglíficos cubrían las paredes. Huellas frescas de una gran variedad de calzados desaparecían en la oscuridad y se adentraban en la cueva. Ninguna huella indicaba que alguien hubiese salido.

Luis se volvió hacia Richard

—¿Qué te parece? Podría ser peligroso.

—Por supuesto que lo es. Por aquí... dame la linterna. Dile a Armando que traiga a tres hombres y que nos siga. Investigaremos un poco más adentro.

Luis —con la piel erizada ante la perspectiva de encontrarse con una cueva en la que había ocurrido un tiroteo— esta vez no opuso resistencia. Se volvió y se movió con prontitud hacia la entrada de la cueva, con una mano en la pared, hasta que vio luz. Armando les había ordenado a cuatro soldados que removieran piedras del derrumbe mientras otros dos montaban guardia. Los tres que habían sido enviados por el sendero todavía no habían regresado.

—Richard necesita más hombres. Parece que alguien corrió adentro del túnel para esconderse.

—¡Cabrón! —gruñó Armando—. ¡Qué gamberro ruin! Siempre se arriesga. Dile... ¡que vaya a tirarse a su madre! No iremos a ningún lado hasta que mis hombres hayan regresado de allí. —Señaló a la pared oriental donde habían enviado a los soldados a registrar los cuerpos que había sobre el camino.

¡Pum! ¡Pum! ¡Pum! Los disparos de armas automáticas resonaron en el pasaje. Richard había entrado en acción.

¡Chingada! —maldijo Armando. Le ordenó a dos de los soldados que estaban afuera que se quedaran ahí y que le hicieran señas al resto para que lo acompañaran. Luis —el corazón le latía muy fuerte y las manos le sudaban— era el último de la fila.

—¿Qué sucede? —preguntó Armando cuando llegaron.

—Me pareció ver a alguien... pero mira esto.

Iluminó con la linterna el rostro de un soldado que estaba apoyado contra la pared e hizo que sus ojos brillaran. Tenía la ropa mugrienta y las manos ensangrentadas y cubiertas de barro. Un torniquete en la pierna derecha evitaba que se desangrara por una herida. Parecía que se había arrastrado antes de detenerse. No mostraba miedo, pero su rostro expresaba claramente el dolor.

—Este es Lucas Buenoano. Dice que los zapatistas escaparon por este pasillo hacia otra recámara. Él y otro hombre llamado Maurice los estaban persiguiendo. Cuando una bala lo penetró, su compañero desertó. Quería salir de la cueva.

—¿Quién te contrató? —preguntó Armando—. Ese uniforme no es de ningún ejército. ¿Eres mercenario? ¿Perteneces a un cártel? ¿De qué lado estás?

El herido miró hacia otro lado. Impaciente, Armando le pateó la pierna.

—¡Ah! ¡Cabrón!

El soldado se cogió la pierna y gimió por el dolor.

—No me simpatizan los mercenarios, gilipollas. Y tampoco tengo tiempo. Mejor hablas ahora o desearás que los guerrilleros te hubieran atrapado antes.

El prisionero liberó su pierna herida y se inclinó contra la pared.

—No lo sé. Trabajo para Ramón. Pero él está muerto... Lo bajaron afuera. Nunca nos dijo una mierda, pero pagaba bien. Lucharé para cualquiera si me pagan bien. Su expresión se endureció y se volvió desafiante.

—Cuéntame sobre los gringos: el profesor y la muchacha que estaban con los guerrilleros —exigió Armando—. ¿Dónde están?

El mercenario arrugó la frente y manifestó una expresión de perplejidad.

—¿El anciano que tenía los mapas? ¿El alto? —dudó—. Están en la cueva... al otro lado. Los hicimos mierda. —Sonrió al recordarlo.

—¿Hay otro pasaje? —preguntó Luis agitado.

—Sí... detrás del derrumbe... dos granadas. —Sonrió con satisfacción—. Fue una gran explosión.

Apareció Richard para discrepar con la actitud del comando y le pateó él mismo la pierna herida. El mercenario sufrió convulsiones por el dolor.

Cuando Lucas dejó de retorcerse, el estadounidense preguntó:

—¿Dónde están las drogas? ¿Dónde está la cocaína?

El mercenario hizo una mueca y levantó la mano en señal de protesta. Después suplicó:

—No lo sé... Realmente no lo sé. Ése era el trabajo de Ramón y del bahameño. A nosotros nos encargaron que matáramos a la mujer... Nos darían una gran bonificación si la matábamos.

—¿Quién es el bahameño?

—Maurice... es un asesino... es grande, quiero decir, es un negro de las islas.

—Tráelo —ordenó Richard—. Lo interrogaremos más tarde.

Los soldados levantaron a Lucas y se lo llevaron. El mercenario protestaba y gruñía.

—Vamos —dijo Richard—. Seguro que están ahí adentro y no irán a ningún lado. Regresaremos por ellos después.

—No —se quejó Luis. Dirigió su apelación a Armando—. Estamos aquí para encontrar a David y a la mujer, ¿lo recuerdas? La droga es un asunto secundario. Tenemos que seguir las órdenes, ¿lo recuerdas?

—¡Los odio, políticos gilipollas! —escupió Richard. Bajo la luz tenue de la linterna, la dura expresión en su rostro parecía amenazante y espantosa—. Se supone que esta unidad especial está por encima de eso, Armando. Nuestro objetivo es...

—¡Basta! —Armando le apuntó con el rifle al estadounidense en el estómago—. Esto es México, cabrón. ¿Por qué tengo que seguir recordándotelo? Aquí todo está relacionado con la política. Por mí, puedes coger tu dinero y tus costosos juguetitos y sacar tu maldito cuerpo de nuestro país. El inspector Alvarado tiene razón. Estamos aquí para rescatar a los rehenes.

Volteó hacia la entrada de la cueva y, en la oscuridad, volvió sobre sus pasos. Luis lo siguió y dejaron atrás al estadounidense para que se ahogara en su propia ira.

La batalla en la oscuridad había sucedido tan rápido que Karen no había podido hacer nada más que quedarse quieta. Le tenía tanto miedo a Bill que su aparición repentina la había dejado paralizada. Cuando se apagó la linterna, había escuchado las quejas aterradoras de Bill, el grito y el gruñido de David y el distante y profundo sonido del agua cuando un cuerpo cayó en el cenote. Pero, ¿quién había caído? La recámara estaba muy oscura y ella tenía miedo de hablar en voz alta; tenía miedo de respirar. ¿Bill estaba esperando que ella hiciera un sonido para poder atraparla? ¿Cuánto tiempo debía esperar? Se quedó quieta y escuchó. El sonido apenas perceptible de un canto viajaba por el aire. ¿Un canto? No podía ser. ¿Se estaba volviendo loca? Tal vez era el agua que corría, o... ¿era la respiración de alguien? La imaginación alimentó su miedo y luchó por no moverse. El suspenso era insoportable. Ahora podía escuchar pasos y ¡voces! «¡Por Dios!», gritó en silencio. «¡Por Dios! ¡Basta! ¡Basta!». Después una voz gimió a sus pies y alguien parecía estar penando en el suelo.

—Karen... Señorita Dumas... ayúdeme. La luz... Karen, ¿estás ahí?

—¡David! —dijo de pronto. Casi se le tuercen las piernas por el alivio—. ¡Gracias a Dios! Oye, David... ¿dónde estás? No puedo ver... no puedo...

—En el suelo. La linterna está en el suelo. Búscala con las manos.

—¿Te encuentras bien?

—No... Me apuñaló... apúrate antes de que me desangre...

—Espera... ¿qué es ese ruido? ¿Son voces?

Volvió a escuchar. Sí, eran voces y estaban cerca.

—¿Alguien se aproxima?

—Sí... ¿qué debemos hacer?

—Encuentra la linterna... rápido.

Se puso de rodillas y la buscó a tientas por el suelo. Segundos más tarde, la encontró.

—La tengo —murmuró.

—Enciéndela... ayúdame a levantarme... necesitamos escondernos.

—David —susurró con urgencia—. Creo que es demasiado tarde. Los puedo escuchar demasiado bien. Creo que están aquí... en la recámara, con nosotros.

—¿Gringa? —Una voz al otro lado de la habitación le hizo una pregunta—. Gringa... ¿dónde estás?

—Popo —gruñó David—. Mataré a ese charlatán con cara de pasa —amenazó con benevolencia.

Una linterna iluminaba desde el lado oeste de la recámara. Cuatro zapatistas estaban arrodillados frente a Popo Reyes. Le apuntaban con las pistolas a Karen. Ella sintió que se desvanecía.

—Popo —llamó David débilmente—. Popo.

—Bajen las armas —ordenó el chamán y los guerrilleros bajaron los rifles.

Popo sostuvo la linterna más alto y caminó hacia Karen.

—Ahua... ¿estás herido? —preguntó.

Karen encendió su linterna y se arrodilló al lado de David.

—Y, ¿Bill? ¿Está...? ¿Cayó en el...?

—En el cenote. Esta vez no regresará.

Popo y sus hombres llegaron. Karen vio que dos de ellos estaban heridos, pero no era grave. Todavía llevaban los rifles y uno cargaba una mochila.

—Encontraste la cueva en la que los dioses cantan, ahua. ¿Puedes escucharlos?

—Sí... parece un canto fúnebre. —David se sentó con dificultad—. Me apuñalaron con un cuchillo en el estómago, Popo. No tienes algo en la bolsa que pueda ayudarme, ¿no es cierto?

—Sí, ahua. Pero la bolsa está en la entrada de la cueva. Bueno... echemos un vistazo.

Les hizo un gesto a dos hombres para que acomodaran al profesor boca arriba.

—¡Vaya! ¡Por Dios, Popo! ¡Ah!

El rostro de David se retorcía del dolor.

—Tienes arreglo —pronunció el chamán, después de revisarlo, palpándole y tocándolo con sus dedos—, pero yo no puedo ayudarte. Necesitas la medicina de los hombres blancos, ahua.

—¿Cuánta sangre perdí? —David hizo una mueca de dolor.

—No tocó la vena principal, pero puedo oler la mierda de tus cañerías rosadas. Muy pronto te sentirás muy mal.

—No me siento muy bien ahora.

Nadie habló. Después, Popo miró a Karen.

—Mi hijo... Marcos... lo vi correr hacia ti. ¿Está...? —el chamán dudó—. No lo logró... ¿no es cierto?

—Lo logró... pero está herido. El techo y la pared cayeron encima de él. Está vivo, pero tiene una pierna atrapada. Teníamos miedo de que más rocas se derrumbaran, por eso le dejamos una linterna y una pistola y vinimos a buscar otra salida. Pero... después... Bill... supongo que no lo conoces... ese hombre trató de matarnos, pero David lo arrojó al cenote.

Popo se volvió y señaló el pasaje que conducía al lugar en el que estaba Marcos. Dio órdenes en voz alta y sus hombres cogieron la linterna y se marcharon rápidamente por el túnel. El chamán se volvió hacia el pasillo que él y sus hombres habían recorrido para ingresar en esa recámara. Escuchó atentamente. Después, satisfecho, centró su atención en David.

—Popo... ¿hay otra salida? —David estaba sentado sosteniéndose el costado.

—Había tres túneles antes de la explosión, ahua. Ahora solo queda uno, pero está controlado por el cártel de la droga. Tuvimos que replegarnos adentro.

—¿Los siguieron? ¿Están dentro? —La preocupación se apoderó de su rostro.

—Muchos nos persiguieron, pero le disparamos a uno. No sabemos cuántos quedan. Pondremos trampas y esperaremos un par de días. No creo que se enfrenten a nosotros aquí adentro. Nosotros conocemos la cueva, ellos no. Además, las drogas están afuera, en algún lugar. Lo único que quieren son las drogas.

Siguió un silencio. Cada uno ahondaba en sus propios pensamientos. Karen sabía que dos días era demasiado tiempo. La aparición del indígena anciano era una bendición, tal vez era su pasaje para salir de ese agujero del infierno. Por lo menos para ella... David no se veía muy bien.

—No lo lograré, ¿verdad Popo? —murmuró el profesor expresando en voz alta los pensamientos de Karen—. Quiero decir... aunque pudiera salir de aquí en las próximas horas, no hay forma de conseguir ayuda.

El chamán dudó y miró alrededor de la caverna, pero no le respondió a David.

—¿Por qué la gringa y tú querían ver esta cueva, ahua? ¿Es por los libros... por los escritos de Aquellos-Que-Vivieron-Antes de los que hablaste?

—Sí —interrumpió Karen—. Están aquí o en algún otro lugar. Están escondidos en una cueva. Estoy segura. Encontré una estela... una inscripción que dice que...

El chamán le hizo un gesto para que se callara.

—Están aquí, ahua... los libros de los que hablas... pero los destruyeron al igual que a los otros. Los Nueve Señores de la Oscuridad los escondieron en la roca. Les limpiaron las hojas y los enterraron fuera del alcance de los ojos de los pieles blancas, los españoles.

—¿Qué quieres decir con que están aquí? ¿Dónde? Deja de hablar en clave, anciano.

El chamán se había empecinado en nunca hablarle directamente a ella. Y ahora se rehusaba a mirarla.

—¿En la roca? —preguntó David con voz ronca.

—Sí, ahua. Forman una unidad con el alma de la cueva. ¿No los viste?

Karen, desconcertada, miró el suelo, después las estalactitas que colgaban del techo.

—Por ahí —señaló Popo— cerca de los huesos.

Con la linterna en la mano, caminó hacia el estante en el que estaban las calaveras, pero no vio nada extraño, solo láminas de carbonato de calcio frío que parecía lava. Era increíblemente hermoso; todo brillaba y estaba cubierto de vidrio. ¿De qué estaba hablando el viejo entrecano? Bajó la mirada al suelo. Vetas de colores se habían escurrido en el carbonato de calcio: azules, negros, rojos, muchos rojos. ¿De dónde venían? Se arrodilló para mirar mejor, después notó un doblez en el suelo, después otro: ondulaciones brillantes y coloridas de carbonato de calcio, anomalías en un suelo que de lo contrario sería liso.

—¿Qué es? —preguntó David.

Después ella lo comprendió y la magnitud del descubrimiento hizo que se le paralizara el corazón. No podía respirar y sintió una opresión en el pecho.

—Karen... ¿qué...? ¿te encuentras bien? —David le extendió una mano a Popo—. Ayúdame, Popo —le exigió—. Tengo que verlo.

—Quédate quieto, ahua. Comenzarás a sangrar otra vez. —Pero al ver la determinación de David, lo ayudó a ponerse de pie y lo guió tambaleándose hasta el estante sobre el que estaban las calaveras.

—Tiene razón, David. Son parte del suelo. El carbonato de calcio los cubrió completamente. Mira... se pueden ver algunos de los bordes. Allí hay más... y allí y también más allá —señaló—. Mira las vetas que quedaron donde el carbonato de calcio blanqueó los colores y pudrió las páginas. ¿Ves esas líneas? Parecen plumas hermosas enterradas bajo la roca.

—¡Mi Dios! —dijo David cayendo de rodillas—. ¡Están aquí! Realmente están aquí. —Se le retorció el rostro del dolor y se sujetó el costado. Respiró hondo y se volvió al chamán—. ¿Por qué, Popo? ¿Por qué te ofreciste a mostrarme este lugar?

Mientras Karen observaba, el anciano dudó; después, con cariño, puso una mano sobre el hombro del profesor.

—También eres un maldito hombre blanco, ahua... pero no tan malo como los otros: los ladinos, la escoria del PRI, esos que matan a los indígenas y les roban las tierras. Los leñadores y los petroleros de Pemex están viniendo. En tres años, tal vez en cinco, ya estarán aquí. El ejército mexicano está construyendo caminos y un fuerte en el medio de la selva. Este lugar será destruido como todo lo demás que los blancos tocan. Pensé que tal vez tú podrías ayudar, ahua... pero...

Se escuchó un grito desde atrás y todos voltearon la cabeza. Hablando en maya y haciendo gestos mientras se acercaban, dos guerrilleros salieron corriendo del túnel. Aunque Karen no podía entender una palabra, vio la mirada de preocupación en el rostro de Popo. Después tres hombres atravesaron la puerta tambaleándose; uno de ellos gemía y se quejaba.

—¡Marcos! —gritó ella, eufórica y al mismo tiempo enfurecida debido a la expresión de agonía que podía ver en su rostro.

Él tenía la pierna doblada y ensangrentada, y un hueso quebrado le atravesaba la piel de la canilla. A Karen se le revolvió el estómago y sintió náuseas. Rápidamente le entregó la linterna al chamán y se inclinó sobre el cenote para vomitar. Con el estómago limpio, se dejó caer sobre el trasero al lado del lánguido David y se concentró en mantener la mirada en lo que sea que no fuera Marcos.

Mientras tanto, Popo escuchaba y hacía preguntas. Discutía con los cuatro guerrilleros; después se quedó en silencio y pensativo.

«¿Qué había sucedido?», se preguntaba Karen. «¿Por qué estaban tan alborotados?».

El chamán se volvió para enfrentarlos. Puso las manos en la cintura y los miró fijo, analizando su próximo movimiento.

—Ahua... —comenzó.

—¡Podrías dejar de hacer eso! —exigió Karen—. ¡Deja de ignorarme! Si tienes algo que decir, dímelo. Yo soy la que no está herida, la que puede pensar con claridad. Él está herido y se está muriendo.

El chamán frunció el ceño con desagrado, después volvió a dirigirse a David.

—Están quitando las rocas del derrumbe para ingresar. Mis hombres los escucharon mientras liberaban a mi hijo. Te están llamando, ahua... a ti y a... Karen. —Finalmente la miró—. Son otros hombres... no son los mercenarios que buscaban las drogas. Pero para nosotros es lo mismo. Todos son nuestros enemigos y debemos luchar contra ellos. —Hizo una pausa, curvó los labios y añadió—: A menos que tan solo te quieran a ti, ahua... a ti y a esta gringa. Creo que tal vez solo vinieron a buscarlos a ustedes.

Karen estaba sentada, rígida, y escuchaba. ¿Alguien había venido a por ellos? ¿Los mercenarios se habían ido? ¿Cómo podía estar seguro? ¿Por qué los recién llegados sabían su nombre? Por primera vez en días, una luz de esperanza brilló en ella. Si tan solo...

David se estiró hasta el chamán.

—Llévanos hasta la pared, Popo —le rogó David—. Por favor... es mi única esperanza —le dijo con voz ronca.

—¿Tu única esperanza? Sí... puede ser, ahua... pero verás... yo tengo mis propias preocupaciones. —Hizo una pausa y después continuó—: De acuerdo, ahua. Los llevaremos de regreso. Los zapatistas no toman rehenes. Pero cuando esos hombres ingresen por la roca, diles que se detengan, ¿me entendiste? Esta es solo una de muchas recámaras. Pondremos trampas... los mataremos de a uno.

—Llévanos... por favor —gimió el profesor.

Popo Reyes dio la orden y dos guerrilleros levantaron a David y comenzaron a llevarlo de regreso hacia el lugar del derrumbe. Los otros dos cogieron a Karen de los brazos.

—¡Te odio! —Le escupió los pies al chamán—. A ti... y a tu ropa mugrienta y a tu gran patriarcado. Espero que tú... que tú...

—Si fueras mi esposa te golpearía con un palo, mujer. —Popo estaba de pie con los brazos cruzados sobre el pecho—. Después te llevaría a la cama—. Hizo un gesto y los dos indígenas diminutos la empujaron hacia el túnel que conducía al lugar del derrumbe.

—Ahua... un momento.

Todos se detuvieron. Popo trotó hasta donde estaba el profesor inclinado y apoyado contra los hombres que lo estaban ayudando. El chamán miró a Karen, después se puso en puntas de pie para susurrarle algo al oído a David sin sacarle los ojos de encima a la gringa.

¿Qué demonios estaba sucediendo? Este hombre era demasiado. ¿Cuál era el gran secreto? «Solo lo estaba haciendo para molestarla», bufó. Mientras ella observaba, David puso la espalda notoriamente derecha y gruñó. Popo volvió a susurrarle algo. «¡Por favor!», pensó ella. «¡Qué gilipollas!».

El chamán le dio una palmada amistosa en la espalda, le sonrió a Karen y los instó a que siguieran adelante. Cuando ella pasó, lo miró fijo y movió los labios en silencio: «Te odio».

—Recuérdalo, mujer —le respondió—. La próxima vez es el palo y la cama para ti.

—Están aquí... escucho voces.

—Estás imaginando cosas —refunfuñó Richard que estaba de pie al fondo sin hacer nada útil.

—No, estoy seguro.

Habían hecho un agujero arriba, cerca del techo, y Luis estaba seguro de que había escuchado voces. Escaló y curvó su espalda para ponerse a trabajar. Habían hecho un gran avance. Con tantos hombres, habían podido arrojar rocas pesadas al suelo. Tenía la ropa empapada en sudor y las manos con cardenales y lastimaduras, pero siguió trabajando. Estaba seguro de que encontraría a su amigo. Solo deseaba que todavía estuviera vivo. La escuchó una vez más. Una voz. ¿Una voz de mujer?

—Ahí... ¿la escucharon? —preguntó a los que estaban abajo.

Otros dos treparon para unirse a él. Pronto estaban quitando las piedras y abriendo un agujero para pasar en la parte superior. Cuando preguntaron, esta vez obtuvieron una respuesta.

—¿Quiénes son? —preguntó una voz quejumbrosa.

—Soy el inspector Luis Alvarado... Policía Federal —dijo jadeando—. ¿Es usted Karen Dumas?

—Policía Federal... ¡Gracias a Dios!

—David Wolf... ¿David está con usted? —preguntó Luis.

—Sí... pero está herido... una puñalada.

—Están aquí... ¡Son ellos! —gritó Luis con alegría, e intentó ponerse de pie, pero se patinó y rodó rápidamente hacia el suelo de la cueva.

Armando gritó una orden y todos se apuraron para liberar a los cautivos.

—Descanse, poli. Los sacaremos en este instante.

—Sí —coincidió Richard. Arrojó la colilla de un cigarrillo en el suelo y echó humo por la nariz—. En un abrir y cerrar de ojos estaremos de regreso en Guadalajara con las manos vacías.

Mientras Luis recuperaba el aliento y se fijaba si no tenía huesos fracturados, el estadounidense descendía los escalones quebrados y caminaba hacia el helicóptero.

—Maldito gamberro —murmuró Armando—. Malditos estadounidenses estúpidos.

—Sí —coincidió Luis—, pero no hubiera podido recuperar a mi amigo sin ellos.

EPÍLOGO

Legiones de copos de nieve cayeron constantemente durante tres horas. Era la noche de brujas y el alcalde de Omaha, Daop, había aparecido en los noticieros para cancelar las actividades que los niños acostumbran hacer ese día para conseguir dulces y advertirles a todos que debían quedarse en sus hogares debido a una alerta meteorológica que habían establecido a causa de la nieve. Se pronosticaba que caerían más copos y estaba preocupado por los equipos encargados de remover la nieve. Además, los niños no votaban, y esta era una oportunidad para consolidar su poder y alimentar su ego al administrar cada detalle de ese día festivo. Todavía no había descifrado cómo controlar el clima y ponerlo a sus pies. Pero tan solo tenía que esperar, tal vez lo lograría en el mandato siguiente.

La tía Rose estaba calentando agua para hacer té en la cocina, mientras David, su amigo Luis Alvarado y Karen conversaban en el salón y observaban cómo nevaba. Luis, de pie delante del ventanal, observaba asombrado la increíble vista. Había ido con la esperanza de ver nevar por primera vez, y el clima no lo había defraudado. El profesor miró hacia afuera el sedán negro y el conductor que los había trasladado desde el aeródromo de Eppley. ¿Por qué no había querido acompañarlos adentro? ¿Había cambiado de parecer?

Cinco meses habían pasado desde el desastroso viaje de Karen a México. Aunque estaba encantada de ver a David Wolf, su visita le traía recuerdos que prefería no revivir. Pensaba que la insistencia de él en ir a Omaha era extraña, pero no podía rechazarlo. No estaba ocupada: no tenía empleo ni perspectivas de conseguir uno. Ya ni siquiera lo estaba buscando. El dinero no había sido un problema desde la muerte de sus padres. Ahora la apatía reinaba en su vida. Todo su entusiasmo, todo su deseo por sobresalir, por convertirse en una arqueóloga reconocida mundialmente había quedado atrás, en la selva Lacandona. Su mirada del mundo y de ella misma se había hecho añicos durante esa semana terrible.

La tía Rose, siempre preocupada por ella y su crianza, últimamente había estado insinuando que tal vez Karen necesitaba hablar con alguien. «Ya sabes, un profesional», sugirió. Alguien que se dedicara a eso. «Claro», le dijo Karen; pero como con todo lo demás, no lo cumplió. No necesitaba un psiquiatra, necesitaba una vida. Desde su regreso a Omaha había pasado infinidad de horas analizando su aventura en México, el tiempo durante el que había trabajado en el Smithsonian, el fracaso de su matrimonio y sus días de estudiante en el estado de Nuevo México. La introspección le había revelado muchas cosas que no le gustaban y sospechaba que el estado actual de su mente era el resultado de un enfoque descuidado y superficial con el que había encarado cada esfuerzo. Nunca había hecho realmente buenos amigos y solo podía suponer que ella no era una persona muy agradable. ¿Cómo podía haber estado tan ciega? Dios le había dado tanto —cerebro, belleza, dinero—, pero eran todas cosas que no necesitaba para ser una persona de verdad.

—...estoy muy contento de que hayas accedido a verme, Karen. Sé que debe de haber sido terrible para ti. Espero que te hayas recuperado y que no... estés... sufriendo... ningún trastorno emocional.

—Estoy bien —mintió dulcemente—. Eres un milagro. Estoy tan feliz de que te encuentres bien otra vez. Salvaste mi vida en esa cueva. Bill me iba a torturar... me iba a matar... Lo sabes, ¿verdad?

David bajó la cabeza y una mirada de tristeza se apoderó de él.

—Karen... me siento tan mal por lo que sucedió. Estuve pensando mucho en la forma de compensarte.

—No es necesario. No te preocupes, David. Es cierto que fue terrible, pero... bueno... soy una mujer adulta y ya seguí adelante. Solo estoy...

—Dijiste que no tenías trabajo.

—Es verdad... pero estoy analizando algunas cosas... ya sabes, algo diferente.

—Entonces analiza esto, jovencita. Puedo conseguirte un trabajo como directora de un proyecto de arqueología que te dejará atónita.

—¿Más libros perdidos de los mayas? —bromeó—. ¡Por Dios! ¡Qué desilusión!

—Bueno... sí... algo así.

—¿Cómo? ¿Qué quieres...? No... no. —Ella levantó las manos como si estuviera rechazando el ofrecimiento—. Ya aprendí la lección, profesor Wolf. No me desempeño muy bien haciendo eso. Si te hubiera escuchado... si hubiera escuchado a tantas personas, tal vez esa pesadilla nunca hubiera sucedido. Además, estoy buscando algo sólido, algo real. Estoy lista para tranquilizarme y vivir como todos los demás... dejaré de tomar atajos, crearé lazos con otras personas que trabajan en el campo, ¿me entiendes?

—¡Maravilloso! Este sería el proyecto perfecto —insistió.

—David... ¿puedes creerlo? ¡Es tan blanca! —dijo Luis de repente.

—Cállate, Luis. —El profesor se acomodó en el borde del sofá—. Escúchame... Me estoy basando en información muy buena. No caben dudas. Solo necesito a alguien... a una arqueóloga joven y versada que acepte el proyecto.

—No regresaré a México, David.

—¿Aunque se trate de libros mayas?

Ella se rió.

—Especialmente si se trata de libros mayas.

—¿Aunque esté completamente seguro?

Esto la dejó pensando.

—¿Cómo puedes estar tan seguro? —Cogió la taza y el plato que le ofrecía la tía. Bebió un sorbo y los apoyó a un lado—. Francamente, David, estoy un poco sorprendida. Pensé que eras de los escépticos... que eras una persona con sentido común —lo regañó.

—¿Puedo salir? —preguntó Luis.

—Por favor, vete —gruñó el profesor. Después le dijo a Karen—: ¿Tienes una pala para quitar la nieve?

—En la puerta del garaje.

Luis se puso rápidamente el abrigo y salió disparado por la puerta.

Karen miraba fijo al arqueólogo mexicano, pero los ojos del profesor no vacilaron.

—De acuerdo, profesor... ¿Qué es lo que tiene? Lo escucho.

—¿Te acuerdas de Popo Reyes?

—No me haga hablar de él.

—¿Recuerdas que en un momento se detuvo y me susurró algo al oído?

—¿Cómo podría olvidarlo?

—El hombre que aparece en tu estela... Caracol Rojo.

—¿Qué sucede con él?

—Él transcribió todo el contenido de los libros en las paredes de las cuevas.

—¡Qué?

—Popo juró que era verdad. Fui a echar un vistazo. Lo hizo en una recámara adyacente al recinto en el que estuvimos nosotros.

—¿Todo? ¿Los jeroglíficos, las fechas, las historias?

—Todo. Cubrió casi por completo las tres paredes.

—Pero, ¿por qué? ¿Por qué alguien haría algo así? Especialmente si ya estaba todo escrito en los libros.

—¿Quién sabe? Tal vez tenía miedo de que alguien encontrara los libros y los destruyera. Tal vez fue el modo que encontró Caracol Rojo de que el legado de su pueblo —la religión, el modo de vida— se transmitiera a futuras generaciones. No lo sé... pero están ahí.

—¿Los viste?

—Sí.

—¿Por qué a mí? No lo merezco, y tú lo sabes.

—Está equivocada. Usted se lo ganó señorita Dumas. No es un regalo. Usted descifró la estela.

—¿Por qué no lo haces tú? Te harías famoso.

—Nómbrame coautor en algo que publiques y es todo tuyo.

—No lo sé... —dudó—. Suena bien, pero... ¿esta vez las autoridades cooperarán?

—Absolutamente. Luis llegó a un acuerdo con el cónsul honorario que este no pudo rechazar.

—¿Ah, sí? ¿De qué se trata?

—Parece que mi cuñado estuvo ayudando a los narcotraficantes.

—¿En serio?

—Sí, pero cometió un error, y Luis lo atrapó. No era terriblemente comprometedor, pero después de que Luis se lo hizo notar, la actitud de Joaquín hacia el poli mejoró notablemente.

—Soy toda oídos.

—Mientras planeaba nuestro rescate, Luis estuvo en la oficina que tenía Joaquín en la hacienda. En ese momento no se dio cuenta, pero después notó que el mapa de Joaquín estaba marcado con información que el cónsul no podía saber a menos que estuviera en contacto con los mercenarios. Por

393

lo tanto, dedujo que Joaquín había sido la persona que había enviado a los mercenarios y que les daba las órdenes.

—¿Qué información?

—Conocía dos nombres. Uno de esos nombres, el Valle del Concejo, se lo había mencionado Luis, pero nunca le había mostrado dónde estaba, o al menos no recordaba haberlo hecho. El otro lugar, la cueva en la que los dioses cantan, solo lo conocíamos Popo Reyes y yo. Luis nunca había escuchado hablar de él ni había estado cerca cuando Popo y yo analizamos los mapas. Ambos nombres estaban en los mapas que los mercenarios me quitaron.

—Da un poco de miedo, ¿no es cierto? ¿Un cuñado corrupto con tanto poder?

—Sí y no. Podría ser muy útil en un país como México. Después de que me dieron el alta en el hospital, envié a Luis para que hablara con Joaquín y le propusiera llevar a cabo una expedición arqueológica totalmente financiada por el gobierno. Luis dice que el cónsul estaba muy entusiasmado con la oferta y accedió a conseguir todo el dinero necesario —dijo el profesor, de manera inexpresiva—. Por lo tanto... teniendo en cuenta lo difícil que puede ser financiar una expedición arqueológica... y en vistas de que Joaquín probablemente tenga más dinero del que necesita, naturalmente, yo acepté la propuesta.

—Naturalmente.

—¿Qué me dice, señorita Dumas? Es la oportunidad de su vida.

Ella dudó, pero no porque no tuviera ganas. Un sentimiento de alegría pura —de anticipación y seguridad— le recorrió el cuerpo. Se sentía renovada y ante un desafío. Ahora era una mujer con un objetivo. Sintió una electricidad en la piel.

Le sonrió ampliamente y le dijo:

—Lo haré, David, siempre que tú seas quien prepare todo. Es tu país, tú conoces todo. Tú contratarás la ayuda... editarás los informes... todo. ¿De acuerdo?

—¡De acuerdo! —Se puso de pie de un salto—. ¡Cerremos el trato! —le extendió la mano para que Karen la estrechara.

Ella se puso de pie para cerrar el negocio con un apretón de manos, pero en ese momento sonó el timbre de la puerta.

—¿Esperas a alguien?

—En realidad, no. No con este clima.

Abrió la puerta y lo vio a Luis de pie con otro hombre a su lado. Le resultaba conocido. Era un hombre alto, robusto, de barba negra y tupida y largos mechones de cabello oscuro que le llegaba hasta los hombros. Ella abrió grandes los ojos y se cubrió la boca con la mano.

—Está haciendo frío afuera, y pensé que el conductor podía querer una taza de ese té. —Luis señaló—. No importa... —El poli miró a David, después al conductor—. Ya es hora de que terminemos con esto. ¿Saben una cosa...?

—¡Marcos! —exclamó Karen.

Nadie habló. Todos estaban esperando a ver cómo reaccionaba ella.

—Marcos... tú estabas... Pero, ¿cómo...? —Miró a David.

El profesor sonrió.

—Luis ahora conoce a algunas personas y Joaquín quería sortear algunos obstáculos por nosotros. No tuvo problemas en conseguirle un pasaporte. Marcos me buscó después de que salí del hospital. Una cosa llevó a la otra y, bueno, ya sabes... —David miró el suelo; después acomodó el peso de su cuerpo sobre el otro pie.

—Marcos pensó que tal vez si él accedía a custodiarte en el yacimiento arqueológico, tú regresarías a Chiapas.

—¿Eso pensó? —Karen tenía los ojos clavados en los del apuesto y barbudo Marcos.

Se miraban fijo. Como si estuvieran compitiendo a ver quién desistía primero.

—¿Qué sucede Stinky? —La tía Rose entró a la sala desde la cocina—. ¿Por qué no me presentas a tu nuevo amigo?

—En un minuto, tía. —Miró a David, después una vez más a su antiguo amante. Sintió que se le ruborizaba el rostro—. No era necesario. Ya había accedido a ir. —Se desvaneció toda su resistencia y ella extendió ambas manos en dirección a Marcos—. Así que... volviste de la muerte una vez más, ¿no es cierto?

—Sí, Karen... Estuve hablando con Lobo y pensando que tenía mucho por qué vivir y que tal vez tenía ganas de entregarle mi vida a la mujer indicada.

La tía Rose permaneció de pie paralizada con la boca abierta en una gran «O».

—¿Amas a esta mujer? —Karen miró fijo a Marcos a los ojos y le sostuvo la mirada.

—Más que a mi propia vida. Esta mujer me completa. Es mi... es mi otra mitad, mi otro espíritu.

—Por favor, Marcos, entra. —Ella lo tomó de la mano y lo guió al otro lado de la sala adonde estaba su tía—. Tía Rose, este es Marcos. El hombre del que te hablé.

—¡Vaya! ¡Por...! ¡Sí! Es él, ¿verdad? —La anciana se quedó mirándolo fijo y extendió la mano. Miró a su sobrina, después a Marcos—. Regresaste para llevártela de nuevo a México, ¿no es cierto?

—Ese es mi plan, señora.

—Y, ¿estás seguro de que la amas?

—¡Absolutamente, señora! —La sonrisa de Marcos se convirtió en una carcajada de alegría.

La tía Rose lo examinó de los pies a la cabeza, después miró a Karen. Se volvió a Marcos y le preguntó:

—¿Te gustan los niños, jovencito?

—Me encantan los niños, señora.

—Bien... porque esta niña...

—¡Tía Rose!

—...porque esta niña necesita sentar cabeza y...

—Bueno... supongo que ya está todo arreglado —interrumpió el profesor—. Tienen mucho de qué hablar, ¿no te parece Luis? —Miró al poli en busca de complicidad.

Luis, por supuesto, no comprendió nada de la conversación que habían tenido en inglés y simplemente sonrió con amabilidad.

—Y... tía Rose... supongo que no tendrá problemas en ser nuestra guía por este nuevo centro comercial Oak View que está cerca de aquí, ¿no es cierto? —la persuadió David.

—Oh... no lo sé... está nevando y... —Después miró a su sobrina y vio que los ojos de Karen estaban fijos en la cabellera hirsuta que estaba en la sala.

—Es la oportunidad de nuestras vidas, tía Rose. Además... creo que ellos tienen mucho de qué hablar.

Rose miró a David, después a Karen.

—Es así, ¿no es cierto? —Sonrió irónicamente—. Déjame coger mi abrigo. —Se lo puso con dificultad, volvió a mirar a su sobrina, después a Marcos y añadió—: Tal vez esto también lleve un rato, ¿no? —Le hizo un gesto a David señalando a los amantes.

—Sí, señora. Tal vez nosotros tres podamos cenar juntos después de que visitemos el centro comercial.

—Bueno... sí... supongo que sí. Una anciana con dos hombres apuestos. Mis amigas estarán celosas.

La tía Rose prendió los botones de su abrigo de lana.

—Bueno... Stinky... —dijo en voz alta—. Supongo que estaremos afuera unas tres o cuatro horas. Creo que tendrás que arreglártelas tú sola.

Les hizo un gesto a David y a Luis para que la acompañaran afuera, y los dos hombres la siguieron. La anciana los dejó pasar, después le ofreció una sonrisita de satisfacción a Marcos antes de cerrar la puerta detrás de ella.

—¿Stinky? —preguntó Marcos, confundido.

—No preguntes. —Suspiró con resignación, después cogió un mechón de cabello—. Entonces... ¿cómo haremos para volver a conocernos?

—Así, gringa.

Él se acercó y ella se dejó caer en su abrazo.

—Tengo tantas cosas maravillosas para contarte, Karen — le susurró al oído.

—¿Sobre México?

—No... sobre cuánto te amo, querida. ¿Tienes tiempo para escucharme?

—Sí... tengo mucho tiempo para ti, zapatista bandido. ¿Cuánto tiempo nos llevará?

—Horas.

—Mmm... Era lo que esperaba —le miró a los ojos—. Tenemos tres o cuatro horas.

—Tenemos toda la eternidad, gringa.

Él le dio un beso largo y apasionado.

—Sí... supongo que tienes razón, ¿no es cierto?

Y ella se fundió en sus brazos.